SUSAN MALLERY

un verano de segundas oportunidades

Cualquier forma de reproducción, distribución, comunicación pública o transformación de esta obra solo puede ser realizada con la autorización de sus titulares, salvo excepción prevista por la ley.
Diríjase a CEDRO si necesita reproducir algún fragmento de esta obra.
www.conlicencia.com - Tels.: 91 702 19 70 / 93 272 04 47

Editado por Harlequin Ibérica.
Una división de HarperCollins Ibérica, S. A.
Avenida de Burgos, 8B - Planta 18
28036 Madrid
www.harlequiniberica.com

© 2019, Susan Mallery, Inc.
© 2025 Harlequin Ibérica, una división de HarperCollins Ibérica, S. A.
Un verano de segundas oportunidades, n.º 321 - 2.7.25
Título original: The Summer of Sunshine & Margot
Publicada originalmente por HQN™ Books
© De la traducción del inglés, Ester Mendía Picazo

ISBN: 979-13-7000-648-8
Depósito legal: M-11490-2025
Impreso en España por: BLACK PRINT
Distribuidor exclusivo para España: LOGISTA

MIXTO
Papel
FSC   FSC® C159065

Capítulo 1

Las interacciones sociales se dividían en dos categorías: fluidas o incómodas. Las fluidas consistían en saber qué decir y hacer y cómo actuar. Las fluidas incluían charlas ingeniosas o un cumplido elegante. En cambio, en las interacciones sociales incómodas pasaban cosas como estornudar en la cara de tu anfitrión, pisar al gato o tirar vino tinto en una moqueta blanca. O en cualquier moqueta, de hecho. Margot Baxter se enorgullecía de saber cómo hacer que cualquier situación entrara en la categoría de «fluida». Profesionalmente, claro. En su vida profesional era la caña. En la personal... no tanto. Para ser sincera del todo, tendría que admitir que, la mayoría de los días, su vida personal caía de forma rotunda en la categoría de incómoda, y justo por eso nunca mezclaba el trabajo con el placer y, directamente, rara vez se molestaba con el placer. Si no iba a salir bien, ¿para qué perder el tiempo?

Pero el trabajo era otra cosa. El trabajo era donde sucedía la magia y ella era la que estaba detrás del telón, moviendo todos los hilos. «No en el mal sentido», añadió para sí. La cuestión era que se dedicaba a empoderar a sus clientes, a ayudarlos a darse cuenta de que todo se reducía a la seguridad en uno mismo y que a veces encontrar esa seguridad requería una ayudita.

Giró en la calle adonde la dirigió su navegador y parpadeó dos veces al ver las enormes puertas dobles que atravesaban un camino de entrada del ancho de una carretera. Le habían dicho que, en sus orígenes, la residencia privada había sido un monasterio construido en el siglo diecinueve, pero no se había esperado que fuera tan enorme. Se había imaginado más bien una casa supergrande con una casita de invitados y tal vez un pequeño huerto. Pero lo que tenía delante era un antiguo monasterio/iglesia de tres pisos y estilo español con dos torreones, varias hectáreas de jardines y un aparcamiento para al menos una docena de coches.

–¿Pero quién es esta gente? –preguntó en voz alta, aunque ya sabía la respuesta. Antes de entrevistar a un cliente potencial, siempre investigaba. «Demasiado», dirían algunos, pero era una crítica que podía aceptar. A Margot le gustaba ser minuciosa. Y puntual. Y ordenada. Y, según algunos, insoportable.

Pulsó el botón de llamar sobre la pantalla electrónica instalada en perpendicular al portón y esperó hasta que una voz sorprendentemente clara dijo:

–¿En qué puedo ayudarla?

–Soy Margot Baxter. Tengo una cita con el señor Alec Mcnicol.

–Sí, señorita Baxter. La está esperando.

Los portones se abrieron despacio y Margot los cruzó para acceder al recinto. Aparcó en una de las plazas y luego se tomó un momento para respirar y poner en orden sus pensamientos.

Podía hacerlo, se dijo. Era buena en su trabajo. Le gustaba ayudar a la gente. Todo saldría bien. Era una profesional, estaba formada y preparada, y estaba tranquila. «Tranquila.... más o menos», añadió en silencio antes de agarrar las gafas que había dejado en el asiento junto a su maletín.

Bajó del coche y se estiró la parte delantera de la chaqueta, que era algo grande. El conjunto, compuesto por un traje gris, unos tacones cómodos y un maquillaje mínimo, estaba diseñado para hacerla parecer profesional y competente. Las gafas, aunque innecesarias, le aportaban mucha seriedad. Tenía treinta y un años, pero, en pantalón corto y camiseta de concierto, podía pasar por diecinueve. Y lo que era más deprimente, con dichos pantalones cortos y dicha camiseta, parecía alocada, incompetente y un poco tonta, y eso no le daba seguridad a nadie.

Avanzó por el camino de piedra hasta la enorme puerta principal. Aunque no sabía nada sobre arquitectura española, quería investigar las robustas puertas de madera tallada donde unos ángeles observaban a Cristo cargando con la cruz hacia una colina. Pues sí, la edificación del tamaño de un estadio había sido un monasterio y, al parecer, los monjes habían sido sinceros en su devoción.

Antes de poder hartarse a gusto de contemplar el increíble trabajo de artesanía, las puertas se abrieron y un hombre alto, de hombros anchos y moreno asintió con la cabeza.

–¿Señorita Baxter? Soy Alec Mcnicol. Encantado de conocerla.

–Gracias.

Ella entró y se estrecharon la mano. Atisbó unos techos de dos pisos y unas intrincadas vidrieras antes de que Alec la llevara por un pasillo hasta un gran despacho cuyas paredes estaban cubiertas por librerías y mapas enmarcados de tierras hacía tiempo olvidadas.

Hizo lo posible por no quedarse embobada con lo que la rodeaba. Aunque estaba acostumbrada a trabajar con ricos y famosos, aquello era distinto. Quería oler profundamente los libros para capturar su aroma mohoso y se moría por tocar los mapas y trazar una línea sobre la Ruta de la Seda.

Había dado un paso justo para hacerlo cuando su anfitrión carraspeó.

Ella lo miró y sonrió.

–Lo siento. Tiene un despacho increíble. ¿Los mapas están dibujados a mano?

Él pareció quedarse algo sorprendido y las cejas se le juntaron en un atractivo ceño.

–Sí.

Margot los miró una última vez. Si conseguía el trabajo, tendría que pedir permiso para estudiar los dibujos enmarcados. A regañadientes, desvió la atención de las distracciones que la rodeaban y se sentó delante de él junto al amplio escritorio.

Una vez que Alec se acomodó, dijo:

–Como le he explicado por teléfono, está aquí para ayudar a mi madre.

–Sí, señor...

–Por favor, llámeme «Alec».

Ella asintió.

–Soy Margot, y sí, sé que ella será mi cliente.

–Excelente. Los dos hemos decidido que sería más sencillo si yo te entrevistaba primero para ver si las dos podríais encajar.

–Por supuesto.

Margot se relajó. Contratar a alguien como ella solía ser estresante. Sus servicios solo eran requeridos cuando algo había ido muy mal en la vida de una persona. O si el cliente potencial estaba anticipándose a algo que podía ir mal. O estaba sobrepasado. Muy pocas personas se paraban a mirar a su alrededor en su momento más feliz y pensaban «Oye, debería buscar a alguien que me enseñe normas de etiqueta social para no sentirme fuera de lugar / raro / incómodo o simplemente nervioso». Siempre había un desencadenante que hacía que un cliente viera que necesitaba los servicios de Margot, y la causa no solía ser algo alegre.

Alec miró los papeles que tenía en la mesa. Estaban dispuestos en montones ordenados, algo que Margot valoró. ¿Cómo se podía encontrar algo en un escritorio desordenado? Su jefe, un hombre cuya mesa siempre estaba cubierta de carpetas, notas y sándwiches a medio comer, no dejaba de enviarle artículos sobre que los escritorios desordenados eran signo de creatividad e inteligencia, pero Margot no cambiaría de opinión. El desorden no era bueno, y punto.

–¿Sabes quién es mi madre? –preguntó Alec con tono más de resignación que de curiosidad.

Margot archivó el tono para analizarlo más tarde. La dinámica entre madre e hijo podía ser de importancia para su trabajo.

–Sí. Bianca Wray nació en 1960. Su padre murió cuando ella era una niña y su madre la crio hasta los doce años –dijo Margot, y añadió frunciendo el ceño–: No queda claro por qué entró en un hogar de acogida, pero ahí es donde acabó.

Sonrió a Alec.

–La descubrieron literalmente mientras se tomaba un batido con sus amigas, alimentando así el mito de que en Los Ángeles cualquiera, en cualquier momento, está a un golpe de suerte de hacerse famoso.

–Has descubierto mi mayor deseo en la vida –dijo Alec con ironía.

–Como el mío –contestó Margot permitiéndose sonreír un poco–. Tras una carrera como modelo, tu madre se pasó a la interpretación. Prefirió papeles extravagantes antes que los típicos de chica ingenua que la habrían ayudado a tener más éxito. A los veinticuatro años tuvo un hijo: tú. Nunca se casó con tu padre, un banquero suizo, pero tú estuviste muy unido a los dos.

Mientras Margot hablaba, sentía la tensión en los hombros de Alec, como si le incomodara que estuviera enumerando esos datos de su vida personal. Aunque él no fuera su cliente, era el hijo de su clienta y, por lo tanto, alguien a tener en cuenta, pensó Margot, aunque no lo explicó. Sus métodos eran excelentes y, si él no podía verlo, entonces ese encargo no era para ella.

–Bianca es un espíritu libre y, aunque va a cumplir los sesenta, se la sigue considerando una belleza. Actúa en algún que otro proyecto. Por lo que he podido ver, no parece haber un patrón que justifique los papeles que elige hacer. Disfruta remodelando casas y ha ganado mucho dinero comprando y reformando casas de lujo. Es generosa con las obras benéficas y ha tenido muchos amantes en su vida, pero no se ha casado nunca. Ahora mismo está saliendo con un hombre llamado Wesley Goswick-Chance. El señor Goswick-Chance es el hijo pequeño de un conde inglés. Sus padres se divorciaron cuando él era pequeño y creció entre Inglaterra y el pequeño país europeo de Cardigania. En la actualidad tiene el puesto de agregado de alto rango en los Estados Unidos. Está destinado en el consulado, aquí en Los Ángeles.

Había mucho más que podía haber mencionado sobre la madre de Alec, como, por ejemplo, la vez en la que Bianca había presentado en los Premios de la Academia y se había bajado el vestido en la televisión nacional. O sus cintas sexuales, que habían sido un escándalo en los noventa aunque a día de hoy resultaran bastante anodinas. Bianca tenía un historial movidito como manifestante, se había acostado con reyes, estrellas de cine y artistas y, según ciertos cotilleos nunca confirmados, había tenido un tórrido romance con la esposa del mayor constructor de yates del mundo.

Aunque nunca lo reconocería, Margot estaba fascinada y aterrada a partes iguales ante la idea de trabajar con Bianca.

–Qué minuciosidad –dijo Alec suspirando–. Y gracias por no mencionar todas las obscenidades que seguro que ha destapado tu investigación.

Margot asintió.

–No hay de qué.

Él la miró. Tenía unos ojos muy bonitos; oscuros con las pestañas tupidas. Margot podía ver rasgos de su madre en él: esos ojos que le habían gustado y la curva de su boca.

–Mi madre acaba de aceptar una proposición de matrimonio –dijo Alec con la voz tensa–. De Wesley. Es un hombre muy agradable y la hace feliz, así que no tengo ninguna objeción a la boda.

Margot esperó en silencio y sin mostrar su sorpresa. Qué inesperado que, a los sesenta años y tras incontables amantes, Bianca se hubiera prometido por fin.

Alec la miraba fijamente.

–Si Wesley fuera un magnate naviero o una estrella de cine, no habría problema. Pero es un diplomático y, como tal, se mueve en unos círculos que no aceptarán demasiado las formas algo... excéntricas de mi madre.

–Quiere aprender a encajar en esos círculos.

–Sí. Para que quede claro, contratarte fue idea suya, no mía. Yo no la estoy obligando a hacer nada. Le preocupa que su impulsividad le dé problemas a Wesley y dice que lo ama lo suficiente como para querer cambiar por él.

–¿Y tú qué opinas? –preguntó Margot.

Alec vaciló y desvió la mirada.

–Opino que la mayoría de la gente es lo que es. Pedirle a Bianca que sea una persona seria, educada y discreta es como pedirle al sol que brille menos. Ambicioso pero improbable.

Margot se había preguntado si él diría que no estaba bien que Wesley no aceptara a su prometida tal como era. Interesante que Alec hubiera ido en otra dirección.

–Estás diciendo que no puede cambiar.

–Estoy diciendo que es improbable –dijo Alec volviendo a mirarla. Se inclinó hacia ella–. Mi madre es divertida, encantadora y excesivamente generosa. Estoy seguro de que disfrutarás de su compañía, pero, si aceptas este trabajo pensando que vas a lograr el objetivo, me temo que te llevarás una decepción.

Margot sonrió.

–¿Me estás desaconsejando que lo acepte?

–Solo te estoy sugiriendo que contemples la posibilidad de fracasar.

–Y justo por eso quiero el trabajo aún más, Alec. Aunque solo sea por ponerme a prueba.

–Espero que no, pero creo que podría pasar.

Él se fue relajando según hablaba. Margot se vio sintiendo tanta curiosidad por la clienta como por su hijo. Había investigado a Alec por el hecho de ser la única familia de Bianca y sabía que era experto en textos antiguos. Cuando había heredado el monasterio hacía casi seis años, había llevado a cabo una amplia reforma y había convertido gran parte del espacio en un centro de investigación para el estudio de textos escritos poco conocidos. Era un hombre solitario, no se había casado nunca y apenas había fotos suyas. Unas cuantas personas lo habían descrito como pesado y aburrido, pero ella sabía que se equivocaban en los dos sentidos. Alec era un hombre que controlaba mucho sus emociones, y ese era un rasgo que ella respetaba. Para ella, el orden era una especie de meditación que todo el mundo debería poner en práctica.

–¿Vamos? –preguntó Alec levantándose.

Ella se levantó también y salió del despacho para seguirlo por una larga galería que se abría a los jardines. El techo medía cuatro metros y medio y era todo de madera tallada. El suelo de piedra era suave y mostraba ligeras grietas por los miles de pies que lo habían pisado. Margot quería preguntar por la historia del monasterio y cómo era vivir ahí. Quería saber si a veces, en el silencio y pasada la medianoche, Alec oía los ecos susurrados de tantas oraciones. No se consideraba religiosa, pero admiraba a quienes lo eran. La fe tenía que ser algo maravilloso. Ella era demasiado pragmática para creer que una fuerza divina iba a ayudarla con su vida y, como tal, creía en la autosuficiencia.

A su derecha había unos jardines enormes y bien cuidados que ocupaban hectáreas; un paraíso privado en el centro de Pasadena. Reconocía varias de las plantas y flores, pero muchas otras le eran desconocidas.

–Los jardines son preciosos –dijo deseando tener tiempo para explorar los caminos que serpenteaban entre los setos y junto a los árboles.

–Gracias. Estaban deteriorados cuando heredé el lugar, pero contraté a un paisajista para arreglarlos. Ha hecho un buen trabajo.

Alec se detuvo junto a un camino de piedra y se giró hacia ella.

–Mi madre acaba de vender su casa y se ha mudado aquí conmigo hasta la boda –dijo adoptando un deliberado tono neutral–. Si aceptas el trabajo, le gustaría que te alojaras aquí también durante el tiempo que trabajéis juntas. Tienes que saber que a veces mi madre tiene unos horarios muy raros.

–Igual que muchos clientes –le aseguró ella pensando en el empresario que había querido trabajar en sus clases de protocolo chino entre las cuatro y las seis de la madrugada.

–No es... –empezó a decir él, y luego apretó los labios–. Mi madre es...

Sacudió la cabeza.

–Tendrás que verlo por ti misma.

Empezó a cruzar el césped en dirección al jardín. Margot lo siguió por el camino de piedra, que estaba tan desgastado como el de la galería. Pasaron entre dos árboles en flor y llegaron a un patio enorme hecho de adoquines. Unos bancos de piedra enmarcaban el perímetro mientras cientos de macetas de distintos tamaños rebosaban de plantas exóticas.

El aroma era divino; dulce sin resultar empalagoso. Si Margot hubiera tenido que elegir una única palabra para describir la fragancia, habría elegido «viva». De pronto le entraron ganas de sentarse en uno de los bancos de piedra y girar la cara hacia el sol. Después, al ver una mesa y unas sillas, se murió por una cena tranquila al atardecer.

–Es el jardín más increíble que he visto en mi vida –admitió, incapaz de contener el comentario–. Es espléndido.

–No puedo llevarme el mérito –dijo él con una pequeña sonrisa–, pero sí que es muy agradable.

¿Agradable? El té helado era agradable. ¡Eso era asombroso!

Se recordó que estaba ahí para una entrevista y, muy a su pesar, ignoró sus ansias de jardín. Mientras se dirigían a la mesa y las sillas, vio a una mujer sentada en un nicho pequeño y recóndito, leyendo una revista. La mujer levantó la mirada al notar que estaban allí y los saludó con la mano.

Margot no solía trabajar con famosos. Su área de especialización era el terreno corporativo. Si, por ejemplo, de pronto tenías que viajar a Argentina, ella era la que te podía dar un curso intensivo sobre temas como los saludos; aunque la primera reunión con un cliente implicaba un apretón de manos, en las siguientes, con probabilidad, el saludo pasaba a ser un beso en la mejilla, incluso aunque la reunión de negocios fuera entre dos hombres. Te podía advertir de que era importante mantener una buena postura y que la cena no solía empezar antes de las nueve. Encontraba consuelo en las normas y en saber qué era lo correcto en cualquier situación.

Cada empleado de su empresa tenía una ficha que se ponía a disposición de los posibles clientes. Llegar a un entendimiento sobre quién trabajaba mejor con quién era una decisión mutua. Las estrellas de cine y los de la industria musical no solían elegir a Margot, y a ella le daba igual. Sí que había tenido un par de trabajos con directores que querían lograr financiación en China, pero eso era distinto. Y probablemente explicaba por qué no estaba preparada para conocer a Bianca Wray en persona.

Sí, claro, había visto fotos de la actriz y también tres de sus películas el fin de semana anterior. Estaba familiarizada con el sonido de su voz y su forma de moverse, pero nada de eso la había preparado para la realidad de verla de cerca.

Bianca era mucho más delicada en persona. Esbelta, pero también de hueso pequeño. Su piel desprendía luminosidad y sus movimientos, elegancia. Tenía los ojos azules y grandes, y el pelo castaño claro y ondulado, justo por debajo de los hombros.

Vistos de forma individual, los rasgos eran bastante

bonitos aunque corrientes. Pero juntos tenían algo. Algo... imponente. Margot suponía que esa era la diferencia entre los elegidos y los mediocres: una cualidad indefinible que no podía fabricarse y solo se podía reconocer y adorar.

Su bisabuela le había hablado del poder estelar. No podía decir qué era, pero podía reconocerlo cuando lo veía. Bianca tenía poder estelar. Cuando ella le sonrió, Margot al instante se sintió la persona más especial de la tierra. A pesar de su reacción visceral, la parte intelectual de su cerebro analizó la postura y la sonrisa de Bianca y cómo se movía mientras se dirigía hacia ellos. Estaba buscando pistas sobre el problema además de cualquier información que la ayudara a hacer su trabajo lo mejor posible.

–¿Has pensado en lo que te he dicho, Alec? –preguntó Bianca al acercarse. Llevaba vaqueros y una camiseta suelta. Todo muy sencillo, pero le quedaba perfecto. Estaba descalza y tenía unas banderitas estadounidenses pintadas en las uñas de los pies–. Seguro que les gusta.

Alec exhaló.

–Mi madre cree que debería invitar a almorzar a unas monjas.

Margot lo miró.

–¿Conoces a monjas?

–No. Mi madre quiere que busque un convento por la zona y les pida que vengan.

–¿Por qué?

Él la miró. Su expresión decía claramente que no había ninguna explicación razonable y que, con suerte, eso también pasaría y quedaría en el olvido.

Bianca se detuvo frente a ellos. Mediría entre metro sesenta y metro sesenta y cinco. Unos ocho centímetros menos que Margot, por lo menos.

–Por lo que Alec ha hecho con el monasterio –dijo

Bianca con tono suave y alegre–. Estarían encantadas de ver cómo has mantenido el espíritu del edificio a la vez que lo has modernizado.

–El dormitorio principal está ubicado en lo que era la iglesia –dijo él con sequedad–. Dudo que las monjas lo aprobaran.

Bianca se agarró a su brazo.

–Ay, cariño, no te preocupes por eso. Tampoco es que vayas a practicar sexo ahí –dijo Bianca guiñándole un ojo a Margot–. Alec sale para esas cosas. Es un poco como la marmota. Una vez al año hace su aparición, por así decirlo, y luego vuelve a su mundo habitual.

Margot no tuvo claro si con el comentario pretendía impactarla, ponerla a prueba o humillar a Alec. Dados el tono cálido y la expresión cariñosa, dudaba que fuera lo último. Aun así, no era algo para decirle a una desconocida... y menos sobre su propio hijo.

–Soy Margot. Encantada de conocerte –dijo alargando la mano.

Bianca se la estrechó.

–Encantada de que me conozcas –contestó y sonrió aún más–. Soy un caso perdido, como seguro que ya te habrá dicho Alec. Soy impulsiva e imprudente y la clase de persona que no debería casarse con un diplomático. Pero aquí estamos, intentando que funcione.

Se puso seria y añadió:

–Wesley es todo lo que siempre he querido. Lo amo y no quiero ser la causa de que pierda su trabajo.

Por un segundo, los ojos dejaron de brillarle y se le llenaron de miedo e inseguridad. Margot analizó las emociones y vio el momento exacto en que afloró el instinto de supervivencia.

–¡Imagínate! ¡Enamorarme a mi edad! –dijo Bianca riéndose–. Qué ridículo. Hasta ahora solo he querido de verdad a una persona, y es Alec –añadió, y sonrió a su hijo–. Seguro que estará encantado de tener a alguien con quien compartir esa carga.

Margot por poco no se mareó con semejante *ping-pong* de emociones. Bianca había pasado del raro comentario sobre la vida sexual de Alec a un instante de sincera vulnerabilidad seguido de una rápida vuelta a la realidad, todo ello expresado con una capa protectora de humor. Ahí había mucho más que el deseo de aprender qué tenedor usar.

Una de las ventajas de tener torpeza social, y no es que hubiera muchas, era la habilidad de reconocerla en otros. Bianca podía ser más bella que el noventa y nueve por ciento de la población, pero eso no significaba que se sintiera cómoda consigo misma. Estaba claro que le daba miedo decepcionar a la gente que le importaba. Tal vez pensaba que llevaba años haciéndolo. «Qué intrigante», pensó Margot, de pronto deseando enganchar el ordenador y ponerse a trabajar en el programa de desarrollo de Bianca.

Alec le apretó la mano a su madre.

–Solo quiero que seas feliz.

Bianca le lanzó a su hijo una sonrisa más brillante que el sol que Alec había mencionado antes y después se dirigió a Margot.

–¿Charlamos un poquito para ver si congeniamos?

–Genial.

Bianca la llevó a la mesa, situada en el centro del jardín adoquinado, mientras Alec volvía a la casa. Cuando estaban sentadas la una frente a la otra, Bianca se quedó observándola un momento.

–No necesitas las gafas, ¿verdad?

La pregunta sorprendió a Margot.

–No. ¿Cómo lo has sabido?

–He llevado gafas de atrezo. ¿Por qué lo haces? No, no me lo digas. Deja que lo adivine –dijo Bianca, y su mirada se volvió penetrante–. Quieres parecer inteligente porque eres guapa. Debes de tomarte muy en serio tu trabajo. Yo nunca lo he hecho. Me gusta actuar, aunque nunca he sentido pasión por ello.

La megasonrisa volvió.

–Pero me pagaban unas cantidades de dinero desorbitadas, así que, ¿por qué no?

Alzó un hombro y lo bajó.

–Dime. ¿Puedes arreglarme? ¿Tienes las habilidades necesarias para convertirme en alguien como los demás?

Margot vio la trampa en la pregunta al instante. Notaba que Bianca estaba poniéndola a prueba de cien formas distintas y no tenía claro qué significaba. Si era ella la que había solicitado ayuda, entonces tendría que estar motivada para cambiar. Sin embargo, el modo en que había formulado la pregunta...

–Sin duda puedo enseñarte a comportarte en situaciones formales, ya sea en un ambiente social o político. En cuanto a lo de «arreglarte», me temo que no es mi trabajo. Quiero que te sientas cómoda para que todo el mundo pueda conocer a la persona que eres de verdad.

–No sé si eso es buena idea –se apresuró a decir Bianca–. No podrían soportar a mi verdadero yo.

–Pues entonces al «yo» que quieras que conozcan.

–¿Cuál es tu bagaje?

Margot sonrió.

–Empecé en Gestión Hotelera. Me enseñaron a trabajar con nuestros clientes internacionales y me encantó. Mi actual jefe me contrató y ahora ayudo a la gente a desenvolverse en nuestro cada vez más pequeño mundo.

–Mmm, sí, fascinante, pero ¿y el bagaje personal? ¿De dónde eres? ¿Quién te crio?

Una pregunta distinta a «háblame de tus padres».
Fue casi como si Bianca supiera que no había padres.

–Mi bisabuela materna –respondió lentamente–.
Tuvo una escuela de belleza y buenos modales durante casi cincuenta años. Formaba a participantes
de concursos de belleza.

–¿Tú competías en concursos de belleza?

–No. Me faltan ciertas habilidades.

Como la de hablar en público. Aún recordaba la
primera vez que Francine la había hecho subirse al
escenario de ensayo que tenían en el aula y dirigirse
al grupo. Margot apenas había ocupado su sitio cuando había vomitado modo proyectil y había acabado
desmayándose. Había sido una forma bastante rápida de poner fin a cualquier esperanza que su bisabuela hubiera tenido de que se llevara la corona.

Margot se había obligado a corregir esa carencia y
ahora podía dar una charla decente, aunque jamás
tendría un don para estar sobre un escenario. De todos modos, tampoco es que hubiera aspirado nunca
a ser una reina de la belleza. Ella solo aspiraba a hacer su trabajo y vivir su vida. Ah, y a no hacer el idiota con los hombres, porque eso ya lo había hecho
bastante.

–Alec te eligió –dijo Bianca–. Estudió a toda la gente de tu agencia y te eligió a ti. Ahora entiendo por
qué.

¿Sí? Margot no sabía que había sido él quien había
tomado la decisión. ¿Por qué a ella? No era una elección obvia, ¿no?

–¿Puedes hacerlo? –preguntó Bianca antes de que
Margot pudiera cuestionar lo que acababa de decir–.
¿Puedes ayudarme a ser quien necesito ser para no
avergonzar a Wesley?

–Sí.

–¿Lo prometes?

Margot se inclinó hacia delante.

–Utilizaré todas mis técnicas y, si no funcionan, me inventaré unas nuevas. Trabajaré sin descanso para que te sientas cómoda en el mundo de Wesley.

–Eso no es una promesa.

–Ya. No hago promesas cuando no puedo estar segura del resultado.

Bianca apartó la mirada.

–Yo hago promesas todo el tiempo. No suelo cumplirlas, pero es que en ese momento dado quiero que la otra persona sea feliz.

–¿Y después?

Bianca volvió a encogerse de hombros.

–Siempre me perdonan. Incluso Alec.

Volvió a sonreír.

–Bueno, venga, vamos a por ello. Alec opina que necesito unos dos meses de instrucción. Tendrás que mudarte aquí. Arriba tenemos unas cuantas habitaciones de invitados. Yo tengo la grande y, lo siento, pero no voy a cambiártela.

–Tampoco esperaría que lo hicieras –dijo Margot mirando a su potencial clienta–. Bianca, no vivo tan lejos de aquí. Podría venir en coche sin problema...

–No. Tienes que alojarte aquí. Así será como trabajar sobre el terreno. A Alec no le importa. Él no suele levantar la vista de su trabajo, así que no se fija en nada. Y la casa es preciosa. Te encantará y yo me sentiría mejor si estuvieras cerca.

Margot asintió despacio. Ya había trabajado interna. No era su preferencia, pero accedía cuando el cliente insistía.

–Como quieras. Os enviaré el contrato en cuanto vuelva a la oficina. Una vez que esté firmado y hayáis abonado el anticipo, me pondré en contacto para hablar de la fecha de inicio.

–¡El lunes! –dijo Bianca poniéndose de pie de un

brinco. Rodeó la mesa corriendo. Se puso de cuclillas delante de Margot, le agarró las manos y sonrió–. Empezaremos el lunes. ¡Ay, qué divertido va a ser! Nos haremos amigas íntimas y lo pasaremos de maravilla.

Se levantó, hizo una pirueta y luego corrió a la casa dejando una estela de risas.

Margot la vio marchar. Había algo, pensó. Bianca tenía un secreto. Ella no tenía claro si estaba buscando algo o huyendo de ello, pero, fuera lo que fuera, era la clave del problema. Sería complicado averiguar qué era, pero en el fondo sabía que, si podía descubrir el misterio, podría enseñarle a Bianca lo que necesitaba saber y marcharse mucho antes de dos meses.

Miró a su alrededor, hacia los preciosos jardines y el tejado desgastado y de ladrillo rojo del monasterio, y se recordó que, independientemente de a lo que tuviera que enfrentarse mientras ayudaba a Bianca, al menos tendría un alojamiento extraordinario. Tal vez, con suerte, incluso podría encontrarse al fantasma de un monje, o a dos.

Capítulo 2

Sunshine Baxter estaba harta del amor a primera vista. HAR-TA. En incontables ocasiones había mirado profundamente a un par de ojos (insertar aquí cualquier color) y había entregado su corazón de inmediato. Todas las relaciones habían acabado en desastre y luego se había odiado a sí misma por haber sido una pedazo de estúpida una y otra vez, así que había decidido que el concepto de «enamorarse» se había acabado para ella. Se despedía de él. Pasaba página.

Aunque...

—Ya lo he decidido —dijo Connor subiéndose las gafas. Sus ojos, marrones oscuros, miraban los de ella con intensidad.

Sunshine, sabiendo que una vez más se había enamorado como una tonta del tipo equivocado, se echó hacia delante.

—Dime.

—Hormigas.

Sunshine sonrió.

—¿Estás seguro?

—Sí. He leído tres libros sobre hormigas y son muy listas y muy trabajadoras. Quiero construir la granja de hormigas más grande del mundo.

–Vale, pues eso haremos. Pero creo que deberíamos empezar poco a poco. Conseguir una granja de tamaño normal, ver si podemos hacerla funcionar y luego ir ampliándola.

La boca de Connor empezó a curvarse formando una sonrisa de lo más encantadora.

–Creía que a las chicas no os gustaban las hormigas.

–No las quiero plagando mi cama, pero la idea de una granja de hormigas me parece superchula.

La sonrisa de Connor llegó a todo su apogeo y él corrió hacia ella. Sunshine abrazó al niño de ocho años mientras se decía que, si adorar al nuevo pequeño que tenía a su cargo contaba como romper su regla de no entregar su corazón, entonces estaba dispuesta a vivir con esa decepción. Connor era irresistible.

El niño la soltó y, al dar un paso atrás, por poco no resbaló del camino y cayó sobre una alta planta suculenta de aspecto agresivo que seguro que tendría un nombre larguísimo en latín. Sunshine se inclinó hacia un lado, lo agarró del brazo con delicadeza y lo salvó de un posible empalamiento. Connor no se dio ni cuenta.

–Vas a decirme que tienes que preguntárselo a mi padre, ¿a que sí?

–Sí. Estamos hablando de responsabilizarnos de varios cientos de seres vivos. Es algo muy serio.

–Es verdad.

El niño soltó una risita y añadió:

–¿Puedo ser su rey?

–Claro. A lo mejor podemos enseñarlas a gritar «¡Que viva Connor!».

Connor se rio. La zona del jardín desértico dentro de las hectáreas de jardines de Los Huntington era la favorita del niño. Como el padre de Connor era paisajista, Sunshine y el niño tenían carnets de socios, y en las tres semanas que ella llevaba trabajando como su niñera, habían ido cuatro veces. Hasta ahora solo habían visitado el jardín desértico, pero no le importaba. Los intereses de Connor se irían ampliando con el tiempo.

El niño se agachó frente a una planta rojiza que, al parecer, se llamaba *terrestrial bromeliad* y la observó.

—El lunes empiezas las clases —dijo él.

Era algo en lo que Sunshine no quería pensar. Parte de su plan para evitar las malas relaciones y llevar su vida por un camino más feliz y positivo consistía en ir a la universidad. Ir más que volver, ya que para eso tendría que haber estado antes en una.

—Sí.

—¿Estás asustada? —preguntó Connor mirándola.

—Sí. Bueno, a lo mejor «asustada» es demasiado fuerte. Estoy nerviosa.

—¿Crees que los demás niños serán más listos que tú?

Ella sonrió.

—Yo no lo habría expresado así, pero, sí, en parte. Y serán más pequeños.

Connor se levantó.

—¿Como yo?

—Creo que un poco mayores, pero, desde luego, no de mi edad.

Sunshine tenía treinta y un años y no tenía nada remotamente destacable que mostrar de sus años en este planeta. Qué triste, ¿no?

Connor le agarró la mano.

—No tienes que tener miedo. Tú también eres lista. Y podemos hacer juntos los deberes.

Ella le tocó la nariz.

—Estás en tercero. No tienes muchos deberes.

—Pues me sentaré contigo y te leeré sobre las hormigas.

Y justo por eso, pensó Sunshine con un suspiro, el pequeño se había ganado su corazón. Connor era un buen niño. Divertido, amable y cariñoso. Había perdido a su madre, que había muerto de cáncer hacía unos meses, y su padre, aunque obviamente se preocupaba por él, tenía un trabajo impresionante e importante que le ocupaba mucho tiempo. Declan había contratado a una serie de niñeras y Connor las había rechazado al cabo de una semana. Por la razón que fuera, Sunshine y él habían congeniado.

–Venga –dijo Sunshine rodeándolo con los brazos–. Vamos a casa. Voy a preparar canelones para cenar.

–¿Qué es un canelón?

–Toda la delicia de una lasaña pero enrollada.

El niño la miró con escepticismo.

–Vas a ponerle verduras, ¿a que sí?

Ella sonrió.

–Sí. Calabacín. Como unas patatitas fritas de calabacín.

–¿Cómo de pequeñas?

Ella se quedó pensativa un segundo.

–Tamaño hormiga.

El niño suspiró.

–Vale, pero no me va a gustar.

–Mientras te lo comas...

Una hora y media después, Sunshine metió en la nevera una ensalada que había preparado y miró el reloj. Según un mensaje que le había enviado Declan, cenaría con ellos. Ella había puesto la mesa para tres, pero, la verdad, no tenía muchas esperanzas. Su jefe estaba en mitad de un gran proyecto, algo sobre el diseño de los jardines de un nuevo hotel de cinco estrellas al norte de Malibú. No solo era un trabajo que le consumía mucho tiempo, sino que no había forma de llegar a Pasadena desde la playa sin comerse kilómetros y horas de atascos. En más de una ocasión le había escrito diciendo que llegaría a casa a cenar y luego, una hora después, la había llamado para decirle que seguía en la autopista y que empezaran sin él.

A Sunshine no le importaba cenar sola con Connor, pero sabía que el niño echaba de menos a su padre.

Una vez que Declan llegaba a casa, pasaba el resto de la noche con su hijo y era él el que lo preparaba para irse a dormir. Estaba claro que estaban unidos, y eso era bueno. Aun así, a ella toda esa situación se le hacía algo rara. Por norma, a las tres semanas de estar en un trabajo ya se sentía cómoda en la casa y tenía una rutina establecida. Connor y ella se llevaban genial, pero apenas había visto a Declan y no habían hablado. Tenía que decirle que en algún momento deberían sentarse a hablar. Tal vez lo haría en los próximos días.

El primer fin de semana que había pasado en la casa, Declan y Connor se habían ido a Sacramento a visitar a los padres de él. La semana siguiente Declan había salido de la ciudad para asistir a una conferencia, y esa semana ella no tenía ni idea de qué pasaría.

–¿Tenéis planes para mañana tu padre y tú?

–No sé. No me ha dicho nada. Si está ocupado, ¿qué quieres que hagamos?

–Había pensado que podríamos ir a la Eco Star Station.

Connor terminó de colocar los cubiertos.

–¿Tengo que sujetar a la tarántula?

–No, si no quieres.

–Los arácnidos no son hormigas –dijo él a la defensiva.

Ella alzó las manos.

–No hace falta que me lo digas. Lo de la granja de hormigas me parece perfecto, pero, si me dijeras que quieres tener una colonia de arañas, saldría gritando en plena noche.

Él sonrió.

–¿En pijama?

–Muy posiblemente.

Las risas del niño quedaron interrumpidas por el ruido de la puerta del garaje al abrirse.

–¡Papá está en casa! ¡Papá está en casa!

Lo vio cruzar la cocina corriendo y salir por el cuartito de entrada auxiliar, y después miró la mesa. Bueno, pues parecía que serían tres para cenar. Qué divertido, ¿no?

No es que estuviera nerviosa. No lo estaba. Era solo que apenas conocía a Declan. Pero no pasaba nada. Esa noche charlarían mientras se tomaban unos canelones con calabacín tamaño hormiga.

–... y Sunshine me va a ayudar con la granja de hormigas. Mañana vamos a mirarlo en Internet y con eso vale porque me he leído tres libros y he visto otros dos más en la biblioteca y me los voy a leer este fin de semana, así que me lo voy a saber todo.

Por las fotos enmarcadas que había visto en la habitación de Connor, Sunshine sabía que el niño se parecía a su madre. Era pequeño para su edad, de constitución menuda y con el pelo y los ojos oscuros, así que, cada vez que miraba a Declan, resultaba un poco impactante.

Ese hombre era grande. No grueso, sino alto, con los hombros anchos y muchos músculos. Tenía el pelo rubio y los ojos verdes y debía de medir un metro noventa por lo menos. Un poco extremo para ella, que solo medía metro sesenta. La mayoría de los días llevaba traje y corbata, que por lo que fuera lo hacía más impresionante aún. Además, tenía mucha presencia.

Era alguien que llamaba la atención allá donde fuera. No lo conocía lo suficiente para tener una opinión de él, pero parecía un tipo decente. Quería a su hijo, y la verdad, a ella eso era lo único que le importaba.

–Buenas noches, señor Dubois –murmuró cuando él soltó el maletín antes de levantar al niño en brazos y ponerlo boca abajo.

Mientras su hijo estaba ahí colgado y gritando de alegría entre risas, Declan la miró.

–Ya hemos hablado de esto, Sunshine. Llámame «Declan», por favor.

–Vale, solo quería asegurarme.

–Quiero naturalidad.

A ella le gustaba la naturalidad. Y, ahora que lo pensaba, era lo mejor, teniendo en cuenta que se había descalzado al entrar en la casa y que ahí estaba, descalza, en vaqueros y con una camiseta extragrande que promocionaba un bar de Tahití.

Declan puso a Connor recto y miró la mesa.

–Qué bonita. ¿Qué vamos a cenar?

–¡Comida de hormigas! –dijo Connor con alegría–. Palitos de hormiga de calabacín.

–¿En serio?

–Ensalada, canelones, nudos de ajo y palitos de calabacín fritos –corrigió ella.

–Los nudos de ajo son pan –le dijo Connor a su padre–. Los he atado yo.

–¿Tú? –dijo Declan despeinándolo–. ¡Qué maravilla! Dadme cinco minutos para cambiarme y vengo a ayudaros.

Declan agarró el maletín y echó a andar por el pasillo con su hijo detrás.

–Sunshine, ¿bebes vino?

–Solo los días que terminan en S o en O.

–Vale. ¿Por qué no eliges una botella de tinto de la bodega? ¿Sabes dónde está?

–Sí.

Exceptuando el dormitorio de Declan, había explorado toda la casa aquel primer fin de semana. Se conocía todos los rincones en los que podía esconderse un niño de ocho años y había llevado al garaje un cubo lleno de distintas botellas de limpiadores. Sí, Connor era lo bastante mayor para saber que no debía jugar con esas cosas, pero ¿para qué tentar a la suerte?

La casa era la típica del vecindario. Construida en la década de 1920 y con una fuerte influencia española, la estructura tenía forma de U y un patio en el centro. Detrás de la cocina estaba el cuartito de entrada auxiliar, y al otro lado había una sala de estar y luego estaba su habitación *en suite*. Detrás del garaje adosado había un gimnasio grande que tenía que empezar a usar.

Al salir de la cocina en la otra dirección llegabas a un comedor y a un salón formales y luego el pasillo se curvaba. Ahí estaban el despacho de Declan, luego la habitación de Connor y después el dormitorio principal.

Las habitaciones eran grandísimas, las vigas de los techos eran las originales y el jardín parecía sacado de una fantasía. Sunshine no sabía mucho de plantas, pero sí que sabía que debía dejar la ventana abierta para poder oler el jazmín florecer por las noches.

Fue hacia el cuartito de entrada y se detuvo junto a la gran despensa. En la pared del fondo había una bodega con puertas de cristal. Calculaba que tendría por lo menos cuatrocientas botellas, todas agrupadas por tipos. Sacó las rejillas y buscó un tinto relativamente barato. Era una cena informal y el vino también debería serlo.

Encontró un cortacápsulas y un abridor en uno de los cajones de la despensa y llevó a la cocina la botella abierta y dos copas. Abrió una botella de sidra espumosa sin alcohol para Connor. Si iban a darse un capricho, mejor hacerlo todos.

Mientras Declan acomodaba a Connor, Sunshine metió los panecillos en un gran bol y los cubrió con mantequilla fundida y ajo. La ensalada ya estaba en la mesa, al igual que los platos. Les sirvió un panecillo a Declan y a Connor antes de poner los demás en la mesa y sentarse.

La mesa de la cocina era para seis. Los tres estaban apretujados en un extremo, ella frente a Connor. Sin pensarlo, le sirvió ensalada y entonces se dio cuenta de que tal vez habría querido hacerlo su padre.

–Ay, perdón. ¿Querías...?

–Adelante –dijo Declan con naturalidad mientras servía el vino.

Ella asintió y esperó a que él se sirviera antes de agarrar la ensaladera y ponerse ensalada en su propio plato. Cuando terminó, fue a levantar su copa de vino justo cuando Declan iba a dársela. Se chocaron y por poco no se derramó el vino.

Sunshine notó que se había sonrojado. Genial. ¡Genial! Ya debería haber superado la sensación embarazosa de los primeros días. Vivir en casa de otra persona y ser casi parte de la familia, pero no del todo, no era una transición sencilla.

Declan sacudió la cabeza.

–Tenemos que mejorar nuestras habilidades para desenvolvernos en las cenas –dijo con tono de broma.

–Eso parece.

–Las últimas semanas han sido una locura por mi agenda de trabajo y no hemos tenido oportunidad de conocernos. Si no tienes planes, ¿qué te parece si quedamos en mi despacho cuando Connor se vaya a dormir y hablamos de cómo están yendo las cosas de momento?

–Genial. Gracias.

Connor levantó su copa de sidra.

–Quiero hacer un brindis.

–¿Ah, sí? –dijo Declan levantando la suya–. ¿Y cuál es?

Sunshine levantó la copa y esperó. Tenía la sensación de que no iba a ser el momento de distinción que Declan parecía estar esperando.

Connor sonrió.

–Arriba, abajo, al centro y pa'dentro.

–Pa'dentro –murmuró Declan antes de dar un sorbo de vino–. No podría estar más orgulloso.

Connor soltó una risita. Sunshine le guiñó un ojo.

–Hoy después de clase hemos ido a Los Huntington –dijo ella levantando el tenedor–. Al jardín desértico.

–¡Es mi favorito! –dijo Connor.

–Algún día podré ver uno de los otros jardines. O eso espero, al menos.

Connor levantó los hombros con un exagerado suspiro.

–Cuando hayamos ido dos veces más. Lo prometo.

–¡Yupi! Gracias.

–De nada –dijo el niño, y se dirigió a su padre–: ¿Qué tal el hotel?

–Bien. Ya han dado los permisos del edificio, así que puedo ponerme a trabajar con el diseño de los jardines –contestó Declan. Miró a Sunshine–. Mi propuesta dependerá de los materiales que decidan utilizar.

–Claro. Nadie quiere que las flores desentonen con el revestimiento.

–Exacto. Connor, ¿qué tal el cole?

–Bien. He sacado un sobresaliente en el examen de Ortografía. Hemos estudiado un montón.

–La lección combinaba deletrear palabras y de

paso aprender distintas clases de divisas –añadió Sunshine–. «Euro», «yen», «rublo», la misma palabra «divisa».

–Esa es difícil –dijo Connor mientras se terminaba la ensalada–. Y «rublo» es como «rulo» pero con la «b».

–Eso es. Muy bien –dijo Declan.

Sunshine acababa de levantarse para recoger los platos de ensalada cuando Connor soltó con vocecilla de pito:

–Sunshine empieza las clases el lunes y está asustada.

–Sí, bueno, tampoco creo que sea tan interesante –murmuró ella entrando en la cocina para sacar los canelones del horno.

–¿Vuelves a la universidad? –preguntó Declan.

–Decir «volver» sería incorrecto, pero sí –contestó ella mientras servía la humeante pasta en los platos y los llevaba a la mesa–. Estoy en el Colegio Universitario de Pasadena con intención de graduarme en Psicología Infantil. Voy a empezar las clases de Educación General.

–Muy bien hecho.

–Gracias.

Una vez que estuvo sentada, dio un sorbo de vino y se dijo que no le importaba lo que su jefe pudiera pensar sobre su falta de formación. Que él tuviera un título superior, un trabajo estupendo, una casa, un hijo y una vida totalmente equilibrada a ella le daba igual.

Suspiró. No era por Declan en particular. Él simplemente representaba todo lo que ella no tenía. Raíces. Una dirección. Un plan. Se le habían pasado volando los veinte en una serie de relaciones que la habían dejado sin nada más que contar que una ristra de malas decisiones y corazones rotos. Y entre esos corazones había estado el suyo.

Pero ahora todo eso había quedado atrás. Había tenido una especie de revelación y ahora estaba centrada y tenía un plan de vida. Y ni nada ni nadie iba a desviarla de su camino. Eso lo tenía claro.

Declan Dubois llevaba un año sin sexo. Hasta hacía unas semanas le había dado igual, en serio, pero últimamente había empezado a importarle mucho y ahora se estaba convirtiendo en un problema.

El período de sequía había empezado cuando Iris y él habían estado teniendo problemas, si es que podía llamarse así. Sin saber si su matrimonio iba a sobrevivir o no, él había empezado a dormir en el sofá de su despacho. Después ella había enfermado y el sexo había sido lo último que se les había pasado por la cabeza a los dos. Tras la muerte de Iris, se había quedado conmocionado e intentando asimilar la realidad de que la mujer con la que había dado por hecho que pasaría el resto de su vida ya no estaba. Además, había tenido que ocuparse de Connor y ayudarlo a sobrellevar la pérdida de su madre. El sexo no había sido importante.

Pero ahora sí que lo era, ¡y tanto que sí!, aunque no tenía ni idea de qué debía hacer al respecto. Salir con alguien le parecía imposible y unos minutos en la ducha se le hacían poco. En algún momento quería a una mujer en su cama, pero tampoco quería solo un rollo de una noche. Nunca había sido de esos. No necesitaba amor para animarse, pero prefería que hubiera algo de interés emocional. Hacía diez años que no tenía una primera cita con nadie. ¿Cómo iba a empezar ahora? ¿Dónde conocería mujeres? En el trabajo no, eso nunca salía bien. ¿Por Internet?

Recorrió la corta distancia que había entre la habitación de Connor y su despacho y se dijo que ya se ocuparía de ese asunto más tarde. Ahora que el niño estaba dormido, el asunto más apremiante era conocer mejor a la mujer que había contratado para cuidar de su hijo. Tres semanas se habían pasado volando. Si no tenía cuidado, se daría la vuelta y Connor estaría graduándose del instituto y él seguiría sin saber nada de Sunshine.

Se sentó al escritorio y abrió el archivo que la agencia le había dado cuando él la había entrevistado. En aquel momento, Sunshine era la quinta niñera que contrataba y él estaba desesperado por encontrar a alguien que le gustara a su hijo. La muerte de Iris había sido un impacto. No había pasado ni un mes desde que él se había enterado de lo del cáncer hasta que ella había muerto. No había tenido tiempo para prepararse, y eso que él era adulto. Connor había tenido muchas menos habilidades para manejar la tremendamente desgarradora situación. Declan no sabía cómo habrían sobrevivido si sus padres no se hubieran quedado con ellos después del funeral.

Ojeó el informe. Sunshine tenía treinta y un años. Desde los veinte había trabajado como niñera de manera intermitente. No tenía formación profesional ni estudios más allá de Secundaria, pero sí un historial de trabajos que había dejado antes de que se le terminara el contrato. No había querido contratarla, pero estaba desesperado y la agencia había insistido en que al menos hablara con ella. Después de probar sin éxito con cuatro de sus mejores niñeras, había visto que no podía negarse, así que, a regañadientes, había accedido a conocerla.

No recordaba nada de lo que habían hablado, solo que había insistido en que Connor y ella pasaran una tarde de prueba juntos supervisados por alguien de la agencia. Connor había vuelto a casa diciendo que le gustaba y Declan la había contratado esa misma noche.

Las últimas tres semanas habían sido un torbellino de trabajo y viajes. Había querido pasar más tiempo en casa, conociéndola, observando cómo se relacionaba con Connor, pero el destino había conspirado en su contra. Aun así, su hijo parecía más feliz que en mucho tiempo, y estaba claro que apreciaba a Sunshine.

Un toque en la puerta abierta lo devolvió al presente. Sunshine estaba ahí, con sonrisa vacilante.

–¿Es buen momento?

Él asintió y le indicó que se sentara en la silla, al otro lado del escritorio. Sunshine se sentó sobre sus pies descalzos.

No se parecía en nada a Iris.

Fue un pensamiento inesperado, pero, una vez se formó, él ya no pudo ignorarlo. Su difunta esposa había sido alta y esbelta. Delicada, con huesos pequeños y dedos largos. Pálida y con el pelo y los ojos oscuros.

Sunshine era unos centímetros más baja y mucho más curvilínea. Rubia y con los ojos azul claro. Tenía unos pómulos rellenitos, pechos grandes y un trasero que... Declan se dijo en silencio que no debía ir por ahí. No solo era inapropiado, sino que además ella no era su tipo. Y repetía, era inapropiado.

Iris solía llevar ropa hecha a medida en negro o marrón topo. Por lo poco que había visto de Sunshine, era mujer de vaqueros y camiseta. Comía cereales directamente de la caja, no tenía ningún problema en tumbarse en el suelo a jugar a las damas con Connor y no había protestado ante la idea de tener una granja de hormigas en casa. De nuevo... no era Iris.

Y no es que él quisiera que nadie fuera Iris. Su esposa había sido su primer amor verdadero y sin ella jamás volvería a ser el mismo. Tampoco es que pensara que no podría volver a sentir algo por alguien.

No tenía ni idea, la verdad. Solo sabía que no quería una sustituta para Iris.

–Connor y tú os lleváis muy bien.

Ella sonrió. Dos simples palabras que en absoluto reflejaban la transformación de «bastante guapa» a «impresionante». Declan esperaba que no se le notara lo pasmado que estaba. Después de todo, ya la había visto sonreír antes. Debería estar acostumbrado y, aun así, no lo estaba.

–Es adorable. Es imposible no caer rendida ante él. Es un niño serio, pero también divertido y amable. Sé que echa de menos a su madre, pero lo va sobrellevando. Hablamos de ella siempre que quiere. Sé que va al psicólogo, y espero que lo ayude. Lógicamente, el psicólogo no me cuenta nada, pero diría que le está yendo bien.

Ver el aprecio que Sunshine le tenía a su hijo lo relajó.

–Connor es especial –dijo él. Después miró la carpeta abierta sobre la mesa y decidió ser directo–. No tenía claro si debía contratarte o no.

En lugar de ponerse a la defensiva, ella se rio.

–Yo podría decir lo mismo de ti. Esperaba trabajar para una madre soltera con una posición importante, pero el director de la agencia me convenció para conocer a Connor y esa fue mi perdición.

Señaló a la carpeta.

–¿Es sobre mí?

Él asintió.

Ella arrugó su carnosa boca.

–A ver si lo adivino... El informe dice que soy genial con los niños. Me gustan y yo les gusto a ellos. No llego tarde, cocino, ayudo con los deberes, conduzco con precaución. Cuando hay una emergencia, casi siempre estoy disponible. Pero... –dijo, y lo miró–. Hay muchas probabilidades de que un día desaparezca prácticamente sin avisar. Me voy y vosotros os quedáis tirados.

Se encogió de hombros.

–¿Eso lo resume todo más o menos?

Su sinceridad lo sorprendió. ¿Era una táctica o era de verdad? No tenía ni idea.

Ella suspiró.

–Es verdad. Todo. He dejado al menos seis trabajos. Conozco a un tipo, me enamoro, quiere que me vaya con él y me voy. Así, sin más.

–¿Irte con él?

La sonrisa volvió, aunque con menos poder demoledor.

–Suelo enamorarme de hombres con trabajos poco corrientes o que no viven donde estoy yo. Uno que está en una banda de *rock*, un fotógrafo de viajes, un tenista profesional. En una ocasión, la familia con la que estaba trabajando me llevó con ellos a Napa. Conocí a un chico que era dueño de un restaurante y, cuando la familia volvió a casa, yo me quedé. Lo bueno de aquello fue que me enseñó a cocinar.

Miró a otro lado.

–Era joven e imprudente, y ya no quiero volver a ser así.

Volvió a mirarlo.

–No te aburriré con los detalles. Digamos que me desperté sola en una habitación de hotel en Londres sin trabajo, sin novio y sin perspectivas de futuro. Volví a casa y me fui a vivir con mi hermana, y luego busqué un par de trabajos porque lo de ser niñera no nos funcionaba ni a los niños ni a mí.

Él no tenía claro que se había esperado oír, pero seguro que eso no.

–¿Entonces, por qué vuelves a ser niñera ahora?

–Se me da bien y necesito el dinero. Quiero hacer algo con mi vida. Tener estudios, dinero para la jubilación, ser normal. Trabajar de niñera me permite pagar la universidad, tener tiempo para estudiar y no tener que preocuparme por el alquiler. Quiero evitar problemas y ser inteligente. Se acabó lo de estar con fracasados. Ya no quiero ser esa chica.

Volvió a sonreír y lo dejó igual de enmudecido que antes.

–Ya, es más de lo que querrías saber –dijo ella–, pero estoy siendo sincera. No tienes por qué creerme. No me conoces, y de ahí esta conversación, ¿no? Pero estoy volcada en Connor. No voy a alejarme de él.

–¿Porque ya no eres esa chica?

–Por eso mismo.

Fue demasiada información y Declan no sabía qué hacer con ella. Sunshine tenía razón; no tenía motivos para creerla, pero la creía. ¿Era tonto por hacerlo o era una intuición? Ni idea.

–¿Por eso también querías trabajar para una mujer?

Ella asintió.

–He tenido un par de papás sobones. Es incómodo.

–Te aseguro que yo jamás...

Ella sacudió la cabeza.

–Lo sé. No tienes que decir nada.

¿Lo sabía? ¿Cómo? ¿Y qué significaba eso? ¿Tan asexual se había vuelto que... que...? Dios, ni siquiera podía formular la pregunta, así que mucho menos responderla.

Ella se rio.

–Te has quedado descolocado. Lo que he querido decir es que tienes pinta de ser una persona honrada. Y lo agradezco.

–Bien –dijo él, no muy seguro de si eso era bueno o malo. En fin, hora de cambiar de tema–. Con respecto al horario, ¿te va bien?

–Perfecto.

Sunshine tenía que estar disponible de seis y media de la mañana a nueve de la noche, con el mediodía libre, cinco días a la semana. Además, trabajaba un sábado de cada dos y hacía la cena cuatro noches a la semana.

–Siento que tuvieras que trabajar el domingo cuando estuve de viaje de negocios.

–No pasa nada. Connor y tú estuvisteis fuera el fin de semana anterior, así que tuve ese sábado libre. Declan, no llevo la cuenta de cada minuto. Si Connor se levanta antes o se queda despierto hasta más tarde, no importa. Gran parte de mi trabajo consiste en ser flexible.

–Gracias.

Él se aseguró de que Sunshine sabía dónde estaban todas las tiendas de la zona y luego sacó una tarjeta de crédito de un cajón.

–La he pedido para ti. Será más fácil que que me estés dando tiques y yo reembolsándote el dinero.

Sonrió al añadir:

–No te vayas a Tahití con ella.

–Jo, pues justo ayer Connor y yo estuvimos hablando de hacer un viaje –dijo ella agarrando la tarjeta–. Parece que se le están quedando pequeños algunos pantalones y tiene muy estropeadas las deportivas. ¿Quieres que lo lleve de compras o prefieres hacerlo tú?

–Puedes llevarlo. Durante las próximas semanas estaré volcado de lleno en los planos para el hotel. Una vez que eso se calme, tendré más tiempo.

–Vale. Entonces compraré lo que necesita ahora mismo y ya te ocupas tú del resto. ¿Algo más?

Él dejó de mirarle la boca y le miró... Maldijo para sí mientras se decía que no estaba permitido ser un capullo. Tenía que controlarse o, al menos, echar un polvo. Eso suponiendo que recordara cómo se hacía. Imaginaba que era como montar en bici. Una vez que la mujer en cuestión estuviera desnuda, él sabría qué hacer.

–¿Declan?

Él parpadeó.

–Bueno, pues eso es todo.

Sunshine se levantó y se guardó la tarjeta en el bolsillo trasero.

–Que pases buena noche.

–Igualmente.

Declan no sabía cómo pasaría la noche, pero era muy probable que se diera una ducha en un momento. Una ducha larga. Después se tumbaría solo en la cama a la vez maldiciendo y echando de menos a la mujer con la que había estado casado. La que lo había traicionado y luego había muerto antes de que él pudiera decidir si la había perdonado o no.

Capítulo 3

El domingo por la mañana, justo antes de las once, Sunshine entró en el restaurante. Se había rizado el pelo, se había maquillado e incluso se había puesto un vestido. Y no porque intentara impresionar a nadie. Había quedado con su hermana, no con alguien que fuera a juzgarla. No, los motivos fueron más una cuestión de autoprotección. Margot, se pusiera lo que se pusiera, estaría preciosa y, aunque Sunshine sabía que no podía competir en belleza, tampoco quería ser la historia con moraleja. O simplemente la sexi.

Le dio su nombre a la recepcionista del restaurante. Había al menos veinte personas esperando a sentarse, sobre todo familias multigeneracionales. Sunshine vio a abuelos controlando a nietos para que no salieran corriendo y a mamás primerizas inquietas por sus bebés.

La mayoría de las familias parecían felices, y verlo era agradable. Los niños merecían crecer en un hogar donde las cosas fueran bien más a menudo que mal.

Margot entró y la vio. Las hermanas se abrazaron. Cuando dieron un paso atrás, Sunshine contuvo un suspiro. Pues sí, su melliza estaba impresionante con un vestido ajustado azul marino de manga corta. El tejido se le pegaba al cuerpo y le caía justo en la rodilla. El cuello era alto y el corte conservador. Ni en el vestido, ni en los zapatos azules de tacón medio, ni en su sencillo bolso de mano había nada que gritara «¡Miradme!», pero la gente la miraba de todos modos. La miraba y se quedaba embobada.

Sunshine sabía que ella también llamaba mucho la atención, aunque no por buenos motivos. Era todo tetas y culo con un poco de bamboleo, por si con lo otro no bastara. Margot era la portada de *Vogue* mientras que Sunshine era más la valla publicitaria de un club para caballeros. Y luego la gente decía que Dios no tenía sentido del humor.

Margot se agarró a su brazo.

–¿Cómo estás? ¿Qué tal el trabajo? ¿Estás nerviosa por ir a empezar las clases mañana? No lo estés. Te va a ir genial. Eres inteligente y decidida. Estoy orgullosísima de ti. Mira qué rápido has recompuesto tu vida.

–«Recomponer» puede que sea una exageración –murmuró Sunshine cuando la recepcionista les indicó la mesa.

–Hoy es fácil encontrar mesa para dos –dijo la chica sonriendo–. El problema son las de ocho. ¿Me seguís, por favor?

Las llevó a una mesa pequeña encajonada junto a la ventana. Después de sentarse, Margot se inclinó hacia su hermana.

–¿En serio estás bien?

Sunshine sonrió.

–Te tomas demasiado en serio lo de ser la hermana mayor. Al llegar al mundo solo me ganaste por ocho minutos.

–No puedo evitarlo. Eres mi familia y te quiero.

–Yo también te quiero.

Sunshine sacó del bolso un sobre delgado y se lo dio.

–La prueba de que estoy perfectamente bien. El primer plazo.

Margot abrió el sobre y arrugó la nariz. Sacó el cheque.

–No hacía falta.

–Me prestaste la entrada para el coche.

Cuando Sunshine había vuelto a Los Ángeles cuatro meses atrás, había tenido cero dinero pero un historial crediticio sorprendentemente bueno. Después de conseguir un empleo como camarera y otro como dependienta en una droguería, le había pedido dinero a su hermana y había conseguido agenciarse un crédito para un coche. Margot había insistido en que metiera un par de miles de dólares en una cuenta de ahorros antes de devolverle el dinero. Gracias a su nuevo empleo de niñera, le iba mucho mejor económicamente y por fin podía devolverle el dinero a su hermana.

Margot suspiró.

–No quería que me lo devolvieras.

–Lo siento, pero era el trato. No soy una gorrona.

Margot sonrió.

–Me sacas de quicio.

–Es uno de los requisitos. Estoy bien. Adoro a ese niño, mañana empiezo las clases y todo está bien. Lo juro.

–Bueno, si lo juras...

Su camarero apareció y les detalló los platos especiales antes de tomar nota de las bebidas.

–Champán –dijo Margot con rotundidad.

Cuando llegaron las copas, Sunshine agarró la suya.

–Por Francine en el día de su cumpleaños. Te queremos, te echamos de menos y esperamos que en el cielo estés rodeada de reinas de la belleza.

Margot brindó con ella.

–Por Francine. Sé que no somos exactamente lo que esperabas, pero te queremos y te agradecemos todo lo que hiciste por nosotras.

Dieron un sorbo en honor de la bisabuela que las había criado. Hacía más de una década que había fallecido, pero Sunshine aún podía oír su voz: «Sentaos derechas. No os crucéis de piernas por la rodilla. Mantened la cabeza alta. La elegancia siempre es la elección correcta».

–Yo fui toda una decepción –dijo Sunshine con tono despreocupado, y es que hacía mucho tiempo que había aceptado la inevitable verdad.

–Las dos lo fuimos –murmuró Margot–. Al menos tú lo intentaste. Yo era un desastre, todo el rato temblando y gimoteando.

–Y no olvides el vómito proyectil.

–Siempre es un recuerdo precioso.

Se sonrieron.

–¿Qué tal el trabajo? –preguntó Sunshine–. ¿No ibas a tener una entrevista para un cliente nuevo?

–La he tenido y me han dado el trabajo. Pinta interesante. Esa mujer es un cúmulo de contradicciones. Tengo que estar interna, y eso no me suele gustar, pero la casa es genial.

Sunshine sabía muy bien que no debía hacer demasiadas preguntas. Margot era muy discreta en lo que respectaba a sus clientes y nunca daba detalles.

–¿Dónde vas a vivir?

–En Pasadena, no lejos de ti.

–¡Qué bien! Avísame si quieres que me pase por tu piso para ver cómo está todo. Ya sabes que tengo un horario flexible en general.

–Gracias.

El camarero volvió y pidieron la comida. Cuando se fue, Margot levantó su champán.

–Bueno, ¿y cómo es tu nuevo rompecorazones?

Sunshine se rio.

–Connor es absolutamente adorable. Es un niño buenísimo. Aún está asimilando la pérdida de su madre, pero es muy valiente. Vamos a comprar una granja de hormigas.

Margot se estremeció.

–¿Por qué?

–Quiere una. Creo que será divertido. ¿Sabes que la gente que las vende se refiere a las hormigas como «animales domésticos»? Connor estaba justo delante, así que no me pude reír, pero, joder, ¿en serio? ¿Animales domésticos? ¿Entonces ellos son ganaderos de hormigas o algo así?

Margot soltó una risita.

–¿Y el hombre de la casa?

–Aún estoy conociéndolo. Parece un buen padre. Está volcado en Connor.

–Qué bien, para variar.

–Pues sí.

Demasiados de los padres con los que había trabajado no estaban muy implicados. Querían una niñera para su comodidad y para quitarse la responsabilidad de criar a sus hijos. En cambio, por lo que veía, Declan era un padre preocupado por su hijo.

–Debe de ser muy duro –dijo Sunshine conteniendo la pena–. Perder a tu pareja siendo los dos tan jóvenes... Habrían contado con pasar toda la vida juntos y ella ha muerto.

–No empieces –dijo su hermana con tono amable–. Ibas a decir que tú quieres lo mismo.

–Lo de morir no. Solo el resto. Ya sabes. El amor. El amor eterno.

Se miraron y entonces Margot sacudió la cabeza lentamente.

–Sabes que no lo llevamos en el ADN.

–Podríamos. Quiero que lo llevemos. Al menos Connor tiene alguien a quien llorar y echar de menos. Yo no. Yo solo tengo un montón de relaciones fallidas que sabía que nunca irían a ninguna parte. Y, aun así, ahí estaba yo, renunciando a mi vida a la primera muestra de interés. La gente normal y con sentido común no hace eso.

–¿Eso es lo que vamos a ser?

–Es un buen objetivo. Tú casi lo has logrado.

–¡Anda ya! –dijo Margot levantando su copa–. Me he pasado gran parte de cinco años estancada por culpa de un hombre y los últimos me los he pasado intentando evitarlo. He estado tanto tiempo intentando no pensar en él que no puedo pensar en nadie más. Soy buenísima en mi trabajo y pésima en mi vida personal.

–No.

–Un poco sí.

Sunshine sabía que sí, que era un poco verdad.

–Yo quiero sentirme orgullosa de mí misma –admitió–. Quiero ser mejor persona y enamorarme de alguien estupendo. Quiero un futuro, no una aventura.

–La normalidad esa que tanto te encanta –señaló Margot.

–Te burlas de la normalidad, pero a ti también te gustaría. Lo que pasa es que te da miedo intentarlo. No te ves capaz de querer a nadie más que a Dietrich.

Margot se estremeció.

–Es verdad, vale, pero no estaría mal un poco de tacto.

–Perdona. La próxima vez lo diré con tacto.

Margot se quedó pensativa un momento.

–Vale, ya lo digo yo. Quiero dejar atrás mi pasado y avanzar. Me gustaría saber si soy capaz de amar a alguien más. Alguien que de verdad sea bueno para mí.

–Por las dos, porque seamos valientes –dijo Sunshine alzando la copa–. O, por lo menos, que no seamos imprudentes.

Después del *brunch*, Sunshine hizo unos recados antes de volver a la casa. Quería dedicar unas horas a echar un vistazo a su gigantesco libro de Matemáticas. Había ojeado los primeros capítulos dos veces y seguía sin tener claro si estaba escrito en su idioma, pero a lo mejor esta vez todo tendría sentido.

Intentó decirse que iba a ir a clase para aprender y que, si ya lo entendiera todo, ¿de qué le serviría? Pero no se quedó convencida del todo. ¿No debería saber algo al menos?

Aparcó su Honda Civic de segunda mano junto al SUV BMW de Declan y entró en casa. Después de cambiarse y ponerse unos pantalones cortos y una camiseta, fue a la cocina. Oyó a Connor y Declan jugando fuera. Llenó dos vasos de hielo y agua y los dejó en la encimera. Estaba a punto de irse a su habitación cuando Declan entró en la cocina.

Le sonrió al verla.

–Has vuelto. ¿Qué tal el *brunch*?

Iba vestido de *sport*. Sus hombros tensaban las costuras de la camiseta y la tela parecía suave y descolorida.

–Bien. He estado con mi hermana. Es el cumpleaños de mi bisabuela. Murió poco después de que nos graduáramos en el instituto, pero siempre quedamos y salimos por su cumpleaños. Le gustaría que nos acordemos, pero luego nos regañaría y diría que el champán contiene mucho azúcar y que se me va a ir directo a los muslos. Después me diría que me siente derecha.

Él enarcó las cejas.

–Debió de ser una mujer... interesante.

–Era un torbellino. Llevó su propio negocio hasta que se jubiló cuando ya pasaba de los ochenta –dijo Sunshine, y añadió haciendo el gesto de las comillas–: Escuela de Modales y Decoro de la señora Baxter. Y no, no es broma.

–Ni siquiera sé qué es eso.

–Mi bisabuela ayudaba a chicas a convertirse en reinas de la belleza. Se moría por preparar a una Miss América, pero a lo máximo que llegó fue a tener una finalista. Nosotras éramos su última esperanza, pero era imposible. Yo estaba más que dispuesta, pero no estaba hecha para los concursos de belleza.

Declan parecía aún más confuso.

–¿Por qué no?

–Hombres –dijo ella sonriendo–. Soy demasiado baja y tengo demasiadas curvas. Margot es la belleza de la familia. Alta, delgada, preciosa. Pero ella no soportaba todo ese rollo de los escenarios. O se desmayaba o vomitaba, y no son buenas estrategias para ganar. Cuando teníamos catorce años, Francine cerró la escuela y nos mudamos a Las Vegas.

–Estoy alucinando –dijo Declan–. No tenía ni idea de que tuvieras un pasado tan movidito.

–Hay montones de detalles sorprendentes. Avísame si alguna vez quieres aprender a hacer un giro de pasarela en tres puntos. Soy una experta.

–Ahora sí que me estás asustando.

Connor entró corriendo en la cocina.

–¡Pa-pá! Llevo una eternidad esperándote.

Se giró.

–¡Sunshine! ¡Has vuelto! –dijo corriendo hacia ella y abrazándola por la cintura–. Estamos jugando fuera. Ven con nosotros.

–Connor, ya hemos hablado de esto. Hoy Sunshine tiene el día libre. Tenemos que dejarla tranquila.

Connor se subió las gafas y asintió despacio a la vez que daba un paso atrás.

–Perdona, Sunshine.

Ella sabía lo importante que era ceñirse al programa establecido, pero costaba cuando Connor le tocaba tanto la fibra sensible.

Le acarició una mejilla.

–Tengo que hacer unas cosas, pero ¿qué tal si ceno con vosotros? –dijo, y miró a Declan–. Si te parece bien.

Connor se puso a dar brincos.

–¡Sí! ¡Sí! Papá va a hacer hamburguesas en la barbacoa. ¡Di que sí, papá!

–Parece que ya no soy el favorito –dijo Declan con cara de pena.

–Soy nueva y flamante. Perderé lustre en un tiempo.

–Lo dudo –contestó Declan, y rodeó a Connor con los brazos–. Venga, tú. Vamos fuera. Sunshine, eres bienvenida a cenar con nosotros.

–Gracias. Lo haré.

Ella se marchó a su habitación y miró el enorme libro de texto que tenía en la mesa. Solo cargar con él sería como una sesión de ejercicio. Pero en lugar de sentarse e intentar encontrarle sentido al primer capítulo, se acercó a la ventana, desde donde podía ver a Declan y Connor. Estaban sentados en el césped, bebiendo el agua que ella les había preparado.

Era obvio cuánto se querían. Eran una familia, todavía sanándose tras una pérdida increíble pero unida igualmente. Eso quería ella. Amor y un vínculo, algo real. Algo más que ser un capricho pasajero. Estaba dispuesta a cambiar, a ser distinta e intentar cosas nuevas para lograrlo. Lo que no sabía era si podría escapar de quién era y de las cuatro generaciones de desastres amorosos de las mujeres Baxter.

$$\star\,\star\,\star$$

Después del *brunch* con su hermana, Margot condujo hasta casa y terminó de hacer las maletas para alojarse con Bianca. Estaría contratada durante unos dos meses, pero solo hizo equipaje para un par de semanas. Podía volver a casa a por cosas sin problema cuando lo necesitara. Su piso estaba a quince minutos en coche del monasterio.

Aún no podía creerse que fuera a vivir ahí. Todo en esa magnífica y antigua edificación la atraía. Iba a hablar con su anfitrión y pedirle permiso para explorar un poco. ¡Y el jardín! Lo poco que había visto era mágico.

Después de vaciar la nevera y comprobar dos veces que todos los grifos estaban cerrados, Margot cargó el coche con dos maletas, un maletín y un par de cajas. Se llevaba la impresora y una caja de libros que podrían serle útiles. Se aseguró de cerrar bien la puerta principal y condujo hacia la zona vieja de Pasadena, en dirección norte hasta las colinas.

De nuevo, accedió al camino de entrada y se detuvo frente a los impresionantes portones que aislaban del mundo a la casa. Sonrió al pulsar el botón mientras pensaba que debería haber una contraseña secreta.

–Soy Margot Baxter.

–Justo a tiempo –dijo una mujer que no le sonaba familiar–. Pasa y te ayudaré a instalarte.

Margot esperó a que los portones se abrieran y luego ocupó una de las plazas de aparcamiento. Antes de poder salir del coche, la puerta principal se abrió y una mujer de mediana edad fue hacia ella tirando de una carretilla.

–Debes de ser Margot –dijo la mujer alargando la mano–. Soy Edna Stojicic, el ama de llaves de Alec. Me ha dicho por qué vas a alojarte aquí. Me parece que vamos a pasar una temporada interesante.

Edna llevaba una sencilla blusa verde de manga corta sobre unos pantalones negros. Tenía el pelo corto y oscuro y los ojos marrones. Parecía sensata y competente, y tenía una simpática sonrisa que la hizo sentirse bienvenida.

Edna señaló la carretilla.

–Para ayudarte a descargar.

Juntas vaciaron el maletero y el asiento trasero. Margot llevaba una de sus maletas de ruedas en dirección a la casa mientras Edna empujaba la carretilla cargada. Cuando llegaron a la puerta, Edna señaló el teclado situado junto al pomo.

–Así entrarás y saldrás de la casa. Tu código de seis dígitos está en tu habitación. También te he dejado un mando para el portón principal. Hay un sistema de seguridad, aunque más que alarmas hay monitores. No hay que conectarlo ni desconectarlo –dijo, y añadió con una risita–: Siempre está vigilando, así que nada de bailar desnuda por los pasillos.

–No es lo mío –murmuró Margot, y entonces se preguntó si Bianca tendría algún problema con esa actividad en particular. Pero, bueno, al aceptar el empleo ya había sabido que sería un reto.

Una vez que estuvieron dentro, lo dejaron todo junto a la puerta y Edna le hizo un recorrido por la casa. A la derecha del vestíbulo estaba la cocina, que era enorme. Margot vio todos los electrodomésticos conocidos por el hombre y también algunos otros que no reconoció.

–Mi cuadrilla y yo limpiamos siguiendo una planificación –dijo Edna–. Alec prefiere saber dónde vamos a estar cada día. También encontrarás esa información en tu dormitorio. Siempre hay académicos entrando y saliendo; vienen a estudiar los documentos antiguos que colecciona Alec. Guardan las distancias y no te molestarán. A ver... ¿qué más? ¡Ah, sí! Las comidas. Un chef viene a las seis de la mañana. A las seis y media se sirve un desayuno caliente en el comedor. Nosotros pasamos a recogerlo a las ocho. Puedes comer allí o llevarte las comidas a tu habitación.

–Me las llevaré a mi habitación.

–Se lo diré a todos para que te dejen preparada una bandeja.

Edna señaló la nevera.

–Sírvete lo que quieras. En la despensa hay un congelador grande y muchas otras cosas para comer. Como te digo, come lo que quieras. Si te tomas lo último que queda de algo, hay una lista de la compra en la encimera de la despensa.

La llevó al salón principal, que tenía techos de seis metros. La carpintería era increíble, al igual que las estatuas de la pared este. Margot suponía que serían originales, que se habrían quedado ahí cuando el monasterio se desmanteló, o como fuera que se decía cuando una iglesia dejaba de ser sagrada.

Vio la escalera que conducía al segundo piso y, tras ella, una sala multimedia con un sofá modular enorme y una televisión gigantesca en la pared.

–Puedes usarla cuando quieras –dijo Edna–. Los mandos a distancia están en los cajones de la mesita de café, y también las instrucciones de cómo funciona todo.

Señaló unas puertas dobles justo a continuación de la sala.

–Esa es la *suite* privada de Alec. Mejor no entrar ahí.

–Por supuesto.

Volvieron por donde habían venido. Había una segunda escalera, mucho menos grandiosa, que conducía al sótano.

–Ahí abajo hay una antigua despensa y algunos

cuartos mohosos –dijo Edna–. Una parte se ha convertido en una bodega de vinos.

Salieron a la galería cubierta que recorría el perímetro de la casa. «El claustro», pensó Margot. ¿Era el término apropiado? Tendría que buscarlo.

Pasaron por delante del despacho de Alec y volvieron a entrar en la casa. Edna le enseñó tres salas de archivos, donde había almacenados cientos de documentos antiguos. Al final del pasillo había una pequeña capilla.

Preciosas vidrieras cubrían dos muros y había bancos de madera.

–Todo es original –dijo Edna con orgullo–. El tío abuelo de Alec compró este lugar en la década de los treinta y empezó a transformarlo en una residencia privada. Cuando Alec heredó la propiedad, reformó gran parte, pero quiso conservar la capilla.

Volvieron a la puerta principal, donde estaba el equipaje, y llevaron la primera tanda al segundo piso. El rellano en lo alto de las escaleras se abría hacia una sala de estar. Estaba amueblada con un par de sofás, un gran escritorio situado contra la pared del fondo, una televisión, una nevera pequeña y un microondas.

–Mucho más de mi estilo –bromeó Margot al mirar a su alrededor.

–La sala de estar de invitados. También puedes usarla cuando quieras –dijo Edna guiñando un ojo–. Estoy de acuerdo. Aquí arriba se está muy bien y esto es mucho menos complicado que lo que hay en la sala multimedia.

Margot la siguió hasta una agradable habitación de invitados con baño. Las paredes eran gris claro y la cama de matrimonio parecía cómoda.

–Es perfecta. Gracias. Montaré el ordenador y el resto del material en la sala de estar.

–La habitación de Bianca está al final del pasillo.

Es la más grande de las habitaciones de invitados -dijo Edna con tono de disculpa.

-No te preocupes. Tengo todo lo que necesito.

Subieron el resto del equipaje.

-¿Algo más antes de que te deje para que te instales? -preguntó Edna.

Margot había visto la contraseña del wifi junto a su código de entrada y el mando del portón, así que ya lo tenía todo. La verdad, era la casa más organizada en la que había estado nunca. Estaba impresionada.

-Me encantaría explorar un poco. ¿Cuáles son las normas básicas?

-Mantente alejada del despacho y del dormitorio de Alec y no alteres su rutina. Por lo demás, ve adonde quieras. ¡Ay! Y no toques ninguno de los papeles antiguos. La mayoría están bien guardados y protegidos, pero, si ves un papel y parece antiguo, no lo toques. Alec adora sus cachivaches viejos y mohosos.

Edna se quedó pensativa un momento y añadió:

-Los limpiadores se ocuparán de tu habitación los días designados, así que no te preocupes por cambiar las sábanas o las toallas. Puedes hacer tu colada personal en la lavandería, que está en el sótano. Verás a Borys por ahí. Se ocupa del mantenimiento de la propiedad, sobre todo de la madera. Tiene unas cuantas personas que lo ayudan con los proyectos grandes, pero él solo se ocupa de la carpintería.

-Ya me imagino que hará falta un pelotón para llevar un lugar así, pero ¡qué casa tan increíble! Estoy deseando poder verlo todo detenidamente.

-Bien. Estás en tu casa -dijo Edna, y señaló los papeles que había en la cómoda-. Mi número de móvil está ahí, por si me necesitas.

-Gracias.

Margot deshizo las maletas corriendo. El armario

era grande y con buena distribución, así que ella tuvo más espacio del que necesitaba.

Dejó el portátil y la impresora en la sala de estar junto con los libros que se había llevado. Ya había preparado un cuaderno de actividades inicial para Bianca, que podría o no interesarle a su clienta. Aun así, le daría una oportunidad. Cada persona era distinta y Margot hacía lo posible por acoplarse a los estilos de aprendizaje individuales.

También había descargado un montón de información que había recopilado sobre Cardigania. Había visto la historia básica del país, el tamaño de su población y qué industrias generaban más ingresos. Sabía que la lana cardiganiana era famosa por ser suave y duradera, y que su chocolate rivalizaba con el mejor chocolate suizo. Pero había más que averiguar de la rica historia del país.

Además, había estudiado un poco el pasado de Bianca. Al aceptar el empleo, había solicitado un detallado informe de antecedentes sobre su nueva clienta. No es que esperara encontrarse un par de delitos graves ni nada impactante, pero siempre estaba bien tener más información que menos.

A las cuatro y media ya estaba instalada y lista para empezar a trabajar la mañana siguiente, lo que significaba que, sin duda, era hora de empezar a explorar.

Capítulo 4

A Alec Mcnicol no le gustaba tener a nadie alojado en su casa. Cuando algún experto iba a estudiar los textos antiguos, él trabajaba en una de las salas de archivo durante el día y luego se iba a un hotel a pasar la noche. Lo mismo pasaba con el personal doméstico. Edna Stojicic, su tan sensata ama de llaves, llevaba a un equipo de limpiadores para atender la gran propiedad y hacía su magia en la cocina antes de desaparecer mucho antes de las cinco de la tarde. Había semanas en las que ni siquiera la veía. Los jardineros no solían necesitar hablar con él, y con Borys, el carpintero/manitas a tiempo completo que requería la antigua propiedad española, se comunicaba mediante mensajes de móvil.

En los días buenos, Alec no veía a nadie y no hablaba con nadie, y así lo prefería. Le encantaba su vida tal como era. Su rutina era predecible y eso lo hacía feliz. Pero ahora, además de convivir con su madre, tenía que vérselas también con una extraña.

Al menos Margot parecía tranquila. No era escandalosa ni chillona, y tampoco parecía de esas personas que siempre querían llamar la atención. Ni siquiera la había oído ahora, mientras ella trasladaba sus cosas a una de las habitaciones de invitados de arriba. Aunque, claro, dada la robusta construcción del monasterio, podía estar ensayando con una banda de *rock* y, si la puerta estaba cerrada, él no la oiría. Imaginarlo lo hizo sonreír. La sonrisa desapareció cuando alguien llamó a la puerta, medio cerrada.

–¿Sí? –preguntó esperando contra todo pronóstico que no fuera Bianca queriendo hablar de cómo montar un refugio para tortugas en su jardín trasero o que la ayudara con una aplicación para unirse al Instituto de Búsqueda de Inteligencia Extraterrestre. Con su madre, uno nunca sabía qué esperarse.

Se sintió aliviado al encontrar a Margot en el pasillo del claustro, aunque esa Margot era distinta de la mujer que había conocido la semana anterior. Las prácticas gafas, el traje gris y los sencillos tacones negros habían desaparecido. En su lugar vestía unos vaqueros negros y un conjunto de suéter y chaqueta de punto de color morado intenso. Al igual que la otra vez, llevaba el pelo recogido en una coleta, pero, a diferencia de entonces, su rostro no tenía ni una gota de maquillaje.

Podía verle las pecas de la nariz y un suave y natural color tiñéndole las mejillas. Era juvenil e increíblemente bella. Y tenía pecho.

Respiró hondo. ¿Pero qué narices le pasaba? Él nunca se fijaba ni en los pechos ni en ninguna otra parte de una mujer. Él no era de fijarse en el físico y, desde luego, no pensaba en tamaños, formas o pezones. Y, aun así, no podía sacarse de la cabeza ninguna de las tres cosas. La instructora de su madre, o como fuera que tuviera que llamar a Margot, tenía pechos y él se había fijado. Lo había disimulado, pero aun así. Era una calamidad.

–Hola –dijo Margot sonriendo–. Solo quería decirte que ya me he mudado. Edna me lo ha enseñado todo. Tienes una casa espectacular. La reforma hace que el espacio sea más cómodo a la vez que mantiene la esencia de estar en un monasterio. Las ventanas, las tallas alrededor de las puertas... Tu casa es una maravilla.

Sus palabras lo calmaron. Como pudo, Alec asintió y le indicó que entrara en su despacho. Intentando mirar a cualquier parte menos a sus pechos, la llevó hacia el escritorio y los dos se sentaron.

–Sí, las obras se planificaron y llevaron a cabo con mucho cuidado. Yo también estoy contento con el resultado.

–Quería asegurarme de cuáles son las normas básicas. Edna me ha explicado lo del código de la puerta y he visto las dos plantas –dijo, y añadió con una sonrisa–: El sótano aún no, pero pienso explorarlo. Edna me ha dicho que puedo entrar en cualquier parte de la casa menos en tu despacho y en tu dormitorio, por supuesto.

Ella, con gesto relajado, se puso las manos en el regazo. Margot no era una persona inquieta, y eso le gustó.

–La sala de estar de arriba es cómoda y tiene todo lo que necesito. Usaré el escritorio para trabajar y estoy pensando que sería más sencillo si Bianca y yo diéramos la mayoría de las clases fuera.

Alec asintió sin saber qué tenía que ver él con todo eso.

–Prefiero llevarme la comida a mi habitación –dijo Margot con firmeza–. No soy miembro de la familia y no hay necesidad de actuar como si lo fuera. He comprobado que es mucho más sencillo para todos si lo recordamos. Así evitamos conversaciones incómodas. Además, si he tenido un mal día con tu madre, lo último que ella querría sería cenar conmigo.

–Bianca sale casi todas las noches. Suele ir a ver a Wesley o queda con sus amigas.

De hecho, ahora que lo pensaba, no había cenado con su madre desde que ella se había mudado hacía casi dos semanas. Cosa rara, teniendo en cuenta que Bianca parecía estar siempre en todas partes.

–Da igual. Recogeré mis comidas en la cocina y me las subiré si a ti no te importa.

–Excelente. ¿Alguna otra cosa?

–Tu madre y yo empezamos mañana por la mañana. Ya que mi contrato es con ella, no te daré informes.

–Si hacéis progresos, creo que seré el primero en darse cuenta.

Ella lo observó.

–Sigues pensando que no puedo ayudar.

–No tengo claro que alguien pueda ayudar. Mi madre no responde ante nadie. Es como una hoja en el viento. Va donde quiere ir.

–Creía que las hojas van donde dice el viento.

–Tienes razón. Qué analogía tan mala.

Alec intentó pensar en otra, pero lo único que se le venía a la cabeza era cuánto quería mirar los pechos de Margot y eso, desde luego, no era algo que pudiera mencionar.

–Cuéntame alguna historia de cuando eras pequeño –dijo ella sonriendo–. Sobre tu madre.

La petición lo sorprendió.

–¿Qué clase de historia? ¿Buena o mala? ¿Intentas averiguar algo en concreto?

–No mucho. Solo tengo curiosidad y me gustaría hacerme una idea de cómo es. ¿Puedes contarme una de cada?

Él asintió con la cabeza.

–Cuando cumplí los siete, alquiló una heladería e invitó a toda mi clase a pasar la tarde allí. Estuvimos jugando y comimos todo el helado que quisimos.

–Esa es una historia buena.

–Sí, hasta que todos los niños empezaron a vomitar porque habían comido demasiado.

–Vale. Ya me imagino. ¿Y la otra historia?

–Cuando tenía diecisiete, se acostó con mi mejor amigo.

Al instante, Alec quiso retirar lo dicho, pero era demasiado tarde. Las palabras se quedaron ahí colgando, a última hora de la tarde, resonando en su gran despacho. Margot abrió los ojos de par en par.

–Yo estaba en un internado suizo –añadió él al entender que tenía que explicarlo–. Vino a visitarme y nos llevó a los dos a París a pasar un fin de semana largo. Una tarde me fui a dar un paseo y, cuando volví, lo vi salir de la habitación de ella.

Recordó el sentimiento de traición; que su madre se hubiera interpuesto entre un amigo y él... Ella siempre había sabido que le costaba hacer amigos, y que se hubiera entrometido así y hubiera transformado su amistad en algo incómodo lo puso furioso. Y triste.

–No soy gay. No es que estuviera enamorado de él, es que mi madre no debería haber hecho algo así.

–No –murmuró Margot–. Dejaremos para otro momento el detalle de que se acostó con un menor –añadió arrugando la boca–. Lo siento. Debiste de sentirte traicionado por los dos.

–Sí. Mi amigo y yo nunca lo hablamos.

«Ni una palabra», pensó. Pero todo había cambiado. Al año siguiente Alec se marchó a la Universidad de Oxford y su amigo y él perdieron el contacto.

Hasta entonces había sabido que su madre era impulsiva, aunque no había sido consciente de cómo ese defecto afectaba a otras personas. Él siempre había controlado bastante sus emociones, pero aquel incidente había consolidado su empeño en que fuera su mente la que dictara sus actos. Así no habría decisiones precipitadas ni ideas descabelladas. Se regía por esa norma fueran cuales fueran las circunstancias.

Margot se mordisqueaba el labio inferior y eso atrajo la atención de Alec a la forma de su boca.

–Mi madre nos abandonó a mi hermana y a mí cuando éramos pequeñas –dijo ella en voz baja–. Su madre también la había abandonado a ella. Las mujeres Baxter no son conocidas por elegir bien a los hombres de los que se enamoran o por cómo crían a sus hijos.

Él agradeció su intento de igualar el campo de juego emocional. Fue un gesto agradable que hablaba bien de su forma de ser.

–Tú no has abandonado a ningún hijo –dijo él con firmeza.

–No, pero he sido imprudente con los hombres –contestó Margot. Arrugando la nariz, añadió–: O, mejor dicho, con un hombre.

Respiró hondo y lo miró.

–Pero eso ya lo he dejado atrás –dijo, y su boca se alzó en una socarrona sonrisa–. Porque, a diferencia de ti, creo que la gente puede cambiar.

–No lo digo tanto por la gente como por mi madre. Aun así, quiere hacerlo. Y ama a Wesley de verdad.

–Pareces sorprendido.

–Nunca se ha entregado tanto a nadie. Él no es su tipo, así que a lo mejor es por eso.

–O puede que sea la persona que ella ha estado buscando siempre.

Alec enarcó las cejas.

–¿Una romántica, Margot? No me lo habría esperado.

–Romántica no, pero no pierdo la esperanza.

Él se quedó pensando en lo del hombre con el que Margot había dicho ser una imprudente. ¿Qué significaba? Se dejó muy claro que jamás debía tener una relación con una mujer. Una relación seria. Si bajaba las barreras, si entregaba su corazón... Bueno, en realidad no sabía qué pasaría, pero la preocupación de poder convertirse en su madre bastaba para seguir estando cómodo siendo un solitario. No le gustaba tener un exceso de dramas y emociones en su mundo. Se había creado la vida que quería y estaba satisfecho. No estaba llena de grandes momentos, pero tampoco de preocupación ante la posibilidad de acabar trastornado.

Margot se levantó.

–No te entretengo más. Solo quería saludarte y asegurarme de que los dos teníamos claras las normas básicas.

–Claro –dijo Alec. Se levantó–. ¿Las has hablado con mi madre?

–Lo haré, y estoy segura de que le parecerán bien.

Él se permitió una pequeña sonrisa.

–Ya lo veremos.

–Puedo ser testaruda y disciplinada.

–Seguro que sí, pero Bianca siempre logra que las cosas salgan más a su gusto. Va y lo reorganiza todo hasta que te quedas preguntándote cómo han acabado así. Es un don.

Margot se rio.

–Querrás decir que es una maldición.

–Para ella no. Solo para nosotros, los simples mortales.

–No te imaginas las ganas que tengo de demostrarte que te equivocas.

–No suelo equivocarme, Margot.

–Yo tampoco.

Esa noche a las nueve y media, Margot estaba casi atolondrada de emoción por la casa. Se había pasado una hora en la pequeña capilla y se había marchado únicamente porque había oscurecido. Había ojeado bien su habitación, la sala de estar de invitados y gran parte de la cocina. Se había preparado un sándwich para cenar y había visto que el tarro de las galletas estaba lleno. Galletas caseras, unas con cobertura y otras con pepitas de chocolate; todas blanditas y dulzonas. Si la cosa iba a ser siempre así, tendría que intensificar su rutina de ejercicio. O comprarse pantalones más grandes.

Más avanzada la semana, cuando tuviera algo de tiempo libre, exploraría los jardines. Eran enormes, de más de una hectárea, y quería descubrir cada centímetro.

Era lo bastante tarde como para saber que debería irse a su habitación, pero no estaba lista. Bianca había salido y Alec estaba en alguna parte, probablemente en su despacho o en la sala multimedia, los cuales evitaría, así que era como si tuviera la casa entera para ella sola.

Por un instante se planteó bajar al sótano, pero decidió que sería demasiado para la primera noche. En algún momento tendría que dormir algo. Pero aún no.

Fue hacia las escaleras que conducían al segundo piso y se dijo que debía ser una adulta responsable e irse directa a su cuarto, pero entonces oyó a alguien tras ella. Se giró y vio a Alec saliendo de la cocina. Él la miró a los ojos y los dos se quedaron paralizados.

Margot fue la primera en recomponerse. Sonrió.

–Solo soy yo. He estado explorando.

–¿Has encontrado algo fuera de lo común?

–Aún no. ¿Qué contaría como fuera de lo común?

–Documentos antiguos, eso sería excelente. Artilugios, cosas así.

–Dudo que queden muchos escondites. Los que

hicieron la reforma los habrían encontrado todos –dijo ella, y añadió riéndose–: ¿Y un esqueleto?

–No, gracias.

–¿Porque te daría yuyu?

–Porque atraería a demasiada gente.

–Claro. La policía, el forense, periodistas. Lo que tú quieres es algo fascinante pero que no desencadene una invasión. Haré lo que pueda por encontrarlo.

–Gracias.

Margot se esperaba que él se excusara y se retirara, pero, en lugar de eso, Alec señaló al salón.

–¿Te apetece tomar un coñac?

Margot dudaba que un hombre la hubiera invitado nunca a «tomar un coñac».

–Gracias –dijo, y lo siguió al salón.

Mientras Alec se acercaba a la barra de bar, que tenía fregadero y estaba situada en el otro extremo, Margot se fijó en el alto techo y en la hilera de claraboyas que ocupaban toda la zona este. Suponía que, en su momento, habrían sido vidrieras y que las habrían quitado al venderse la propiedad. Convertir el monasterio en una casa debía de haber supuesto un trabajazo.

Se sentó en uno de los sillones de orejas que había junto al sofá. Alec le dio un vaso y se sentó frente a ella.

–¿Has visto algún fantasma? –preguntó él.

–No sé si creo en los fantasmas. ¿Tú?

–Aún tengo que ver alguno.

–¿Y ver es creer?

–En lo que respecta a fantasmas, sí.

Ella dio un trago. El coñac tenía mucho sabor pero resultaba suave.

–Edna me ha dicho algo sobre los textos antiguos. Que, si veo algo que parezca un papel viejo, no lo toque.

Él esbozó una media sonrisa.

–Te aseguro que no te encontrarás textos antiguos por ahí tirados. Están todos catalogados y protegidos.

–¡Uf! Menos mal, porque estaba muy preocupada. No querría dejar la marca de un vaso justo en el único documento que podría ampliar nuestro conocimiento de una lengua.

–Eso sería una tragedia. Ahora ya podrás descansar tranquila.

–¿Entonces eso es a lo que te dedicas? ¿Estudias lenguas?

–Me interesa más lo que dicen los textos que la lengua en sí. Qué era eso que se consideraba tan importante como para dejarlo por escrito. Hace cinco mil años no había notas adhesivas. Por entonces un mensaje escrito era algo deliberado. El papel se hacía a mano y era un proceso laborioso. Había que hacer la tinta y luego tenías que encontrar a alguien que supiera leer y escribir.

–Nunca lo había visto así, pero, claro, tienes razón. Hoy se trata la lengua sin miramientos. No valoramos lo que supone dejar algo por escrito.

–Exacto. Aún hay lenguas que no se pueden descifrar. Una de mis aficiones es intentar traducir la escritura del valle del Indo. La civilización existió aproximadamente entre el 2600 y el 1900 antes de Cristo en la zona que hoy conocemos como Pakistán e India noroccidental. Era un pueblo próspero con comercio de exportación y varias ciudades grandes, pero luego desapareció dejando tras de sí una lengua escrita que aún tenemos que entender.

–No sabía que hubiera lenguas escritas que no se hubieran traducido.

–Hay varias. Cada año o así dedico varias semanas a intentar avanzar algo con la escritura del valle del Indo.

¡Guau! Era impresionante. El objetivo de Margot en lo que respectaba a aficiones era aprender a tejer.

–Cuéntame cómo trabajas tú –dijo Alec.

Ella sonrió.

–Esa es una pregunta muy general. Cada cliente es distinto y hago lo posible por personalizar mi forma de abordar la situación. Un empresario que quiere aprender normas culturales para hacer un viaje de negocios a China no tiene nada que ver con alguien que podría tener que mudarse a Argentina por un ascenso.

–¿Sabes mucho sobre la vida en Argentina?

–No –dijo ella riéndose–. Ha sido un ejemplo. Podría impartir un curso básico sobre prácticas empresariales en Argentina, pero no conozco los matices necesarios para alguien que se va a mudar allí. Tenemos expertos.

–¿En Argentina?

–En casi cada país. Yo soy más generalista.

–Aaah, ya. A ti te dan los encargos raros.

–Cuando tengo suerte.

Él le sonrió. Tenía una sonrisa bonita y a Margot le gustaban sus ojos oscuros. Alec tenía algo muy agradable. Era una persona prudente, y eso ella lo valoraba y agradecía.

–¿Te ha dicho mi madre que no le va la tecnología? Si esperas que haga deberes *online*, te vas a llevar una decepción.

–He impreso y encuadernado un par de libros de ejercicios. Ya veremos qué tal son recibidos. En su caso, he dado por hecho que hablaremos mucho y haremos juegos de roles. No tengo claro por dónde vamos a empezar, así que, hasta que no lo sepa, no puedo diseñar un plan completo.

–Ya la estoy viendo montando servicios para mesas formales en el comedor.

Margot se rio.

–Eso seguro. Puedes unirte y jugar si te apetece. Más de un cliente se ha quedado abrumado por el tenedor de pescado.

–¿Y con la cuchara de postre no?

–¿Sabes lo de la cuchara de postre?

–Sí. Se pone arriba junto al tenedor de postre. Se te olvida que estuve en un internado en Suiza. Sé usar un tenedor de pescado como el mejor.

–Enseñanzas que necesita todo joven.

Él sonrió.

–Yo no diría tanto, pero esas lecciones se quedan profundamente arraigadas.

–¿Tu padre era suizo? –preguntó ella aun sabiendo ya la respuesta.

–Sí. Un banquero rico que conoció a mi madre en una fiesta en Londres. Tuvieron un breve pero tórrido romance con el inesperado resultado de su embarazo. Ella tenía veinticuatro años y mi padre, cuarenta y pocos.

–Había diferencia de edad.

–Sí, y ninguno quería casarse. No tengo claro que mi padre tuviera mucho interés en tener hijos, pero sus padres estaban emocionados. Mi madre volvió a Los Ángeles a prepararse para mi nacimiento –sonrió–. He de admitir que, cuando era pequeño, mi madre me parecía casi mágica. Éramos un equipo. Me llevaba a todas partes. No había hora de irse a dormir ni normas. Cuando tenía cuatro años, contrató a un tutor que viajaba con nosotros.

–Aunque lo de que no haya normas suena bien, no siempre resulta grato.

–Estoy de acuerdo.

Margot dio un sorbo de coñac.

–Y por eso te pusiste tus propias normas.

Él asintió con la cabeza.

–¿Y tu padre?

–Nunca tuvo más hijos, así que yo era su único heredero. Lo veía de vez en cuando, pero no estábamos muy unidos. Yo adoraba a mis abuelos paternos. Pasaba varias semanas con ellos en verano. Cuando cumplí los trece, ya estaba listo para irme a un internado. Mi padre se lo dijo a Bianca y no hubo más que hablar.

Seguro que Alec se había alegrado de dejar su vida nómada a cambio de algo más estructurado, pero Margot no podía evitar preguntarse cómo habría reaccionado Bianca al hecho de tener a su único hijo viviendo en la otra parte del mundo.

–¿Esa fue la última vez que viviste con ella?

–Pasaba tiempo con ella durante las vacaciones.

Como el viaje a París en el que Bianca se había acostado con su mejor amigo.

–Tu madre es una mujer compleja.

–Lo es. Tienes una tarea complicada por delante.

Ella miró el reloj y se quedó asombrada al ver que eran casi las once. Se levantó.

–Es tarde. Gracias por el coñac y la conversación.

Alec se levantó.

–De nada. Buena suerte con todo. Aquí estoy, si tienes alguna pregunta.

Ella asintió.

–Buenas noches.

Se llevó su vaso a la cocina, lo fregó y subió las escaleras. Al llegar a su cuarto, pensó en todo lo que había aprendido sobre Alec y Bianca y supo que había mucho más por descubrir.

Capítulo 5

Decirse que todo el mundo estaba asustado el primer día de clase no le estaba sirviendo de nada. Sunshine no sabía si vomitar o dar la vuelta y regresar a casa de Declan. ¿A quién intentaba engañar? No estaba hecha para estudiar. Nadie contaba con que fuera a hacer algo con su vida y a nadie le sorprendería si se acobardaba ahora.

Todos ellos eran unos pensamientos superdeprimentes que no ayudaban en nada a su autoestima, pero que, sin duda, ponían en perspectiva sus actuales circunstancias. ¿En serio iba a rendirse antes de haber empezado siquiera? ¿Tan patética era que no podía enfrentarse a una clase de Matemáticas para principiantes?

–Voy a hacerlo –murmuró para sí mientras entraba en el enorme aparcamiento del Colegio Universitario de Pasadena–. Todo irá bien.

Con eso decidido, Sunshine agarró la mochila, se la colgó al hombro, cerró el coche y caminó con aire resuelto hacia su clase.

Había consultado un mapa *online* y tenía una idea básica de adónde ir. Se unió a las multitudes de alumnos que se dirigían a los distintos edificios. Algunos iban solos, pero varios lo hacían en grupo. Miró a las mujeres para ver qué habían decidido ponerse esa fría y sombría mañana.

Se quedó aliviada al ver que los vaqueros, el suéter y las botas que llevaba no desentonaban. A sus treinta y uno, era mayor que casi todo el mundo que veía, pero al menos no iba vestida con algo inapropiado.

Encontró su edificio y luego fue al aula. Se preparó, no sabía muy bien para qué, y entró.

Había un montón de pupitres en hileras y casi la mitad estaban ocupados. Eligió uno en la segunda fila empezando por detrás y se sentó. Después de sacar un cuaderno y un boli, no supo qué hacer. Todos a su alrededor estaban o hablando con el vecino o hablando por teléfono. Sacó el suyo y fingió estar leyendo un correo mientras por dentro intentaba contener los nervios.

Exactamente a las nueve y media, una mujer menuda y canosa entró en el aula. Vestía pantalones negros y una blusa vaporosa metida por dentro. Dejó el maletín en su mesa y miró a la clase.

–A ver, ¿nos calmamos? Soy la profesora Rejefski –dijo con voz clara y fuerte–. Esta es la clase de Matemáticas 131. Están en ella porque cumplieron los requisitos previos o pasaron la prueba de acceso.

Sunshine no tenía ni idea de si debía estar tomando apuntes de eso o no. Miró a su alrededor y vio que la mayoría de los alumnos seguían con los teléfonos, cosa que le pareció de muy mala educación.

La profesora esperó un par de segundos antes de decir:

–Si necesitan usar el móvil durante la clase, tendrán que salir fuera. Si les pillo usando el móvil, les pediré que se marchen y no vuelvan a entrar en lo que queda de clase. Si eso sucede más de dos veces en el semestre, serán expulsados de mi clase. La verdad, me dará igual si queda poco para acabar, qué notas tengan o cuánto necesiten aprobar esta asignatura. ¿He hablado claro?

Inmediatamente, casi todos los alumnos se guardaron los móviles en las mochilas o los bolsillos. Una chica siguió escribiendo. La profesora se situó delante de ella y esperó a que la alumna levantara la vista.

–Ya está, se acabó. No vamos a llevarnos bien –dijo con tono agradable–. Debería irse a la clase de otro profesor.

La chica abrió los ojos como platos. Debía de tener unos dieciocho años, aunque Sunshine habría dicho que era más pequeña.

–Pero necesito esta asignatura.

–Si vuelvo a ver su móvil, está fuera. ¿Queda claro?

La chica asintió y metió el teléfono en el bolso.

La profesora Rejefski volvió a situarse frente a la clase.

–Tenemos mucho material que cubrir. Si quieren aprobar este curso, tendrán que seguir el ritmo. Hagan los deberes y vengan a clase preparados. No tengo ningún problema en responder preguntas, pero, si no están entendiendo el contenido, pueden hacer uso del laboratorio de Matemáticas o asistir a las sesiones de AT. Los horarios y ubicaciones están colgados *online*. Venga, no estamos en el instituto. Estamos en la universidad. Son adultos y les trataré como adultos. No quiero saber nada de sus problemas personales, no quiero excusas. Y, si están aquí solo porque sus padres les obligan, entonces les sugiero que den la clase con otro.

–Qué perra.

La voz se oyó en bajo por algún sitio a la izquierda de Sunshine, pero ella no se atrevió a mirar quién había hablado. Estaba demasiado ocupada conteniendo las náuseas. No es que hubiera esperado recibir mimitos, pero esa clase parecía más un campamento militar que enseñanza superior.

–La universidad tiene una política estricta en cuanto a plagios y trampas. Seguro que no les sorprende, pero, si les pillo haciendo trampas, serán expulsados. Sin excepciones. Los días de examen traerán a clase un cuaderno azul en blanco. Me lo llevaré a cambio del que les traiga yo.

Sonrió.

–Tendrán que detallar el desarrollo de cada problema. Habrá exámenes sorpresa. Por favor, asegúrense de llevar siempre encima formularios Scantron de 100 en blanco.

La mujer caminaba hacia delante y hacia atrás delante de la clase.

–¿Qué más? Recogeré los deberes de forma aleatoria. Si los tienen hechos, recibirán puntos extra. Al final del semestre, si están a diez puntos de una nota más alta, esos puntos extra se añadirán a los puntos totales y podrán darles la nota más alta. ¿Alguna pregunta?

Nadie levantó la mano.

–Excelente –dijo la profesora Rejefski–. Pues entonces, empecemos.

Dos horas y media después, cuando la clase por fin terminó, Sunshine se sentía como si hubiera corrido una maratón mental. Estaba agotada y le daba vueltas la cabeza. Habían cubierto casi todo el primer tema. Aunque entendía los factores y el orden de las operaciones, se sentía bastante insegura con los problemas escritos. Se había anotado que tenía que enterarse de cuándo eran las sesiones de AT, fueran lo que fueran. Iba a tener que ir a todas. Y a lo mejor también al laboratorio de Matemáticas. Y tampoco descartaba contratar un tutor.

Miró el calendario de exámenes que les había pasado la profesora y se lo guardó en la mochila junto con los apuntes. Se dijo que lo único que tenía que hacer era llegar al coche y conducir hasta casa. Ya se agobiaría allí. En privado. Tener una crisis nerviosa en clase no era buena idea.

Se echó la mochila al hombro y fue hacia la puerta del aula. Un chico alto y desgarbado se le acercó.

–Ey –dijo asintiendo con la cabeza–. Soy Justin.

–Sunshine.

–Ey –repitió el chico.

Ella le ofreció una tensa sonrisa mientras salían.

–No te he visto por aquí –dijo él poniéndose prácticamente delante de ella–. ¿Eres nueva?

Aunque Sunshine oyó las palabras, tardó un momento en procesarlas. Alguien le estaba hablando. Tenía que responder. Su ataque de nervios por la clase parecía solo visible para ella.

–Hola. Sí. Hoy es mi primer día en el campus.

–Eso me ha parecido. Me habría fijado en ti antes. Estás muy buena.

¿Qué?

–Vale, gracias.

Quiso pasar por delante, pero Justin bloqueó su intento.

–Esta tarde doy una fiesta en la piscina de mi casa. Solo amigos y cerveza. Haremos hamburguesas en la barbacoa y cosas así. Tienes que venir.

Las palabras encajaban tan poco con lo fuera de lugar que se sentía que no pudo más que quedarse mirándolo y decir:

–¿Perdona?

Él le lanzó una sonrisa.

–Te divertirás. Lo prometo.

Sunshine se pasó la mochila al otro hombro y se giró hacia Justin. Era guapo, con una guapura muy joven, adolescente. Aún le faltaba desarrollarse un poco y tenía el entusiasmo de un cachorrito feliz.

–¿Cuántos años tienes? –preguntó ella sin rodeos.

Justin sonrió.

–Los suficientes.

Ella esperó.

Él dejó de sonreír.

–Veintitrés.

Sunshine esperó un poco más.

–Dieciocho.

–Eso me imaginaba. Gracias, Justin, pero no.

Lo rodeó y se dirigió hacia el coche. Justin el Cachorrito decidió no seguirla, lo cual fue un consuelo. Ahora solo le faltaba poder librarse de esa sensación de desastre inminente. Decirse que podía lograrlo, que podía salir adelante en la universidad, no estaba surtiendo efecto.

Estaba asustada e inquieta y nada segura de sus capacidades.

–Los cambios siempre son duros –murmuró para sí mientras salía del aparcamiento–. Tengo que hacerlo. Tengo que hacerlo.

Era la única forma de ser más. Si no quería creerlo, ahí tenía a Justin para ilustrarlo. Quería ser más que la chica con tetas y culo. Quería estar orgullosa de sí misma. Todo empezaba con esa asignatura de Matemáticas, y por Dios que iba a hacerlo.

O eso esperaba.

Bianca le había dejado a Margot una nota en la puerta pidiéndole que empezaran a las diez de la mañana. Aun habiéndose acostado tarde, Margot estaba arriba a las seis, y duchada y vestida a las seis y media. Esperó hasta las siete para bajar a desayunar y, según lo prometido, encontró un pequeño bufé montado en el comedor.

Alec ya estaba ahí, desayunando y leyendo el periódico. Un periódico de verdad, no en versión digital, y tenía sentido teniendo en cuenta cómo se ganaba la vida. Levantó la mirada cuando ella entró.

–Buenos días.

Ella asintió con la cabeza.

–Buenos días.

Y eso fue todo. Él volvió a centrar la atención en su periódico y ella se sirvió el desayuno y se lo subió. Cuando terminó, bajó los platos a la cocina y después repasó el plan de estudio de los primeros días. Principalmente, Bianca y ella se conocerían. Era muy probable que tuviera que modificar la planificación según fuera viendo cómo le gustaba aprender a Bianca y qué cosas le gustaba hacer más.

Justo a las diez, Bianca apareció en la sala de estar. Vestía unos pantalones de yoga y una sudadera. Tenía su cabello rubio oscuro recogido en una coleta y no llevaba nada de maquillaje, pero aun así estaba tan bella que parecía de otro mundo.

–Buenos días –dijo Margot levantándose–. Estoy deseando empezar. ¿Cómo te encuentras?

–Nerviosa, básicamente. No tengo claro por qué estoy haciendo esto. Si te paras a pensarlo, es muy ridículo. ¿Cómo vas a poder ayudarme?

Los nervios de los primeros días eran algo habitual. Margot esbozó una tranquilizadora sonrisa.

–Siempre puedes cambiar de opinión. Vamos a probar unos días a ver qué tal. Si no funciona, lo entenderé perfectamente.

Bianca ladeó la cabeza.

–¿No vas a intentar convencerme para que siga con el cursillo?

–No es mi estilo.

La mujer se relajó visiblemente.

–Bien –dijo, y señaló a la ventana–. Hay niebla. Vamos a dar un paseo por el jardín. Podemos fingir que estamos en Londres y que somos espías en una misión para Winston Churchill.

Lo primero que pensó Margot fue que, si estuvieran espiando para Churchill, no estarían en Londres. Estarían tras las líneas enemigas en algún lugar de Francia o Alemania, pero supuso que decirlo estropearía el momento.

–Voy a por una chaqueta y salimos.

La niebla era densa y húmeda, y solo alcanzaban a ver unos pocos metros por delante. Margot sabía que ahí sola se perdería en cuestión de segundos, y tal vez eso fuera lo que pretendía Bianca. Pero, en lugar de intentar memorizar el camino que habían seguido, se dijo que era mejor relajarse y disfrutar de la experiencia. Aunque se perdiera, al final la niebla acabaría disipándose y ella encontraría el camino de vuelta a casa.

Bianca la agarró del brazo.

–La niebla siempre me hace pensar en Rod –dijo riéndose–. No le gustaba. Decía que lo ponía triste, y a mí eso siempre me hacía gracia. A ver, ese hombre es escocés.

–¿Rod?

–Rod Stewart. Lo conocí cuando yo era muy joven –dijo Bianca, y se quedó pensativa un momento–. Tendría diecinueve o veinte. Estaba en Saint-Tropez y había una fiesta. Por aquellos tiempos siempre había fiestas. Pasamos juntos una semana salvaje. Era encantador.

Margot no sabía si la historia pretendía darle información o impresionarla. Estaban recorriendo un camino de piedra con plantas, arbustos y árboles a ambos lados. La niebla parecía más densa y la humedad se le estaba colando por los vaqueros y la cazadora.

–Vamos a hablar de lo que vamos a hacer juntas –dijo.

Inmediatamente, Bianca se tensó y se apartó.

–Si no hay más remedio.

Margot se detuvo y la miró.

–No estoy aquí para hacerte sentir incómoda o idiota. Mi trabajo es ayudarte en todo lo que pueda. Quiero que te resulte agradable e informativo. ¿Te ayudaría que te contara cómo trabajo?

La mirada de Bianca era, como poco, de recelo. Margot casi se esperó que fuera a salir corriendo.

–A lo mejor –dijo Bianca–. Cuéntame.

–Tal vez deberíamos ir dentro, donde no haga tanto frío.

Bianca la sorprendió al volver a agarrarse de su brazo.

–Conozco un lugar mejor.

Siguieron avanzando y giraron hacia otro camino. Delante, Margot vio una estructura. Según se acercaban, advirtió que era un invernadero lleno de flores exóticas. Entraron por una puerta de cristal.

Lo primero en lo que se fijó fue en la fragancia. Era intensa pero no abrumadora, como si los aromas de miles de flores se hubieran fundido en un bello y singular perfume. La temperatura era agradable, entre veinte y veinticinco grados.

–Por aquí –dijo Bianca mientras la dirigía a una zona de estar ubicada en mitad del invernadero. El mobiliario de mimbre formaba un círculo. Unos cojines supermullidos ofrecían unos cómodos asientos. Había una mesita de café baja y una mesa de bar con sillas.

–¿Qué es este lugar? Es una maravilla.

–¿A que sí? Hace unos años Alec contrató a un paisajista increíble. El invernadero siempre había estado aquí, pero no se usaba para nada. Ahora hay todas estas flores. Me encanta venir aquí a leer o pensar, sobre todo cuando hay niebla. Es como si tuviéramos nuestro lugar especial alejado del resto del mundo.

Margot no podía más que estar de acuerdo. Pensó que le encantaría llevarse un saco de dormir y pasar la noche en el invernadero. Con las flores y el cielo de la noche, sería toda una experiencia.

Volvió a centrar la atención en el trabajo en cuestión. Una vez que Bianca y ella estuvieron sentadas, Margot se inclinó hacia delante y, deliberadamente, relajó su lenguaje corporal.

–He pensado que podríamos empezar hablando de Cardigania. De la historia de sus costumbres y de cómo es la cultura hoy en día. Sus industrias básicas, sus áreas de crecimiento, su demografía, esas cosas. Me gustaría que pensáramos en cuáles podrían ser los distintos eventos a los que asistirás con Wesley. Podemos hablar de la ropa que podrías llevar y de a quién conocerías. Durante las sesiones pensaremos en temas de los que puedas hablar y te ayudaré a familiarizarte con expresiones y te daré estrategias con las que incorporar sus distintas costumbres. Todo seguirá una pauta informal. Podremos pasar de un tema a otro de forma natural, aunque sí que tengo un libro de ejercicios que me gustaría que te plantearas usar. Está más estructurado y podemos ir haciéndolo juntas.

Bianca arrugó la nariz.

–Odio tener defectos. La vida real es un rollo. Prefiero las fotos, donde todo se puede retocar.

–Tú no necesitas retoques. En persona eres luminosa. Dudo que una foto pueda captar eso.

A Bianca se le llenaron los ojos de lágrimas.

–Qué bonito lo que me has dicho –dijo, y parpadeó–. Pero los defectos siguen estando ahí. Tengo que hacer esto por Wesley. El embajador de Cardigania en China ha sido destituido por tener una aventura. Qué típico. Yo no sé si alguna vez podría ser tan corriente. Wesley dice que lo haré bien, pero ¿y si no? No quiero que pierda su carrera por mi culpa.

Margot había comprobado que casi todo el mundo se sentía inquieto cuando empezaba a trabajar con ellos.

–¿Te sentirías cómoda extirpándome el apéndice?

–¿Qué? ¿Cómo me preguntas algo así? Es ridículo.

–¿Por qué?

–No soy médico.

–Tienes razón. Saber hacer una cirugía es algo que una persona tiene que aprender. Es una habilidad, no algo intuitivo. Nadie nace sabiendo hacer algo así –dijo, y sonrió–. Es como esto. Consiste en aprender una habilidad nueva. Yo no sabría nada sobre actuar, pero para ti es sencillo. No tendrías que preguntarte si podrías hacerlo o no, te lanzarías a hacer el papel. Tienes tu proceso y te sientes segura con tus habilidades. Mi trabajo es que te sientas segura al enfrentarte al estilo de vida de Wesley. Tanto si estás reunida con un empleado de una fábrica como con un primer ministro, hay formas de resultar correcta y auténtica sin dejar de ser tú misma.

Margot se encogió de hombros.

–Gran parte de esto es una chorrada, como lo de poner una mesa para una cena formal. Hay reglas que a veces no tienen sentido. Las estudiaremos para que sepas desenvolverte en cenas de estado. Aquí no hay nada difícil. Lleva tiempo y requiere aprendizaje, pero solo porque es algo en lo que no tienes experiencia previa.

Bianca se relajó.

–Como extirpar un apéndice.

–Exacto. Y ahora, dime, ¿cómo conociste a Wesley?

Bianca se arrellanó en la silla y suspiró.

–Fue algo casual. Yo tenía una reunión en el centro. Nunca voy ahí, pero aquel día tuve que hacerlo. Cuando terminé e iba paseando de vuelta al aparcamiento, pasé por delante de un parque canino –dijo, y añadió con una sonrisa pícara–: Me encantan los perros, así que entré a acariciar a alguno. Entonces una monada de *Boston terrier* vino corriendo hacia mí. Era simpatiquísimo y bonito.

–¿No tienes perro?

–Qué va, nunca he tenido perro. No sería buena madre para una mascota. Fui buena madre con Alec, pero solo hasta su adolescencia. Entonces se fue a vivir con sus abuelos. Era lo mejor para él –dijo con tono melancólico.

Margot se preguntó si Bianca quiso que su hijo se marchara o si no tuvo elección.

–¿El perro bonito era de Wesley?

–Sí. Se llama Bruno. Mientras yo le estaba haciendo carantoñas, Wesley se acercó y se presentó. Nos miramos y entonces lo supimos.

–Amor a primera vista.

–Sí. Para los dos.

–¿Te pasa mucho?

–A veces –respondió Bianca sonriendo de nuevo–. Los mejores amores son los que reconoces desde el primer momento, ¿no crees? Pero nunca había sido así. Nunca tan poderoso y tan fuerte.

Se rio.

–Nunca he intentado cambiar por otra persona –dijo, y dejó de reír–. Alec siempre quería que fuera diferente. Nunca decía nada, pero yo lo sabía. Sobre todo según fue haciéndose mayor. Lo decepcioné.

Margot pensó en que Bianca se había acostado con el mejor amigo de Alec cuando los dos chicos estaban aún en el internado, pero no sacaría el tema.

–¿Por qué crees que lo decepcionaste? –preguntó en su lugar.

–Por cómo soy –dijo antes de levantarse y girar en círculo–. No he desayunado y me muero de hambre.

Vamos a asaltar la cocina. Y luego me lo cuentas todo sobre esa oveja cardiganiana tan especial.

Antes de que Margot pudiera responder, Bianca se había ido. Había salido corriendo por la puerta y se había adentrado en el jardín. La niebla casi se había disipado del todo, así que pudo verla hasta que dobló la esquina y desapareció de su vista.

Capítulo 6

Declan contaba con que los clientes fueran complicados, pero los que tenía ahora estaban haciendo todo lo posible por provocarle un infarto. Y aunque ese no fuera su objetivo declarado, se les estaba dando muy bien llevarlo cada vez más al límite.

Se marchó pronto de la oficina y condujo hasta casa. Llegó un poco antes de las cuatro. Cuando abrió la puerta que conectaba el garaje con la casa, se topó con un estallido de música y el olor a chocolate, frutos rojos y más cosas deliciosas.

Entró en la cocina y se detuvo en seco al ver el panorama. Había dos tartas enfriándose sobre unas rendijas. Y encima de la mesa de la cocina, una bandeja de *brownies* y unos rollitos de canela claramente aún calientes y goteando glaseado. Pero lo que de verdad captó su atención fue Sunshine.

La niñera de Connor se había recogido el pelo descubriéndose el cuello, cuya dulce curva conducía hacia unos hombros casi desnudos. Llevaba una especie de vestido camiseta que le llegaba a la rodilla. La prenda no tenía forma, pero ella sí, sobre todo mientras bailaba y cantaba *Solo tiene que mejorar un poco* de la banda sonora de *Frozen*.

Sus caderas giraban y sus pechos se movían y, por

muy vergonzoso que fuera admitirlo, ahí estaba él, contemplándolo todo como un chaval de dieciséis años salido. Y estaba igual de excitado, pensó mientras cambiaba de postura, incómodo, y dando gracias de que la chaqueta del traje cubriera su inadecuada reacción.

Era por la falta de sexo, se dijo. Pero él no era tan asqueroso como para babear por la mujer que cuidaba de su hijo. Eran las mujeres en general y el hecho de no haber echado un polvo lo que le produjo ganas de subirla en la encimera y...

Sunshine lo vio y gritó. Se llevó al pecho una mano cubierta de harina.

–¡Qué susto me has dado! No lo hagas más.

–Lo siento –dijo él soltando el maletín mientras se aseguraba de quedarse detrás de la encimera, a salvo, para que ella no pudiera ver su inapropiada erección.

–¿Vas a abrir una pastelería?

–¿Qué?

Ella bajó los brazos a ambos lados del cuerpo, dejándose una huella blanca en el vestido, y luego agarró el móvil para quitar la música. Le sonrió.

–Estaba un poco alta, ¿no? Perdona. A Connor no le importa el volumen con tal de que elija él la música. Está leyendo en su habitación.

–No sabía que aún le gustara *Frozen*.

Sunshine sonrió.

–A todo el mundo le gusta *Frozen*, aunque la semana pasada fue la banda sonora de *Hamilton*. Una de nuestras favoritas.

Llevaba menos de un mes trabajando para él y Connor y ella ya compartían favoritos. Era buena señal, pensó Declan, dejando que se disipara un poco la omnipresente preocupación que siempre tenía por su hijo. Por lo que veía, Sunshine era una niñera excelente, más allá de sus sorprendentes aficiones.

–¿Y todo esto?

–¡Ah, sí! –dijo ella. La sonrisa se desvaneció y añadió con gesto de culpa–: Es que, bueno, hago repostería para relajarme.

Alzó la barbilla y añadió:

–He parado en la tienda después de clase y lo he pagado todo yo.

–Sunshine, no me preocupa que compres harina y bicarbonato de más. Solo me preguntaba a qué venía todo esto. Y qué vamos a hacer con ello.

Ella volvió a sonreír.

–La mayor parte se puede congelar. Pronto habrá una venta de pasteles en el cole de Connor, así que una parte puede ir para allá. Y a lo mejor a ti te apetece llevarte unas galletas al trabajo.

–Preferiría dejarlo e irme a vivir a una isla.

–¿Un mal día?

–Horrible. ¿Sabes? Voy a ir a saludar a Connor y a cambiarme y luego compararemos nuestro día.

Un temporizador sonó. Sunshine agarró unas manoplas.

–Es el pan de plátano.

–Claro, claro. Bueno, ahora mismo vuelvo.

Declan agarró el maletín y lo situó estratégicamente. Las cosas casi se habían calmado del todo ahí abajo, pero ahora que Sunshine se había agachado para ver el horno... En fin, que él era un ser humano repugnante. Eso seguro.

Entró en su dormitorio y se puso unos vaqueros y una camiseta mientras pensaba en los miles de millones de personas que no tenían acceso a agua potable. Unos minutos después, volvió a la normalidad, por así decirlo. Entró a ver a Connor.

Cuando su hijo lo vio, se levantó de un salto y corrió hacia él.

–¡Papá! Sunshine está haciendo un montón de

dulces. Creo que deberíamos comer tarta de postre. Tiene mezcla de frutos rojos y he probado el relleno y está riquísimo.

–Pues marchando tarta de postre.

Levantó a Connor en brazos y lo abrazó. Los bracitos del niño le rodearon el cuello con fuerza. «Qué bien», pensó con ganas. Esos momentos con su hijo. Mientras Connor estuviera feliz y sano, el resto no importaba tanto. Lo del trabajo ya se resolvería por sí solo.

–¿Qué estás leyendo? –preguntó al dejarlo en el suelo.

–Otro libro sobre hormigas. Es buenísimo. Estoy deseando que llegue la granja.

–Y yo. Voy a la cocina a hablar con Sunshine. ¿Quieres venir y estar con nosotros?

Connor desvió la mirada hacia el libro.

–Mejor espero hasta la cena.

Declan sonrió.

–No tienes ningún interés en hablar con los viejos, ¿eh?

–Sunshine no es vieja.

Declan se llevó una mano al pecho con gesto exagerado.

–Oye, que yo tampoco soy viejo.

Connor soltó una risita.

–Eres mi padre.

Como si eso lo explicara todo. Bueno, suponía que sí.

Volvió a la cocina. Sunshine había cambiado la música y había sintonizado una cadena de clásica. Además había despejado una zona de la isla, como para que él pudiera acercar un taburete, y había sacado todo lo necesario para preparar un martini.

–Me has leído la mente –dijo Declan–. Gracias, pero ya lo preparo yo.

–Yo me ocupo. Tengo que practicar.

–¿No eres de beber martinis?

–Soy más de tomar vino en una cena de chicas.

–Pues entonces elige la botella que quieras.

–¿Tan mal ha ido el día?

Él agarró una de las galletas que se estaban enfriando y le dio un mordisco.

–Mi socio y yo tenemos un contrato con un nuevo hotel en el norte de Malibú. Han empezado a construir, así que ya hemos empezado a hablar de los jardines. Son enormes, por delante y por detrás, con varias hectáreas que suben hasta las colinas.

Ella midió el vodka y el vermú y añadió hielo.

–Parece todo un reto.

–Lo es. Vamos a construir un sendero para caminar que recorra las colinas, algo bastante sencillo. El problema es el resto.

Sunshine sirvió la bebida en una copa de martini, añadió tres aceitunas clavadas en un palillo de plástico y se la dio.

Él dio un sorbo.

–Perfecto. Gracias.

–Tarta y martinis. Soy milagrosa. ¿Y qué pasa con el resto de los jardines?

–No quieren tomar ninguna decisión. Bueno, lo retiro. No logramos llegar al punto en que tengan que tomar una decisión. Quieren algo distinto, algo especial, pero de momento no les gusta nada lo que les hemos propuesto. Estoy por ofrecerles delfines y elefantes.

–No tengo claro que fueran a llevarse bien, aunque las dos son especies inteligentes. Podrían arreglarlo.

Ella se sirvió un vaso de agua con hielo y se sentó frente a él junto a la isla.

–Se están inclinando por dividir el espacio en

distintos jardines. Puede que quieran una especie de laberinto, pero no tenemos más. En algún momento tendrán que decidirse o matarnos. Estoy acostumbrado a que los clientes necesiten tiempo y consejo, pero nunca había visto algo así.

–Los jardines Huntington son todos distintos. No sé si eso les daría inspiración o empeoraría las cosas.

–No creo que pudiera soportar llevarlos de excursión –admitió él–. No sin que hubiera un baño de sangre.

–¿Tuyo o suyo?

–Ni idea.

Ella se rio.

–Entonces, conectas distintos jardines con algo, ¿no? ¿Con el material de construcción o con las mismas macetas o tipos de plantas?

–Exacto. Hazme todas las sugerencias que quieras. Me estoy quedando sin ideas. La semana pasada querían que todo tuviera un rollo orgánico. Esta semana plantean arena porque estamos cerca de la playa. Podría trabajar con arena de playa, la arena de playa es genial. Pero esta tarde me han mandado un correo diciéndome que la arena de playa es algo demasiado obvio.

–Jolín, qué complicado.

–Bueno, lo resolveremos. Como te he dicho, estoy acostumbrado a tener que estar encima del cliente, apoyando y aconsejando, pero a veces es agotador. ¿Y tu día qué tal? Cuéntame. ¿Por qué estás haciendo repostería para relajarte?

Ella hundió los hombros y suspiró con fuerza.

–Es una tontería.

–No, no lo es. Es importante. Cuenta.

–Hoy he empezado mi clase de Matemáticas.

–¿Y?

–Y ha sido horrible. La profesora Rejefski da

mucho miedo. Todos los alumnos son más jóvenes que yo y no he podido seguir la clase.

–¿Nada?

–Un poco. Pero luego todo era muy lioso. No he tenido que estudiar desde el instituto. Nunca he ido a la universidad. Me matriculé, pero entonces conocí a un chico y me marché. Siempre fui una estudiante, como mucho, mediocre, y pensaba que, si me aplicaba y me esforzaba, sería fácil o, al menos, factible. Pero ¿y si no? ¿Y si era una estudiante corriente porque no soy lo bastante inteligente? ¿Y si no puedo ser mejor de lo que soy ahora?

Él se inclinó hacia ella.

–Sunshine, solo ha sido un día.

–Ya, pero...

–Un día. Date una oportunidad.

–Me da miedo haber llegado al tope.

Él sonrió.

–Cuéntame cómo se hace un pastel.

–¿Qué?

–He oído que lo más complicado es la masa quebrada. ¿Por qué no basta con añadir los ingredientes?

Ella frunció el ceño.

–Qué pregunta tan rara, pero vale, te respondo. No son solo los ingredientes. Tienes que sentirlo. Es una cuestión de textura y conlleva práctica –dijo, y arrugó la boca antes de añadir–: ¿Estás usando un pastel como analogía para hacerme sentir mejor? ¿Un pastel?

–Técnicamente un pastel de masa quebrada, pero sí. Mira, a nadie se le dan bien las cosas al principio. Montar en bici, cantar, aprender a leer, volver a la universidad.

«El sexo». El pensamiento surgió de forma espontánea y él lo apartó. Estaba disfrutando de esa conversación con Sunshine y no iba a cargársela actuando como el típico tío.

–Ha sido solo un día –repitió–. Date una tregua y algo de tiempo. ¿En qué sentido daba miedo la profesora?

–Tiene muchas normas. Y ha dicho algo de unos cuadernos azules que no he entendido.

–Las normas son buenas. Así tienes clara tu posición y qué se espera de ti. Comprarás cuadernos azules en la tienda para alumnos y harás los exámenes en ellos. Probablemente ha dicho que os quitará los que están en blanco antes de los exámenes y luego os dará los que lleve ella.

–¿Por qué?

–Para que nadie copie. Si no, la gente se apunta notas y fórmulas en los cuadernos.

Sunshine parecía impactada.

–¿Eso hace la gente? –dijo, y sacudió la cabeza–. Pues claro que lo hace. Estoy muy fuera de onda. Un chico me ha invitado a su casa, a una fiesta en la piscina. Tiene dieciocho años. ¿Por qué?

Declan dio otro trago de martini.

–¿Me estás preguntando por qué un chico de dieciocho años quiere salir contigo? ¿Lo preguntas en serio?

–Lo que quiero decir es que yo no busco esas cosas.

–¿Has renunciado a los hombres?

Saberlo sería de gran ayuda, pensó él. O al menos esperaba que lo fuera.

–No exactamente. Es solo que no quiero ser solo te... Y no quiero salir con tíos que solo busquen sexo y un rollo. Quiero alguien que quiera una relación de verdad. Alguien inteligente y amable y divertido que me vea como persona.

Ahí había mucha información; información sobre la que él tendría que reflexionar después.

–Me parece razonable.

–Puede. No lo sé. Ahora mismo quiero hacer mi trabajo y sacar adelante la universidad.

–Yo era un estudiante bastante bueno. Lo que puedo decirte es que estés al día de los contenidos, que intentes leer las lecciones con antelación para luego poder preguntar dudas en la clase. Ve a las sesiones de AT.

–Eso ha dicho la profesora Rejefski. He apuntado las fechas, pero ¿qué son?

–Los asistentes técnicos son los ayudantes de los profesores. Suelen ser alumnos de posgrado. Dan clases de apoyo para repasar el material. Ahí puedes recibir atención más personalizada. Puede que también haya un laboratorio de Matemáticas en el campus. Míralo. Y siéntate delante para que la profesora te conozca. Implícate. Muestra interés en la clase.

–¿Por qué?

Él sonrió.

–Porque así verá que lo intentas. Al final del semestre, si estás cerca de sacar una nota más alta, mostrar implicación puede darte el empujón.

Sunshine abrió los ojos de par en par.

–¿Hacen eso?

–Son humanos, así que sí.

–Estoy en *shock*.

Él soltó una risita.

–Pues supéralo.

–Ahí fuera hay todo un mundo secreto.

–El cliché es cierto: el éxito consiste en estar ahí y cumplir.

Él se apartó de la encimera.

–Puedes hacerlo. Tardarás un tiempo en pillarle el ritmo a estudiar y hacer exámenes, pero tengo fe absoluta en ti.

Ella sonrió.

–Es lo más bonito que podías haberme dicho. Gracias.

–De nada.

Se miraron. Declan quería decirse que había un poco de tensión chispeando entre los dos, pero tenía la sensación de que era todo culpa del martini. Se bajó del taburete.

–Voy a ver a Connor y luego bajo a ayudarte a envasar los dulces.

–No hace falta. Ya me ocupo yo. ¿Cenamos a las seis?

–Claro. Luego nos vemos.

Y con eso, el orden quedó restaurado exactamente como debía ser.

Tres días después de que empezara la formación de Bianca, Alec tenía que admitir que Margot estaba resultando menos trastorno de lo que se había esperado. No hacía ruido, era discreta y, excepto cuando iba al comedor a por el desayuno, apenas la veía.

Por lo que le había dicho su madre, casi siempre trabajaban en el invernadero hasta que la temperatura subía lo suficiente para estar fuera. Bianca parecía feliz, la casa estaba tranquila y eso era todo lo que Alec pedía. Aún tenía sus dudas sobre la capacidad de su madre para adaptarse al estilo de vida de Wesley, pero eso no era problema suyo.

Volvió a la casa y vio a Margot en el claustro, móvil en mano.

–Pedazo de mierda, déjame en paz.

Él estaba seguro de que no se estaba dirigiendo a él, así que, en lugar de responder, se detuvo y carraspeó.

Margot se giró, colorada.

–Perdona –dijo metiéndose el teléfono en un bolsillo–. Estoy teniendo un mal momento.

Llevaba un vestido rojo sin mangas que se le ceñía

a la cintura antes de abrirse y caerle justo sobre la rodilla. Tenía el pelo recogido en una sencilla coleta. Llevaba unos zapatos planos, nada de joyas excepto un reloj, y maquillaje mínimo. Tenía aspecto de persona competente y capaz, pero a la vez él veía claramente que era una mujer, y además bellísima. Una combinación que, como diría su madre, lo descolocaba.

Intentó ignorar la atracción.

—¿Necesitas ayuda?

—Gracias, pero no. Estoy bien —dijo ella, aunque vaciló—. Un antiguo novio está intentando ponerse en contacto conmigo. He cambiado de número de móvil y me he mudado, todo sin decirle nada. Pero una de mis amigas cree que debería darle una segunda oportunidad; una segunda oportunidad que, técnicamente, sería la decimocuarta. He dicho que no y ella opina que me equivoco.

Antes de que Alec pudiera decidir cómo responder, Margot continuó:

—No es él, soy yo. Soy una persona relativamente inteligente. Sé lo que quiero en la vida y voy a por ello. Pero, cuando estoy con él, tomo decisiones absurdas. Asumo por completo mi responsabilidad en todo lo que ha salido mal. Soy yo. Así que lo mejor es evitarlo, y cada vez me resulta más fácil. No quiero verlo y punto.

Alec sintió un repentino e inesperado odio por un hombre al que no había visto en su vida. Qué curioso.

—Seguro que todo el mundo tiene a alguien de su pasado que quiere evitar.

—¿Incluso tú?

—Incluso yo.

Ella le lanzó una sonrisa.

—Eres muy amable, pero sospecho que solo intentas hacerme sentir mejor.

–Todo lo contrario, te digo la verdad. Hace unos años estuve prometido. Ella también era académica. Así nos conocimos. Hacíamos buena pareja y supongo que nos enamoramos.

Alec se detuvo, sabiendo que podía hacer dos cosas con el resto de la historia: decir lo que siempre decía o contar la verdad.

Miró hacia el jardín un instante. No, la verdad mejor no. Era demasiado personal. Y también demasiado humillante.

–Ella había publicado mucho, o eso creía yo. Resultó que había estado plagiando el trabajo de otro. De un historiador poco conocido que había publicado en los años 40. Al final la pillaron.

Volvió a mirar a Margot.

–No fue tanto la mentira en sí como lo que eso dijo de su personalidad.

–Claro. Si mintió sobre eso, ¿sobre qué más iba a mentir?

–Exacto.

–La gente a veces te confunde –dijo ella–. Perdona por mi arrebato.

–No te disculpes. Seguro que se merecía cada palabra que le has dicho.

Margot se rio.

–Pues sí, pero de todos modos... Bueno, cambio de tema. Las cosas van bien con tu madre. Me gustaría organizar un par de eventos sociales.

Alec se tensó instintivamente. No le gustaban los eventos sociales. Había demasiada gente que no conocía y le cansaban las charlas banales. ¿Por qué tenía que hacer el esfuerzo de conocer a alguien a quien no volvería a ver en su vida? ¿Cómo se podía disfrutar con algo así? Quería decirlo, pero tenía la sensación de que Margot solo lo había mencionado porque quería que él participara.

–¿Como qué? –preguntó Alec esperando sonar entusiasmado en lugar de resignado.

–Primero quiero conocer a Wesley. Conocerlo me ayudará a comprender las dinámicas de la relación que tienen los dos. Estaba pensando en ir a tomar unas copas a algún sitio.

–Ah, bueno, es muy fácil hablar con Wesley. Probablemente sea por su formación como diplomático. Invítalo aquí. Mi madre estará más relajada, y eso debería ayudarte con tus observaciones.

Ella sonrió.

–Gracias, Alec. Eres muy amable. Me pondré con ello ahora mismo. El segundo es una cena. Quiero mezclar a gente que Bianca conozca y a gente que no. La cena sería bastante formal. Varios platos, mucho cambio de vajilla y saber elegir el tenedor correcto. El objetivo es ver cómo se desenvuelve entre el protocolo y el estrés de tanta gente. Te agradecería que estuvieras allí. Se lo preguntaré a Wesley, por supuesto. Y estoy pensando en invitar a mi hermana, si te parece bien.

–¿Tienes una hermana?

–Una melliza. Sunshine –dijo Margot sonriendo–. Es niñera de un niño de ocho años. También me gustaría invitar a su jefe y a su hijo. Los niños siempre alteran las dinámicas. Buscaré un restaurante con una sala privada para no tener que preocuparnos de influencias externas.

Aunque él jamás elegiría ir a una cena como la descrita por Margot, de inmediato entendió el propósito. A la hora de trabajar con gente, la observación era una herramienta importante.

–Haced la cena aquí –dijo él impulsivamente–. Edna estará encantada de cocinar algo más complejo que comida para congelar. Siempre está insinuando que debería celebrar una fiesta.

Algo que no sucedería nunca. Como norma, a él no le gustaba tener extraños en su casa. No le gustaban las situaciones en las que no tenía el control de todo. Pero, por la razón que fuera, eso era distinto.

Margot le tocó un brazo.

–Gracias, Alec. Te agradezco mucho tu ayuda en esto. Deja que hable con Bianca y luego te diré fechas. ¿Te parece bien que invite a mi hermana, a su jefe y al niño?

–Por supuesto.

Ella había apoyado los dedos en su antebrazo apenas un segundo y, aun así, él lo sintió como si lo hubiera marcado a fuego. Qué curioso.

Margot señaló hacia los jardines.

–El jefe de Sunshine es paisajista. Le va a encantar lo que has hecho aquí.

Ese dato encajó por completo. El paisajista, el niño de ocho años, la niñera posiblemente contratada porque...

–¿Trabaja para Declan Dubois?

–¿Cómo lo has sabido?

Él asintió hacia los jardines.

–Esto lo ha hecho él. Ha estado en casa montones de veces. Había olvidado que perdió a su mujer hace unos meses. Conozco a Declan, pero mi madre no lo ha visto nunca.

Ella sonrió.

–Para que luego diga la gente que Los Ángeles es una ciudad grande.

–Puede que lo sea, pero Pasadena no. Como te he dicho, mi madre no lo conoce. No vino a ver la casa hasta que terminaron las obras. Su hijo y él serán unos desconocidos para ella.

–Genial. Pues entonces tenemos un plan. Te iré contando los detalles. Gracias otra vez, Alec. Te agradezco tu apoyo.

–No hay de qué.

Ella entró en la casa y él la vio marchar mientras se decía que lo único que quería era ayudar a su madre. No había accedido por ninguna otra razón. Y, desde luego, no para impresionar a Margot. Era ridículo pensarlo.

Capítulo 7

–Cinco, cuatro, tres, dos, uno. Y abajo. Tenéis treinta segundos para recuperar el aliento.

Margot plantó el culo en el asiento de su bici y ajustó la resistencia. Tenía los muslos ardiendo y le costaba respirar, pero de forma positiva. La clase de *spinning* siempre le aceleraba el corazón.

–Te odio –dijo Sunshine con la voz entrecortada desde la bici de al lado–. ¿Por qué me haces esto? –añadió su hermana, sudando y con la cara colorada–. ¿Quién inventó esto? Es espantoso.

Margot se rio.

–Dijiste que irías a una clase de gimnasia si estábamos sentadas. Estamos sentadas.

–No todo el tiempo. La instructora no deja de decirnos que levantemos el culo del asiento. ¿De qué sirve tener un asiento si no puedes sentarte?

Antes de que Margot pudiera responder, el periodo de descanso se acabó y tuvieron que darle caña otra vez. Sunshine gruñó antes de aumentar la resistencia y ponerse de pie en los pedales. Cuando Margot la miró, su hermana articuló en silencio:

–Para mí estás muerta.

Margot sonrió.

Veinte minutos después, la clase había terminado. Sunshine se secó el sudor de la cara y del cuello y fue cojeando hacia la puerta.

–No pienso volver nunca –murmuró.

–Eso lo dices cada vez que venimos a esta clase.

–Y lo digo en serio. Luego se me olvida, pero esta vez me voy a hacer un tatuaje para que no se me pase.

–¿No había una película sobre eso?

–¿Sobre alguien que odiaba las clases de *spinning*? No creo.

Margot sonrió.

–Sobre usar tatuajes para recordar cosas. Bueno, da igual. Venga, te invito a un batido.

Sunshine puso los ojos en blanco.

–En ese sitio de zumos, ¿verdad? ¿Qué tal mejor un batido de leche en una hamburguesería?

–Acabas de quemar un montón de calorías y de hacer algo bueno por tu cuerpo. ¿No prefieres un batido vegano?

–No.

–Creo que solo estás fingiendo.

–Sí, seguro que es eso.

Cruzaron el aparcamiento hasta el local de zumos. Margot pidió el de siempre, uno de espinaca, perejil, pepino y kale con un poco de manzana roja para darle un toque de dulzor. Sunshine eligió una bebida proteica con leche de almendras, cacao, plátano y proteína en polvo vegana de vainilla.

–Preferiría tomarme un helado –dijo mientras se sentaban con sus bebidas en una de las mesas de fuera–. Deberías preocuparte por mi felicidad.

–También me preocupo por tu salud.

–Me da igual estar gorda. He aceptado mi cuerpo. Es lo que es.

–No estás gorda.

«Para nada», pensó Margot. Sunshine era exuberante y curvilínea. Tenía un aspecto vibrante, atrayente, vivo.

Ella, en cambio, resultaba fría y distante. Había algo en su forma de hablar o moverse que ahuyentaba a la gente que no la conocía bien. Sabía que, técnicamente, la consideraban una belleza, pero una belleza intocable. La gente no la veía cercana o afable.

–¿Qué tal va todo? –preguntó.

–Bien. El trabajo bien, pero las clases son duras. El segundo día fue algo menos agobiante que el primero. Hice los deberes y casi todos me salieron bien, así que por ese lado bien. Pero la profesora me da miedo y todo el mundo es mucho más joven que yo. Me preocupa que además son más listos o, al menos, están acostumbrados al rollo universitario.

–Te sientes fuera de lugar –dijo Margot.

Su hermana suspiró.

–No intentes tus truquitos mentales de Jedi conmigo. Soy inmune.

–No son trucos mentales de Jedi, son técnicas y podrían ayudarte a sentirte más segura contigo misma.

–Eeem, no. Pero gracias por el ofrecimiento.

–No respetas mi trabajo –dijo Margot con tono suave.

–Lo respeto enormemente. Es solo que prefiero no recurrir a él. Necesito encontrar mi propio camino. Lo sabes.

–Sí.

Sunshine siempre había sido la lanzada, la que se forjaba su propio camino. Lo había heredado de su madre. A Margot le gustaba trazar un plan y luego seguirlo. Le gustaban las listas y los objetivos y saber que había hecho avances.

–La universidad me queda grande –dijo Sunshine–.

Sé que es lo que tengo que hacer, y lo haré, pero supone todo un impacto para mi organismo.

–Me parece muy curioso que seas tan organizada y estricta con los niños con los que trabajas y que luego eso no se traslade a tu vida personal.

–No soy estricta.

–Los tienes sujetos a un horario y una planificación.

–Ya, porque para los niños es mejor tener una rutina. Necesitan horarios de comida, de sueño y de juegos.

–A lo mejor tú también.

–¿Estás diciendo que debería tratarme como si fuera uno de los niños que tengo a mi cargo?

–Estoy diciendo que podría ser un experimento divertido. Ya tienes que ir a clase dos mañanas a la semana. Podrías planificar cuándo vas a hacer los deberes y cuándo vas a hacer ejercicio. Cosas así.

Sunshine la fulminó con la mirada.

–¿Ejercicio? Cómo lo has colado, ¿eh?

–Eres tú la que se queja de que no hace bastante ejercicio.

–No deberías restregármelo por las narices.

–Solo estaba sugiriendo que te hicieras una planificación.

–¿Como, por ejemplo, tomarme un batido de leche todos los lunes? –dijo Sunshine con la mirada brillante de diversión–. Porque, desde luego, a eso sí que podría apuntarme.

–Eres imposible.

–Eso mismo llevo diciendo toda la vida. Bueno, ¿y tú qué tal? ¿Qué tal el trabajo? ¿Qué tal tu vida sexual?

–No tengo vida sexual.

–Yo tampoco. Qué asco, ¿eh?

–A mí no me importa tanto.

–Mentirosa.

Margot suspiró.

–Me importa un poco, pero estoy acostumbrada.

No le iban los rollos de una noche y, desgraciadamente, no había muchos hombres que le interesaran. Además de destruirle la vida una y otra vez, de algún modo Dietrich la había convencido de que él era el único que podía encontrarla atractiva. Que a la mayoría de los hombres les resultaba demasiado rara. Y, aunque su cabeza decía que era un capullo mentiroso con un temperamento que a veces la asustaba, y que estaba mucho mejor sin él, su sorprendentemente frágil corazón se preguntaba si tendría algo de razón. Tampoco es que hubiera tenido nunca una fila de hombres dispuestos a tirarle la puerta abajo. Eso era más propio de la vida de su hermana.

–¿Por qué no estás teniendo sexo?

Sunshine por poco no se atragantó con el batido.

–¿Cómo dices?

–Doy por hecho que podrías conseguir a alguien en un pispás.

–Podría, pero no. Ya te he dicho que eso se ha acabado. Quiero ser normal.

–La gente normal tiene sexo.

–La gente normal tiene relaciones. Yo solo he tenido aventuras que, al final, no han significado nada para ninguno de los dos. He renunciado a mi vida y a mis responsabilidades por la promesa de estar en la gloria unas semanas, pero ¿después qué? –dijo, y arrugó la boca–. Me despierto con gripe, sola en una habitación de hotel en Londres, sin chico, sin trabajo, sin nada.

Margot estiró la mano por encima de la pequeña mesa. Sunshine le apretó los dedos. La situación que Sunshine estaba describiendo era justo lo que había pasado cuatro meses atrás, dos días después de su treinta y un cumpleaños. Había ido de Londres a Los

Ángeles y se había mudado con Margot jurando que iba a cambiar su vida para mejor. Se acabó lo de salir con tíos al azar, se acabó la existencia insignificante y algo hedonista. En lugar de eso, iba a alcanzar la normalidad.

–Te quiero –dijo Margot.

–Yo también te quiero, aunque hayas tenido todas tus mierdas en orden gran parte de nuestra vida adulta.

–Eso no es verdad.

Margot soltó la bebida y levantó un dedo.

–Casi suspendo el segundo año de universidad porque me fui a Tailandia con Dietrich.

Levantó otro dedo.

–Se me pasó hacer la matrícula y no pude entrar en ninguna de las clases que quería porque estaba en Australia, también con Dietrich.

Levantó otro dedo más.

–Estaba en la Patagonia cuando debería haber estado haciendo una entrevista para el trabajo de mis sueños y acabé como subdirectora en un hotel de calidad media en San Francisco.

–Que al final eso te dio el trabajo que tienes ahora y que te encanta.

–Creo que también me habría encantado dirigir un hotel Península.

–No tanto.

–No sé. Lo que quiero decir es que podría seguir diciéndote cosas. Tú has hecho el tonto con un montón de tíos y yo he hecho el tonto con el mismo una y otra vez. Ninguna se ha llevado ningún premio por eso y nos toca seguir adelante. Y eso es lo que estamos haciendo.

Levantó la bebida y añadió:

–Así que deja de ser tan mala con una persona que quiero.

–No estoy siendo mala conmigo misma –dijo Sunshine suspirando–. Voy a lograrlo. La universidad, conservar mi trabajo e ignorar a hombres inapropiados. A lo mejor debería renunciar a los hombres en general durante un tiempo.

–O encontrar a alguien apropiado.

–¿Dónde?

Margot se encogió de hombros.

–Ahora mismo no soy la persona idónea a la que preguntar. No se me acercan hombres apropiados.

Sunshine chocó su vaso de plástico con el de Margot.

–A lo mejor, pero tampoco se te acerca Dietrich, y ¿eso no está bien o qué?

–Sí. Voy a cambiar de tema y a hablar de mi trabajo.

Sunshine enarcó las cejas.

–¡Hala! Tú nunca hablas de tu trabajo, no en detalle. ¿O es que me estás vacilando?

–Bianca Wray es mi clienta.

Sunshine se atragantó por segunda vez.

–Has dicho el nombre de una clienta en voz alta. ¿Debería agacharme yo también para que no me alcance el rayo?

Margot sonrió. Era muy protectora con la gente con la que trabajaba y nunca hablaba de ellos con nadie que no fuera su supervisor directo.

–Tengo permiso para contártelo.

–Citando a nuestras amigas de *Orgullo y prejuicio*, me dejas atónita –dijo Sunshine, y ladeó la cabeza–. Espera. ¿Bianca Wray? ¿La actriz?

Se puso recta.

–¿La que se acostó con todos esos tíos y se desabrochó el vestido *halter* en una entrega de premios, dejó que cayera al suelo y debajo iba desnuda? La adoro. Es mi heroína.

–Creía que querías pasarte a ser normal.

–Ay, es verdad. Pues «era» mi heroína. ¿Estás trabajando con ella? ¿Por qué?

–No puedo decirlo.

Sunshine puso los ojos en blanco.

–Eres lo peor. ¿Por qué me lo cuentas, entonces?

–Bianca va a celebrar una cena y he pensado que podrías venir con tu jefe y con Connor.

Su hermana se inclinó hacia ella.

–Em... ¿qué? ¿Tu clienta, que no me ha visto en su vida, quiere invitarnos a cenar a mí, al tipo para el que trabajo, al que tampoco ha visto en su vida, y a su hijo?

–Declan conoce a Alec, que es el hijo de Bianca y también estará allí. Alec contrató a Declan para diseñar sus jardines.

La expresión de Sunshine se transformó en una de complicidad.

–¿Alec? No habías mencionado a ningún Alec.

Margot consiguió disimular.

–Es el hijo de Bianca y el dueño de la casa donde me alojo. Es un académico de gran talento y tiene una casa preciosa que antes era un monasterio. La cena será ahí. Bianca se aloja con él mientras trabajamos.

–¿Estás viviendo con Alec? Qué curioso que ni mencionaras eso ni mencionaras al hombre en cuestión. Me estás ocultando cosas.

Margot se sonrojó, a pesar de que en su vida no había nada por lo que sonrojarse. ¡Qué rabia de piel clara!

–No estoy viviendo con él. Me estás malinterpretando a propósito.

–¿Está bueno?

–Es muy inteligente.

Sunshine se quedó mirándola sin más.

Margot exhaló con fuerza.

–No es poco atractivo.

–¿Casado?

–¿Qué? Claro que no. Si estuviera casado, no sería atractivo. Yo no hago esas cosas.

–Solo quería asegurarme. Intento ser normal. Con Bianca Wray en tu vida, a saber qué podrías intentar.

–Mis clientes no son una influencia para mí. Yo lo soy para ellos.

–Si la mitad de lo que he leído sobre ella es cierto, puede que hayas encontrado la horma de tu zapato.

Margot sacudió la cabeza.

–Hasta ahora ha sido bastante normal.

«Sorprendentemente», pensó. Bianca había empezado a hacer el libro de ejercicios y estaba leyendo sobre Cardigania y estudiando su historia y sus costumbres. De momento, las clases se estaban desarrollando sin incidentes. Era casi decepcionante.

Un tipo en un Mercedes descapotable paró cerca de la mesa.

–¡Hola! –gritó con la mirada clavada en Sunshine–. ¿Puedo invitarte a almorzar?

–No, gracias –dijo ella sin ni siquiera mirarlo.

–Tengo un *jet* privado. Podríamos estar en San Francisco en una hora. Conozco un lugar genial en el muelle.

Ella sacudió los dedos mientras le decía:

–Largo.

–Cariño, te haría mucho bien.

Sunshine suspiró, se inclinó hacia delante y besó a Margot brevemente en los labios antes de volver a mirar al tipo. Esbozó una amplia sonrisa.

–Te has equivocado de equipo.

–Pues yo me lo pierdo.

–Totalmente.

Él arrancó y Margot lo vio alejarse.

–Ni siquiera lo has mirado bien. Era guapo.

Su hermana puso los ojos en blanco.

–No me va a ligar un tío en un aparcamiento delante de un bar de zumos. Ese rollo es muy de mí yo de antes.

–Vale, pero es que siempre soy tu gancho lesbiana. Alguna vez quiero que tú seas mi gancho lesbiana.

–Por mí no hay problema. Cuando quieras. ¿«Gancho» sería la palabra apropiada?

–No lo sé, pero me has entendido.

Sunshine sonrió.

–Sí. Mi preciosísima hermana, una mujer de éxito y con formación universitaria, quiere que un tío cualquiera se la ligue en un aparcamiento.

–Aunque sea una vez. Y tiene que conducir un Mercedes y tener un *jet* privado.

–Lo del *jet* era mentira.

–¿Cómo lo sabes?

–Lo sé. Es una frase típica. Créeme.

Margot tendría que hacerlo, y es que no tenía ninguna experiencia personal en el tema. Solo había experimentado la desastrosa relación con Dietrich y él nunca, ni una sola vez, la había tentado con un *jet* privado. Lo único que había tenido que hacer él era pedir y ahí había estado ella, le costara lo que le costara.

–Estamos malditas –dijo con un suspiro.

–Somos las hermanas Baxter y parece que no podemos escapar a nuestro destino.

Margot quería decir que no era verdad, pero provenían de una larga estirpe de mujeres que habían tenido relaciones desastrosas y, en lo emocional, el poder de permanencia de la nieve en julio.

Sunshine sonrió.

–Pero nos tenemos la una a la otra y puede que con eso baste.

–Sí –dijo Margot con firmeza.

–¿Fíngelo hasta conseguirlo?

–Eso siempre.

–¿Vas a seguir la entrega del paquete? –preguntó Connor preocupado.

–Te juro que sí. Lo comprobaré cada media hora. Además, el repartidor siempre llama al timbre.

–¿Y vas a estar en casa?

–Voy a estar en casa. Iré al supermercado en cuanto te deje en el cole y luego me iré directa a casa a esperar. Te lo prometo.

Connor aún parecía preocupado, pero asintió con la cabeza.

–Vale. Confío en ti.

La granja de hormigas había llegado el día anterior y las hormigas estaban en camino.

–Las llevaré a tu habitación y las pondré en un lugar seguro para que puedan reponerse del viaje mientras tú estás en el cole. Esta tarde podrás instalarlas en su casa nueva.

–¿Crees que les gustará? –preguntó nervioso–. ¿Estarán asustadas?

–Creo que estarán felices de haber llegado. Viajar es agotador.

–Pues sí –respondió Connor con un tono muy serio.

Sunshine se obligó a no sonreír, pero le costó. Connor era adorable, y su preocupación por las hormigas que pronto llegarían era lo más mono que había visto en su vida.

Sunshine se unió a la fila de coches que conducía al colegio. Cuando les llegó el turno, se aseguró de que Connor llevara el almuerzo y la mochila antes de desearle un buen día.

–Estaré aquí puntual –le dijo–. Y con un informe sobre las hormigas.

Él se rio.

–Adiós, Sunshine.

–Adiós, Connor.

Se paró dos coches más adelante para quitarse de en medio y esperó a verlo entrar en el edificio. Una vez que Connor desapareció de su vista, condujo al supermercado.

Ya había planificado las comidas de las dos semanas siguientes. Prefería cocinar del tirón grandes cantidades de la comida que les gustaba a todos y luego congelar las sobras para facilitarse las cenas. Aunque separaba las porciones contando con que Declan cenara con ellos, lo más habitual era que no llegara a tiempo, lo que la dejaba con un almuerzo delicioso.

Connor era un niño bastante fácil en todos los aspectos, incluida la comida. Siempre estaba dispuesto a probar cosas nuevas y, aunque se quejaba por las verduras, comía casi todas. Mientras entraba al aparcamiento del supermercado, pensó un momento en la madre de Connor. Qué terrible tener una familia maravillosa, una vida perfecta, y enterarte de que vas a morir. Haber amado así, haber sabido que lo tenías todo, y que luego te lo quiten de esa forma tan cruel... No había palabras para describir esa clase de dolor.

Ella quería lo mismo, pensó con melancolía. No lo de perderlo todo, sino lo del amor. Quería entregarle su corazón a un hombre y aceptar el suyo a cambio. Quería implicarse de lleno en un futuro, en la esperanza, en el afecto y el respeto. «Algún día», se prometió. Algún día sucedería.

Agarró el bolso y sacó la lista. Tenían bistecs del fin de semana y los usaría para hacer quesadillas al día siguiente. Esa noche quería hacer suficiente pollo a la barbacoa para al menos cinco comidas. Las sobras de pollo ofrecían muchas posibilidades, como

ensaladas, enchiladas o tacos. Y tenía un par de rece-
tas estupendas de gratinados que llevaban pollo ya
cocinado. Tener un congelador lleno de comida lista
para usar la hacía feliz.

Cuando había empezado a trabajar para Declan,
el congelador había estado tan vacío como los armarios. Había habido tentempiés para Connor y unos
cuantos artículos de primera necesidad, además de
productos de desayuno, pero poco más. Se había
puesto la misión de cambiar eso y, poco a poco, el
enorme congelador vertical del cuartito auxiliar se
iba llenando.

Se metió la lista en el bolsillo trasero de los vaqueros y se dirigió a la tienda. Después de hacerse con un
carrito, fue directa a la panadería. Su reciente sesión
de repostería antiestrés los había provisto de muchos
bollitos, pero necesitaban pan.

Al acercarse al expositor del pan favorito de Connor,
pasó por delante de un tipo alto y trajeado. No se habría fijado en él de no ser por su voz de pánico al decir:

–Es que hay muchas. ¿Cómo puede haber tantas?

Sunshine lo miró y vio que estaba hojeando una
carpeta de tres anillas llena de fotos de tartas decora-
das. Pasó un par de páginas y miró a la dependienta,
que esperaba impaciente a que se decidiera.

–¿Cuál? –preguntó él desesperado.

–Señor, tengo que sacar unos *bagels* del horno.
Cuando vuelva, sería genial que pudiera decirme qué
ha elegido.

–Pero es que no es mi área de especialización.

El hombre tendría treinta y tantos años y era más
extravagante que guapo. El traje era de buena calidad
y los zapatos parecían caros, así que debía de ser un
ejecutivo de algo, pensó Sunshine mientras se decía
que debía alejarse. Pero, en lugar de hacerlo, empujó
el carro más cerca.

–¿Necesitas ayuda?

El hombre se giró hacia ella y asintió con la cabeza enérgicamente.

–Por favor. Mi hermana está embarazada de seis meses y de pronto le han dicho que tiene que hacer reposo absoluto. Su marido está fuera de la ciudad y su hija cumple tres años dentro de dos días. Tengo que encargar una tarta de princesa para ella. Pensé que sería fácil –dijo, y alzando la carpeta añadió–: Pero hay ocho tartas de princesa. ¿Cómo puede ser?

Sunshine se rio.

–Hay más de una princesa.

–¿Por qué?

Él parecía confundido de verdad por todo, lo cual resultó un poco alentador. Además, a Sunshine le gustó que estuviera ayudando a su hermana.

Alargó la mano.

–Le pondré un mensaje de tu parte y lo averiguaremos.

–¿En serio? ¿Sabes qué preguntar?

–Sé mucho de princesas.

Hojeó la carpeta y corriendo escribió en el mensaje los nombres de las distintas princesas. Cuando terminó, le devolvió el móvil.

Él leyó el mensaje.

–Te sabes los nombres.

–Sí. Es un conjunto de habilidades impresionante.

–Y útil.

El móvil sonó y él miró a la pantalla.

–Bella. Necesitamos una tarta de Bella. ¿Sirve de algo ese dato? –añadió frunciendo el ceño.

–Sí –dijo Sunshine yendo a la página correcta–. Quieres esa.

–Es de *La bella y la bestia*. No es una tarta de princesa.

–La bestia era un príncipe.

–Creo que no.

Ella sonrió.

–Tu sobrina va a cumplir tres años. Si fuera tú, no discutiría ese tema con ella.

–Excelente consejo. Soy Norris, por cierto. Ya, ya –dijo con una mueca–. Es un apellido, no me juzgues.

–Sunshine –contestó ella alzando un hombro–, así que tampoco estoy en situación de juzgar el nombre de nadie.

Norris alargó la mano.

–Encantado, Sunshine. Muchas gracias por salvarme. Y por salvar la fiesta de cumpleaños. Si llego a llevar mal la tarta, habría sido un desastre.

–Encantada de ayudarte –contestó ella, y agarró su carrito.

–Espera –dijo Norris dando un paso hacia ella–. ¿Puedo darte las gracias con un café?

–No hace falta.

Él vaciló, como si no supiera bien qué hacer, y entonces soltó:

–Soy asesor financiero, llevo dos años divorciado, no tengo hijos y soy un tío muy majo –dijo señalando el expositor de tartas–, como puedes ver. Estoy ayudando a mi hermana. Solo un café.

Se sacó una pequeña funda de cuero del bolsillo de la chaqueta y le dio una tarjeta de visita. Ella la agarró y miró la información. Parecía bastante oficial y tenía el número tanto del trabajo como del móvil.

¿Ligar en un supermercado era mejor que ligar con un tío que pasaba por un aparcamiento? ¿Importaba más la ubicación o el hombre en cuestión? Norris parecía de los buenos y lo había encontrado intentando elegir una tarta de princesa que le había encargado su hermana. Eso tenía que significar algo.

Sunshine sacó un boli del bolso y le pidió otra tarjeta. Anotó su número detrás y se la devolvió.

–Un café. Me parece bien.

–Genial –dijo él sonriendo–. Te llamaré.

Ella se despidió con la mano y se marchó. No sabía si acababa de dar un gran paso hacia algo mejor o si la había cagado del todo. Otra vez.

Capítulo 8

Declan estaba deseando llegar a casa. El mensaje de Sunshine que había recibido sobre las once le había arrancado una risita.

¡Tenemos hormigas!

Connor se pondría loco de alegría, y saber que su hijo era feliz lo hacía feliz a él.

Como no tenía que ir a la obra de Malibú, pudo salir del trabajo a las cinco y estar en casa a las cinco y media. Entró desde el garaje y gritó que ya había vuelto. Connor llegó corriendo y lo enganchó de la cintura.

—¡Papi, papi, han llegado! Sunshine ha esperado a que llegaran y las ha cuidado hasta que he llegado. Las hemos metido en la granja y están supercontentas. ¡Ven a verlas! ¡Ven a verlas!

Declan dejó que su hijo tirara de él hasta la habitación. La granja de hormigas estaba instalada en el escritorio.

—Sunshine dice que debería esperar por lo menos un mes antes de tener otra. Que tengo que demostrar que puedo cuidarlas y que no pierdo el interés.

—Me parecen unas observaciones excelentes —dijo Declan sin molestarse en mencionar que tampoco es que una granja de hormigas diera mucho que hacer. Pero lo principal era asegurarse de que el sueño de Connor de tener esa granja no fuera un mero capricho.

–Es que Sunshine es muy lista.

–Sí que lo es.

Y preciosa, y sexi de la leche, y como sacada de una fantasía sexual, pero eso Declan nunca lo diría y probablemente tampoco debería pensarlo.

–Voy a cambiarme y luego vamos a ver qué hay de cena.

–Vale, papá. Yo voy a ver a mis hormigas.

Declan lo besó en la cabeza antes de meterse en el dormitorio principal y ponerse unos vaqueros y una camiseta. Luego, de camino a la cocina, pasó a buscar a Connor.

–Esta noche vamos a tomar pollo a la parrilla –dijo Connor–. Y ensalada de pasta. He ayudado a hacerla. Ha sido divertido –dijo, y añadió arrugando la nariz–: Y verduras asadas. Sunshine dice que cocinarlas en la barbacoa hace que sepan mejor, pero no sé si es verdad.

Declan vio que la mesa ya estaba puesta y que Sunshine, efectivamente, estaba fuera, en la barbacoa. Ya tenía a su lado una bandeja grande de pollo cocinado junto con unas cuantas piezas de pollo crudo. Al parecer, llevaba un buen rato en la parrilla.

–Voy a ver a Sunshine. ¿Quieres...?

–¡Me vuelvo con mis hormigas! –gritó Connor corriendo por el pasillo.

Declan sacó un par de cervezas de la nevera antes de salir. Sunshine sonrió al verlo.

–Hola. ¿Qué tal el día?

–Bien –dijo él dándole la cerveza–. Eres consciente de que la barbacoa es trabajo de hombres, ¿verdad?

–Estoy derribando barreras a diestro y siniestro.

Él asintió hacia el impresionante montón de pollo cocinado.

–No sé si tenemos tanta hambre.

–Lo voy a congelar.

–O eso o vas a tener que invitar a todo el vecindario.

Declan miró hacia la casa.

–Connor está emocionadísimo con las hormigas.

–Sí. La adaptación ha sido muy buena y creo que la granja le va a hacer mucho bien.

–Estoy de acuerdo.

Era algo positivo en lo que centrarse después de los meses tan difíciles que había pasado el niño.

Sunshine señaló el plato de pollo cocinado.

–¿Puedes llevarlo adentro, por favor? Lo guardaré cuando esté frío. La cena estará lista en unos veinte minutos.

–¿Quieres que siga yo con la barbacoa?

–¿Qué os pasa a los hombres con lo de cocinar fuera?

–Es muy primitivo.

–Eso parece. No, en serio, puedo apañarme sola. Ve a despejarte del trabajo. Te avisaré cuando la cena esté lista.

–Sí, señora.

Él llevó el pollo dentro y lo dejó en la encimera antes de entrar en el salón. El mobiliario no había cambiado nada desde que Iris y él habían comprado la casa. Casi todas las habitaciones seguían igual. Lo único que Declan había cambiado había sido su dormitorio. Después de que ella muriera, había contratado a un decorador para reformarlo entero. Una forma mierdera de intentar exorcizar los fantasmas, pero lo único que se le había ocurrido hacer.

Connor estaba mejor, se recordó. Eso ya era algo. El tiempo estaba ayudándolo a sanar, pero Declan creía que gran parte de su mejoría se debía a Sunshine. Connor y ella habían conectado y era agradable volver a oír reír a su hijo. Los dos habían estado mucho tiempo sin reír.

Sabía qué él, por su parte, seguía batallando con la ira. Declan llevaba tanto tiempo furioso que no sabía quién sería si la dejara marchar. Había cargado con su furia meses antes de que Iris le hubiera dicho que estaba enferma. Había tenido que fingir que todo iba bien por el bien de Connor, pero no había sido así.

Incluso ahora se preguntaba si debería haberla dejado. ¿Habría sido mejor? ¿Una ruptura limpia? ¿Un divorcio? Pero ¿y Connor? Habría sido un golpe doble. No. Por mucho que hubiera sido un infierno, quedarse había sido la decisión correcta. Su hijo no había sabido que él había dormido en el sofá del despacho de casa durante meses antes del diagnóstico de Iris. No había sabido que el matrimonio de sus padres se había roto hasta el punto de no tener solución. Al menos, que Declan supiera. Nunca había tenido la oportunidad de tomar una decisión de un modo u otro.

Tal vez eso era lo que más lo cabreaba. No había tenido ni elección ni oportunidad de hablar de ello, de solucionarlo. Porque, justo cuando había pensado que podría estar dispuesto a intentarlo, ella le había dicho que se moría. Que el cáncer que le había ocultado, el cáncer que había creído que podía tratarse fácilmente, había dado un giro y ahora le quedaba menos de un par de meses de vida. Un par de meses que habían resultado ser tres semanas. Primero había habido solo conmoción e incredulidad y luego ella se había ido.

Declan miró por la ventana, pero lo que vio fue el ridículamente soleado día del funeral de Iris. Él había estado aturdido por el impacto, pero había sido consciente de que, aunque tendría que procesar sus sentimientos en algún momento, lo único que importaba era Connor. Ayudar a su hijo a superar ese dolor. Sus padres se habían mudado con ellos para echar una mano, él había buscado un psicólogo para el niño y se había tomado un par de semanas libres para empezar la transición.

Y ahora, meses después, Connor se estaba recuperando. Declan no tenía ni idea de en qué punto estaba él, pero tampoco tenía claro que eso importara. Iris había muerto y, la verdad, él no sabía si estaba triste o si seguía furioso o simplemente agotado por toda la situación.

—No hace falta que me ayudes a recoger —dijo Sunshine mientras Declan llevaba platos a la encimera.

—No me importa. Tú te has ocupado de cocinarlo todo.

Ella se rio.

—Siempre me ocupo yo de cocinarlo todo. Es parte de mi trabajo.

Al día o los dos días de contratarla, Sunshine había dicho que estaría encantada de cocinar todas las noches excepto los días libres. Declan se había sentido aliviado e inmediatamente le había subido el sueldo para cubrir así las nuevas responsabilidades.

—¿Va bien el servicio de limpieza? —preguntó él—. ¿Con una vez a la semana es suficiente?

—Tu hijo y tú sois increíblemente ordenados, así que sí. Una vez a la semana está bien.

—Avísame si quieres que vengan más a menudo.

—Vale.

Mientras ella aclaraba los platos y los metía en el lavavajillas, él limpiaba las encimeras. Los dos terminaron a la vez. Declan levantó la botella de vino.

—¿Otra copa?

Sunshine vaciló un segundo antes de asentir con la cabeza.

–Claro. Gracias.

Se sentaron en los taburetes de la isla. Declan tuvo cuidado de mantener las distancias. Por mucho que Sunshine pareciera sacada de una fantasía, él jamás diría ni haría nada que la hiciera sentirse incómoda. Era maravillosa con su hijo y él no quería arriesgarse a perderla.

–Me alegro de que la granja de hormigas sea todo un éxito –dijo ella.

–Y yo. Estuvo tan callado después de la muerte de su madre que da gusto oírlo reír y verlo interesado en cosas otra vez.

–Ya me imagino. Se está recuperando, Declan. Puedo verlo en las pocas semanas que llevo aquí.

–¿Habla contigo de su madre?

–A veces. Sé que la echa de menos. Cuando parece triste, le pido que me hable de ella –sonrió–. Tiene unos recuerdos geniales y es lo bastante mayor como para que se queden con él el resto de su vida.

–Eso espero.

Ella levantó su copa de vino y la bajó.

–Aun a riesgo de meterme donde no me llaman, ¿tú te estás riendo mucho últimamente?

–Más que antes.

Fue una respuesta sincera que obvió sus conflictos internos.

–¿Estás viendo a alguien?

Él se apartó tan rápido que casi se cayó del asiento.

–¿Me estás preguntado si tengo citas?

Declan tuvo que carraspear y bajar la voz a propósito.

–¿Citas... citas?

A ella se le contrajo la boca como si estuviera intentando ocultar una sonrisa.

–Sí, esa ha sido la pregunta.

–Solo han pasado cinco meses. Es demasiado pronto.

¿Citas? No podía ni imaginárselo. ¿Cómo iba a pasar algo así? ¿Dónde iba a conocer a alguien y por qué iba a querer hacerlo?

–Vale, solo era para asegurarme. Para decirte que a lo mejor deberías hablar con el psicólogo de Connor antes de presentarle a una mujer nueva en tu vida. Podría darte algunas pautas sobre el mejor modo de hacerlo. Se me dan genial las barbacoas y puedo dar una clase bestial para practicar un examen de Ortografía, pero tengo cero experiencia con la pérdida de un progenitor en esas circunstancias.

Lo que significaba que ella tenía algo de experiencia con la pérdida de un progenitor, dedujo él. Y probablemente debería haber tirado por ese tema, pero no podía sacarse de la cabeza la pregunta de las citas.

–¿Y tú estás viendo a alguien? –preguntó, y levantó una mano–. Perdón. No es una pregunta apropiada.

–¿Por qué no? Declan, vivo en tu casa, te cocino y te hago la colada. Creo que está bien que seamos amigos.

–No tengo muy claras las normas con respecto a las niñeras.

Excepto la que decía que bajo ningún concepto debería pensar que estaba buena.

–No son muy complicadas. La mía es básicamente que seas un buen padre. Y esa la estás cumpliendo.

–E imagino que también querrás que el cheque tenga fondos.

Ella se rio.

–Vale, sí. Esas dos normas, entonces.

Sunshine respiró hondo antes de decir:

–No estoy con nadie. La cosa terminó con mi último novio hace unos meses y desde entonces he estado intentando actuar de otra manera.

–¿Qué significa eso?

Ella lo miró.

–Estoy intentando no hacer el idiota con los hombres. Quiero ser menos impulsiva, más sensata. Quiero algo de verdad.

–¿Como enamorarte?

–Más que eso. Enamorarme de alguien que nos vea teniendo un futuro juntos. Quiero un hombre que me respete como persona y que no me vea solo como un buen culo.

Se estremeció y añadió:

–Perdón. Lo que he dicho podría ser un ejemplo de mi lado impulsivo.

Él estaba demasiado ocupado sintiéndose culpable por sus sentimientos sexuales hacia ella como para molestarse.

–Nada de disculpas. Lo que estás diciendo es que quieres que no...

–Que no se base en el sexo por una vez.

–Yo echo de menos el sexo.

Declan no había pretendido decirlo en voz alta. Se suponía que solo lo pensaba. Horrorizado, intentó desesperadamente encontrar un modo de retirarlo, de borrarlo o de disculparse.

–Lo siento –se apresuró a decir–. No quería decir eso.

Sunshine se giró hacia él con los ojos brillantes de la risa.

–No pasa nada –le dijo con tono amable y de diversión–. Lo entiendo totalmente. Lo que quieres decir es que es demasiado pronto para tener una relación seria pero que echar un polvo tampoco sería el fin del mundo.

–Dios, suena terrible, pero sí.

–Suena real y sincero. Ya sabes que puedes tener sexo sin tener una relación.

Él se quedó mirándola.

–¿Estás sugiriendo que contrate a una prostituta?

Ella soltó una carcajada.

–No. No pareces de esos. Lo que digo es que hay muchas mujeres que quieren un rollo de fin de semana sin compromisos.

–¿Dónde?

–Por todas partes.

–En mi mundo no.

–Te sorprendería.

–Pues sí. Y mucho.

Declan sabía que Sunshine no era una de esas mujeres. Sunshine quería más.

–La verdad, no tengo claro que sea lo mío. Siempre he preferido el sexo acompañado de una relación. Ni siquiera en la universidad era esa clase de chico.

La expresión de ella se volvió melancólica.

–Da gusto oír eso. Me gusta saber que hay buenos tipos ahí fuera.

–Sí, y la mayoría no nos estamos comiendo ni una rosca.

Ella volvió a reírse.

–Intenta estar abierto a las posibilidades.

–Creo que mejor sufriré directamente. Pero ¿y qué pasa con lo que quieres tú?

–No es tan fácil como imaginas.

Eso no podía ser verdad, aunque tampoco podía discutirlo con ella. Ya había dicho demasiado. Más tarde se pararía a pensar sobre el deprimente hecho de que ella no hubiera siquiera insinuado que era la clase de hombre con el que querría acostarse. Y no es que él lo fuera, o que ella fuera a querer, ni nada de eso. Dios bendito, ¿pero qué le pasaba?

–Espero que los dos consigamos lo que queremos –dijo esforzándose como un loco por encontrar un modo elegante de cambiar de tema.

Ella levantó su copa.

–Yo también. Sea lo que resulte ser.

El dormitorio de Bianca era una maravilla arqui-
tectónica. Era la primera vez que Margot entraba en
él y no podía dejar de mirar las preciosas ventanas y
las tallas alrededor de las puertas. El techo era above-
dado, la puerta del baño, en arco, y el viejo y el nuevo
mundo se combinaban creando una fusión perfecta.
Si la habitación de invitados principal era así de bonita, ¿cómo sería el dormitorio principal? Margot
tenía que admitir que estaba viviendo su primer ena-
moramiento serio con una casa.

Se obligó a centrarse en el asunto en cuestión: recibir a Wesley esa noche para tomar unos cócteles.
Sentía mucha curiosidad por el hombre que se había
ganado el corazón de Bianca. Por supuesto, lo había investigado y podía hablar sin problema durante cinco
minutos sobre su historia y sus logros, pero eso no era
lo mismo que conocerlo en persona. ¿Quién era?
¿Qué cualidades y rasgos habían hecho que Bianca se
enamorara de él y estuviera tan dispuesta a cambiar
para encajar en su mundo? Tenía muchas esperanzas
puestas en que esa noche muchas de sus preguntas
encontraran respuesta, pero primero había que elegir atuendo.

Desvió la atención de la cama con dosel tallado y
de la antigua cómoda para centrarse en la mujer con
la que estaba trabajando. Bianca llevaba una camisa
extragrande atada a la cintura y unos *leggings*. En
cualquier otra persona el conjunto resultaría corriente o incluso descuidado, pero con su constitución
menuda, su precioso rostro y ese aire de sensual elegancia, resultaba impresionante en su sencillez.

Margot sonrió.

–Esta habitación encaja contigo. Todo ese dramatismo visual y la elegancia son el telón de fondo perfectos.

–Es lo más bonito que me has dicho nunca. Gracias. Me gusta mucho la habitación. Si fuera mía, la cambiaría, claro, pero a Alec le gustan las cosas tradicionales.

Una cualidad que Margot valoraba, aunque eso no se lo diría a Bianca. Era importante que no te vieran nunca posicionándote de parte de nadie.

Margot señaló hacia el vestidor.

–¿Empezamos?

–En realidad no necesito que me ayudes a elegir un vestido para tomar unas copas en casa –farfulló Bianca, aunque se dirigió hacia allí igualmente.

–No son unas copas en casa –le recordó Margot–. Son unas copas con un diplomático y unos amigos.

–Lo mismo da.

Bianca hablaba como una niña mohína de catorce años, y probablemente era lo que buscaba. Mostraba interés en las clases y recordaba la historia de Cardigania con facilidad, pero siempre había en ella un trasfondo de rebeldía. Como si en cualquier momento fuera a ponerse a hacer pintadas con espray en una pared. O a lo mejor simplemente Margot estaba proyectando lo que se había esperado. Le habían dicho que Bianca era de una determinada manera y había leído sobre sus ocurrencias, y ahora estaba buscando esa rebelión. A lo mejor Bianca ya había cambiado y no había nada de lo que preocuparse.

Entraron en el enorme vestidor. Decenas, o tal vez centenares, de vestidos, largos y cortos, llenaban una pared. Blusas, vaqueros y pantalones llenaban la otra. Había estantes repletos de sudaderas dobladas e hileras e hileras de zapatos y bolsos. Bolsos pequeños, bolsos grandes tipo *tote*, bolso tipo cubo, y cajas con fotos de elegantes bolsos de noche.

–¡Hala! –dijo Margot dando una vuelta–. Estoy alucinando.

–Me encanta la ropa.

–Y te sienta bien. Es abrumador, pero en un sentido alegre. Bueno, ¿qué te gustaría llevar esta noche?

Bianca se acercó a la pared de los vestidos y los ojeó. Sacó tres. Uno era un vestido tipo *bandage* con escote delantero y que, teniendo en cuenta la gruesa tela elástica, se le ceñiría tanto como el papel film. El segundo, también negro, era un vestido lencero diminuto con tirantes finísimos. El tercero era uno de encaje negro y transparencias.

–A ver –dijo Margot mirándolos antes de girarse a su clienta–. ¿Qué mensaje intentas transmitir esta noche?

–No tengo ni idea de qué significa eso.

–Tal vez te ayudaría ver los eventos con Wesley como algo más que simplemente una noche para socializar. Lo que te pondrías para cenar en Malibú no es lo mismo que te pondrías para la recepción formal de la visita de un dignatario. Para nuestros fines, lo de esta noche es una recepción con cóctel. Eres la prometida de Wesley. Y como estamos fingiendo que esto es para su trabajo, entonces él está representando a su país. Estás con él como la mujer de su vida, así que, en cierto modo, tú estás haciendo lo mismo. ¿Qué mensaje quieres mandarles a los otros invitados?

–Ah, vale, ya te entiendo. ¿Qué mensaje? –Bianca pensó un segundo y sonrió–: Que tengo un cuerpazo de escándalo.

Margot apretó los labios.

–Por muy verdad que sea, no estoy segura de que con eso vayas a ayudar a Wesley.

–Claro que sí. Si se ha ligado a la del cuerpazo de escándalo entonces es que tiene poder.

–¿No tiene poder de todos modos? Y, si es un evento de Wesley, tal vez no toda la atención debería estar centrada en ti.

–Pero me gusta llevarme toda la atención. Así soy yo.

Margot no supo qué decir a eso, así que se quedó callada. Bianca volvió a mirar los vestidos que ella había elegido.

–Quieres algo más aburrido.

–Quiero algo bonito y apropiado. Cuando estéis solos Wesley y tú, ponte lo que quieras, pero cuando sea un asunto de trabajo, vístete para la ocasión. Seguirás teniendo un cuerpazo de escándalo, pero la imagen que darás será algo más sutil. Míralo como una actuación. No te pondrías licra para interpretar a Lady Macbeth.

–Yo jamás interpretaría a Lady Macbeth. Shakespeare nunca ha sido lo mío, pero te entiendo.

Esbozó media sonrisa y añadió:

–Te propongo un trato. Me pongo lo que tú decidas y tú te pones lo que decida yo. Tenemos más o menos la misma talla.

A Margot no le gustó cómo sonó eso. No solo era unos centímetros más alta que Bianca, sino que estaba bastante segura de que le sacaba una o dos tallas.

–Será divertido –dijo Bianca intentando convencerla.

–No me fío de ti –contestó Margot sin rodeos.

Bianca se rio.

–Y probablemente no deberías. Bueno, voy yo primero para que veas que juego limpio.

Se acercó al perchero de los vestidos y empezó a ojearlos. Después fue a un segundo perchero y luego a un tercero antes de sacar un vestido rojo carmín.

En la percha no parecía demasiado; solo unos tirantes finos y una falda bastante larga. Pero había algo en la forma en la que caía, algo raro, que la hizo vacilar.

–No sé... –empezó a decir.

Bianca sacudió el vestido.

–Pruébatelo. Insisto y, hasta ahora, he sido una clienta muy cooperadora.

–Eso es verdad –murmuró Margot agarrando el vestido. Se dirigió al baño anexo–. Pero sé que lo voy a lamentar.

Entró en el baño de mármol y cristal. Había una ducha a ras de suelo, una bañera en la que fácilmente se podría celebrar una fiesta, lavabos dobles, un kilómetro y medio de espacio de tocador y toda una pared de espejos. Imposible escapar a su reflejo.

Colgó la percha de un gancho junto a la ducha e inmediatamente entendió que el vestido le había parecido raro porque estaba sujeto con unas pinzas; los tirantes eran en realidad poco más que unos cordoncitos.

Al descolgarlo de la percha y verlo, le dio un vuelco el estómago. Tenía aberturas. Montones.

–Qué pesadilla –dijo en alto antes de soltar un fuerte suspiro y bajarse la cremallera de su sencillísimo vestido tubo gris claro y dejarlo caer al suelo. Se quitó el sujetador, porque era imposible que no se viera, y se puso el vestido de Bianca. Una vez que la prenda estuvo en su sitio, contuvo el aliento y se subió la cremallera. Milagrosamente, cerró sin problema. Después, se miró en el espejo.

No estaba tan mal como se había pensado. El vestido tenía un color vivo y favorecedor. La parte de arriba formaba una marcada V entre sus pechos, pero estaba reforzada, así que no le jugaría una mala pasada. A cada lado de la cintura tenía una abertura de tamaño considerable, pero resultaban sexis y en realidad no enseñaban mucho. La falda no era muy ceñida y le quedaba casi por la rodilla. Si ignoraba que estaba enseñando más escote que de costumbre, el vestido estaba muy bien. Colgó el suyo y salió al dormitorio.

Bianca estaba sentada en el borde de la cama, expectante. Al verla, dio una palmada.

–¡Me encanta! Estás fantástica. ¿Lo ves? Enseña un poco de piel y tendrás el mundo a tus pies.

–No tengo claro que el refrán sea así, pero lo pillo. Crees que debería darle un poco de diversión a mi armario.

–Creo que deberías darle mucho sexo. Eres joven y estás soltera. Hazme caso, pronto serás demasiado mayor y entonces te arrepentirás de todas las cosas preciosas que no te has puesto.

–¿Tú te arrepientes de eso?

Bianca se rio.

–No. No estaba compartiendo una reflexión mía, Margot. Estaba hablando de ti. ¿Arrepentimientos? De esa clase no –dijo riéndose y levantándose–. Entonces ¿te lo vas a poner esta noche?

–Sí.

–Cuánto me alegro. Bueno, un trato es un trato. Vísteme para un funeral. Intentaré no quejarme.

–No vas a un funeral, así que no sería apropiado vestirte así.

–Pareces Alec hablando.

«Buen cumplido», pensó Margot.

Volvió al armario. Ahora le tocaba a ella ojear las decenas de vestidos. No tardó mucho en identificar un patrón: todo lo que no era mínimamente glamuroso o revelador seguía con la etiqueta puesta.

Sacó un vestido marrón de manga larga tan anticuado que sería insultante para una mujer de ochenta años.

–¿Por qué te lo compraste si no vas a ponértelo nunca?

–Ni idea. A lo mejor me lo regalaron.

Margot sonrió.

–Nadie que te conozca te regalaría jamás este vestido.

–¿No irás a obligarme a ponérmelo?

–Claro que no. Quiero que te sientas cómoda. No estoy aquí para castigarte.

–Bueno, por si acaso.

Margot miró diez o quince vestidos más antes de sacar uno de encaje azul humo. No tenía mangas y tenía cuello alto. El patrón del encaje era exquisito y el vestido parecía caer flotando hasta mitad de pantorrilla. Se lo dio a Bianca.

–Este.

Bianca hizo un mohín.

–Qué soso.

–Es precioso, elegante y apropiado.

Esbozó una pequeña sonrisa antes de añadir:

–Y lo bastante ceñido para lucir tu cuerpazo de escándalo.

Bianca puso los ojos en blanco.

–En fin.

En lugar de meterse en el baño, se quitó la ropa ahí mismo. Se puso el vestido y se giró para que Margot le subiera la larga cremallera. Juntas entraron en el baño con su pared de espejos.

El vestido era una absoluta perfección. Lo bastante ceñido para resaltar cada curva, pero no demasiado apretado ni revelador. El color intensificaba los ojos azules de Bianca y le daba luminosidad a su piel. El encaje era perfecto para un cóctel.

–Bueno –dijo Bianca. Se miró un par de segundos–, supongo que no es tan horrible.

–¡Anda ya! –dijo Margot con suavidad–. Estás increíble, y lo sabes.

Se colocó tras ella y le enroscó el pelo para levantárselo.

–Supongo que sabes hacerte un recogido, ¿no?

–Sí.

–¿Y tienes pendientes de diamante?

–¿Los osos cagan en el bosque?

Margot apretó los labios.

–Esta noche vamos a dejarnos en casa las expresiones coloquiales, ¿vale?

Bianca suspiró con fuerza.

–Ahora mismo no tienes novio, ¿verdad? Pues deberías ponerte a ello.

Margot ignoró el comentario.

–¿Entonces, vas a ponerte este vestido?

–Si tú te pones el tuyo.

–Bien.

–Muy bien.

–Nos vemos abajo a las seis –dijo Margot. Recogió su vestido viejo y salió del baño.

Capítulo 9

Me voy a arrepentir.

Margot le envió el mensaje a su hermana y esperó. Unos segundos después, obtuvo respuesta.

Pues no deberías. Estás alucinante, por mucho que siempre te hagas selfies malísimos. Si no fueras mi hermana, te atropellaría con el coche.

Margot soltó una risita.

–«*Qué bestia eres hablando. Además, es todo mentira*».
–«*Solo porque te quiero. Disfruta de tu cóctel de mentira*».
–«*Haré lo que pueda*».

Margot guardó el teléfono, se retocó el maquillaje, eligió unos tacones *nude* que se pondría en el último momento y bajó. Al llegar a la cocina, dejó los zapatos en una esquina y, descalza, se acercó a la encimera donde Edna había dejado bandejas de servir e instrucciones.

Esa mujer era una maravilla. Aunque sería un cóctel para cuatro, Edna había preparado comida para seis, además de frutos secos y aceitunas. Después de ponerse un delantal, Margot leyó las detalladas instrucciones y volvió al inicio de la lista.

Encendió los dos hornos y sacó de la nevera los pastelitos de cangrejo y los champiñones rellenos. Ya estaban dispuestos sobre las placas de hornear y simplemente había que meterlos en los hornos cuando estos alcanzaran la temperatura adecuada. Echó los frutos secos y las aceitunas en cuencos y los llevó a la mesa que había junto a la barra de bar. En ella ya había vasos, platillos, tenedores y servilletas colocados.

De vuelta a la cocina se paró a admirar los techos, que tenían al menos seis metros de altura. El campanario seguía en su sitio, al igual que muchas de las vidrieras. Todo el mundo debería tener la oportunidad de alojarse en una casa así de increíble al menos una vez en su vida, pensó al entrar en la cocina.

Edna había cortado y tostado pan para las *bruschette*. Lo único que tenía que hacer Margot era poner encima los ingredientes. Acababa de sacarlos cuando Alec entró en la cocina.

Lo primero que pensó al verlo fue que estaba guapo. Siempre estaba atractivo, pero el traje oscuro y el contraste de la camisa blanca resultaban especialmente atrayentes. Al verla, Alec dijo extrañado:

—¿Qué estás haciendo?

—Preparando la comida para el cóctel.

—Eso no es parte de tu trabajo.

—Sí que lo es. No te preocupes. No voy a cocinar. Edna me ha dejado instrucciones para montarlo todo. Ha dicho que es facilísimo y que ni siquiera yo podría cargármelo.

Él le sonrió. Fue una sonrisa neutra; espontánea, de diversión. La clase de sonrisa que le diriges a un desconocido. Pero, aun así, tenía algo. Algo que se le posó en el vientre y le hizo pensar en posibilidades. O, si no pensar en ellas, desde luego ansiarlas. Era completa y absolutamente ridículo. Apenas conocía a ese hombre. La mayoría de los días su único contacto era el saludo en el desayuno. Él le daba los buenos días y ella decía lo mismo y se subía el desayuno. ¡Que alguien avisara a la prensa! ¡Era el romance del siglo!

–Dudo muchísimo que Edna haya dicho algo así –dijo él.

Margot había estado tan ocupada subiéndose al tren de su imaginación rumbo un destino inexistente que tuvo que deducir lo que había querido decir él.

–No en tantas palabras –admitió–. Pero el significado estaba claro. Edna duda de mis habilidades culinarias.

–¿Hay razón para que lo piense?

Ella se rio.

–Tengo algunas habilidades, pero nada que ver con las de mi hermana, que puede cocinar lo que sea y hacer que esté delicioso. Aun así, esta noche lo prepararé todo lo mejor que pueda. Ah, me dijo que tú serías el barman. Espero que no te importe.

–Sin problema. Somos solo los cuatro y, además, mi madre me educó para ser la clase de caballero que prepara un martini excelente.

–Bueno saberlo.

Él enarcó una ceja.

–Detecto cierta falta de entusiasmo. ¿No eres de martini?

–Confieso que soy más de margarita.

Alec clavó en ella su oscura mirada.

–Estupendo. Cuando llegue nuestro invitado de honor, te voy a dejar impresionada con mis habilidades cocteleras.

–Estoy deseando que me dejes impresionada. Y ahora, si me disculpas, tengo que preparar las *bruschette*.

Alec asintió y después la sorprendió al quitarse la chaqueta y remangarse la camisa para acercarse al fregadero y lavarse las manos.

–¿Qué haces?

–Prepararme para ayudar.

–Pero puedo hacerlo yo.

–Así tardarás menos.

Ella se dijo que no debía interpretar nada de sus actos. Solo estaba siendo educado. Aun así, sintió un pequeño cosquilleo, que fue inesperado y la puso nerviosa, y probablemente por eso soltó sin darse cuenta:

–Creo que es lo mínimo que puedo hacer. Ayudar con la fiesta, quiero decir. Tu madre está trabajando muy bien en las clases y en las sesiones prácticas. No tengo muy claro por qué me ha contratado.

Alec se secó las manos con un paño y la miró.

–¿Lo dices en serio?

–Claro. Es un poco excéntrica y me preocupan sus gustos a la hora de elegir ropa, pero, por lo demás, ha prestado atención y ha mostrado interés en aprender la historia del país de Wesley y en todo lo demás que hemos hablado.

Mientras hablaba, iba sacando las rebanadas de pan tostado y los ingredientes.

–Vamos a esperar un par de semanas antes de que hagas una valoración –dijo él–. Aún hay unas cuantas cosas que arreglar.

–Si tú lo dices.

Margot se preguntó si Bianca se habría aplacado más de lo que su hijo imaginaba. A veces a un adulto le costaba ver a sus padres como personas con vida propia.

Se pusieron a trabajar con el resto de los aperitivos. Margot mezcló cebollino recién cortado con queso crema atemperado, lo extendió sobre el pan y le puso por encima la mezcla de champiñones. Alec se ocupó de las más tradicionales, cubriendo el pan con tomates frescos troceados y queso feta. Terminaron justo cuando pitó el horno.

–Ya me ocupo yo de eso si tú quieres ir preparando las bebidas.

–Un margarita excelente marchando.

–Ahora sí que tengo curiosidad.

Margot sacó las placas del horno y sirvió los distintos aperitivos en bandejas. Luego las llevó al salón. Bianca ya estaba ahí, esperando mientras Alec le servía un martini.

–Qué maravilla, ¿no? –dijo mirando a su alrededor–. Monasterio agobiante y picoteo. ¿Qué dirá la gente?

El mordaz tono de Bianca sorprendió a Margot. Que ella supiera, a Bianca le encantaba la casa, así que ¿a qué venía el comentario ese de «agobiante»?

En lugar de responder, se fijó en el aspecto de Bianca. Se había recogido el pelo, se había puesto unos pendientes largos de diamantes y unas sandalias de tacón alto y tiras. El maquillaje era discreto sin dejar de enfatizar su bello rostro.

–Pareces una modelo de *Vogue* –dijo Margot con sinceridad–. En serio, Bianca, me dejas sin respiración.

–El vestido es anticuado –farfulló Bianca.

–Es elegante –la corrigió Alec mientras le daba el martini.

–Me siento vieja –dijo Bianca. Se bebió la mitad de la copa de un trago–. Esto ha sido una idea ridícula.

Debería escribir a Wesley y decirle que lo olvide. Iremos a por unas hamburguesas o algo así. ¿En qué estaría pensando?

La tensión de Bianca era palpable y sorprendente. Margot le tocó el brazo suavemente.

–Hemos estado trabajando en algunos ejercicios de respiración. Siempre me hacen sentir mejor. Asegúrate de que estás tomando aire por el estómago. Las respiraciones cortas y poco profundas aumentan el nerviosismo.

Bianca se terminó la copa y se la pasó a Alec.

–Uno más, por favor. Muy rico, hijo –dijo, y miró a Margot–. ¿Nerviosa yo? No podrías estar más equivocada. Estoy bien, y tú a lo mejor deberías ponerte unos zapatos.

Margot se había olvidado por completo de que seguía descalza y con delantal. No era precisamente el ejemplo que quería dar. Volvió a la cocina y reapareció unos segundos después. Alec estaba sirviéndole su margarita en una copa con hielo. Cuando él se giró y la vio, los ojos se le dilataron un poco, como si su aspecto lo hubiera sorprendido.

Ella sintió que se había puesto roja.

–Sí, bueno, es que tu madre y yo hemos hecho un trato. Yo elegía su vestido y ella elegía el mío. Pero no es que este sea mío, porque, aunque es precioso, es de diseño y yo nunca he tenido nada... Vamos, que es de tu madre. Pero es precioso y debería callarme ya.

–Sí, deberías –dijo Bianca–. Estás estupenda. Si mi hijo el monje se ha fijado, entonces mi trabajo aquí ha terminado. ¡Anda, el timbre! Ya abro yo.

Margot la miró mientras salía y dijo:

–Está de mala leche.

–¿Y sigues pensando que no haces falta?

Bianca volvió con un hombre alto y delgado a su lado. Wesley Goswick-Chance no era un hombre muy guapo, pero irradiaba una seguridad en sí mismo que resultaba atrayente. Llevaba gafas y un traje que claramente le habían hecho a medida. Y, cuando miraba a Bianca, era como si el sol hubiera vuelto a salir por fin después de seis años.

Bianca señaló a Margot.

–Aquí está, Wesley. La mujer que me va a arreglar. O que lo va a intentar, al menos.

Wesley sonrió y le estrechó la mano a Margot.

–Encantado de conocerte. Seguro que estarás de acuerdo en que mi Bianca es exquisita tal como es.

–Estoy de acuerdo. Del todo.

Wesley le dio una bolsa de regalo de tamaño mediano.

–Un detallito.

–Gracias. ¿Lo abro ahora?

–Como quieras.

Margot los llevó a todos a la zona de estar. Alec le dio un *whisky* escocés a Wesley y se sirvió otro para él. Margot abrió la bolsa y sacó un precioso cárdigan. La lana, delicada y suave, estaba teñida con lo que parecían mil tonos de azul.

–¡Qué maravilla! –le dijo a Wesley–. Muchas gracias. Qué amable. Pensaré en tu maravilloso país cada vez que me la ponga.

–Madre mía –refunfuñó Bianca–. Qué peloteo, ¿no? A ver, es bonita, pero es una rebeca.

Alec parecía incómodo, pero Wesley se rio y le dio la mano a Bianca.

–Mi encantadora Bianca siempre dice lo que piensa. Da gusto.

–Sí –murmuró Alec.

Margot se anotó mentalmente que debían hablar del tema de pecar de graciosa en situaciones sociales. También le pediría a Bianca que la ayudara a escribir su nota de agradecimiento.

Pensó en lo distinta que era esa Bianca mordaz y casi insensible de la mujer que había negociado qué se ponía cada una y que a veces insistía en descansos de diez minutos para bailar durante las clases.

–¿Has estado en Cardigania? –le preguntó Wesley.

–No –contestó Margot–. Pero he oído que es precioso.

–Sí que lo es. Bianca lo visitó una vez, pero solo por poco tiempo –dijo Wesley apretándole la mano–. Estamos intentando organizar algo.

Bianca esbozó una tensa sonrisa.

–Sí. Lo estoy deseando.

Las palabras fueron las apropiadas, pero el pánico que vio en la mirada de Bianca le dijo que le aterraba visitar Cardigania, y no sabía por qué. No sería una visita formal para asuntos de estado. Seguro que harían cosas típicas de turistas. Aunque, claro, se reunirían con amigos y colegas de Wesley y eso podría ser estresante.

–¿Te gusta viajar? –le preguntó Wesley a Margot.

–Sí. Como la mayoría de la gente, tengo una lista con los lugares que me gustaría visitar. Mi problema es que no disfruto mucho las estancias de una semana. Me gusta conocer bien un lugar. Hablar con la gente y ver cómo es su día a día. Aunque, como a todos, también me encanta una playa preciosa de arena fina.

Alec agarró la copa vacía de su madre y se levantó.

–¿Adónde has viajado? –le preguntó a Margot.

–Pasé un mes en Tailandia cuando estaba en la universidad –dijo ella obviando la parte de que casi había suspendido todas las clases por eso– y he estado en Alemania unas cuantas veces. Y en la categoría de cosas más llamativas, me he pateado gran parte de la Patagonia.

–Qué ecléctico –dijo Wesley–. Yo nunca he estado en la Patagonia.

—Es preciosa. Abrupta e impresionante.

Margot se levantó y se acercó a la mesa donde estaba la comida para llevar varias bandejas a la enorme mesa de café situada frente al sofá. Si Bianca iba a seguir apretándose martinis, iba a necesitar algo de comida en el estómago.

Le ofreció los pastelitos de cangrejo. La mujer se sirvió dos y se los comió, pero ni la miró. Margot sabía que le faltaba información importante, ojalá supiera cuál. «Luego», se prometió. Luego tomaría unas notas y se plantearía distintas ideas sobre qué puñetas estaba pasando. Estaban solos los cuatro. Bianca no debería estar así de nerviosa.

Hablaron de adónde habían viajado todos y hubo una segunda ronda de bebidas para los tres y una cuarta para Bianca. Al cabo de una hora, Wesley se levantó y les dio las gracias por la invitación.

—Mi amor y yo tenemos una reserva para cenar.

Margot le dijo que le había encantado conocerlo y dejó que Alec lo acompañara a la puerta. Llevó la comida a la cocina mientras pensaba que había suficiente para veinte personas y que no solo sería su cena, sino también su almuerzo del día siguiente y, aun así, seguiría sobrando una tonelada. Unos minutos después Alec entró con unas bandejas.

—¿En qué piensas? —le preguntó al dejarlas en la encimera.

Margot vaciló. Aunque no hablaría de su clienta con él, sí que podía hacerlo de forma general sin violar ninguna privacidad. Después de todo, él había estado delante.

—Ha estado mucho más nerviosa de lo que me esperaba —admitió—. Sé que tenerme ahí observando puede alterar, pero no me esperaba que fuera a estar tan molesta.

—¿Y tampoco que bebiera tanto? Eso pasa a veces.

No a menudo, pero nunca es buena señal. Significa que se avecinan problemas, aunque esta noche el problema lo va a tener Wesley.

Alec sonó más resignado que crítico. Margot diría que estaba más que acostumbrado a las peculiaridades de Bianca.

–Esto me ha dado material para trabajar –dijo ella.

–Qué diplomática eres.

–Es parte de mi trabajo.

Él le lanzó otra de esas sonrisas que a ella le resultaban sexis y luego abrió un armario y sacó un par de platos.

–¿Quieres tomarte conmigo una cena de picoteo? Hay de sobra.

–Ya lo veo, y gracias por la invitación.

Probablemente, y siguiendo sus propias normas, debería llevarse la comida arriba. Pero, bueno, era solo una cena.

–Si no te importa que me quite los zapatos, claro. Son superincómodos.

–¿Y por qué te los has comprado?

–Son preciosos.

–Es algo que no entenderé nunca.

–Eso es porque a tu género no se lo juzga por sus zapatos. Podéis ser todo poder y éxito simplemente plantándoos un traje.

Margot se descalzó, agarró un par de bandejas y las llevó a la mesa junto a la ventana.

–¿Cómo exactamente se planta un traje? –preguntó él con tono de broma.

–Ya me entiendes.

Alec soltó una risita.

Mientras ella sacaba cubiertos y servilletas, él sacó una botella de una vinoteca que tenían bajo la encimera y la abrió. Margot puso unas copas y se sentaron uno enfrente del otro, con la comida entre los dos.

Ella se sirvió una *bruschetta* de cada tipo y un par de pastelitos de cangrejo, y añadió unos palitos de zanahoria y unas rodajas de pimiento rojo para equilibrar.

–Háblame del viaje –dijo Alec–. ¿Cómo pasaste un mes en Tailandia? ¿Solo como turista?

–No exactamente –contestó ella, y dio un trago de vino mientras sopesaba qué decir. Al final, optó por la verdad–: Fui con el novio malo.

Alec juntó las cejas.

–Aaah, sí. ¿Cómo lo llamaste? ¿Pedazo de...?

Ella se rio.

–Sí, el mismo. Se llama Dietrich. Es alemán y vino de intercambio con el instituto. Se enamoró de los Estados Unidos, y de Los Ángeles en particular, y acabó estudiando Cine en la USC. Se acababa de graduar cuando lo conocí. Estaba rodando documentales y cortos, y yo acabé absorbida por todo eso.

Alec se reclinó en su silla.

–¿Y lo de «malo» por qué es?

–Yo era débil e irresponsable cuando estaba con él. Dijo «Vente a Tailandia conmigo» y allá que me fui. Un mes. En pleno semestre. Casi suspendí todas las clases. Fue un desastre. Perdí mi beca, algo que por poco no me mató económicamente. Y a lo mejor te piensas que aprendí la lección, pero no. Ni un poco. Él volvía a aparecer y allá iba yo.

–¿Todavía?

Alec lo preguntó con tono neutro y con un gesto bastante afable, así que Margot no supo qué estaría pensando. Podría ser algo como «Con lo lista que parece», pero dudaba que él fuera a decir algo así en alto.

–Estoy en proceso de rehabilitación –dijo ella con tono de broma–. La gota que colmó el vaso fue cuando me perdí la entrevista para el trabajo de mis sueños porque no volví de la Patagonia a tiempo. Al final esa cagada me llevó al trabajo que tengo ahora, y que adoro, pero aun así. Perderme la entrevista fue una auténtica llamada de atención para mí. Dejé de verlo. Reaparece cada par de años e intenta tentarme a hacer algo salvaje con él. Hasta ahora me he resistido.

–Por lo menos no te casaste con él.

–Lo del matrimonio nunca se planteó. Dietrich no es de casarse.

Él era más de «Vamos a echar un polvazo en el asiento trasero de mi coche», pero ¿por qué iba a decirlo?

Se encogió de hombros.

–Pero aprendí la lección. Me niego a tomar malas decisiones por un hombre.

–Coincido en que las emociones descontroladas pueden ser peligrosas –dijo él–. Mejor dicho, las emociones que nos tientan a hacer cosas que no nos benefician. Tienes un pasado de lo más romántico. En cambio, mi vida amorosa es corriente y bastante aburrida.

–Te envidio.

–Lo dudo. Bueno, háblame de la Patagonia. ¿Disfrutaste el tiempo que pasaste allí?

Pasaron tres horas en lo que parecieron minutos y eran casi las diez cuando por fin se levantaron de la mesa. Después de recogerlo todo, se dieron las buenas noches y Margot, zapatos en mano, subió las escaleras.

Alec era un buen tipo. Él jamás le pediría a una mujer que renunciara a su vida para seguirlo en la aventura que tuviera en mente. Él jamás se enfadaría tanto como para que ella temiera que fuera a pegarle. Él sería más considerado y cariñoso. Aunque tampoco es que importara, porque dudaba que lo tuviera deslumbrado. Su relación con Dietrich la metía de lleno en la categoría de rubia tonta y Alec no era la clase de hombre que pudiera sentirse remotamente atraído por eso.

Sunshine firmó el registro en el despacho principal de la escuela elemental y luego le indicaron que fuera al auditorio.

–¿También vas a la reunión? –le preguntó una mujer que se puso a su paso–. ¿Por qué hacen esto? ¿Celebrarlas a las dos de la tarde? Es plena jornada laboral y no todas las mamás somos amas de casa –añadió, y esbozó una mueca–. Perdona. Está siendo uno de esos días malos y a veces me pongo a despotricar. Soy Phoebe Salvia.

–Sunshine. Hola. ¿En qué curso están tus hijos?

–Solo tengo uno. Elijah. Está en tercero.

Sunshine sonrió.

–Yo vengo con Connor. Elijah y él son amigos.

–Sí, es verdad.

Phoebe, una guapa pelirroja con traje de ejecutiva, la observó durante un segundo.

–La niñera, ¿verdad?

–Ajá.

–Me lo imaginaba. Me acuerdo de cuando murió Iris. Qué rápido fue y qué impactados nos quedamos todos. Pobre Connor. Qué triste estaba. Bueno, cualquier niño lo estaría. ¿Cómo va Declan?

–Se mantiene ocupado con el trabajo y ejerciendo de papá. Es duro para los dos.

Entraron en el auditorio y se sentaron juntas. Alguien se acercó y les dio una hoja con el orden del día de la reunión. Sunshine la ojeó.

Iban a hablar de la excursión de fin de curso para

los de tercero y de la venta de dulces en la que participaría todo el colegio dentro de unas semanas.

–Una venta de dulces –farfulló Phoebe–. Hay días en los que no tengo tiempo ni para ducharme, así que mucho menos para hacer repostería. A lo mejor podría el fin de semana, cuando Elijah esté con su padre. Tampoco es que vaya a estar ocupada saliendo con algún hombre que digamos.

Se tapó la boca con la mano.

–¡Ay, Dios mío! Escucha, lo siento. Suelo ser una persona muy amable, buena con los animales y que no se pasa la vida siendo una cabrona. Perdona. A lo mejor es que me va a bajar la regla.

Sunshine se rio.

–Tranquila. Todos tenemos nuestros días.

–Gracias por decirlo aunque no lo pienses –suspiró–. A ver si lo adivino... Vas a hornear algo totalmente casero, ¿a que sí?

Sunshine pensó en lo que tenía en el congelador, en las sobras de su sesión de repostería antiestrés.

–Puede. Si quieres, compartiré encantada. *Brownies* o galletas.

–Puede que te tome la palabra –dijo Phoebe arrellanándose en su asiento–. Antes era una madraza, cuando estaba casada. Tenía más tiempo. Mi ex no es mal tío, pero está ocupado con su nueva vida social y a veces Elijah no le interesa tanto como su ligue buenorro de la semana.

Miró a Sunshine.

–¿Estás casada?

–No. Sería complicado teniendo en cuenta a lo que me dedico.

–¿Estás interna?

Sunshine asintió.

Phoebe suspiró.

–Una niñera interna. Qué maravilla. Si alguna vez

me toca la lotería, pienso contratar a una niñera interna. Y a un masajista. Y a un chef.

–Qué planazo.

La directora subió al escenario y habló por el micrófono del atril.

–Muchas gracias por venir esta tarde. No me alargaré para que todos podáis volver a vuestras ocupadas vidas.

–O a nuestras fantasías de ganar la lotería –susurró Phoebe.

Sunshine contuvo la risa. Era una mujer muy atractiva. Guapa y divertida y con un hijo de la edad de Connor. A lo mejor Declan y ella podían...

Vaciló, no muy segura de cómo describir lo que podrían ser el uno para el otro. Declan había dicho que echaba de menos el sexo y Phoebe parecía maja. Y, ya, su trabajo no era ayudarlo a echar un polvo, pero es que...

Sí, era raro, se dijo. Cerraría el pico y no se metería en la vida privada de su jefe. Además, si él decía que era demasiado pronto, ella dudaba que fuera a hacerle gracia tener una relación únicamente sexual. Había admitido que era más de relaciones formales y estaba claro que podría elegir a quien quisiera. Era un tipo estupendo: sexi, amable y dulce. Y no es que Sunshine estuviera buscando nada. Sabía muy bien que tener sexo con el jefe sería un desastre. Genial por la noche, pero fatal por la mañana. Además, ella quería algo distinto. Algo real, permanente y emocionalmente saludable.

Se obligó a volver a prestar atención a la reunión y anotó fechas y horarios. Phoebe y ella se marcharon juntas y prometieron estar en contacto. Sunshine acababa de llegar al coche cuando recibió un mensaje. Miró la pantalla.

Gracias otra vez por tu ayuda la semana pasada. La fiesta fue un exitazo, igual que la tarta. Te lo he preguntado dos veces y me has dado largas, así que este es mi último intento. ¿Podrías, por favor, tomarte un café conmigo?

Ella se metió en el coche, pero, en lugar de arrancar el motor, consideró la invitación. A simple vista Norris cumplía con sus requisitos. Parecía equilibrado, tenía un empleo, se preocupaba de su familia y estaba divorciado, así que no estaba casado. ¿Por qué no salir con él? Le serviría de práctica aunque solo fuera eso. Su tendencia era seguir siendo aquella chica, y tardaría tiempo en romper ese patrón.

Escribió un rápido «Un café me parece genial» antes de salir del aparcamiento y ponerse rumbo a casa. Tenía una cita con un tipo normal. Era un paso en la dirección correcta y, por lo tanto, un progreso. Así que ¡hurra por ella!

Capítulo 10

El lunes Margot no vio a Bianca en todo el día. A eso de las nueve y media de la mañana recibió un mensaje de su clienta diciéndole que pasaría el día con Wesley. Margot se había levantado temprano para salir a correr un buen rato y así poder pensar de qué quería hablarle. Que Bianca le diera plantón le resultaba un poco desconcertante. Aprovechó para ir a echarle un ojo a su piso y luego se pasó el resto del día renovando su plan de acción. Además, mientras Alec ayudaba a un académico que estaba de visita, ella había pasado treinta minutos divinos estudiando los increíbles mapas de su despacho.

Bianca había estado de los nervios mientras esperaba a Wesley y, una vez que él había llegado, las cosas no habían hecho más que empeorar. Las cuatro copas en menos de una hora fueron un problema, como también lo fue el tono mordaz. Durante casi dos semanas, Bianca había estado implicada, divertida y colaboradora. El domingo por la noche todo se había ido a la mierda. ¿Y por qué? Margot entendía que se hubiera puesto nerviosa, pero eso debería habérsele pasado bastante rápido. Ahí no había nadie que fuera a juzgarla ni a intentar hacerla sentir incómoda. Pero había pasado algo, y Margot no haría ningún progreso hasta que no descubriera qué.

Cerca de las seis, se levantó y se estiró. Estaba agarrotada de estar tanto rato sentada. No tenía bastante hambre como para querer cenar y leer un libro era prácticamente lo que había estado haciendo todo el día. Tal vez inspirada por los mapas que había visto antes, agarró la linterna que se había llevado de casa y se dirigió a la pequeña escalera que conducía al desván.

Las había encontrado por accidente mientras buscaba unas toallas. Había abierto lo que creía que era un armario del pasillo y había descubierto la empinada y estrecha escalerilla que prácticamente podría pasar por una escalera de mano. En ese momento había estado demasiado ocupada para ponerse a fisgonear, pero ahora tenía toda una noche libre para curiosear.

Encendió la luz a los pies de la escalera y se aseguró de que podría salir si alguien cerraba la puerta. Edna y su cuadrilla se habían ido, Bianca seguía con Wesley, y Alec no solía aventurarse arriba, así que las probabilidades de quedarse encerrada ahí dentro eran escasas, pero, aun así, quería asegurarse.

Una vez confirmado que la puerta se abría desde dentro, subió las escaleras apresuradamente y se topó con una puerta cerrada. Frustrada, sacudió el picaporte un par de veces.

–No es justo –murmuró en alto mientras pensaba que podía ir a pedirle una llave a Alec. Eso teniendo en cuenta que él supiera dónde estaba la llave. Estaba a punto de darse la vuelta cuando por un impulso se estiró y pasó los dedos por la parte superior del marco de la puerta. Había un montón de polvo y algo que, al tacto, parecía mucho una llave.

–¡Te tengo!

Limpió la llave con un soplido y la introdujo en el cerrojo. La puerta se abrió sin problema.

El desván estaba oscuro y olía a humedad, y la temperatura ambiental seguía cálida tras el soleado día. Encendió la linterna y la usó para buscar un interruptor. Encontró uno en la pared, a un metro de la puerta más o menos. Encendió la luz y se giró despacio para observar la habitación.

El desván era grande, probablemente cubría toda la segunda planta hasta la habitación de Bianca. No había ventanas, pero Margot vio unas pequeñas rejillas por las que circularía algo de aire. Parte del espacio diáfano seguía enmarcado, como delimitando unas habitaciones diminutas. Para los monjes. Suponía que el desván habría sido donde dormían los monjes.

Había montones de pupitres anticuados apilados contra una pared y, en un rincón, cajas con hábitos viejos. Encontró un recipiente de metal lleno de suministros médicos, la mayoría tan viejos que no sabía ni qué eran, y también vio otra caja de latón con un libro de registros, que detallaba en ordenadas columnas lo que el monasterio había comprado a granjas locales desde 1912 hasta 1921.

Pasó cerca de media hora más explorando y luego retrocedió y volvió a su habitación. Se llevó el libro de registros con la idea de enseñárselo a Alec. Aunque no contaba como texto escrito en una lengua antigua desconocida, seguía siendo parte de la historia de la casa.

Pensar en Alec le hizo recordar la noche anterior. En un principio le había desconcertado que él pensara que su madre no podía cambiar, pero, cuanto más sabía de su infancia, más lo entendía. El comportamiento de Bianca durante el cóctel había ilustrado que él habría tenido ciertas dificultades con ella cuando era pequeño.

Margot suponía que esa vida de soledad y estudio era una reacción directa a la impulsividad de su madre. Ahí Alec controlaba todo lo que estudiaba. Y, aun así, había dejado que Bianca se mudara durante un par de meses y la había ayudado a encontrar a alguien que trabajara con ella. Como la mayoría de personas, ese hombre era un cúmulo de contradicciones, pero a él esas contradicciones le favorecían.

Dejó el libro sobre la cómoda y bajó a prepararse algo de cena. Por un instante se planteó plantarse en el despacho de Alec y preguntarle si le apetecía cenar con ella. Le había gustado charlar con él la noche anterior. Le había gustado conocerlo mejor, y encima el hombre estaba muy bien.

Se detuvo a los pies de la escalera sin saber qué hacer. La cabeza le decía que era empleada de su madre y que era mejor que su vida y la de él se mantuvieran lo más separadas posible. El corazón no se pronunció sobre el asunto mientras que sus partes femeninas pensaron que Alec tenía mucho potencial.

Margot creía en la filosofía de «En caso de duda, no lo hagas» y por eso se dirigió con aire resuelto a la cocina mientras ignoraba el pesar que la invadió. Su cerebro se puso en plan santurrón y le dijo que tampoco es que Alec anduviera detrás de ella. No había habido ni la más mínima señal de que la viera de forma distinta que a cualquier otro miembro del personal. Y entonces fue cuando Margot pensó que a lo mejor había llegado el momento de empezar a trabajar en integrar las distintas partes de su cuerpo en un solo...

–Hola.

Sobresaltada, se giró hacia la voz. Bianca estaba sentada en un taburete junto a la gran isla, con un cuenco de helado delante.

–Qué susto me has dado –dijo Margot llevándose una mano al pecho–. ¿Qué tal el día con Wesley?

–Maravilloso. He estado pensando en esa cena formal que quieres celebrar. Venga, vamos a ponerle fecha. Cuanto antes, mejor.

Margot se sentó junto a la isla. Bianca estaba tan bella como siempre. Tenía la mirada despejada y el pelo rizado a la perfección. Llevaba una blusa de seda metida por dentro de unos vaqueros ajustados. No había ni rastro de la mujer algo desquiciada y un poco cabrona de la noche anterior.

–Hay unas cosas en las que tenemos que trabajar antes de la fiesta –dijo Margot con cautela–. Lo de anoche no salió tan bien como me había esperado.

Bianca le quitó importancia al comentario agitando la cuchara y diciendo:

–Chorradas. Fue perfecto. Dijiste que ibas a invitar a tu hermana y a su pequeñín, ¿no?

–Connor es el niño que cuida. Sunshine es niñera. Se me ocurrió que podrían venir los dos con el hombre para el que trabaja. Declan. Diseñó los jardines del monasterio.

–Me parece perfecto –dijo Bianca con una sonrisa cautivadora–. Le diremos a Edna que prepare un menú fascinante y tú puedes enseñarme qué tenedor usar. Será divertidísimo.

–Bianca, ¿por qué intentas distraerme?

Bianca abrió los ojos como platos.

–No tengo ni idea de lo que dices. Eres tú la que quiere celebrar la cena. Yo solo digo que adelante.

–Sí, y te lo agradezco, pero estás evitando hablar de lo de anoche. Y tenemos que hablarlo.

Bianca suspiró con fuerza y metió la cuchara en el cuenco.

–Vale. Lo hablamos. Estuve horrible. ¿En qué estaría pensando? Muy mal por mi parte. Hala, ¿hemos terminado?

Margot no podía procesar toda la información

que Bianca le estaba lanzando. La mayoría estaba en código, pero ahí estaba. Ojalá pudiera descifrarla.

Se inclinó hacia su clienta.

–No estuviste horrible ni mucho menos. Está claro que quieres a Wesley, y parece un tipo estupendo. Me alegro de que seas feliz con él y es maravilloso que quieras asegurarte de encajar para no poner en peligro su trabajo.

Bianca la miraba con recelo.

–¿Pero? Porque siempre hay un pero y nunca es bueno.

–Todos reaccionamos de algún modo cuando estamos nerviosos. Todos tenemos una postura predeterminada para defendernos, pero en el caso de algunas personas pasar al ataque es la forma de sentirse más seguras. Creo que podría ser tu caso.

Margot sonrió con dulzura.

–Si haces que la conversación gire en torno a la otra persona y lo haces de forma amable y apaciguadora, desvías la atención y te das una oportunidad de recomponerte. Para meter caña no hace falta pensar, y eso significa que no has hecho nada para calmar tu ansiedad.

–¡Yo no meto caña! –dijo Bianca con brusquedad–. ¿A quién iba a meterle caña? ¿A Alec? ¿Estás diciendo que soy mala madre?

Su reacción iba por donde Margot había querido, pero fue más intensa de lo esperado. Otra cosa más sobre la que reflexionar luego.

–Eres una de las mujeres solteras más valientes que conozco –dijo Margot–. Literalmente le diste el mundo a tu hijo con todos esos lugares que pudo visitar de pequeño y todas las experiencias que compartió contigo. Sé que los dos erais un equipo. Pero cuando fue un poco más mayor, dejaste que se fuera a un internado aun sabiendo que iba a estar muy lejos. Yo creo que no podría haberlo hecho. Creo que soy demasiado egoísta.

El cuerpo entero de Bianca se relajó a la vez que su expresión se suavizaba.

–Tenía que dejarlo marchar. Era lo que él quería.

Margot sonrió.

–Pues eso demuestra más amor todavía. Lo admiro y me da un poco de envidia. Mi madre se largó cuando mi hermana y yo éramos muy pequeñas.

–¿En serio? Qué horror. ¿Cómo pudo...? –Bianca estrechó la mirada–. Espera. Lo has hecho a propósito. Has cambiado de tema por completo.

–Sí. Y, al cambiarlo, tu energía ha cambiado también. Has podido respirar y formar parte de la conversación. Has dejado de estar a la defensiva o enfadada. Has sentido mi interés y mi empatía. Es algo que creo que podrías aprender con facilidad. Ya tienes unas habilidades interpretativas que serían de gran ayuda. Cuando te sientes estresada o nerviosa, se produce un aumento de energía. De una forma u otra, va a disiparse. ¿Por qué no dejar que suceda de forma positiva?

–¿En lugar de beber demasiado?

–Exacto. El alcohol no mejora la situación. Simplemente enmascara el problema.

Algo de recelo volvió.

–Te crees muy lista –dijo Bianca.

–Creo que sé lo que hago. Si no, ¿por qué contratarme?

–Lo pensaré.

Bianca se levantó y llevó el helado derretido a la pila. Dejó el cuenco dentro y se giró hacia Margot.

–Sigo queriendo celebrar la cena enseguida.

–Hablaré con Edna por la mañana.

–Asegúrate de hacerlo.

Y con eso y entre aspavientos, Bianca salió de la

cocina. Margot se quedó mirándola. Suponía que ya habían dejado atrás la parte sencilla y agradable de la formación y que ahora se habían adentrado en el trabajo más complicado. Menos mal que le encantaban los retos.

Cuando al día siguiente Margot entró en el comedor para recoger el desayuno, se fijó en dos cosas: que Alec no estaba leyendo el periódico y que había un segundo servicio puesto en la mesa.

No lo había visto el día anterior porque, al salir a correr temprano, se había perdido el sencillo bufé, así que ese era el primer desayuno desde la cena poscóctel que tuvieron.

—Buenos días —dijo él al verla. Señaló al servicio que había de más—. Si lo prefieres, puedes llevarte una bandeja a tu habitación tranquilamente, pero, si te apetece quedarte y comer en una mesa, estaría encantado de tener tu compañía.

Un extraño revoloteo acampó en el vientre de Margot, que de pronto no supo qué hacer con las manos. Ni con el cerebro.

—Eh... pues... vale. ¿Puedes darme solo un momento?

Salió corriendo de la sala y subió las escaleras. Recogió el libro de registros, volvió al comedor y dejó el viejo libro encuadernado en cuero al lado de Alec.

—Lo encontré anoche —dijo mientras se servía un café—. Data de 1912 y detalla todas las compras hechas por los monjes. También aparecen algunas actividades comerciales que no me habría imaginado. ¿Sabías que los monjes criaban miel? —dijo, y buscó un plato—. O sea, que criaban abejas y recolectaban miel. Además, tenían una buena manada de burros bastante caros. Burros y miel. ¿Quién lo iba a decir?

Así como Bianca se ponía un poco escandalosa cuando estaba nerviosa, Margot se ponía demasiado parlanchina. Se sirvió huevos, añadió unas lonchas de beicon y un cruasán, y se dijo que debía callarse.

Alec hojeó el libro.

–¿Dónde lo has encontrado?

–En el desván. Hay mucho ahí arriba. Algunas cosas son solo basura, pero hay otros objetos históricos que probablemente habría que catalogar. Pueden ser de interés para la sociedad histórica local o para alguna universidad.

Él la miró y sonrió.

–¿No te da miedo entrar al desván por la noche?

–No. Los fantasmas me dan igual. Y te alegrará saber que no había ni un solo esqueleto.

–Pues es una suerte.

Ella levantó su café.

–Hay que explorar más el desván. Y luego recorreré el sótano. Haré lo posible por no ver ningún hueso allí tampoco.

–Te lo agradezco –dijo él, y se quedó mirándola fijamente–. Llevo viviendo aquí casi cinco años y lo máximo que he hecho ha sido bajar al sótano a por vino.

Sonrió.

–Siempre he sabido que, si empezaba a explorar, no pararía hasta que hubiera peinado cada centímetro de este lugar, y de momento no he tenido tiempo. Ahora veo que debería haber hecho un esfuerzo.

–Totalmente. Aquí vivió y murió gente durante siglos. Cada centímetro de este lugar es precioso. Las tallas, las vidrieras, la campana. Tu casa es cautivadora.

–¿Así vamos a describirla? –preguntó él con tono de broma–. Acepto el cumplido de parte de mi casa.

–Deberías.

Se sonrieron. Ella sintió un zumbidito de tensión, pero lo ignoró. Ya bastaba con saber que Alec la veía como algo más que un mueble. No iba a tentar a la suerte. Aun así, era agradable encontrar atractivo a un hombre que no fuera Dietrich. Significaba que, después de todo, aún había esperanza para ella.

–¿Qué tal va todo con mi madre? Ayer no la vi por aquí.

–Estuvo con Wesley hasta última hora de la tarde –dijo Margot–. Me envió un mensaje por la mañana diciendo que se saltaba la clase.

–¿Y te sorprende?

–Un poco, pero estoy intentando entenderla más. Quiere que organice la cena formal lo más rápido posible.

–Pareces preocupada.

–Espero que tenga tantas ganas porque quiera practicar y no porque la quiera como distracción. No sé qué pensar.

–¿Importa?

–Tu madre es una mujer inteligente. Podría aprender sin problema todas las habilidades y costumbres necesarias para triunfar como esposa de Wesley. El problema no es dónde vaya un tenedor. Es más profundo. Un sistema de creencias. Estoy empezando a pensar que actúa así porque no sabe qué otra cosa hacer en ese momento. Pero saberlo es como tener solo medio camino andado. Si no sé el porqué, entonces es más complicado resolverlo.

–Te entiendo, pero me temo que yo tampoco lo sé.

–No pasa nada. ¿Sigues queriendo celebrar la cena aquí?

–Claro, pero creo que voy a necesitar que me enseñen a usar el tenedor correcto.

Ella sonrió.

–Haremos un repaso antes de ir a cenar. Anoche

escribí a mi hermana y habló con su jefe. Vendrán encantados. Y traen a Connor, que tiene ocho años, así que seremos siete. Hoy voy a hablar con Edna sobre el menú –dijo, y sonrió al añadir–: Sunshine dice que Connor le ha dicho que la comida asquerosa de adultos le vale si luego hay un buen postre.

–Estoy con Connor. ¿Algún código de vestimenta? ¿Tenemos que llevar corbata negra?

Por mucho que a Margot le encantaría verlo con un esmoquin...

–Creo que podemos ponernos ropa normal para la cena. La verdad, no me apetece volver a discutir con tu madre sobre qué es apropiado llevar. He llegado al punto en que necesito elegir mis batallas y, ahora mismo, esa no es una de ellas.

–Conocer tus limitaciones es señal de una mente cabal.

–Creo que voy a bordarme eso en una almohada.

James y Jessica Neal eran serios, tercos y tremendamente ricos; todos ellos rasgos que a Declan nunca le habían molestado, ni juntos ni por separado. Hasta hoy. Mientras la pareja de treintañeros cambiaba de opinión otra vez, él miraba con anhelo los ventanales de la sala de reuniones de sus oficinas y se preguntaba si una caída desde el tercer piso lo dejaría lo bastante lisiado como para sacarlo del proyecto.

Heath Harter, su socio, lo miró y asintió hacia las ventanas como si él también le estuviera proponiendo que se arriesgaran y que ya asumirían las consecuencias luego.

–Es que queremos usar todas las hectáreas posibles –dijo Jessica con tono suave pero insistente–. Estamos totalmente volcados en que esta propiedad sea lo mejor posible para nuestros invitados y para toda la comunidad. Queremos ser un negocio comprometido con nuestros vecinos.

Un rasgo admirable que no tenía nada que ver con lo que estaban hablando.

–Seguro que los residentes lo agradecen –dijo Declan esperando que no se le notara la impaciencia en la voz–. Habla bien de vosotros dos y del proyecto. Pero lo que estamos discutiendo es si queréis o no que os diseñemos un sendero que lleve a las montañas.

James, un hombre con aspecto anodino y entradas, sonrió a su mujer.

–Tiene razón, Jess. Vamos a decidirnos por los senderos. Nos gustan, ¿no?

Ella asintió.

–Sí. Pero ¿queremos pasear o hacer senderismo? Porque, si estamos hablando de senderismo, ¿no hay distintos niveles? Además, no queremos asustar a ningún animal salvaje ni dañar plantas autóctonas.

«Claro que no», pensó Declan. «Dios os libre de molestar a una hoja con un sendero cuando acabáis de arrancar una hectárea y media para levantar un puñetero hotel».

Corriendo, Heath puso varios folios grandes en la mesa de reuniones, porque a James y Jessica no les iban las presentaciones en PowerPoint. En una pantalla, la cosa no era orgánica.

–Esto es lo que hemos pensado –dijo señalando la primera hoja–. Empezamos con un sencillo sendero para pasear desde los jardines traseros. Estará bien señalizado e iluminado con luces solares y tendrá bancos por todo el recorrido. Al llegar al final de los jardines ornamentales, habrá tres rutas de senderismo que conducirán a la montaña. Una fácil, una moderada y otra difícil. Pondremos carteles que expliquen la extensión y complejidad de cada ruta junto con un mapa de la misma.

Jessica y James se miraron entusiasmados.

–Nos encanta –dijo James–. Es perfecto.

Heath, ya escaldado por tantos cambios de opinión, les pasó un boli.

–Estupendo. ¿Podéis firmar el mapa con vuestras iniciales, por favor?

Mientras ellos garabateaban sus iniciales, Declan se preparaba para su parte de la presentación. Él también tenía unas hojas de papel gigantescas, lo cual no tenía sentido. Una presentación en PowerPoint era limpia, fácil de modificar y no gastaba recursos como el papel. ¡Clientes! Iban a acabar con él.

–Hemos puesto en común ideas para los jardines traseros. Lo que buscamos es solo media hectárea de tierra relativamente llana. Podemos aumentarlo un poco si usamos jardines en terraza en la parte trasera.

–¿En terraza en lugar de en pendiente? –preguntó James.

–En terraza nos ayuda a atrapar el agua de lluvia. Construiremos zonas de recogida para que se produzca menos escorrentía e inundación en esos pocos inviernos en los que nos caen varios centímetros en un día.

Jessica asintió.

–Tiene sentido. ¿Qué más?

Declan pasó a otra página.

–Podríais tener un huerto en el lado este. El chef trabajaría con vuestro jardinero jefe para decidir qué productos se cultivarían mejor. Podría recolectar verduras frescas en un determinado momento del día y los huéspedes podrían observar o participar.

–¡Anda, qué bueno! –dijo James–. Podríamos ofrecerlo como parte de un paquete. Una auténtica experiencia culinaria. Y a lo mejor podríamos tener un par de vacas y hacer nuestra propia mantequilla y nuestra propia leche.

–Estáis en los límites de la ciudad –se apresuró a decir Heath–. Hay leyes de urbanismo estrictas.

–Eso es verdad –dijo Jessica, y apretó los labios–. Qué pena, porque nos chiflan las vacas.

–¿A quién no? –murmuró Heath.

Declan carraspeó para evitar reírse.

–Y, bueno, además del huerto, habíamos pensado en alguna especie de laberinto. Los arbustos tardarían un poco en crecer, pero podría ser la atracción principal de los jardines y una diversión para huéspedes de todas las edades.

–Sí, sí, vamos a poner uno –dijo Jessica.

James asintió.

–Totalmente. Esa es nuestra marca, del todo.

Era su primer hotel, pensó Declan. Aún no tenían una marca. Tenían dinero y la incapacidad de centrarse en un tema.

–Otra opción es un jardín de mariposas –dijo él sacando una tercera hoja–. Esto es más caro, ya que requeriría un hábitat, pero es algo único. Podríamos trabajar con una de las universidades locales y tal vez criar una especie en peligro de extinción. Si os interesa, tendremos que estudiar los costes y ver dónde están investigando. En la UC Irvine seguro.

–Un jardín de mariposas para bodas –exclamó Jessica como si estuviera soñando.

–Podríamos renovar nuestros votos ahí, Jess –le dijo su marido.

–Si queréis el jardín de mariposas, podría ser el hilo conductor del espacio exterior –dijo Heath.

–Lo queremos todo –dijo Jessica con firmeza–. Todo lo que habéis hablado.

Claro que lo querían todo. Declan esparció los folios.

–No hay suficiente espacio para todo. Tendréis que elegir lo que más os guste.

«Y las decisiones no son vuestro fuerte», pensó aunque, por supuesto, no lo dijo. Y tampoco corrió hacia la ventana. Una gran victoria en todos los sentidos.

–Imposible decidir –dijo Jessica con un gimoteo–. ¿Qué vamos a hacer?

–Lo hablaremos.

James recogió todos los folios. Corriendo, Heath apartó el que habían firmado con las iniciales. Lo guardarían para que luego, si cambiaban, o cuando cambiaran, de idea sobre las pistas de senderismo, la empresa tuviera pruebas de que ya habían aceptado y firmado el plano.

–Necesitaremos una decisión final en las próximas semanas –les dijo Declan–. La semana que viene tendremos las cifras provisionales para el jardín de mariposas. Pero, hasta que no toméis las decisiones finales, no podremos llevar a cabo una planificación, calcular costes o reservar materiales y equipo.

–Lo que sea que decidáis va a ser extraordinario –dijo Heath mientras se levantaba.

James y Jessica se levantaron. Declan se acercó y los acompañó a la puerta.

–Gracias por venir.

Todos se dieron la mano. Cuando la pareja ataviada con cáñamo y sandalias estaba ya en el ascensor, Declan se dejó caer en la silla junto a la mesa de reuniones y miró a su socio.

–Siento que aceptáramos el trabajo.

–¿Que tú lo sientes? Soy yo el que va a tener que ver cómo tasar todo lo necesario para un recinto para mariposas.

–Más te vale llamar a los bichólogos de la UC Irvine.

–No se llaman «bichólogos». Alguien que estudia mariposas y polillas es un «lepidopterólogo». Lo he mirado en Internet.

–Bien. Así parecerá que sabes lo que haces.

Declan miró el dibujo de las pistas de senderismo con las firmas.

–¿Cuántas veces crees que van a cambiar de opinión esta vez?

–Muchísimas.

–Ya, eso mismo estaba pensando.

Capítulo 11

Margot siempre llevaba el pelo recogido en una coleta. Alec no le había visto el pelo de otra forma, y eso se había vuelto desesperante. Intentaba imaginarla con el pelo suelto y no podía dar con la imagen exacta. No sabía cómo de largo lo tendría ni lo suave que resultaría, y pensar en ella y en su pelo era ridículo y a la vez relajante, siempre que ignorara el inevitable deseo que acompañaba a esos pensamientos.

Margot y su coleta estaban empezando a volverlo loco. Y, lo que era peor, estaba empezando a gustarle la sensación.

La tarde de la cena formal la había ayudado a poner la mesa del comedor. Ella había colocado un diagrama en un caballete para que pudieran asegurarse de que todo estaba en su sitio. De izquierda a derecha: servilleta, tenedor de ensalada, tenedor de mesa, plato de servicio con un plato de ensalada encima, cuchillo de mesa, cucharilla y cuchara de sopa. Había un plato y un cuchillo de pan, copa para el agua, copa para vino tinto, copa para vino blanco y una taza con platillo.

Con qué vehemencia había puesto la mesa Margot, qué empeñada estaba en que todo saliera bien. Él sabía que hacía bien su trabajo, pero era más que eso. Margot tenía una misión.

Habría quien pensara que su trabajo era una tontería o que carecía de mérito, pero él no. Él sabía lo que era afanarse en algo poco conocido y que los que te rodeaban no lo entendieran. Margot era una perfeccionista, pero no hasta el punto de resultar pesada. También era divertida y se preocupaba de verdad por su madre.

Le gustaba Margot, pensó Alec sorprendido. Y esa coleta...

Pero debía ignorarlo todo lo que pudiera. Se puso un traje y llegó al salón exactamente cinco minutos antes de las seis, justo a tiempo de ver a Margot bajar por las escaleras.

Ella llevaba un vestido tubo negro, por las rodillas y con cuello alto. El maquillaje era suave y los pendientes, unos sencillos aros de plata. Estaba brutal y elegante a la vez. Preciosa. Sexi. ¿Y el pelo? Coleta. ¿Costaría mucho soltarle...?

Se apartó esa imagen de la cabeza y esperó que sus pensamientos no se le reflejaran en la cara. Era un evento profesional. Margot estaba trabajando. El problema era la inexplicable atracción que sentía por ella.

Cuando Margot llegó a la planta baja, fue hacia él.

–Qué guapo.

–Y tú.

Se sonrieron. A Alec le habría gustado decir que algo chispeó entre los dos, pero no lo tenía claro. No había tenido una relación seria con una mujer desde que Zina y él habían roto. Aunque no era una marmota como le gustaba decir a su madre, solía conocer a mujeres cuando viajaba por trabajo, y tenía aventuras breves pero físicamente satisfactorias. Y luego, cuando volvía a casa, tenía la capacidad de sacarse de la cabeza sus necesidades más básicas durante unos meses y centrarse en el trabajo.

Era un sistema que funcionaba genial. Sin ataduras emocionales enrevesadas, no había riesgo de traición. Pero eso hacía que estuviera desentrenado hasta un punto lamentable a la hora de lidiar con una mujer como Margot.

–Para estar a la altura de la noche, he metido en hielo una botella de Dom Pérignon. Espero que le des tu aprobación.

Ella se rio.

–Sí. Es bastante innecesario, pero es genial. Gracias.

–De nada. Edna ha dicho que hay una botella de sidra sin alcohol para Connor, por si quiere.

–Se lo diré –dijo Margot, y señaló hacia el comedor–. Quiero comprobarlo todo una vez más.

–¿Por si las copas de vino se han movido?

–Nunca se sabe.

Él la siguió mientras ella iba confirmando que la mesa estaba tal como la habían dejado. Justo a las seis, su madre bajó por las escaleras. Alec se alegró al ver su vestido con estampado floral y falda de vuelo. El escote no era demasiado bajo, la falda no era demasiado corta y ella parecía casi relajada. La tensión que no había sentido hasta ahora se disipó un poco. En tres horas, cuatro como mucho, todo habría acabado, se dijo.

Al cabo de unos segundos sonó el timbre. Margot abrió a Declan, a su hijo y a una rubia curvilínea de ojos azules que no se parecía nada a ella. Se hicieron las presentaciones.

–Tu jardín está muy bien –le dijo Alec a Declan–. Deberíamos dar una vuelta rápida antes de que anochezca.

–Genial. Connor, te presento al señor Mcnicol.

–¡Anda! Llámalo «Alec» –dijo Bianca acercándose. Se arrodilló delante de Connor–. Si no, se pone demasiado pedante. Y yo soy Bianca. Tú debes de ser Connor.

Se acercó más y bajó la voz al decirle:

–Espero que no te importe, pero he preguntado si podía sentarme a tu lado en la cena. Creo que vas a ser la persona más divertida de la mesa.

Por mucho que Connor tuviera solo ocho años, era un chico y la personalidad de Bianca había acogotado a hombres mucho más experimentados. Connor asintió encantado.

–Genial.

–Excelente –dijo Bianca alargando la mano–. Vamos. Os acompaño a tu padre y a ti a ver los jardines. Podemos hablar de las cosas que nos hacen felices.

–Tengo una granja de hormigas nueva –dijo Connor, orgulloso, mientras le daba la mano.

–¿Ah, sí? Es fascinante. Yo siempre he querido una granja de hormigas. ¿Te la han enviado por correo?

–Ajá. Primero llegó la granja y luego llegaron las hormigas. Tuvimos que meterlas en la nevera diez minutos para que se calmaran y luego las metimos en la granja. Sunshine me ayudó.

–¿Sí? Qué maravilla. ¿Conque en la nevera? No sé si podría meter ahí a Alec cuando se porta mal.

–No puedes –dijo Connor con gesto serio–. Una nevera cerrada puede ser peligrosa para los niños.

–Tienes razón. Siento haberlo dicho. Venga, vamos al jardín.

Alec miró a Margot, que observaba la interacción con gran interés.

–Se le dan bien los niños –dijo él en voz baja.

–Ya lo veo. Es muy simpática y les habla de una forma que hace que se sientan escuchados.

Margot señaló a la puerta.

–Ve a dar tu paseo por el jardín. Sunshine y yo esperaremos a Wesley. Seguro que llegará en cualquier momento. Luego nos unimos a vosotros.

–¿No vas a ir a la cocina a comprobarlo todo?

-preguntó él con tono de broma. Edna había enviado a un chef y a un camarero para la ocasión.

-No hace falta -dijo ella con remilgo-. Sé que tu ama de llaves se ha ocupado de todos los detalles.

-Me sorprende que no quieras asegurarte.

A ella se le iluminaron los ojos de diversión.

-Hay que saber cuándo confiar en la gente, Alec. Te hace la vida más fácil.

-Eso he oído.

Sunshine observaba con interés. Él tuvo la sensación de que estaba tomando notas mentales y que luego le pasaría el informe a su hermana. Lo que no sabía era qué diría el informe.

Miró hacia el jardín, donde Connor y Bianca estaban cruzando la hierba.

-Por el Valle de la Muerte cabalgaron los seiscientos -dijo él citando a Alfred, *lord* Tennyson.

-O uno -murmuró Margot-. No tengas miedo, en nada estaré ahí y todo ira bien.

Ojalá fuera verdad, pensó él caminando hacia la tormenta que era su madre.

-¿Qué tal? -dijo Margot abrazando a su hermana-. Estás genial.

-Estoy bien. Tú estás fabulosa. Y Alec... está buenorro.

Un dato cierto que Margot no reconocería.

-Trabajo para su madre.

-Y eso significa que no trabajas para él -dijo Sunshine sonriendo-. Parece una muy buena forma de olvidarte de Dietrich.

«Ya me gustaría».

-¿Y tú qué? -preguntó Margot con la intención de distraer a su hermana-. No me habías dicho que Declan fuera un pibón.

–Da igual lo que sea o deje de ser. Es el padre de Connor y mi jefe.

–¿Entonces está prohibido? –preguntó Margot justo cuando sonó el timbre.

–En todos los sentidos –dijo Sunshine suspirando–. Y la maldición Baxter sigue viva.

Una hora después, Alec tuvo que admitir que se había equivocado. Bianca se estaba portando mejor que nunca. Estaba encantadora con todos, llevaba casi todo el peso de la conversación y entretenía a la mesa con anécdotas de sus días de actriz. Connor se quedaba hipnotizado con cada palabra que decía, aun cuando no entendía de qué hablaba; Wesley no podía apartar la mirada de su prometida, Sunshine parecía igual de fascinada por Bianca, y Margot estaba atenta a todo y, sin duda, tomando notas mentales. Solo Declan parecía indiferente a la actuación de Bianca y con disimulo observaba a su nueva niñera cuando creía que nadie miraba.

Con la ensalada ya terminada, quedaban por delante la sopa, el plato principal y el postre. Alec miró el reloj y deseó estar comiéndose ya la «*mousse* de chocolates blanco y negro sobre tartaleta de hojaldre», según decía la elegante carta que les habían dado.

Bianca se inclinó hacia Connor.

–Tengo un secreto.

Los ojos del niño se abrieron como platos detrás de sus gafas.

–¿Qué?

–La sopa se va a servir fría.

–¿Sopa fría? –preguntó encantado–. ¿En serio?

–Te lo juro. Está deliciosa, te lo prometo, pero está... ¡fría!

Los dos se rieron ante lo estrambótico del concepto y entonces Bianca se levantó.

–¿Qué tal si voy ya a por ella para que puedas probarla?

Connor asintió con ganas.

Margot miró a Bianca.

–Seguro que sacarán el plato en un momento.

–Bah, no importa.

Alec sabía que Margot estaba intentando averiguar si Bianca solo estaba interactuando con un niño o buscando una distracción porque se sentía incómoda. Como él no tenía ni idea, dudaba que Margot entendiera también la motivación. Con su madre, solía costar saberlo.

Wesley la vio desaparecer dentro de la cocina.

–Es un encanto.

–Mucho –dijo Sunshine–. Y divertida. Margot, cada segundo aquí tiene que ser una maravilla.

–Sí –dijo ella mirando a Alec y sonriendo. Él le devolvió la sonrisa.

Bianca volvió con una enorme sopera entre las manos.

En cuanto Alec vio a su madre, supo que la cosa no iba tan bien. No solía tener presentimientos, pero ese era imposible de ignorar. A cada paso que daba su madre, la sensación de pavor de él se hacía más fuerte, hasta el punto de saber que tenía que hacer algo para detener lo que fuera que iba a pasar.

Pero llegó demasiado tarde. Justo cuando se levantó, el fino tacón de Bianca falló y ella se tropezó. Y aunque su madre no la soltó, la sopera sí que se volcó, y la densa y cremosa sopa verde cayó sobre el suelo de madera.

Hubo un segundo de silencio y entonces Bianca empezó a reírse a carcajadas.

–¡Perfecto! –dijo descalzándose con los pies. Dejó la sopera en el aparador y alargó la mano hacia

Connor–. Vamos, quítate los zapatos y los calcetines. Es una pista de agua. ¡Seguro que te encantan!

Connor vaciló. Miró a Sunshine, que miró a Margot, que se encogió de hombros. Sin duda, ella quería ver cómo se desarrollaba la situación. Wesley, a juzgar por su cándida sonrisa, no estaba avergonzado lo más mínimo.

Connor tardó unos segundos en quitarse los zapatos y los calcetines y en unirse a Bianca en la sopa verde. Estuvieron patinando por el comedor varios minutos, riéndose, chillando y armando un follón impresionante por el que a Alec le caería una buena charla de Edna por la mañana.

Cuando terminaron, Bianca se dirigió a Wesley:

–¿Nos traes un par de toallas para que no vayamos dejando rastros de esto por todas partes?

Abrazó a Connor y le dijo:

–Cuando podamos andar sin peligro de caernos, vamos a subir corriendo a mi cuarto de baño y nos vamos a lavar los pies en la bañera.

Connor miró al suelo.

–¿Y todo este desastre?

–¡Bah! No te preocupes. Ya se ocuparán los demás.

Y ahí estaba, pensó Alec mientras se levantaba para ir a por artículos de limpieza. La filosofía de vida de su madre en pocas palabras. Siempre había alguien cerca que arreglara el desastre.

A la mañana siguiente Bianca tuvo a Margot esperando una hora antes de por fin reunirse con ella en la sala de estar de invitados. Margot ya tenía claro que su clienta llegaría tarde o no aparecería directamente, así que tampoco fue ninguna sorpresa. Había aprovechado ese rato para pensar en cómo abordar los... acontecimientos... de la noche anterior.

Después del incidente de la sopa, Bianca y Connor habían vuelto a la mesa y la cena había continuado como si no hubiera pasado nada. Aunque todos los demás habían arrimado el hombro para limpiar el suelo, el ligero olor a aguacate y pepino se había quedado ahí. Margot le había dejado una nota a Edna explicándole lo que había pasado y luego había intentado entender qué había salido mal, si es que había salido mal algo.

Sabía que también podría decirse que Bianca le había dado la vuelta a una situación complicada al invitar a Connor a jugar con ella. Y, aunque no era un comportamiento apropiado para una cena formal, tampoco es que se hubiera quitado el vestido o le hubiera hecho una peineta a un dignatario que estuviera de visita. De todos modos, no es que fuera precisamente una reacción normal. Lo que no sabía era qué cantidad de normalidad era buena para Bianca.

Ahora su clienta estaba sentada en el sofá frente a ella y enarcó las cejas.

–Vamos, grítame –dijo con tono distendido–. Puedo soportarlo.

–¿Por qué iba a gritarte?

–¡Venga ya! Bailé encima de la sopa. Dudo mucho que eso esté permitido.

–Técnicamente usaste la sopa para deslizarte por el suelo. No sé si eso puede calificarse como bailar.

Bianca no sonrió. Más bien, su expresión se volvió desconfiada.

–¿Te parece divertido lo que pasó ayer?

–¿A ti qué te pareció?

–Un momento de diversión. Pasó algo inesperado y lo convertí en una fiesta. Es lo que hago. Todo el mundo recordará lo de anoche, y ¿no se trata de eso? ¿De ser memorable? A Connor le encantó.

–Sí –dijo Margot con voz amable–. Se lo pasó genial y te adora. ¿Cómo no?

Bianca llevaba un suéter suelto de punto sobre una camiseta de tirantes y unos *leggings*. Estaba descalza. Se llevó las rodillas al pecho y se rodeó las piernas con los brazos. La posición de defensa no podía haber quedado más clara.

–¿Pero? Porque está claro que hay un pero.

–Solo quería saber tu opinión –dijo Margot–. No solo sobre lo de la sopa, sino lo de antes. Te pegaste a Connor al instante. Por cierto, se te dan muy bien los niños.

–Quería asegurarme de que estaba cómodo. Cenar con un montón de adultos estirados iba a ser aburrido.

–Me parece fantástico que te preocuparas por él. Tu afinidad innata con los niños va a ser un punto a tu favor cuando ayudes a Wesley en temas sociales.

Los brazos seguían firmemente agarrados alrededor de las rodillas.

–Sé que no es un cumplido.

–Es un cumplido de lo más sincero, cien por cien. Pero...

–Ahí viene.

Margot sonrió.

–Pero lo de anoche se organizó por Wesley y por ti. Ya hemos hablado que quieres resultarles valiosa a su carrera y a él, y que te preocupa ser un estorbo. Nuestro objetivo era ayudarte a sentirte cómoda en una cena formal con un grupo ecléctico de invitados. Se trataba de saber usar los distintos cubiertos y las distintas copas y de desenvolverte durante una larga velada con distintos platos y siguiendo las convenciones de una conversación. Ya lo habíamos hablado. Teníamos una estrategia.

Bianca puso los ojos en blanco.

–La recuerdo. Pasar quince minutos hablando con la persona de mi derecha y luego cambiar a la persona de mi izquierda. O puedo ser como la reina y cambiar con cada plato. Bah, da igual, solo quería divertirme.

–Lo entiendo –dijo Margot con calma–, pero, si quieres aprender las normas, tienes que estudiarlas y luego ponerlas en práctica hasta que te salgan de forma instintiva. Cuando te sientes cómoda con las reglas, no tienes que pensar en ellas y entonces la diversión surge de forma natural.

–Las reglas son aburridas.

«Tú eres aburrida».

Aunque Bianca no lo dijo, Margot juraría que lo oyó. Siempre había momentos complicados en su trabajo, y acababa de toparse con el primero en esa relación.

Bianca bajó los pies al suelo y la miró.

–No sabes lo que siento. Quiero a Wesley y quiero hacerlo feliz, pero nada de esto es fácil. La gente tiene expectativas y no siempre voy a cumplirlas. En mi vida cotidiana me da igual, pero esto es distinto. Quiero hacerlo bien, pero las reglas son muy arbitrarias.

–Claro –dijo Margot relajándose–. Todo el mundo da por hecho que el protocolo de una mesa formal viene de Inglaterra, pero en realidad viene de Rusia. ¿Quién lo diría? ¿Y cómo puñetas se decidió que era importante poner las copas de vino en un orden concreto? ¿Y si no bebes vino o no te gusta o tomas vino blanco?

–¿Entonces para qué sirven?

–Las normas y las convenciones sociales aportan orden. En situaciones diplomáticas, cuando hay tensiones por algún tratado o un conflicto, las convenciones son como un marco en el que trabajar. Todo el mundo sabe cuál es su lugar y lo que se espera. Las normas ayudan a la gente a evitar cometer errores. Estás viendo todo lo que te estoy enseñando como una forma de cohibirte como persona, pero no es así. Las normas que te estoy enseñando son para ayudarte. Como barandillas de una escalera o cinturones de seguridad. Si las necesitas, ahí estarán, incluso aunque no estés prestando atención a lo que está pasando.

Bianca no parecía convencida.

Margot se levantó, se acercó a la pequeña nevera que había en la estantería y sacó dos botellas de agua saborizada.

–Creo que ya te comenté que mi bisabuela abrió una escuela de buenos modales en los años sesenta, en un pueblo diminuto del que nunca habrás oído hablar. En un par de años, había logrado meter a dos de sus chicas en concursos de belleza importantes y habían entrado en las finales.

–Lo sé –dijo Bianca con impaciencia.

Margot la ignoró.

–Lo único que quería en la vida era tener una ganadora de Miss América. Era su sueño, ¿y por qué no iba a serlo? Que una de sus alumnas ganara la corona habría dado validez al trabajo de toda su vida. Sunshine y yo éramos su última esperanza.

Bianca enarcó las cejas.

–¿Tu hermana?

Margot asintió.

–Es una mujer preciosa, pero no...

Margot sonrió.

–¿No como para ser reina de la belleza? No pasa nada, puedes decirlo. Sunshine quería, pero no tenía ni la altura ni el tipo de cuerpo correctos. Todos podíamos verlo. Así que la misión recayó en mí.

Margot aún recordaba la sensación de pavor cuando su bisabuela le había dicho lo que esperaba de ella. En aquel momento tenía trece años y aún estaba creciendo. Tenía pocas habilidades sociales, era tímida y lo último que quería era estar delante de cualquier multitud.

–La primera vez que me subí al escenario de ensayos, vomité –dijo con tono animado–. Me pasó a menudo durante gran parte del año. También me desmayé y me salió urticaria más de una vez. Hablaba sin sentido, no tenía talento y no sabía desfilar en traje de baño. La gente cree que estar en un concurso de belleza consiste solo en ser guapa y tener un cuerpo estupendo. Pues nada que ver. Necesitas tener habilidades para hablar en público y expresar tus ideas, objetivos, logros y más determinación de la que yo he podido reunir nunca en mi vida. Le rompí el corazón a Francine. No dejaba de decirme que, si de verdad quería, podía hacerlo. Y tenía razón.

Bianca parecía sorprendida.

–¿Vomitabas?

–Sí, y probablemente podría haberlo solucionado. Pero la cuestión es que no quería. Aquello no era para mí. Para tener éxito en algo, tienes que quererlo por ti misma, no por nadie más. Tienes que estar dispuesta a esforzarte. Tienes que ver el beneficio de las horas de práctica y estar dispuesta a fallar una y otra vez. Necesitas determinación y una voluntad de hierro.

Miró a su clienta.

–Bianca, ¿por qué haces esto? Eres una mujer preciosa, divertida y encantadora, y todo el que te conoce te quiere. ¿Por qué narices quieres cambiar?

Los ojos se le llenaron de lágrimas.

–Quiero a Wesley.

–Ya sé que lo quieres, y él te quiere a ti y ni una sola vez te ha pedido que seas nada que no eres.

–Eso no puedes saberlo.

–Sí que puedo. He visto cómo te mira. Anoche, con lo de la sopa, estaba riéndose con ganas. Te adora. Así que, ¿qué hago yo aquí?

Bianca se limpió las lágrimas.

–Quiero ser distinta. Quiero ser fuerte. Quiero saber cómo actuar con toda esa gente. Van a juzgarme. Todos. Sé quiénes son.

Y ahí estaba, pensó Margot aliviada. La verdadera motivación para la transformación. No solo tenía que ver con que Wesley perdiera su trabajo, sino también con los propios miedos de Bianca.

–Eso está mejor. Mucho mejor. Ahora tenemos algo con lo que trabajar. Hacer esto por ti es mucho más inteligente que hacerlo por otra persona. Vamos a ver qué quieres y qué te funciona, y vamos a afianzarlo. Porque también quiero que seas fuerte. Quiero que los deslumbres y que todos quieran ser tú.

–¿Puedes hacerlo?

–No, pero tú sí. Seguiremos trabajando y haciendo modificaciones según veamos. Trabajaremos lo que te pone más nerviosa y haremos que te sientas cómoda. No es tan complicado. Es solo cuestión de encontrar la barandilla apropiada para tu escalera.

–Quiero creerte. Quiero a Wesley y sé que está conforme con quién soy, pero de verdad que no quiero que su carrera se vea resentida por mí. Además, se me hace durísimo estar con toda esa gente. Todos han ido a la universidad y tienen cinco licenciaturas, y yo solo soy alguien que fue actriz y que tiene un cuerpo estupendo.

Margot levantó un dedo.

–No. Eres una mujer preciosa, vibrante y con un cuerpazo de escándalo. No es lo mismo.

Bianca se rio.

–Gracias. Bueno, pues vamos a empezar. Anoche, con lo de la sopa, no estaba pensando. Solo quería ir a por ella para llevársela a Connor, pero, cuando la levanté, pesaba muchísimo y entonces ya no supe qué hacer.

–¿Qué podrías haber hecho?

Bianca suspiró.

–Podría haber pedido ayuda.

–Sí. Podrías. Así que, ¿por qué era tan importante impresionar a Connor? Estuviste totalmente centrada en él desde el principio.

–Me encantan los niños.

Margot esperó.

–¿Qué? –preguntó Bianca–. Eres una pesadilla.

–Sí que lo soy.

–Vale –dijo Bianca levantándose. Se puso a recorrer la habitación. Cuando llegó a la chimenea, se volvió hacia Margot–. Se me dan bien los niños. Siempre les caigo bien. Supongo que estaba nerviosa y sabía que, estando con Connor, estaría a salvo. Por eso me centré demasiado en él y luego todo se me descontroló.

Se encogió de hombros.

–Le he dicho a Edna que siento lo de la sopa.

–Seguro que ha agradecido la disculpa. ¿Por qué estabas nerviosa? Éramos un grupo pequeño de gente y nos conocías a casi todos.

–Porque la noche en sí consistía en esperar a verme fracasar. Me sentía como un oso de circo y pensaba que, cuando la cagara, todos lo sabríais y os reiríais de mí.

Margot se tensó al ser consciente de la verdad de sus palabras. Se levantó.

–¡Ay, Bianca! Lo siento mucho. Tienes razón. Eso fue exactamente lo que fue. No que nos riéramos, porque eso no iba a pasar, pero sí que entiendo que te sintieras expuesta. Fue un error por mi parte. Perdona. La noche debió de ser terrible para ti.

Bianca la miró asombrada.

–¿Me estás pidiendo perdón?

–Claro. Lo gestioné fatal. Intenté que fuéramos pocos para generarte menos estrés, pero todos sabían lo que estábamos haciendo y tú eras el tema a tratar. Normal que te sintieras como si te estuviéramos juzgando. Connor fue la única persona que te dio seguridad, ¿verdad? La cagué del todo y lo siento muchísimo.

Bianca soltó una risita.

–¡Vaya! Qué disculpa tan buena. Deberías dar clases. Ya no estoy disgustada. Es más, solo quiero darte un abrazo y decirte que todo irá bien.

–Me preocupa más que ya no vayas a fiarte de que pueda ayudarte.

A Bianca se le llenaron los ojos de lágrimas otra vez. Se acercó a Margot y la abrazó con fuerza.

–La verdad, no hay nadie en quien pudiera confiar más.

–Gracias.

La expresión de Bianca se volvió pícara.

–Mmm, así que ahora me debes una. Voy a tener que pensar cómo quiero aprovecharme de eso. A lo mejor deberíamos decirle a tu hermana que venga y hacer un día de *spa* solo para chicas o algo así.

Margot vaciló, no quería meter a Sunshine en todo eso.

–O podríamos seguir trabajando juntas para lograr nuestro objetivo.

–No eres nada divertida, pero vale. Vamos a empezar.

Margot seguía intentando procesar la gigantesca metedura de pata. Necesitaba tiempo para reorganizarse las ideas.

–Si no te importa, necesito un par de horas para replantear la planificación. ¿Podemos quedar después del almuerzo?

–Claro. Hace frío y hay niebla, así que podríamos quedarnos en mi habitación y ver una peli. ¿Qué tal *En busca del arca perdida*? ¿Sabías que me propusieron el papel de Karen Allen? Habría estado bien en esa película, y con lo buenorro que estaba Harrison Ford... Bueno, en fin. Nos vemos después del almuerzo.

Y con eso, Bianca salió de la sala y dejó a Margot preguntándose cómo narices podía haberla cagado tanto en algo que se suponía que se le daba bien.

Capítulo 12

Sunshine esperó a que Connor se hubiera ido a dormir antes de llamar a la puerta abierta del despacho de Declan. Él levantó la mirada del ordenador y con la mano le indicó que pasara.

–¿Qué tal? –preguntó mientras ella se sentaba junto al escritorio–. Por favor, no me digas que te estás pensando mejor lo de la granja de hormigas. A Connor le encanta esa cosa.

–No tengo ningún problema con las hormigas. Bueno, a lo mejor que son tan trabajadoras que a veces, en comparación, me hacen sentir una vaga.

–Te entiendo. ¿Qué tal las clases?

–Aún se me hace raro e incómodo.

Iba a las clases y hacía los deberes, pero cada día se iba quedando un poco más atrás.

–Pronto habrá una sesión con el asistente técnico. Si no me ayuda lo suficiente, supongo que iré al laboratorio de Matemáticas.

–¿Quieres que eche un ojo a tus temas y vea si puedo ayudarte?

–Gracias, pero ya me las apañaré.

Lo último que quería era que su jefe viera que era una idiota redomada. Adoraba a Connor y quería mantener su trabajo. Se sentía cómoda allí. Se sentía segura y feliz y sabía que estaba aportando algo.

—La oferta sigue en pie.

—Te lo agradezco —dijo Sunshine mientras pensaba en el motivo de su visita—. A ver, esto es un poco incómodo, pero he conocido a la madre de uno de los amigos de Connor. La madre de Elijah. Se llama Phoebe, está divorciada y es superdivertida y muy simpática, y... bueno... creo que te gustaría.

Declan la miró atónito.

—¿Cómo dices?

—He pensado que podría gustarte conocerla y a lo mejor salir con ella. Porque el otro día dijiste que...

—No —dijo él medio levantándose de la silla antes de volverse a sentar—. No, no. ¿Por qué narices intentas buscarme pareja?

—No puedo evitarlo. Soy así de protectora. Si hay un problema en la casa, intento solucionarlo. Dijiste que querías...

Él se estremeció.

—¿Podemos no hablar de eso? ¿Ni repetir lo que dije?

—Solo te estaba explicando por qué he pensado que podrías querer conocer a Phoebe. Es una mujer triunfadora con un hijo que conoce a Connor. Seguro que estaría interesada.

«Como para no estarlo».

—Tenéis mucho en común y no tendrías que preocuparte por dónde vas a poder conocer a alguien. Es de aquí.

Él gruñó.

—Tienes que olvidarte de esto. Sunshine, te lo suplico. Puedo buscarme mis propias mujeres.

—O no.

Él se rio.

–Vale, pero para. Por muy simpática o lista que sea esa tal Phoebe, voy a pasar.

–Peor para ti. Parecía divertidísima.

Él señaló a la puerta.

–Deberías irte.

Sunshine sonrió al levantarse.

–Vale, ya paro. Se acabaron los comentarios sobre la disponibilidad de Phoebe. Si me dijeras cuál es tu tipo, podría estar atenta por si veo alguna mujer así.

Ella se detuvo junto a la puerta esperándose que él le dijera que se metiera en sus propios asuntos o hiciera algún comentario sarcástico sobre lo terca que era. Lo que no se esperaba fue el abrasador deseo que se le reflejó en los ojos. Era el calor de un hombre que deseaba a una mujer. A una mujer en concreto.

A ella.

Se había preguntado si Declan la encontraría atractiva, o sexi, o las dos cosas, pero nunca se había planteado que fuera más que eso. En el nanosegundo previo a que el fuego se extinguiera, sintió un tirón en el vientre a modo de respuesta. Un deseo que la dejó impactada tanto por su existencia como por su intensidad.

«No», se dijo. «No, no y no. Declan no». Le encantaba su trabajo, le encantaba la dinámica que tenían los tres. Tener una relación con él lo estropearía todo. Ella ya no era esa chica, se negaba a serlo. Quería más que un polvo rápido mientras Connor dormía. Quería algo de verdad, duradero e importante.

Se obligó a centrarse en el presente. Declan la miraba tan impactado y preocupado como se sentía ella.

–Tengo el número de Phoebe, por si cambias de opinión –dijo Sunshine esperando que colara ese buen humor que había fingido.

–Te estoy ignorando.

Ella se despidió con la mano y se marchó. Volvió corriendo a su dormitorio y cerró la puerta con firmeza. Se sentó en el borde de la cama y se dijo que no había pasado nada. Nada de nada. Y aunque no fuera así, lo fingiría. Fingir algo hasta conseguirlo era una tradición consagrada para ella. Le había funcionado en el pasado y estaba decidida a que funcionara ahora. Tenía que funcionar. Había demasiado en juego.

–Llevaba un par de días sin verte.

Margot levantó la mirada y vio a Alec entrar en la cocina. Era la hora de la cena, dos días después de la incómoda revelación que ella había tenido.

–He estado escondiéndome –admitió Margot encogiéndose de hombros–. Lamiéndome las heridas, por así decirlo.

–¿Qué ha hecho mi madre? –preguntó él ahora más preocupado aún.

–Nada, pero ten piedad y perdóname. Me equivoqué por completo con lo de la cena. En lugar de ayudarla, la convertí en un espectáculo. Toda la idea fue un error descomunal y es todo culpa mía. Pero ahora nos hemos puesto en marcha otra vez y las cosas van bien.

Lo cual era un alivio, pero no borraba aquel error.

–A lo mejor estás siendo un poco dura contigo misma.

–No, pero no te preocupes. No voy a regodearme en ello. Vamos a mirar adelante. En cierto modo, a lo mejor haberla cagado así ha hecho que tu madre confíe más en mí. No sé. Eso espero.

Sonrió.

–Y nada, ahí acaba mi vaciado emocional. Lo prometo. Estaba a punto de sacar del horno el gratinado que ha descongelado Edna. ¿Quieres cenar conmigo?

–Me encantaría –dijo él sonriendo–. He de admitir que ese olor tan delicioso me ha traído hasta la cocina. ¿Qué vamos a tomar?

–Algo con pollo, pasta y salsa de queso. Ya he preparado una ensalada grande para compensar tanta sustancia.

Mientras él abría una botella de vino, Margot puso la mesa de la cocina, sacó la fuente del horno y la puso encima de un salvamanteles. Se sentaron el uno enfrente del otro y ella le pasó el cucharón de servir.

Eran casi las siete y fuera estaba oscuro. La niebla no se había ido en todo el día y había hecho que la temperatura bajara de los quince grados, lo cual, tratándose de Los Ángeles, era prácticamente como una ola polar. Bianca había salido y el servicio doméstico ya se había marchado. Estaban solo ellos dos en la enorme casa.

–Me ha dejado impresionado que mi madre se parara a hablar contigo –dijo Alec mientras le acercaba la fuente–. Suele cortar la conversación y salir corriendo. No contaba con verla hasta dentro de una semana.

–Me alegro de que se quedara porque así he podido comprender qué salió mal y cuánto tuve que ver yo en ello –dijo Margot pensando en cómo había modificado el plan de estudios y en todo lo que cambiaría a partir de ahora–. Tu madre es complicada. Una combinación inesperada de capacidad e inseguridad.

Le acercó la fuente.

–¿Cómo es tenerla viviendo en casa?

Alec se encogió de hombros.

–Más fácil de lo que me imaginaba. Básicamente estamos en pisos separados y sale casi todas las noches –sonrió–. He de admitir que me preocupaba tenerla aquí. Hacía mucho tiempo que no vivíamos juntos.

–Apenas eras un adolescente cuando te fuiste a vivir con tus abuelos, ¿no?

–Sí. Me llevó a Australia aquel verano antes del internado. Bueno, invierno para ellos, claro. Debimos de estar allí seis u ocho semanas. Compró un coche viejo y lo recorrimos todo. Mi trabajo era estar diciéndole todo el rato «izquierda, izquierda» para que se mantuviera en el lado correcto de la carretera.

–Claro. Conducen como los ingleses, ¿no? Yo creo que no podría.

–Es complicado, pero lo hizo muy bien. Cuando volvimos a casa, recogí mis cosas y volamos a Suiza para quedarme con mis abuelos paternos.

–Debió de echarte de menos.

–Seguro que sí.

«Pero lo dejó irse», pensó Margot. ¿Lo haría porque pensaba que no tenía elección o, más bien, porque sabía que era lo mejor para él?

–Me quería –dijo Alec–. Siempre apoyaba lo que yo quería. Una vez, cuando yo tenía ocho o nueve años, estaba saliendo con un hombre que no me gustaba y, cuando se lo dije, rompió con él. Así, sin más. Siempre me sentí culpable por aquello. ¿Y si era el hombre de su vida y por mi culpa perdió la oportunidad de ser feliz?

–Si hubiera sido el gran amor de su vida, ¿no crees que lo habrías notado y ese tipo te habría caído mejor? Además, ¿en serio crees que solo hay una persona para cada uno de nosotros?

–No. Lo que creo es que no creo nada en eso de «la persona de tu vida».

–Entonces no pudiste haber estropeado nada.

–Eso es muy lógico. El amor no funciona así.

–No creo que ninguno de los dos sea experto en el tema –dijo Margot riéndose.

Él levantó la copa.

–En eso tienes razón. Háblame de cuando eras pequeña.

–Qué curioso que lo digas. Justo he estado hablando de mi bisabuela con Bianca. Francine nos crio a Sunshine y a mí después de que nuestra madre se marchara. Por entonces ella ya había cumplido los setenta y criar a dos niñas era lo último en lo que pensaba. Su escuela de modales y belleza estaba en las últimas y ella estaba cansada. Siempre me he sentido mal por ella.

–¿Porque tuviera que criaros a las dos?

Margot asintió.

–Primero se largó su hija y luego su nieta. Aunque ni Sunshine ni yo llegamos a participar en Miss América, al menos no acabamos embarazadas a los dieciocho. Supongo que fue un avance.

–¿Cuándo cerró la escuela?

–Nosotras tendríamos unos catorce años. Ella siempre había querido mudarse a Las Vegas. Nos fuimos y vivimos en una casa móvil. Por la noche podíamos ver las luces de la avenida principal. Francine no dejaba de advertirnos sobre los peligros del juego y de los charlatanes. Se preocupaba.

Margot se preguntaba qué pensaría de ellas ahora. Habían roto el patrón de ser madres solteras, pero no la maldición Baxter de amar al hombre equivocado. Sunshine había tenido a muchos y ella había tenido a Dietrich. A lo mejor, después de todo, la biología determinaba el destino.

–Pero aquí estás, libre de los demonios del juego y sin ningún charlatán a la vista.

Margot sonrió.

–Bueno, yo creo que ella te vería como un peligro, al menos un poco.

Alec se quedó tan sorprendido que Margot empezó a reírse y preguntó:

–¿Qué? ¿No te consideras una amenaza para las mujeres?

–¡Qué va! Estudio demasiado. Mi vida es solitaria. No me gusta ir ni a clubs nocturnos ni a fiestas. Y no recuerdo la última vez que vi una película en un cine.

La percepción personal era un fenómeno interesante, pensó Margot. La gente se metía en la cabeza ideas sobre sí misma que tenían que ver poco con la realidad y mucho con su pasado emocional.

–No estás viendo lo bueno –le dijo ella–. Eres un hombre de éxito, amable, guapo y culto, y sospecho que, debajo de tu prudencia, hay una profundidad oculta que muy pocos ven –añadió Margot. Fue su forma de evitar decir «pasión», porque decirlo sería un poco raro, ¿no?

–¿Así me ves? –preguntó él asombrado.

–Así te ve todo el mundo –dijo ella levantando un hombro–. Con la posible excepción de los académicos que vienen de visita. Dudo que vean más allá del trabajo.

Alec se quedó mirándola un buen rato antes de murmurar:

–Muy inesperado.

–De nada.

Él se rio.

–Sí, gracias. Bueno, ¿cuándo vas a empezar a explorar los silos? Quiero estar preparado para los gritos.

–No va a haber ningún cuerpo. No creo que los monjes sean de ocultar cuerpos. Pero sí que espero encontrar algún tesoro apasionante.

–El libro de registros que encontraste es fascinante. Lo he estado mirando y tienes razón. Los burros que criaban eran muy valiosos.

–No se lo digas a tu madre. Querrá que empieces a criarlos tú también.

Él gruñó.

–Seguro. Probablemente como animales para apoyo emocional. Prueba a meter uno en un avión.

La conversación siguió fluyendo tranquilamente, pero Margot era consciente de un trasfondo que no había estado ahí antes. La culpa la tenía ella por haber dicho lo que había dicho de él. Y no es que no fuera verdad, pero de algún modo sus palabras habían cambiado las cosas entre los dos.

¿Y si Alec pensaba que andaba detrás de él? Eso sería... Bueno, no sabía bien qué sería, pero sería algo. Y no es que no fuera un tipo estupendo, que lo era. Y no es que a Margot no le importara descubrir si besaba con la misma intensidad con la que hacía todo lo demás, porque unos cuantos besos apasionados le animarían mucho el día. Pero su relación no era así y ella nunca se había planteado en serio que ellos dos... No es que tuviera ningún interés, pero...

Las complicaciones y las sensaciones incómodas fueron amontonándose hasta que se le hizo complicado aguantar el resto de la cena. Se disculpó en cuanto pudo y subió corriendo las escaleras. Una vez sola en su habitación, se dio cuenta de que habría preferido pasar más tiempo con él, algo que la convertía en una boba redomada y en la torpe social que Francine siempre había dicho que era.

Al final, Sunshine accedió a quedar con Norris para tomar una copa en lugar de un café. Cambió una noche de sábado libre por un jueves, lo arregló todo para que Connor pasara la tarde con su amigo Christopher y se aseguró de que Declan recogiera a su hijo allí no más tarde de las siete y media. Declan le había hecho jurar que él no tendría que preocuparse por la madre de Christopher, y a ella le habría hecho gracia el comentario si no hubiera estado tan nerviosa por la cita. Le había asegurado a su jefe que la madre de Christopher estaba felizmente casada y que había tenido a Christopher algo tarde, así que tenía cincuenta y tantos años y, por lo tanto, era demasiada mujer para él.

Sunshine se pasó casi una hora intentando decidir qué ponerse. Quería estar bien, pero no sexi. Guapa. Nunca había usado su sexualidad para conseguir lo que quería en la vida. Los hombres habían aparecido sin más. Ahora la diferencia era que quería tomar decisiones mejores y más inteligentes.

Cuando casi no le quedaba tiempo, optó por un vestido azul claro con cuello en U y falda de vuelo. Le caía justo por encima de las rodillas. Como no tenía mangas, se puso encima una chaquetilla corta de color crema y manga tres cuartos. Se rizó el pelo, se aplicó un maquillaje sencillo y, cuando terminó, se dio cuenta de que, más que ir a una cita, parecía que fuera a presentarse como candidata para un puesto de directora de coro. De camino al bar restaurante donde habían quedado, tendría que desarrollar una personalidad chispeante y confiar en que todo fuera bien.

Le dio las llaves al aparcacoches y luego, ignorando el tembleque, los nervios y las ganas de salir corriendo, entró. Norris ya estaba ahí, guapo y con un aspecto muy profesional en su traje oscuro. Al verla, le indicó que se acercara. Mientras lo hacía, Sunshine vio que Norris había pedido una pequeña mesa para los dos.

–¡Ya estás aquí! –dijo él feliz. Le agarró la mano, se acercó y la besó en la mejilla–. Estás preciosa.

–Gracias. Tú tienes un aspecto muy poderoso.

Él soltó una risita.

–Es por el traje. Los hombres lo tenemos fácil. Todos estamos bien con un traje hecho a medida.

Se sentaron uno enfrente del otro. Él avisó al camarero.

–Sunshine, ¿qué te apetece?

«Un margarita con un chupito de tequila aparte», pensó angustiada. Ella no era de citas, nunca lo había sido. Conocía a un hombre, se deseaban al instante, y ya estaba. Nada de conocerse mientras se tomaban unos cócteles ni de manosearse con torpeza y timidez al acabar la noche. No sabía cómo hacerlo y no estaba segura de querer aprender.

Pero eso era lo que hacían las personas normales, se recordó. Tenían citas e iban conociéndose.

–Me encantaría una copa de vino blanco –dijo con una sonrisa.

–Para mí, *bourbon* con hielo.

Cuando el camarero se marchó, Norris se acercó más.

–Gracias otra vez por ayudarme con la tarta. Fue un exitazo.

–Me alegro. ¿Cómo está tu hermana?

–Le está entrando claustrofobia. Odia tener que hacer reposo absoluto, pero serán solo unas semanas más. Nuestra madre se ha ido con ellos y está ayudando mucho.

–Qué bien que pueda hacerlo.

–Bueno, mi madre cambiaría la rotación de la tierra si pensara que con ello ayudaría a sus hijos.

Sunshine pensó en su madre, que había abandonado a sus mellizas cuando eran muy pequeñas. Todo el mundo tenía una historia, pensó, y algunas eran malas.

–¿Entonces sois solo tu hermana y tú? –preguntó ella.

–Tengo un hermano pequeño. Yo soy el mayor. ¿Y tú?

–Tengo una hermana. Somos mellizas. No tenemos

familia, así que estamos solas. Vive cerca y estamos muy unidas.

El camarero llevó las bebidas. Norris dio un trago a la suya.

–¿Has estado casada?

–No. Tú sí, ¿verdad?

Sunshine recordaba que, el día que se conocieron, le había mencionado algo sobre que estaba divorciado.

–Divorciado. Nada dramático. Simplemente no estábamos hechos el uno para el otro. Han pasado un par de años. Salí con muchas mujeres y luego me cansé. Últimamente busco algo distinto.

Norris se quedó mirándola con intensidad mientras hablaba, como si estuviera transmitiéndole un mensaje importante. El problema era que ella no tenía ni idea de qué intentaba decirle.

–¿Y trabajas en Finanzas?

–Sí. La gente no sabe nada de dinero, y eso es malo para ellos pero bueno para mí. Les doy un plan, de pronto su cartera de acciones empieza a crecer, y yo soy el héroe.

–Entonces, al final todos salís ganando.

–Sí. ¿Tú eres niñera?

–Ajá. Me encanta trabajar con niños. Cuando terminé el instituto, no tenía ni idea de qué quería hacer. Me surgió lo de ser niñera y descubrí que se me daba muy bien. Ahora estoy estudiando para sacarme un grado en Psicología Infantil.

Sonaba mucho más importante de lo que era, pensó Sunshine sin saber por qué lo había dicho así. Estaba cursando la primera asignatura y aún no sabía lo que hacía. ¿En eso consistían las citas? ¿En contar verdades a medias para quedar mejor delante de la otra persona?

Antes de que pudiera corregir lo que había dicho, él se le adelantó.

–¿Entonces, vives con una familia unos años y luego te mudas? ¿No es duro?

–Puede serlo. Me da igual separarme de los padres, pero muchas veces echo muchísimo de menos a los niños.

Sobre todo cuando se marchaba simplemente por algún tío. Ese era su pecado original: dejar a sus niños sin decir ni una palabra.

Solía preguntarse si con el tiempo acababan olvidándose de ella, como se había dicho que harían, o si cargaban con la cicatriz de haberse visto abandonados. Había estado muy unida a muchos de los niños que habían estado a su cargo, sobre todo a unas gemelas. ¿Se acordarían de ella? ¿La odiarían? ¿Desearían que nunca hubiera formado parte de sus vidas? Fuera como fuese, el caso era que ella había desaparecido, sin más. Un patrón más de su pasado que estaba decidida a no repetir. Iba a ser más responsable.

–¿Te gusta la música sinfónica? –preguntó Norris cambiando de tema–. A mucha gente ya no le gusta esa clase de música, pero es una de mis favoritas.

–Nunca he ido a ver una orquesta sinfónica –admitió Sunshine–, pero sí que me gusta la música clásica. Connor, el niño que cuido, y yo escuchamos mucha música. Vamos alternando quién elige y a él le encanta la música clásica.

–Tengo abono y me encantaría llevarte.

–Perfecto, porque me encantaría ir.

–Me alegro.

Pues ya estaba, pensó feliz. Una cita normal. No tenía claro qué sentía por Norris o si, bajo sus nervios, había algo parecido a la atracción, pero al menos estaba haciendo lo que hacía el resto de la gente.

Norris se acercó más.

–A ver, estaba pensando que podríamos cenar y

seguir charlando. O, si te apetece, podríamos ir a mi casa y pasar al siguiente nivel.

Las palabras fueron tan inesperadas que, en un principio, Sunshine no entendió lo que él le estaba diciendo. Se quedó fría a la vez que le daba un vuelco el estómago y toda esperanza moría.

–Quieres que vaya a tu casa y me acueste contigo –dijo queriendo confirmar que no lo había malinterpretado. O tal vez esperando dejarlo impactado y que le dijera que no se había referido a eso.

Norris le lanzó lo que ella supuso que él imaginaría que sería una sonrisa sexi y pausada.

–Totalmente. Joder, Sunshine, eres una fantasía andante y viviente. ¿Cómo no iba a querer acostarme contigo? No puedo pensar en otra cosa.

A Sunshine se le saltaron las lágrimas, pero las contuvo. Se sacó veinte dólares del bolsillo y los dejó en la mesa.

–No –dijo con voz firme a pesar de estar temblando–. No. Yo no quiero eso.

Se levantó y fue hacia la puerta. Norris fue tras ella y la agarró del brazo.

–Espera. Mira, lo siento si he interpretado mal las señales. Primero te invito a cenar, si es lo que quieres.

¿Porque ese era su precio? ¿Lo que costaba una ensalada y un plato principal?

Se soltó y se marchó. El aparcacoches le llevó el coche. Mientras se subía, sintió la primera lágrima brotar. La siguió otra y después otra más.

Se las secó para poder ver y conducir. Una vez que se incorporó al tráfico, buscó un lugar seguro donde parar. Vio un supermercado delante y encontró aparcamiento en la parte trasera. Solo entonces se rindió a las lágrimas. Volcó todo su dolor y decepción en el llanto mientras se preguntaba qué había hecho mal y cómo iba a lograr ser más de lo que era. Se había vestido de forma conservadora, no había sido provocativa ni había hecho alusiones sexuales en su conversación. Norris le había parecido un tipo majo, pero no lo era. O tal vez el problema lo tenía ella. Tal vez debería dejar de esforzarse tanto en evitar lo inevitable.

Cuando se había quedado sin lágrimas, condujo a casa y entró. Connor y Declan estaban viendo una película. Los saludó con la mano pero siguió avanzando. Se puso unos *leggings* y una camiseta, se acurrucó en la cama y deseó ser otra persona.

Capítulo 13

Un par de horas después, el hambre llevó a Sunshine hasta la cocina. Había sobras de pollo y una bolsa de ensalada junto con un poco de aguacate y mezcla de quesos mexicanos. Solo tardó un momento en preparar la ensalada. Acababa de sentarse junto a la isla de la cocina cuando Declan entró.

–¿Estás bien? –preguntó metiéndose las manos en los bolsillos delanteros del vaquero–. Parecías disgustada al llegar a casa. ¿Ha pasado algo?

Ella contuvo las ganas de apartar la ensalada y ponerse a llorar otra vez, pero estaba claro que eso no era lo que querría Declan. Así que, en su lugar, esbozó una brillante sonrisa.

–Estoy genial. ¿Qué tal la noche con Connor? ¿Se ha divertido con su amigo?

–No tienes que contármelo si no quieres, pero estoy preocupado.

Y ella pensando que podría distraerlo, pensó con un suspiro.

–No ha pasado nada. Solo un asco de cita.

Él se sentó en el otro extremo de la isla.

–¿Quieres hablar de ello?

–No. Sí. Deja que te pregunte una cosa –dijo soltando el tenedor–. ¿Te acostaste con Iris en la primera cita?

–¿Qué? ¡No! –Declan carraspeó–. No.

–¿Se lo pediste? ¿Esperabas que pasase?

–No. ¿Es eso lo que ha pasado? ¿Se esperaba que te acostaras con él?

Las lágrimas amenazaron con brotar mientras ella asentía.

–No lo entiendo. Creía que era un tío normal y nunca pensé que los tíos normales contaran con que hubiera sexo después de una sola copa.

–Puede que algunos sí, pero la mayoría no. Siento que haya pasado así.

–Y yo –dijo ella mirándolo–. Encima, con el cuidado que he tenido con la ropa que me he puesto y lo que he dicho. No he flirteado ni nada. Solo quiero encontrar a alguien que tenga tanto interés por el resto de mi persona como por mis tetas y mi culo.

–Y esa otra parte –dijo Declan con un ademán.

Él estaba tan avergonzado y serio a la vez que ella no pudo evitar reírse.

–¿La palabra que buscas es «vagina»?

–No solemos pensar en ese término, pero sí.

–¿Así que nunca pensáis en plan «Venga, vamos, quiero meter mi pene en tu vagina»? –dijo ella haciendo el gesto de las comillas.

–No. Es más básico que eso, más visceral –contestó Declan, y añadió muy serio–: Siento que ese tío sea un capullo. Siento que te haya decepcionado, pero es lo que hacen los capullos. Algún día conocerás a alguien normal y agradable que te verá como una persona en toda su extensión.

–No tengo claro que exista esa clase de hombre.

–Pues existimos.

Sunshine quería creerlo, pero era complicado. No, era imposible.

–Estoy hartísima de ser solo un buen culo. Tengo personalidad. Se me dan bien los niños y me gusta más o menos la granja de hormigas. Eso debería importar. No soy buenísima en Matemáticas, pero aún es pronto y podría mejorar.

–Tienes mucho que ofrecer. De verdad que sí.

Había algo en el tono de Declan.

–¿Pero?

–Pero para algunos hombres puede ser complicado ver más allá de lo obvio.

–¿Crees que debería darle a Norris una segunda oportunidad?

–No. Pero creo que sí deberías darle una segunda oportunidad a un tipo que te guste de verdad. Por si acaso en el momento en cuestión estaba demasiado abrumado.

A Declan sí le daría una segunda oportunidad, pensó con anhelo. Si estuvieran saliendo, le daría muchas oportunidades. Aunque tampoco haría falta. En sus entrañas, y en muchas otras partes, sabía que él jamás la haría sentirse mal consigo misma. Él no le pediría sexo directamente. Él esperaría hasta que se conocieran y fuera algo que quisieran hacer los dos porque...

–Quiero enamorarme –susurró secándose las lágrimas–. Quiero ser el mundo de alguien y quiero que él sea el mío. Quiero cuidar de él, de nuestros hijos y de nuestras mascotas. Quiero tener un trabajo que me guste y hacer la colada y jugar a los bolos y planificar las vacaciones anuales. Quiero poner un árbol de Navidad con adornos hechos con palitos de helados. Quiero más granjas de hormigas.

–Vas a tener todo eso y más.

–No sé –dijo ella sorbiéndose la nariz–. Creo que me voy a quedar estancada con lo que tengo hasta que sea tan vieja que nadie quiera acostarse ya conmigo.

–Eso no va a pasar nunca. Estoy seguro.

–Gracias –dijo ella secándose la cara otra vez–. Has sido muy amable y te agradezco tus bonitas palabras –añadió sonriendo como pudo–. Y el punto de vista sobre lo de la vagina.

–Lo siento muchísimo, Sunshine. No te merece.

–Lo sé. Me da igual él, pero es que tenía muchas esperanzas puestas.

Agarró la ensalada y se la llevó a su habitación. Cerró la puerta. Por un segundo pensó en bajar corriendo y pedirle a Declan que la abrazara, pero solo porque un abrazo le vendría muy bien, no por ninguna otra razón.

Seguro que abrazaba muy bien; que era de esos que te agarraban y no te soltaban. Lo había visto abrazar a Connor y ahí no había nada de esas chorradas de abrazos distantes e insignificantes.

Pensó en la lista de lo que quería que había enumerado hacía unos minutos y añadió mentalmente unos buenos abrazos. Luego dejó la ensalada y se acurrucó en la cama. Se rindió a las lágrimas y la tristeza mientras se preguntaba cuánto de lo que le estaba pasando era culpa suya y cuánto se debía a la maldición de la familia Baxter. Después de cuatro generaciones, ni una sola relación romántica había triunfado. Menuda mierda, ¿no?

–Tienes una entrega –dijo Edna–. Las cajas son más grandes de lo que quiero levantar. El repartidor las ha dejado en el vestíbulo.

Como siempre, Alec tardó un par de segundos en recorrer la distancia mental desde el mundo antiguo donde pasaba la mayor parte del día a los tiempos modernos.

–Anda, han llegado los documentos. Genial. Gracias, Edna. Ya me ocupo yo de ellos.

La mujer asintió y se marchó. Alec guardó las notas y luego miró el reloj del despacho. Eran casi las cuatro de la tarde. Hacía un rato que no oía ni a Margot ni a su madre, así que era posible que hubieran acabado las clases por hoy.

Sacó el teléfono y escribió a Margot.

Si has terminado con Bianca y tienes un momento, acabo de recibir varias páginas antiguas. A lo mejor te apetece venir a ver cómo se manipulan.

Ella solo tardó un segundo en responder.

Voy para allá.

Aunque sonriendo, Alec tuvo que reconocer lo ridículo que era estar enviándole un mensaje a alguien en su propia casa, pero así funcionaban las cosas hoy en día. Además, tampoco es que ella fuera una amiga que había ido de visita durante unas semanas. Era la asesora de su madre. Que estuviera alojada en su casa era solo por cuestiones prácticas.

Pensó en lo mucho que le había preocupado en un principio la intrusión de su madre y de Margot, pero, sorprendentemente, ninguna le estaba molestando nada. Su madre estaba siempre o con Margot o con Wesley, y Margot no era una persona entrometida.

Si tenía que ser sincero consigo mismo, debía admitir que le gustaba tenerla en casa. Le gustaban sus desayunos, en los que básicamente comentaban las noticias del día. Le gustaba encontrársela en horas intempestivas y esas comidas improvisadas que hacían juntos. Le gustaba hablar con ella, reírse con ella y mirarla.

Oyó las pisadas de Margot sobre el suelo de piedra mientras ella se dirigía a su despacho. Algo parecido a la ilusión creció en su interior y lo puso de pie. De pronto tuvo la insólita idea de besarla al verla. Y no solo en la mejilla. Debería llevarla a sus brazos y besarla con toda la pasión que tenía acumulada dentro.

El pensamiento fue tan intenso, tan inesperado, que de pronto vio que no podía moverse. Margot se detuvo en seco justo en la puerta del despacho.

–¿Estás bien? –le preguntó preocupada–. ¿Te pasa algo?

–Estoy bien –dijo él automáticamente antes de echar mano de la mentira más práctica–. Alergias.

–Vaya. Pueden ser horribles. ¿Te encuentras lo bastante bien para ojear los documentos antiguos o quieres esperar?

–Estoy bien. No será ningún problema.

–Vale. ¡Qué emocionante! ¿Son antiguos antiguos o solo un poco?

Su entusiasmo lo hizo sonreír.

–No estoy seguro. Vamos a averiguarlo.

Ella llevaba un vestido gris claro que se le ceñía a la cintura y luego caía en vuelo justo por debajo de la rodilla. Los zapatos eran planos y, una vez más, tenía el pelo recogido en una cola de caballo. Era la prudencia personificada y, aun así, tenía una elegancia y una sensualidad de fondo que eran una distracción constante. Le hacía sentir cosas, y él era un hombre que prefería tener el control en todo momento. Pero con eso no quería decir que ella tuviera culpa de las reacciones que le provocaba. No, él no era uno de esos cretinos que culpaban a los demás de sus reacciones.

Alec se dirigió a la parte frontal de la casa. Había tres paquetes junto a la puerta. Eran grandes y estaban etiquetados como frágiles.

Abrió la puerta del armario de los abrigos y sacó la carretilla plegable que guardaba ahí. Después, no

sin poco esfuerzo, colocó encima las sorprendentemente pesadas cajas para poder llevarlas a la sala de
archivo.

–Tengo mucha curiosidad por ver que tenemos
aquí –admitió ella–. Qué divertido.

Necesitaron dos viajes para transportarlas. Una
era bastante más grande y pesada que las demás.

Una vez que las cajas estuvieron en la sala de archivos, Alec cerró las puertas y conectó el sistema de
filtración que tenía instalado. Margot abrió los ojos
de par en par.

–Suena como si hubiera un ventilador enorme gi-
rando en alguna parte –dijo sonriendo–. ¿Debería
preocuparme que unas esporas antiguas me convier-
tan en un monstruo momia?

–Probablemente no. Viendo el peso y el tamaño
de las cajas, supongo que lo que tenemos son   papiros previamente montados. Habrá que reubicarlos
antes de que sufran más daños.

La sala de archivos tenía armarios en dos paredes
y una mesa de trabajo gigantesca en el centro. Unas
bombillas especiales diseñadas para no dañar las delicadas fibras proporcionaban una luz excelente. Había un lavabo y todas las herramientas y suministros
que necesitarían.

Juntos subieron la caja más grande encima de la
mesa. Él fotografió la caja y la etiqueta de envío, y luego anotó la fecha y la hora para futuras referencias.
Después de abrirla, sacó el material protector y, a
continuación, unas carcasas de vidrio con pinta de
antiguas.

–Lo que me imaginaba –dijo él–. Fragmentos de
papiros. El papiro no es papel tal como lo imagina-
mos. Las hojas de papiro se hacen colocando láminas
finas del interior del tallo para que se superpongan.
Una vez hecho eso, las hojas se golpean con un

martillo, se prensan, se ponen a secar y se tratan con un apresto o encolado. Es un proceso laborioso, como podrás imaginar.

Él dejó las carcasas en la mesa.

–¿Ves que hay dos capas de cristal unidas por esparadrapo?

Ella asintió.

–Aunque este método anticuado ofrece cierta protección al papiro, también tiene sus inconvenientes. El papiro puede pegarse al cristal, dañándose y dañando la tinta.

Él señaló una mancha grisácea dentro del cristal.

–Eso lo provoca el cloruro de sodio, que es básicamente sal.

–¿Sal? ¿Y cómo se ha metido ahí? ¿El Nilo tiene agua salada o agua dulce?

Margot levantó una mano.

–Espera. Tiene que ser agua dulce. Es fuente de agua potable para la zona. Así que, ¿de dónde sale la sal?

–Del propio papiro y de la sal de la tierra donde estuvieron enterrados. No hay una única fuente directa.

–¿Qué vas a hacer para protegerlos?

–Los voy a reubicar. Yo me ocuparé de las páginas más significativas y les enviaré el resto a los alumnos de posgrado.

Ella se rio.

–¿Trabajo gratis?

–Totalmente.

Abrieron las otras dos cajas. Había más carcasas de cristal con papiros dentro, pero en la caja más pequeña encontraron unas latas llenas de polvo, desgastadas y selladas.

–¿Qué son? –preguntó Margot–. Parecen antiguas.

–Tendrán entre setenta y ochenta años. Algunas

pueden datar de los años 20 -dijo dándole una-. El papiro está dentro. Son papiros que no ha visto nadie desde que se descubrieron originariamente en Egipto y se metieron en estas latas para proteger el papel. No tenemos ni idea de lo que dice ni de qué reinado es.

Ella le sonrió.

-Por favor, por favor, ¿puedo estar aquí cuando abras uno? Prometo que no molestaré ni haré nada.

-Claro. Primero tengo que ver los que me han mandado en cristal y luego abriré las latas.

-Tienes una profesión extraordinaria.

-No mucha gente estaría de acuerdo contigo.

-Pues toda esa gente se equivoca -dijo Margot señalando uno de los papiros metidos en cristal-. Dime qué dice ese.

Él bordeó la mesa hasta situarse enfrente y después estudió los antiguos jeroglíficos.

-¿Ves esto de aquí? Es el dios del sol, Ra. Era el más adorado de todos los dioses.

Le explicó por qué y le habló de los dioses egipcios más importantes.

-Casi todas las religiones antiguas mantienen una leyenda de una inundación catastrófica, igual que lo que nos cuentan a nosotros en lo que conocerás como el Antiguo Testamento. Pero en el antiguo Egipto no hay ninguna historia así.

-No lo sabía -dijo ella tocando el polvoriento cristal-. Haces que todo esto suene muy emocionante. Sé que te encanta tu trabajo y espero que no me malinterpretes, pero habrías sido un profesor estupendo.

-Lo dudo. Puedo divagar sin parar. Pregúntale a mi madre.

-No me hace falta. Te he oído divagar y me parece fascinante.

Ella estaba lo bastante cerca como para que él pudiera inhalar el aroma de su cuerpo, con un trasfondo de vainilla. ¿Sería crema corporal? ¿O un champú? De nuevo quiso saber cómo estaría con el pelo suelto y cayéndole alrededor de los hombros. Quería verla desnuda e inclinándose hacia él mientras los dos...

Con brusquedad apartó a su mente de esa imagen. «Control», se recordó. El control era su forma de sobrevivir. Sin control había caos y entonces todo estaba en peligro.

–Gracias por compartir esto conmigo –le dijo ella.

«Los papiros», se recordó él. Nada más. Se quedaría horrorizada si supiera en lo que había estado pensando él.

–De nada. Fijaremos una fecha para abrir las latas.

–¡Qué ganas! ¿Tengo que ponerme guantes especiales y mascarilla? Di que sí, por favor, aunque no haga falta.

Él soltó una risita.

–Tendrás que ponerte guantes. Lo de la mascarilla es opcional.

Ella lo sorprendió agarrándole la mano y estrujándole los dedos.

–Estás haciendo que me divierta como nunca en mi vida.

–Pues entonces necesitas salir más.

–No digas eso. Esto es una maravilla.

Margot le soltó la mano.

Y por razones que Alec no tenía claras, se vio obligado a decir:

–A Zina, mi exprometida, el proceso de reubicación le resultaba tedioso.

–Era idiota.

Él miró el papiro cubierto por la carcasa de cristal y la miró.

–Me engañó cuando estábamos prometidos. Por eso acabó todo. No fue ella quien me lo contó. El otro hombre, un alumno de posgrado, vino a contármelo.

Margot se quedó mirándolo horrorizada.

–Lo siento. Qué espanto. Sé que todo el mundo dice que es mejor saberlo antes de la boda, pero, aun así, me parece terrible que te hiciera algo así.

Arrugó la boca y añadió:

–En tu vida ha habido mucha traición. Ojalá tuviera algo brillante que decir para hacerte sentir mejor, pero no lo tengo.

–Gracias. Como imaginarás, rompí la relación con ella de inmediato. Poco después, mi tío abuelo murió y me dejó la casa.

Alec quería decir más. Quería decirle que lo que pasó no le producía ningún dolor. Que había pasado tanto tiempo que podía mirar atrás y preguntarse por qué se le habría ocurrido que la relación podría funcionar. Quería decirle que ya no confiaba en mucha gente, pero que creía que tal vez ella, Margot, podría ser alguien a quien podría dejar rebasar los portones emocionales que él mantenía firmemente alzados. Pero hacía tanto tiempo que no expresaba sus sentimientos con nadie que no estaba seguro de por dónde empezar.

–Me alegro de que no viviera aquí –dijo Margot.

–Y yo.

–Qué pena que no sepamos hacerle una muñeca de vudú. Podríamos atravesarla una y otra vez con una aguja enorme.

Él enarcó las cejas.

–Qué vengativa. Jamás lo habría imaginado.

–Tengo mis momentos. Pero, bueno, ya vale de hablar de exnovias. He visto sobras de pollo en la nevera y un paquete de tacos crujientes en la despensa. Propongo que tú nos prepares una buena jarra de margarita y yo haga los tacos. Puedes engatusarme con todo lo que sabes sobre el antiguo Egipto mientras te escucho con atención y maravillada por lo brillante que eres. ¿Qué te parece?

–Que me llevo la mejor parte del trato.

–La verdad es que no, pero me alegra que lo veas así. Venga. Es hora del tequila.

Ella salió de la sala de archivos y él cerró la puerta con llave para que el servicio de limpieza no entrara ni descolocara nada.

Margot era especial. No solo preciosa e inteligente, sino también amable. Tenía una bondad que no era habitual. Él quería...

Quería mucho. Sexo, por supuesto, aunque también otras cosas. Intimidad, tal vez. Pero si la dejaba entrar en su mundo, lo alteraría. Sin duda. Y las alteraciones eran peligrosas. Por mucho que él quisiera creer que no tenía nada de su madre, sabía que, por algún rincón, debía de tener algo de su esencia genética esperando a destruir la vida que con tanto cuidado se había construido. Pero no lo permitiría.

Y, además, tampoco es que tuviera que preocuparle que eso fuera a pasar a corto plazo. Por mucho que Margot supusiera una importante tentación, lo cierto era que él no tenía ni idea de lo que ella pensaba de él. Teniendo en cuenta su mala suerte en lo que respectaba a las mujeres, seguro que lo vería como a un tío viejo y chocho, tan asexual como una lámpara.

Mejor ser el profesor brillante. Cualquier otra cosa supondría un riesgo demasiado grande.

Como la mayoría de los hombres, Declan no quería problemas que no pudiera resolver. ¿Apañárselas para cruzar un río embravecido? Claro. ¿Vencer a una flota de vikingos saqueadores? Por supuesto. ¿Pero devolverles la risa a los preciosos ojos de Sunshine o borrar el motivo por el que estaba decaída? No sabía cómo, y eso no le gustaba ni un pelo.

Intentó decirse que no era problema suyo. Que tenía que ser ella la que superara lo que le había hecho el gilipollas de Norris y siguiera adelante. Pero pensarlo no lo hizo sentirse mejor y, al descartar cualquier clase de intervención, se quedaba con demasiada energía acumulada y ningún lugar donde volcarla.

El sábado por la mañana la solución más sencilla pareció ser pagar sus frustraciones con el jardín. Llevaba tiempo queriendo deshacerse de unos setos. Condujo hasta el garaje donde su empresa guardaba el equipo de jardinería y volvió a casa con una camioneta de buen tamaño y todas las herramientas que necesitaría.

A las nueve, estaba dándole caña al trabajo. A las diez, medio seto había desaparecido y él tenía la ropa empapada en sudor. Eso no le importaba; en cambio, sí que le importaba no ser capaz de sacarse a Sunshine de la cabeza.

¿Qué tenía esa chica? Después de casi un año sin querer estar con nadie, ¿por qué tenía que desearla con esa desesperación que lo dejaba sintiéndose tanto poderoso como absurdo? ¿A eso se había referido Iris cuando intentó explicarle su aventura?

Aún recordaba el impacto que se llevó cuando ella le contó que había otro. Él no había tenido ni idea, había pensado que eran felices juntos. Sí, claro, había habido algunos parones en la relación cuando estaban muy ocupados y Connor requería toda la atención que les quedaba, pero ¿no le pasaba eso a todo el mundo? No todas las relaciones eran perfectas a cada segundo.

Pero Iris no lo había visto así. Qué serena había estado mientras le había contado que estaba con alguien y que era serio. Que no tenía claro que fuera amor, pero que la pasión entre ellos no tenía nada que ver con nada que hubiera experimentado nunca.

Él se había enfadado muchísimo, no había podido creerse que su mujer fuera a tirar por la borda algo tan importante como un matrimonio solo por el placer fugaz de una pasión. Ella le había dicho que sus sentimientos la consumían y él había reaccionado con desprecio. Se había mostrado desdeñoso mientras luchaba contra una rabia que no podía llegar a explicar.

Luego, cuando habían intentado volver a hablar del tema, él había querido saber si iba a abandonarlo. Iris lo había sorprendido al decirle que no estaba segura de querer perder su matrimonio. En aquel momento él había estado a punto de echarla de casa, pero, por razones que aún no podía explicar, no lo había hecho. Probablemente porque no había querido provocarle ese trauma a Connor y tal vez en parte porque él tampoco había querido enfrentarse a ello. No si al final las cosas iban a salir bien.

Así que habían seguido haciendo vidas separadas durante casi un mes, y entonces ella había ido a hablar con él y le había dicho que se había acabado. Que su apasionado amante y ella habían terminado y que ya no estaban juntos. Que esperaba que Declan y ella pudieran arreglar su matrimonio y salir reforzados de la experiencia.

Él había seguido enfadado. Le había dicho que tardaría en superarlo todo y ella le había dicho que lo entendía. Lo que Declan no había sabido entonces era que ya la habían diagnosticado de cáncer. Lo que no había sabido era que Iris le había contado lo de la enfermedad a su amante, que él la había abandonado y que ella, para no quedarse sola, había decidido volver con Declan. No había sabido que Iris había elegido al otro hombre y que, cuando no le había funcionado, había decidido conformarse con él.

Siguió cortando el seto, arrancando raíces y lanzándolas a un montón cada vez más grande.

Ella no le había dicho ni una palabra de su enfermedad. Declan se había fijado en que estaba perdiendo peso, pero había dado por hecho que sería porque echaba de menos al otro. Y tal vez en parte había sido así, aunque estaba segurísimo de que había sido sobre todo por el cáncer.

Había pasado más tiempo. Unos meses. Poco a poco su rabia se había ido disipando hasta poder analizar lo que habían tenido y ver que eso no debería haberle bastado a nadie. Había entendido que no estaban bien y que, para mejorar las cosas, para que su matrimonio se mantuviera fuerte, los dos tendrían que cambiar. Le había dicho que estaba dispuesto a darle otra oportunidad a la relación y, en respuesta, ella le había dicho que se estaba muriendo.

En su cabeza Declan entendía que Iris hubiera esperado. No había querido que él la aceptara solo porque estaba enferma. Pero en su corazón, en su alma, en sus entrañas, que ella hubiera ocultado esa verdad era la mayor de las traiciones. Mucho más que haberse acostado con otro. Debería haberle contado la verdad en cuanto supo que no iba a sobrevivir. Y no lo había hecho.

Al llegar al extremo del seto, se giró y miró la destrucción. La tierra fértil y oscura contrastaba con la hierba verde. Sabía qué quería plantar ahí. Connor y él se ocuparían el siguiente fin de semana. Igual que se habían aferrado el uno al otro al morir Iris. Connor lo había ayudado a seguir adelante durante meses, pero ahora Declan estaba dispuesto a admitir que necesitaba seguir con su vida.

La puerta trasera se abrió y Sunshine salió con un vaso alto de plástico en cada mano. Hacía sol y debían de estar a unos veintidós grados. Llevaba unos pantalones cortos y una camiseta. Ninguna de las prendas era ceñida, ninguna era provocativa lo más mínimo, y aun así él solo podía pensar en que la deseaba con desesperación. No solo deseaba lo que no podía tener, sino que deseaba a una mujer para la que el deseo era doloroso. Paradojas de la vida.

Ella sonrió al acercarse.

—Qué ocupado has estado esta mañana.

—He estado posponiendo el trabajo demasiado tiempo. El seto se estaba descontrolando.

Ella le dio un vaso.

—Agua, porque seguro que estás deshidratado. ¿Te has echado protector solar?

—Sí.

Él agarró el vaso y se lo bebió de un trago. Ella le dio el otro.

—Limonada de fresa. La hemos hecho Connor y yo con la Vitamix. Nunca la había usado. Es una pasada. Creo que me he enamorado.

—Qué raro, incluso tratándose de ti.

—Ya —dijo ella con el vaso vacío—. Bueeeeno, pues... Connor ha quedado para jugar con Elijah. Sé lo que dijiste, pero sigo pensando que deberías plantearte conocer a su madre. Creo que Phoebe y tú os llevaríais bien.

Él no quería otra mujer. Quería a Sunshine. Pero, independientemente de que ella no quisiera relaciones fugaces y que él ya no supiera lo que era el amor, debía tener en cuenta que era la niñera de su hijo y que, por lo tanto, era terreno prohibido.

Llevaba un año sin relaciones sexuales y probablemente ya iba siendo hora. En serio, ¿qué era lo peor que podía pasar?

Respiró hondo y se encogió de hombros.

—Claro. La conoceré.

Sunshine le lanzó una sonrisa que por poco no lo hizo arrodillarse.

–¡Ay! Qué emocionante. Voy a organizar algo ahora mismo.

Sunshine volvió corriendo a la casa. Su sincero entusiasmo dejaba claro que no estaba ni celosa ni preocupada lo más mínimo. Y mientras él ahí, deseándola en secreto. Sí, la vida era paradójica y también un poquito cabrona.

Capítulo 14

Margot bajó de la bici y por poco no se cayó redonda al suelo. La clase de *spinning* siempre era tremenda, pero esa tarde parecía como si la instructora tuviera ganas de sangre.

De camino a su taquilla, pasó por delante de un tipo que estaba vomitando en una papelera. Se le revolvió el estómago. Agua, se prometió. Se bebería la botella que había llevado y luego se bebería otra más al llegar a casa. Después, se aseguraría de que todo estaba en orden en su piso, se ducharía, se cambiaría, almorzaría con su hermana, recogería más ropa y volvería al monasterio. Sabía que Bianca iba a salir con Wesley, así que a lo mejor a Alec le apetecería pasar un rato con ella por la tarde.

Se puso el calzado de calle y agarró el bolso. Aún sonriendo ante la idea de pasar un rato con Alec, fue al coche. Le sonó el teléfono justo cuando abrió la puerta.

Miró la pantalla.

–¡Hola, Kiska! Cuánto tiempo sin saber de ti. ¿Cómo va todo?

–Bien. Con mucho lío. Dax no para de viajar y yo me ahogo en deberes que tengo que corregir. Estamos pensando en tener un perrito, pero no sé. Los dos trabajamos.

Kiska era profesora de Primaria en la zona de la Bahía y su marido era comercial. Margot los conocía a los dos desde la universidad.

–Tener un cachorro sería una complicación. He oído que se mean y se cagan mucho.

–Eso he oído yo también. A lo mejor un gatito sería más sencillo.

–A lo mejor.

Margot arrancó el coche y esperó a que el Bluetooth se conectara. Una vez que la llamada se puso en manos libres, guardó el teléfono en el bolso.

–¿Tenéis pensado venir pronto a LA? Me encantaría verte.

–A mí también me encantaría verte. No tenemos nada planeado. ¿Por qué no te vienes a pasar algún fin de semana conmigo? Podríamos planificarlo para cuando no esté Dax y hacer fin de semana de chicas.

–Me encantaría. Podemos buscar fecha cuando acabe con el trabajo con el que estoy ahora. Estoy interna, así que ahora sería complicado salir.

–Me parece un planazo. Em... por cierto... He hablado con Dietrich.

Margot acababa de agarrar su botella de agua. La metió en el portabotellas y agarró el volante. Seguía en la plaza de aparcamiento, así que no tenía que preocuparse de centrarse en conducir.

–Kiska, no. No y punto.

–Te echa de menos. Me lo ha dicho.

–Siempre dice que me echa de menos y luego aparece y me destroza la vida. Estoy harta de él. Se acabó. Por favor, por favor, no le des ninguna información sobre mí. No quiero hablar con él.

–Ha cambiado.

–No.

–Ha madurado. Tiene su propio negocio y está teniendo mucho éxito. Hacíais una pareja tan mona.

–No es verdad. Me hace mal o yo me hago mal a mí misma cuando estamos juntos. Da igual una cosa o la otra. Lo digo en serio, Kiska. No le des mi número. He acabado con él. He pasado página.

–Si estás segura...

–Lo estoy. Muy muy muy segura.

–Vale. No le diré nada, pero creo que se merece otra oportunidad.

–Ha tenido como dieciséis. Se le han acabado las oportunidades.

–Tú misma. Tengo que colgar. Avísame cuando tengas un finde libre y planeamos algo, ¿vale?

–Perfecto. Hablamos pronto.

Colgaron. Margot respiró hondo un par de veces.

Dietrich... qué pesadilla. Era justo lo último que necesitaba en su vida. Y, ahora que caía, no había estado pensando nada en él. Se rio a carcajadas. ¿Por fin había pasado? ¿De verdad se había olvidado de él de una vez por todas? ¡Era un milagro!

–Sabes que acabo de quemar quinientas calorías en la clase de *spinning* –refunfuñó Margot mientras se servía un nacho.

–Razón de más para ponerte hasta arriba de comida mexicana –dijo Sunshine sonriendo–. Además, me tocaba a mí elegir restaurante, así que te aguantas, señorita.

Margot miró el guacamole como si estuviera intentando decidir si merecía la pena. Sunshine esperó. Sabía perfectamente lo que iba a pasar. Su hermana vacilaría, gruñiría y luego mojaría.

–Valoro mucho que hagas el esfuerzo –dijo Sunshine.

Margot suspiró antes de mojar en el guacamole.

–Siempre acabo cediendo. Algún día yo tendré el poder.

–Pero no sobre los aguacates, cielo. Además, son grasa de la buena.

Margot se rio.

–Estás muy contenta.

–No. Estoy bastante disgustada, pero lo disimulo. ¿A que se me da bien?

Margot se quedó mirándola.

–No estás de coña. ¿Por qué no me he dado cuenta antes? Lo siento. Cuéntame qué ha pasado.

–Nada –dijo Sunshine satisfecha de que sus penosas habilidades interpretativas estuvieran mejorando. Ya que, excepto en el trabajo, ahora mismo su vida iba de mal en peor, daba gusto saber que podía fingir que todo iba bien aunque no lo fuera.

–Nada importante. He tenido una cita con un tío que me parecía majo y ha resultado un gilipollas. Sigo sin entender nada en clase de Matemáticas, aunque pronto tendré mi primera sesión con el asistente técnico, así que a lo mejor eso me ayuda.

–Cuéntame lo de ese chico.

–Ni hablar. No se merece que hablemos de él. Y aprobaré las Matemáticas.

Eso lo tenía claro. Aunque tuviera que repetir la asignatura quince veces, iba a aprobarla.

–Me encanta mi trabajo –dijo con firmeza–. Connor es un encanto y Declan... –vaciló al no saber qué decir sobre el buenorro de su jefe–. Declan se está convirtiendo en un amigo. Lo respeto y lo admiro.

Que era mucho más políticamente correcto que decir que de vez en cuando deseaba que se hubieran conocido en otras circunstancias.

–Me pareció un tipo estupendo –dijo Margot–. No pude hablar mucho con él en la cena, pero la impresión que me llevé fue muy positiva. ¿Alguna posibilidad de que quieras salir con él?

Sunshine fulminó a su hermana con la mirada.

–¿En serio? Trabajo para él. Soy su niñera. Sería de mal gusto y, desde luego, una violación de mi código ético personal. No, imposible. ¿Y si las cosas salieran mal? Lo perdería a él y también a Connor y mi empleo. Y entonces me quedaría sin nada y tendría que empezar de cero. Sería un desastre.

En lugar de disgustarse, Margot simplemente sonrió.

–Ajá. En ningún momento has dicho que sea porque no te interesa.

Sunshine se sonrojó, y lo notó.

–Es que no me interesa.

–Demasiado tarde.

De verdad que Sunshine no tenía ni idea de qué decir. Declan no le interesaba en ese sentido. Era imposible. Solo de pensarlo veía la palabra «desastre» escrita por todas partes.

–Te demostraré mi amor por ti cambiando de tema –dijo Margot con tono animado–. ¿A que no sabes quién intenta encontrarme?

–¡No! ¿Pero qué le pasa a ese hombre? Lo siento. ¿Qué vas a hacer?

–Se ha puesto en contacto con Kiska y ella cree que debería darle otra oportunidad.

–¿Le has dicho que ya le has dado veinte?

–Sí, pero aquí viene la parte buena –dijo Margot inclinándose hacia ella–. Me da igual que quiera verme. Me da igual que no me haya llamado a mí. No estoy aliviada, no estoy disgustada, no estoy preocupada, no estoy nada.

–¡Hala! Lo tienes superado.

–Superadísimo.

Margot levantó su vaso de té helado. Sunshine hizo lo mismo. Brindaron y se sonrieron.

–Las hermanas Baxter somos lo más –dijo Sunshine con firmeza.

–Cómo lo sabes, hermana. Cómo lo sabes.

* * *

A Alec no dejaban de impresionarle las similitudes que había entre la vida de hacía seis mil años y la vida actual. Las familias, independientemente de la era, se preocupaban por los hijos y por el futuro. Había amenazas de guerra, la enfermedad y el daño se llevaba a seres queridos sin previo aviso, y las épocas de los humanos iban acompasadas con las épocas de la tierra.

Había estado trabajando en una traducción sobre la que no había consenso. Él tenía una copia del texto original junto con dos traducciones distintas. En lugar de compararlas, primero había traducido el texto él mismo. Luego compararía las tres y decidiría cuál era la mejor.

La obra, un poema del 2232 antes de Cristo, era sencilla pero emotiva. Un hombre al final de sus años rememoraba su vida, tanto sus errores como sus victorias. Había sido un guerrero hasta que una lesión se lo había impedido, y entonces había formado una familia. Dada su experiencia en la batalla, había visto las cosechas de forma distinta a los «criados en la tierra», como había expresado en su poema. Había sido el primero de su aldea en sugerir lo que los agricultores de hoy llamarían «rotación de cultivos». Además, había inventado formas inteligentes de mantener alejados pájaros, conejos y otras criaturas que comían demasiado y ofrecían poco a cambio.

Por entonces la vida había sido más sencilla, pero no tan distinta. Los niños seguían soñando con convertirse en hombres fuertes y realizar actos valientes. Seguían queriendo ganarse el corazón de la bella doncella, por mucho que esa definición pudiera haber cambiado con el tiempo.

Tras hacer algunas anotaciones en el margen de

su documento, Alec se había recostado en la silla y se había estirado. Cuando terminara el análisis, metería el poema en un programa informático que le ofrecería una traducción algo más prosaica y le daría así un cuarto punto de referencia. Aunque al programa a menudo se le escapaban los matices de las obras antiguas, a veces ofrecía una elección de palabras notable que podía ser un punto de partida para un cuarto estudio.

Acababa de agarrar el bolígrafo cuando Bianca, con aire despreocupado y un jarrón lleno de flores, entró en su despacho.

–Hola, cariño –dijo sonriéndole–. ¿Te acuerdas de cuando eras pequeñito y estabas todo el rato dándome flores? No sé por qué estuve pensando en eso el otro día. ¿Te acuerdas de aquella señora mayor que vivía a nuestro lado? ¿La señora Pearce? Te pasabas la vida en sus jardines y ella me llamaba gritando porque le robabas las flores. Tendrías cinco o seis años y se enfadaba muchísimo.

Bianca dejó el jarrón en el aparador y se sentó en una de las sillas frente al escritorio. Su sonrisa era pícara.

–Yo te decía que a ella le encantaba que arrancaras flores de su jardín y que deberías darle algunas como agradecimiento.

–No me acuerdo de nada de eso.

Aunque tampoco dudaba que hubiera pasado. Su madre era justo la clase de persona que lo mandaría de vuelta a la escena del crimen para volver a cometerlo.

–La bruja se quedó encantada –dijo Bianca riéndose–, conmovidísima por tu dulce gesto. Después ya no pudimos librarnos de ella. Empezó a preocuparme que se colara en casa por la noche y te raptara para quedarse contigo.

–Dudo que eso te preocupara de verdad.

–Te equivocas. Eras el niñito más dulce del mundo.

No fueron unas palabras diseñadas para hacerlo sentirse cómodo. Él desvió la mirada hacia el jarrón.

–Son preciosas. Gracias.

–Me he asegurado de no arrancar ninguna venenosa. Al menos estoy bastante segura de haber tenido cuidado.

Bianca se miró las manos, las levantó y se las enseñó por arriba y por abajo.

–Nada de sarpullido.

–Declan tiene mucho sentido del humor en lo que respecta a las plantas.

No es que pusiera nada que fuera letal de verdad, pero sí que había unas cuantas especies con las que había que tener cuidado.

Alec volvió a centrar la atención en su madre, que estaba cómodamente sentada en la silla y sin dar señales de ir a marcharse. Él se rindió a lo inevitable.

–¿Te gustan tus clases?

–Ahora están mucho mejor. Margot y yo hemos llegado a un entendimiento. Me va a llevar a un concurso de belleza. Nunca he estado en ninguno. Los he visto por televisión, claro, pero esto será distinto. Las concursantes son más pequeñas. De secundaria, creo.

–¿Cuál es la finalidad del ejercicio?

Bianca hizo un ademán con la mano.

–Algo sobre no sé qué. No estaba prestando mucha atención. Volverá a explicármelo cuando vayamos. Es muy rigurosa para esas cosas. Y también estamos buscando algún tipo de evento donde pueda practicar mis habilidades sociales. Está intentando meterme en uno benéfico, pero yo he estado pensando que debería ser algo más atrevido.

Alec sintió el inicio de una jaqueca.

–¿Más atrevido?

–Sí, como una recaudación para una campaña política. Ahí la gente no muestra su mejor comportamiento. Me atraería más. Además, Wesley trabaja para un gobierno, no para una organización sin ánimo de lucro.

Su madre tenía razón, lo cual siempre era aterrador.

–¿Cómo está Wesley? –preguntó él esperando cambiar de tema.

–De maravilla. Es el hombre de mis sueños. Estamos inmensamente felices. ¿Qué te parece Margot?

Como siempre le pasaba con su madre, tardó un segundo en reaccionar.

–No –dijo con firmeza al entender a qué se refería–. No y no.

Su madre esbozó una sonrisa petulante.

–Es preciosa de un modo sutil, algo que imagino que te atraerá. Es inteligente y sensata. Creo que haríais muy buena pareja.

–No. No te metas en mi vida personal.

–Tú no tienes vida personal, y es exactamente a lo que voy. Margot es un encanto. Que yo sepa, no está saliendo con nadie. Sé que esto quebranta tu norma de tener relaciones sexuales en tu propia casa, pero, cariño, por favor, necesitas una mujer. Y tienes una justo delante de tus narices.

Volvió a sonreír.

–Por así decirlo.

–Para. Para de una vez.

–Seguro que ella diría que sí. Por lo que sé de un par de tus anteriores amantes, eres muy considerado en la cama y muy habilidoso en lo que respecta al orgasmo femenino, así que no hay que preocuparse por nada en ese sentido.

Alec ni siquiera estaba impactado. Y suponía que

eso era lo peor de todo, no estar impactado lo más mínimo. Lo que estaba viendo era, como siempre, su madre en acción. Sin más.

–No pienso dejar que me lleves por ahí.

Ella se levantó y le guiñó un ojo.

–Vale, cariño, pero que te lleve alguien. Mira, yo solo te digo que está ahí arriba. Arriésgate a ver qué pasa.

Él señaló a la puerta. Bianca se rio mientras salía y lo dejaba solo. Pero la serenidad y el consuelo de la soledad se habían esfumado. Ahora solo podía pensar en Margot y en el escenario más que probable de que su madre hubiera tenido una conversación similar con ella.

Sunshine llegó a la tutoría con quince minutos de antelación. Se impartía en un aula pequeña con solo unos quince pupitres. Ya estaban colocados en círculo, así que ocupó uno junto a la puerta y sacó su gigantesco libro de texto y los deberes.

Iban por la lección tres, estudiando gráficas y funciones, y la cosa no iba bien. Entendía cómo se reescribía una ecuación para formar una ecuación lineal, pero seguía sin encontrarle sentido a lo de las gráficas. La profesora ya había hecho una recogida sorpresa de deberes y Sunshine había aprobado, pero solo había sacado un aprobado raspado en el primer examen, y había sido desalentador. ¿Se había pasado dos días estudiando y no había podido hacerlo mejor?

El aula se llenó. Dieron las dos, pasaron las dos, y ahí no había ningún asistente técnico. Al final, a las dos y diez, un chaval con aspecto desaliñado que tendría veintitantos entró tranquilamente.

–Ey, ¿qué pasa? –dijo dejándose caer en la silla del último pupitre y bostezando–. A ver, gente, soy Ron.

Soy estudiante de posgrado de la UCLA y solo hago esto por dinero. Tenéis treinta minutos, así que mejor no perdamos el tiempo. Haced vuestras preguntas y a ver si podéis salir del paso con lo que yo llamo «matemáticas de refuerzo».

Sunshine vio asombro en la cara de los demás alumnos. Seguro que ella estaba igual de pasmada. Ron volvió a bostezar.

–Tic, toc. ¿Alguna pregunta? ¿Alguien? ¿Bueller? ¿Bueller? –se rio–. ¿Lo pilláis? De *Todo en un día*. ¿No? Pues nada.

Miró a Sunshine.

–Ey, ¿quién eres?

–Una de tus alumnas de matemáticas de refuerzo –dijo ella con brusquedad–. Hemos venido porque necesitamos ayuda.

Al notar que se estaba sonrojando, Sunshine miró a otro lado mientras se preguntaba si debería marcharse.

–Yo tengo una pregunta –dijo una mujer–. No entiendo muy bien la representación gráfica.

–Pues claro que no la entiendes –dijo Ron levantándose y dirigiéndose a la pizarra–. Léeme un problema.

Cuando la mujer no dijo nada, Ron se giró hacia ella y señaló.

–Abre el libro por esa lección y léeme un problema. ¡Venga, gente! No hay que ser un genio para entender esto, ni siquiera son matemáticas complicadas. Vamos.

La mujer parecía espantada.

–Em... y = 2x + 6.

Ron lo resolvió mientras iba explicando lo que hacía. Sunshine fue capaz de seguirlo, pero, antes de poder saber si podría hacerlo sola, él ya había pasado a otra pregunta.

Repitió el proceso hasta que acabaron los treinta

minutos. Para entonces a ella le daba vueltas la cabeza. Sí, entendía por qué Ron había hecho lo que había hecho, pero no había opción de practicar ni forma de saber si entendía el concepto. Todos los demás parecían tan confundidos como ella. ¿Esas sesiones no deberían ser de ayuda?

–Pues por mí, ya está –dijo Ron soltando el rotulador de la pizarra–. Ha sido divertidísimo. La semana que viene vuelvo.

Se acercó a Sunshine y esperó a que ella recogiera su mochila y se levantara.

–Ey, soy Ron.

–Ya lo he oído.

–¿Quieres un café? Ahora mismo estoy libre. Eres una mujer guapa, ¿lo sabes? Un poco mayor, pero, oye, también con más experiencia.

Le guiñó un ojo y añadió:

–Al menos, eso dicen.

Ella se colgó la mochila al hombro y, muy despacio, lo recorrió con la mirada, pasando por su pelo greñudo, su barba descuidada, una mancha que tenía en la camiseta desteñida y sus vaqueros sucios.

Por dentro estaba machacada porque no sabía si podría sacar adelante lo que él había llamado «matemáticas de refuerzo», pero ni de coña iba a dejar que él lo viera. La supervivencia era una motivación poderosa y alguien tenía que darle a Ron una patada en las pelotas.

–¿Tú? –dijo ella sonriendo cada vez más hasta que acabó riéndose a carcajadas–. ¡Dios, no!

Y con eso, se giró y salió. Oyó a un par de personas soltar una risita. Eso debería haberla hecho sentirse mejor, pero no fue así.

Una de las chicas de la sesión la alcanzó.

–Deberías denunciarlo –le dijo a Sunshine–. Eso es acoso sexual y es ilegal.

–Gracias. Me lo pensaré.

–Qué pedazo de gilipollas hablándonos así. Debería ayudarnos. Bueno, que le den.

Sunshine esbozó una tensa sonrisa.

–Nos vemos en clase.

La otra estudiante asintió.

–Nos vemos.

Sunshine fue hacia el coche. Se dijo que lo lograría. Obviamente, no con Ron, pero como fuera. Que no hubiera estado en la universidad antes no significaba que fuera idiota. Otras personas aprobaban y ella también podría. Tenía que hacerlo. Estaba decidida a ser más que antes, y bajo ningún concepto se permitiría estancarse antes de siquiera haber empezado.

–Estoy ilusionadísima con lo de esta tarde –dijo Bianca mientras Margot entraba en el aparcamiento del instituto–. Nunca he estado entre bambalinas en un concurso de belleza.

–Espero que te guste la experiencia. Primero estaremos entre el público y luego nos pasaremos al *backstage*. Lo que vamos a ver es la ronda preliminar de Talento y la entrevista.

–A lo mejor me gustaría ser jueza.

–Primero vamos a ver qué tal va la mañana y luego ya lo hablamos.

–No te mojas nada.

Margot sonrió.

–Sí, bueno, ser jueza implica mucho más de lo que la gente cree. Cada concurso tiene distintas normas y distintos criterios. La ganadora es mucho más que la chica más guapa. Tiene que tener cierta cualidad que resulte extraordinaria y que a menudo es difícil de identificar.

–¿Estás diciendo que no tengo suficiente capacidad de concentración?

–Estoy diciendo que lo hablaremos después de que veas todo esto un rato.

Bianca se agarró del brazo de Margot.

–Qué diplomática. Debería preguntarle a Wesley si hay una joven figura emergente en sus círculos sociales y pedirle que os presente.

–Gracias, pero no.

–¿Porque ya te interesa otra persona? –dijo Bianca con tono de broma aunque su mirada reflejaba una pregunta de verdad.

Inmediatamente, Margot pensó en Alec, pero luego apartó ese pensamiento.

–Voy a explicarte cómo irá la mañana.

Bianca suspiró.

–¿En serio? ¿Es lo mejor que puedes hacer para desviar el tema?

–Sí.

–Vale. A ver, ¿cómo va a ir la mañana?

La cooperación de Bianca era sorprendente, y llevaba así los últimos días. Cuando habían hablado del atuendo para esa salida, había accedido a ponerse un bonito pero conservador vestido y solo un poquito de maquillaje de más. Margot había elegido un vestido ceñido arriba y acampanado por abajo con motivos florales. Se había recogido el pelo en un moño muy elaborado, se había embutido en unas medias y llevaba unos tacones *nude* que le apretaban los dedos. El bolso era una cartera pequeña del mismo tono rosa pálido que el fondo del motivo floral, y los pendientes, unos sencillos botones de perla. Además, había sacado tiempo para hacerse la manicura.

Al volver a tierra extranjera era importante encajar con los nativos, pensó mientras caminaban hacia el auditorio.

–Es un concurso de Miss Prejúnior –le dijo a Bianca–. Aquí no hace falta ganar para poder competir en el nivel Miss Júnior, pero ayuda. Así lo llamaban cuando yo era pequeña, «Miss Júnior». Luego lo cambiaron a «Jovencitas Distinguidas». Competir aquí te da un empujoncito. Es una buena experiencia y, si prestas atención, puedes aprender mucho.

–¿Estás diciendo que yo puedo aprender mucho o que pueden aprender las niñas?

–Todas.

Entraron en el auditorio. Margot se dirigió hacia los asientos del fondo, en un lateral, lejos de los familiares que estaban grabando vídeos y de cualquiera que hubiera ido solo a mirar. Ella quería tener una visión clara del escenario, pero también poder hablar sin molestar a nadie.

–Sigo sin entender para qué sirve todo esto –dijo Bianca cuando se sentaron.

–Estás aquí para hacerte una idea de lo que pasa. Para observar a las chicas y su lenguaje corporal. ¿Quién quiere estar aquí y quién no? ¿Quién sueña con esto y quién viene obligada porque mamá nunca tuvo la oportunidad de competir de pequeña?

–¿Cómo voy a ver eso?

Margot le sonrió.

–Eres una gran observadora, tienes muy buen ojo para calar a la gente. Lo sabrás antes que yo, pero te mostraré a qué me refiero. Cuando te pones nerviosa, te tensas y buscas una distracción. En un determinado momento prima la necesidad de cambiar de tercio y los resultados pueden ser...

–¿Desastrosos?

–Más bien estaba pensando que se descontrolan. Espero que, observando a estas chicas, sientas lo que sienten ellas y veas cómo gestionarlo. O no. Habrá lágrimas y berrinches y arrebatos. A veces ver cómo se desarrolla una situación en la vida de otra persona nos da claridad.

Margot se encogió de hombros.

–Estoy improvisando sobre la marcha, Bianca, así que puede que todo esto sea una pérdida de tiempo descomunal.

–Estoy entusiasmada.

Una mujer subió al estrado y dijo:

–Al violín, Kristen Kenneth.

Una niña pequeña se situó en el centro del escenario. Parecía nerviosa y Margot se tensó al recordar cuánto había odiado ella estar ahí arriba. Pero entonces se recordó que ella no era objeto del ejercicio y se obligó a relajarse y acomodarse en el asiento. Cuando la niña levantó su arco y la primera nota llenó el auditorio, pudo relajarse de verdad. La concursante era una música excelente.

La música empezó a sonar con más fuerza, danzando. La niña cerró los ojos mientras se sumía en la belleza de la pieza. Margot se inclinó hacia Bianca.

–¿Qué opinas?

–Que tiene un don y que adora su música. Lo que no tengo claro es si quiere estar en un concurso de belleza –dijo Bianca entornando la mirada–. No es que sea muy guapa. Puede que cambie, pero lo dudo. No tiene elegancia natural. Creo que alguien de su familia la está obligando a hacer esto y que deberían dejarla en paz para que siguiera su carrera musical.

Margot la miró.

–¡Vaya! Muy bueno. Está claro que lo has pillado.

Varias chicas más compitieron en el concurso de talentos. Una bailó claqué con más entusiasmo que talento. Cuando se resbaló y se cayó de culo en el escenario, se echó a llorar y salió corriendo.

–Qué rajada –murmuró Bianca.

Margot se estremeció.

–A lo mejor te has pasado un poco.

–Es regordeta y es imposible que se convierta en una belleza. En mi negocio lo llaman «cara para la radio».

–Vas a tener que frenar un poco.

–Te estoy diciendo lo que pienso.

–Prueba a ser menos cruel.

–En fin.

Vieron a unas cuantas chicas más y entonces hubo un descanso. Margot se levantó.

–Vamos al *backstage* –dijo, y añadió entornando la mirada–: Con la condición de que solo digas cosas agradables.

–Solo ha sido un comentario. Y sabes que tengo razón.

–No, no lo sé. He visto a chicas del montón convertirse en grandes bellezas y a chicas guapas que no tenían ningún éxito en los concursos. Mi bisabuela sabía verlo. Podía mirar a una niña de siete años y decirte cómo iba a crecer. Era un don.

Recorrieron el pasillo hacia el escenario.

–¿Y entonces por qué hacen esto? –preguntó Bianca–. ¿Por qué correr el riesgo cuando no tienes ni idea de si vas a ser «material para concurso de belleza»? –preguntó haciendo el signo de las comillas en las últimas cinco palabras.

–Por muchos motivos. A esta edad, unas lo hacen por mamá, como ya hemos hablado. Pero a otras les resulta divertido jugar con ropa y maquillaje. Conoces a gente y aprendes habilidades. Si quieres entrar en Periodismo o en algo relacionado con los medios, aprenderás a hablar en público, a tener porte y elegancia en casi cualquier situación. En niveles más altos, el dinero de la beca puede marcar la diferencia entre la universidad de tus sueños y un centro de formación superior. Si ganas a escala estatal, tendrás oportunidades con las que la mayoría de la gente ni siquiera puede soñar.

Bianca la miraba asombrada.

–Crees en todo esto.

–He visto lo que pueden hacer los concursos de belleza. Es mucho más que un programa de la televisión por cable –dijo Margot mientras bordeaba el escenario y abría la puerta que conducía a los camerinos–. Dicho eso, hay niñas que están aquí porque tienen que estar y no porque quieran estar. Hay mucho en juego. Las emociones están a flor de piel y hay mucho drama.

Le mostró su pase de *backstage* a un guardia de seguridad y abrió otra puerta que conducía detrás del escenario. El volumen pasó de bajo a gritos y chillidos dignos de un combate. Había chicas corriendo por todas partes, riendo, llorando, haciendo piruetas, escribiendo mensajes por el móvil. Familiares, en especial madres, aunque también abuelos y abuelas y algún que otro padre, hacían lo posible por acorralar a sus chicas. Algunos vieron a Bianca y miraron dos veces, como si no tuvieran claro si la reconocían o no. Margot, que se había temido que pasara eso, se llevó a Bianca a un lado.

–Hemos venido a observar –le dijo al oído–. Tú solo obsérvalas. Verás a las que están ilusionadas y a las que odian a sus madres. El propósito de esto es que presencies una reacción visceral a la dinámica y luego pienses qué podrías hacer para calmar esa situación si tú estuvieras en ella. ¿Qué dirías? ¿Adónde irías para darte un segundo para respirar? Espero que te subas en la montaña rusa de emociones, pero también que sepas mantenerte por encima de ellas.

–¿Tú qué estás sintiendo? –le preguntó Bianca.

Margot miró a su alrededor, vio a las chicas con rulos y a las madres aplicándoles máscara de pestañas, y pensó en la presión que le generó ser todo lo que su bisabuela quería que fuese.

–Puede ser duro y yo no podría haberlo hecho nunca.

–Pero lo intentaste.

–Una y otra vez.

Bianca asintió y luego se giró hacia las chicas.

–¿Pero qué haces? –gritó una madre agarrando a su hija del brazo–. ¡Estabas comiendo golosinas! ¡Ya estás tan gorda que apenas entras en el vestido! ¿Sabes cuánto nos está costando esto? He tenido que pedir el día libre en el trabajo para acompañarte y ¿te pones a comer golosinas?

–Tengo hambre.

–Me da igual que te mueras de hambre. Las gordas no ganan.

Margot contuvo la rabia. Se moría de ganas de ir hasta la mujer y decirle que parara. Bianca extendió un brazo para contenerla.

–Respira –dijo en tono bajo.

–Siempre he odiado eso.

–¿Y quién no? Solo tenemos que confiar en el karma.

–O llamar a los servicios sociales a lo mejor –farfulló Margot.

Había otras dos niñas que estaban emocionadas con la competición. Se estaban riendo y abrazaban a sus madres.

–Esa es la coordinadora del concurso –dijo Margot–. Voy a ir a saludarla y darle las gracias por dejarnos venir a observar. ¿Quieres conocerla?

–No, gracias. Mejor doy una vuelta por aquí. Ven a buscarme cuando hayas terminado.

Margot dudó si sería el mejor plan, pero luego pensó que Bianca no se metería en líos en un lugar así. O eso esperaba.

Se abrió paso entre las participantes y encontró a Paula Turner.

–¡Margot! ¡Qué maravilla verte!

Paula, una mujer preciosa que pasaba de los cuarenta, la abrazó.

–Estás impresionante, como siempre.

Margot sonrió.

–Igual que tú. Ya veo que las tabletas han sustituido a las carpetas portapapeles.

–El tiempo pasa. ¿Te gustan nuestras futuras reinas?

–Sí. Aquí hay mucho talento.

Un grito agudo atravesó el murmullo de la conversación. Paula se estremeció.

–Y los dramas de siempre. ¿Puedo convencerte para que te plantees lo de ser jueza?

–Ahora mismo no. No es un compromiso que esté dispuesta a asumir.

–Sabía que dirías eso, pero, si cambias de opinión, ya sabes dónde encontrarme.

Margot se disculpó y fue a buscar a Bianca. Vio a su clienta salir corriendo por una puerta lateral.

–¿Pero qué...?

Corrió tras ella y la alcanzó en el coche. Bianca, con el rostro lleno de lágrimas, intentaba con desesperación abrir el coche cerrado.

–¡Tenemos que irnos! ¡Ya! Tenemos que irnos. ¿Cómo has podido? ¿Sabes lo que están haciendo? ¿Lo sabes?

–Bianca, ¿qué pasa? ¿Qué ha pasado?

Bianca le dio la espalda.

–Déjame en paz. Ha sido una idea terrible. Solo quiero irme a casa. Quiero irme ¡ya!

La última palabra salió como un grito. Margot se estremeció y abrió el coche. En el trayecto de vuelta a casa, el único sonido fue el de los sollozos de Bianca.

Cuando llegaron, Margot se giró hacia ella.

–Lo siento. No sé qué ha pasado.

Se esperaba que Bianca le gritara, pero, en lugar de eso, Bianca respiró hondo y sacudió la cabeza.

–No puedes saberlo. Nadie puede saberlo. Pero... No puedo volver ahí nunca más. Prométeme que no vamos a volver.

–Te lo prometo. Pero, por favor, dime qué ha pasado. Quiero ayudar.

–No puedes.

Las lágrimas le caían por las mejillas a Bianca.

–No puedes. Nadie puede. Pero no es culpa tuya. Soy yo. Está en mí.

Y con eso, salió del coche con torpeza y corrió hacia la puerta. Margot se quedó mirándola sin saber qué había pasado o qué significaban sus palabras. «No puedes saberlo. Nadie puede saberlo». ¿Qué significaba? ¿Que era un secreto? ¿O que nadie podía entender por lo que había pasado?

Algo del pasado de Bianca se había despertado. Algo horrible y espeluznante. Algo que le había dejado cicatrices en el corazón y en el alma. Fuera lo que fuera, era una fuerza poderosa y llevaba con ella mucho mucho tiempo.

Capítulo 15

Declan no recordaba la última vez que había estado tan nervioso. Toda la situación era ridícula, pero ahí estaba él, con las manos sudorosas y desesperado por salir corriendo. Y eso que no tenía ni idea de adónde iría o si salir corriendo arreglaría algo.

Su reacción, o mejor dicho, exagerada reacción, no tenía sentido. Una mujer iba a dejar en casa a su hijo para que jugara con el suyo. Ya había pasado antes y volvería a pasar. No había nada de que preocuparse. Si no fuera porque no era solo una mujer, sino la madre de Elijah, y, por motivos que ya no tenía claros, se había convertido en una candidata viable con la que salir y posiblemente, con el tiempo, con la que acostarse.

No recordaba todos los pasos que lo habían llevado de tener una necesidad sin una solución obvia a tener una mujer de verdad en su puerta, pero ahí estaba, y encima con la puñetera aprensión de que seguro que las cosas salían mal.

Era el día libre de Sunshine. Y menos mal. Declan no sabía si habría podido soportar oír sus risitas de fondo. Y tampoco es que ella se hubiera echado a reír, pero sí que habría sabido qué estaría pensando él y... joder... necesitaba una copa.

Pero, ya que no era ni mediodía, lo descartó.

Estaba a punto de retirarse a su despacho en un intento de distraerse cuando Connor entró corriendo en la cocina.

–¡Ya están aquí! ¡Elijah está aquí! Voy a enseñarle mi granja de hormigas antes de que practiquemos bateo, ¿vale, papá? ¿No vas a meternos prisa?

Declan sonrió a su hijo.

–Podéis estar con la granja de hormigas todo el tiempo que queráis.

–Gracias, papá.

Su plan era llevar a los niños a la cancha de bateo durante una hora o así, luego ir a comer y después ir a los jardines Huntington, donde pasarían el resto de la tarde. Los niños acabarían cansados después de todo el día y pasarían una noche tranquila, que era la idea de Declan de una quedada perfecta.

Connor corrió a la puerta principal y abrió. Declan lo siguió, más despacio, más inseguro que reacio.

Ya conocía a Elijah. El niño, de la misma estatura que Connor y también delgado, era pelirrojo y tenía pecas. Su madre era una pelirroja preciosa con el pelo corto y una sonrisa simpática. Llevaba vaqueros y camiseta y una mochila de tamaño infantil en un brazo.

Declan intentó plantearse si se sentía atraído por ella, pero se vio superado por la rareza de tener que hacerse esa pregunta.

–Hola –dijo ella alargando la mano–. Soy Phoebe Salvia. Tú debes de ser Declan. Encantada.

–Igualmente.

Connor señaló a Elijah.

–Ven a ver las hormigas. Están superfelices en su casa nueva y se pasan todo el tiempo ocupadas.

Los niños corrieron por el pasillo.

Phoebe sacudió la cabeza.

–¡Qué energía! Yo lo único que quiero es arrastrarme hasta la cama y estar un par de horas leyendo.

Le dio la mochila.

–Ahí lleva el casco para batear y una camiseta limpia por si acaso.

–Bien pensado. El plan es lo que te comentó Sunshine. Te lo llevaré a casa entre las tres y las cuatro.

–Perfecto. Hoy tengo un montón de recados que hacer –dijo ella, y añadió con una sonrisa pícara–: No todos podemos tener niñera.

Declan sabía que estaba de broma, pero aun así se sintió un poco incómodo con el tema.

–Tenemos suerte de tenerla.

–Sí. A lo mejor, en lugar de un aumento, podría pedirle a mi jefe que me incluya un servicio de niñera.

–¿A qué te dedicas?

–Soy gerente en una gran compañía de seguros.

–Ah, qué...

–No digas «interesante» –dijo ella riéndose–. En serio, no lo es. Pero, bueno, no pasa nada. Soy responsable de tres centros de llamadas y de cien comerciales, así que es un trabajo complicado. Pero, en cuanto digo «seguros», la gente desconecta.

–Yo no lo haré.

–Me alegro –dijo Phoebe, y mirando hacia el pasillo, añadió–: Por favor, no le digáis a Elijah nada que pueda hacer que quiera unas hormigas. No pienso pagar para tener hormigas en casa –dijo estremeciéndose.

–Desviaré cualquier conversación sobre granjas de hormigas.

–Gracias. Bueno, creo que debería irme.

Ella vaciló un segundo antes de abrir la puerta, como si estuviera esperando algo.

Mientras habían estado hablando, Declan se había olvidado de los nervios, pero, en cuanto ella se había quedado ahí, sin decir nada, de pronto se había sentido como un quinceañero incapaz de evitar una erección en un funeral.

–Buena suerte con los recados. Tengo tu móvil, por si necesito llamarte.

–Sí, hazlo –dijo ella con tono directo.

«Mierda. Mierda y mierda».

Al no saber qué otra cosa hacer, Declan la bordeó con la mano para abrirle la puerta.

–Hasta esta tarde.

–Que te diviertas con los niños.

Ella se despidió con la mano y salió de la casa. Él cerró la puerta y sacudió la cabeza. Era un completo y absoluto inútil, pensó, incapaz de quitarse de encima la sensación de que se le había escapado algo.

No quería saber nada de eso, se dijo mientras iba hacia la habitación de Connor. No quería tener que averiguar si le gustaba alguien o si a ella le gustaba él. Quería que las cosas fueran sencillas, como lo eran con Sunshine. Con ella siempre estaba a gusto. Bueno, menos por lo del deseo. Pero ella no tenía la culpa de estar tan buenísima. De todos modos, había algo más. Le gustaba hablar con ella. Les divertían las mismas cosas, nunca se quedaban sin conversación. Si no fuera la niñera de su hijo, le pediría salir sin dudarlo.

Pero era la niñera y Declan no quería perderla ni quería fastidiar lo que tenían. Y eso lo dejaba con las habilidades sociales de una rama y las ganas locas de echar un polvo.

Alec vio a Bianca sentada en el jardín. No había nada de raro en eso; era una tarde cálida y soleada. Sin embargo, lo que le llamó la atención fue que su madre estuviera fumando. Nunca la había visto fumar, así que salió a investigar.

Ella levantó la mirada cuando él se acercó a la mesa de piedra, pero no dijo nada. Al lado tenía un paquete de cigarrillos y un cenicero.

–Estás fumando –dijo él intentando no sonar acusatorio, pero sin tener claro haberlo logrado–. Nunca has sido fumadora.

–¡Ay, Alec! Se podrían llenar libros con las cosas que no sabes de mí.

Sonó triste y resignada. No se parecía en nada a la mujer que conocía. Se le notaban las arrugas y parecía estar más cerca de su edad que nunca. Él se sentó a su lado.

–¿Qué pasa?

–Margot ha intentado dejarlo.

Esas palabras le encogieron el estómago y tuvo que contenerse mucho para no entrar corriendo en la casa y exigirle que no se fuera. Fue una reacción inesperada que tendría que analizar después.

–¿Qué ha pasado?

Bianca inhaló profundamente y luego soltó el humo. Sus movimientos denotaban práctica. ¿Cuándo había empezado a fumar y por qué él no lo sabía?

–No ha pasado nada –dijo su madre–. Todo esto es ridículo. Esta mañana me ha llevado a un concurso de belleza. Yo tenía que observar a las chicas y ver cuáles querían estar ahí y cuáles no. La cuestión era ayudarme a identificar la incomodidad y el malestar para poder sentirlo y saber manejarlo. No sé... a lo mejor no era nada de eso.

–¿Qué ha pasado?

Su madre le lanzó una sonrisa vacía de humor.

–No dejas de preguntar lo mismo. Ella igual. No ha pasado nada. Nadie me ha dicho nada, ni siquiera se han dado cuenta de que estaba allí. No ha pasado nada.

–¿Entonces por qué Margot quiere irse y por qué tú estás aquí fuera fumando?

–Piensa que no me conviene. Piensa que está fracasando. Le he dicho que no es por ella. Si Wesley y ella fueran a casarse, no habría ningún problema. Ella sabría exactamente qué hacer en cada situación. Sería la esposa perfecta y él nunca tendría que preocuparse por su trabajo.

Alec sentía como si se estuviera ahogando. Sentía que iba hundiéndose y que no tenía ni idea de cómo llegar a la superficie... ni de lo que estaban hablando.

–Margot y Wesley no tienen interés el uno por el otro. ¿Por qué piensas eso?

Ella sonrió, ahora de verdad.

–Sí, mi amor, ya lo sé. Solo intentaba ilustrar mi argumento.

Dejó de sonreír.

–Da igual. Bueno, no. Quiero hacer esto. Quiero superar el problema o resolverlo o como se diga.

–¿Qué problema?

Ella se quedó mirándolo un buen rato.

–No soy fumadora de verdad. A veces, cuando no me encuentro bien, fumo porque me centra. Puede que me fume un paquete al año. No te preocupes.

–A lo mejor deberías tomarte un Valium en lugar de eso.

Ella se levantó y le dio una palmadita en el hombro.

–¿No seguiría drogándome de todos modos?

–Sí, pero es menos dañino.

–Te quiero mucho, y quiero a Wesley. No deberías preocuparte. Todo va a salir bien.

Y con eso, se giró y entró en la casa.

Alec sabía que su madre había pretendido reconfortarlo con sus palabras, pero no había funcionado. La siguió adentro y subió al segundo piso, donde encontró a Margot en la sala de estar de invitados. Estaba pálida y acurrucada en un rincón del sofá. Parecía conmocionada. Cuando lo vio, se sonrojó ligeramente y luego miró a otro lado.

Él se sentó frente a ella en una silla.

–He hablado con mi madre.

–Debería irme.

–¿Por qué? ¿Qué ha pasado?

–No tengo ni idea. Hemos ido al concurso de belleza y todo iba bien. Hemos hablado del propósito de la actividad, de becas y del trabajo duro. Ella quería dar una vuelta sola por allí mientras yo hablaba con una persona que conocía. No habían pasado ni diez minutos y estaba disgustada y llorando hasta el punto de apenas poder hablar. Me ha dicho que nos fuéramos y me ha gritado por haberla llevado allí.

Finalmente, lo miró.

–No sé qué la ha hecho reaccionar así y no tengo ni idea de qué ha sido esa reacción. Lo que está claro es que estaba muy disgustada, pero ¿por qué? Me ha dicho que era imposible que yo lo entendiera, pero que no era por mí.

Se cruzó de brazos.

–Primero la cena y ahora esto. No estoy haciendo muy buen trabajo. Debería ayudar, no empeorar las cosas.

–¿Cómo ibas a saber que algo la afectaría tanto en un concurso de belleza infantil?

–¿Su madre la llevaba a concursos de belleza cuando era pequeña? ¿Tuvo alguna mala experiencia en un concurso de talentos o algo?

–No, que yo sepa.

–Si no entiendo el problema, no puedo ayudarla –dijo Margot–. A lo mejor otra persona lo haría mejor.

–No quiere que te vayas. Si quisiera, créeme, no tendría ningún problema en decírtelo.

–Eso me ha dicho. Pero es que... –Margot respiró hondo–. Lo que debería decirte es que soy muy buena en mi trabajo y que odio cagarla, pero lo que de verdad estoy pensando es que tu madre me cae muy bien y me gustaría dejar de hacerle daño.

–Tú no le has hecho daño.

Ella arrugó la boca.

–La he puesto en unas circunstancias que le han hecho daño. Es una línea muy fina, hazme caso. Me estoy replanteando todo mi plan. Otra vez. Y esto no suele ser así.

–La mayoría de los clientes no son como mi madre.

Margot esbozó una temblorosa sonrisa.

–Mira que intentaste advertirme.

Él la miró.

–Creo que la estás ayudando. Sabe mucho más sobre Cardigania y está ilusionadísima con la recaudación de fondos para la campaña política.

Alec quería decir más, quería decirle que la necesitaba en su casa, pero no era verdad. Sí, le gustaba Margot, ¿pero necesitarla? Eso no tenía ningún sentido.

–Mi jefe cree que debería aguantar –admitió Margot–. Dice que me irá bien, que mi plan es sólido y que todos los informes de Bianca que han llegado a la oficina son excelentes.

–Mira, ahí tienes la prueba de que lo estás haciendo bien.

–Hasta hoy. Y luego lo de la sopa.

Margot cambió de postura y plantó sus pies descalzos en el suelo. Hasta ese momento él no se había dado cuenta de que estaba descalza, pero, ahora que había visto sus dedos desnudos, no podía mirar nada más.

¿Los dedos de los pies? Él no tenía ningún fetiche con los pies. Y no es que ella tuviera unos pies especialmente eróticos, sino que simplemente estaban descalzos. Había algo de vulnerabilidad en eso, algo que le hizo querer abrazarla y decirle que todo iría bien. Nada tenía sentido. ¿Y si lo que tenía su madre era contagioso?

–Es algo de su pasado –dijo Margot con firmeza.

Por un segundo Alec creyó que él había pensado en voz alta, pero entonces vio que Margot estaba hablando de otra cosa.

–Todo comportamiento está dentro de un espectro, incluyendo ser impetuoso y que no te importe lo que piense la gente. La mayor parte del tiempo tu madre está en el rango medio, en lo que tú y yo vemos como normal. Pero de vez en cuando se vuelve escandalosa. Por lo que he observado, unas veces es a propósito, pero otras no.

–Un incidente de su pasado.

Margot asintió.

–¿En serio no sabes qué es?

–No tengo ni idea. Te lo diría si supiera algo pero no me sintiera cómodo hablándolo.

Ella sonrió.

–Sabía que dirías eso. ¿Y eres su única familia?

Él asintió.

–Nunca conoció a su padre. Es hija única, igual que su madre, que ya murió.

–Así que tenemos un misterio y ningún modo de resolverlo –dijo Margot con un suspiro–. A menos que podamos convencerla de que nos lo cuente.

–A menos que tú puedas convencerla.

Ella sonrió.

–¿No te ves con ganas de hurgar en el pasado psicológico de tu madre?

–Preferiría enfrentarme a unos leones.

–¿Ni siquiera lo harías a cambio de conseguir la clave de la escritura del valle del Indo?

Él se quedó pensativo y respondió:

–No, ni siquiera por eso.

–¡Vaya! Pues sí que tiene poder tu madre.

–Ni te lo imaginas.

Sunshine terminó de exprimir las limas en una taza medidora. Tenía tequila, tenía Cointreau, tenía hielo, tenía un vaso y no tenía absolutamente nada planeado para la noche. Iba a dejar atrás esa semana de mierda, a emborracharse y a empezar de cero por la mañana. Al amanecer, o tal vez mejor a las ocho y media, se levantaría fresca, esperanzada y preparada para aprender a hacer ecuaciones lineales con gráficas. Además, iría a echar un ojo al laboratorio de Matemáticas del campus. No iba a dejarse vencer por Matemáticas 131. Iba a sobresalir. O, al menos, iba a aprobar.

Vertió los ingredientes en la Vitamix, añadió el hielo, colocó la tapa y puso en marcha el chisme, que cobró vida con la fuerza de un reactor. Antes de que ella pudiera decir «Sí, ¿qué pasa? Estoy enfurruñada», tenía listos unos margaritas. Apagó el aparato.

–¿Es una fiesta para uno solo o puedo unirme?

La voz sonó tras ella. Sunshine gritó y dio un salto antes de girarse y ver a Declan de pie en la entrada de la cocina. Se llevó una mano al pecho, como si así pudiera calmar su atronador corazón.

–Creía que estabas fuera con Connor –dijo con la respiración entrecortada–. ¡Madre mía! No te me acerques a hurtadillas.

–Perdón. Esta noche Connor se queda a dormir en casa de Elijah. Acabo de volver de dejarle allí sus cosas. Lo estaban pasando genial y Phoebe ha dicho que no le importaba, así que aquí estoy. No pretendía asustarte.

–Ya, no pasa nada.

Ella sacó otra copa.

–Para que lo sepas, esta noche estoy bastante mohína. Si vas a quedarte conmigo, estaré gimoteando y tendré una actitud irracional.

–Creo que podré soportarlo.

Sunshine pasó una rodaja de lima por el borde de las dos copas, los hundió en sal y sirvió la mezcla granizada. Metió el resto en la nevera, aunque tampoco contaba con que fuera a durar mucho ahí. Definitivamente, era noche de tomarse dos margaritas.

Juntos sacaron las bebidas al patio y se sentaron en dos de las tumbonas. La temperatura de última hora de la tarde eran unos agradables veintidós grados y el sol se había dirigido al oeste pero seguía visible. Sunshine se descalzó y puso los pies sobre la otomana situada junto a su cómoda tumbona. A lo mejor se quedaba ahí sentada para siempre. Después, cuando se hubiera descompuesto, Declan podría enterrar sus huesos en el jardín.

Sonrió mientras pensaba en todos los pasos que habría entre ese mismo momento y no ser más que huesos. Por ejemplo, dentro de un rato tendría que hacer pis.

–¿Qué te hace tanta gracia? –preguntó él estirándose en la tumbona.

–Nada que quieras oír.

–Bueno, pues entonces, ¿por qué estás tan cabreada?

–He dicho «mohína», pero «cabreada» también vale.

Dio un trago a su bebida.

–Hace un par de días fui a una sesión de Asistencia Técnica. El tío era un pedazo de gilipollas. Nos hablaba a todos con aire de superioridad, era superexigente y encima tuvo los huevos de prácticamente pedirme sexo.

Declan plantó los pies en el suelo.

–¿Lo has denunciado? Trabajé con la universidad en varios proyectos y apoyan mucho a los alumnos. No tolerarían esa clase de comportamiento. Puedo darte el nombre de alguien de Administración.

–Claro, cómo no ibas a poder –dijo ella haciendo lo posible por mantener un tono suave–. Pero no voy a denunciarlo.

–¿Por qué no?

–Se parece demasiado a ir corriendo a mamá porque alguien ha sido malo conmigo en el parque. No quiero líos, solo quiero aprobar mi asignatura. Ni siquiera es por él –añadió diciéndose que estaba bien. O que lo estaría–. Hablé con una de mis compañeras de clase y le conté lo que pasó –cerró los ojos–. ¿Sabes lo que me preguntó?

–¿Qué?

–Que si iba vestida de algún modo que le hiciera pensar que estaba pidiendo esa clase de atención.

Abrió los ojos y lo miró.

–¿En qué año estamos? ¿Acaso eso es relevante? Y además, que conste, iba vestida como voy siempre a clase. En vaqueros y camiseta. Quitando a la profesora, soy la persona más mayor de la clase. No es que yo vaya por ahí como si quisiera llamar la atención de un tío en un club nocturno.

–Denúncialo –repitió Declan–. La universidad querrá saber lo que pasó.

–Seguro que sí, pero no estoy así por eso –dijo, y logró esbozar una pequeña sonrisa–. Ya te lo he advertido, estoy mohína, así que no es momento para conversaciones sensatas.

Lo miró.

–Por favor, no intentes solucionarme el problema.

–Es que quiero hacerlo.

–Lo sé. Es típico de los hombres. Pero tienes que olvidarlo.

Él exhaló con fuerza.

–Vale, pero solo porque me lo has pedido.

–Gracias. Bébete el margarita. Te sentirás mejor.

Declan hizo lo que ella le había pedido y luego preguntó:

–¿Qué vas a hacer?

–Probar en el laboratorio de Matemáticas.

–¿Quieres que te revise los deberes? Puede que me acuerde de bastantes cosas como para ayudarte.

–No te lo tomes a mal, pero prefiero hacerlo por el laboratorio. Creo que se me haría raro que me ayudaras con los deberes.

–La oferta sigue en pie.

–Gracias.

Sunshine bebió más margarita.

–Bueno, ¿qué? ¿Has podido pasar mucho rato con Phoebe hoy?

–¿Pasamos al siguiente tema?

Ella se rio.

–¡Venga! Reconoce que es simpática y divertida y atractiva.

–Pues entonces deberías salir tú con ella.

–No es mi tipo, aunque tú sí que podrías...

Él la miró con gesto de exasperación. Ella le sonrió. Tenía una cara bonita. Era guapo y con unos rasgos fuertes. Era un buen tipo. Se preocupaba por su hijo, que era lo que a ella más le gustaba.

–Vale –dijo ella mirando de nuevo al jardín–. He estado pensando en el cumpleaños de Connor. Llegará pronto y deberíamos ir pensando en la fiesta.

–Tienes razón, deberíamos. Yo nunca pensaba mucho en eso, se ocupaba Iris. ¿Qué se te ha ocurrido?

Él no solía mencionar a su difunta esposa. Iris casi nunca salía en las conversaciones y Sunshine no sabía qué significaría. Connor sí hablaba de ella, aunque menos que antes.

A veces, antes de irse a dormir, rezaba al cielo y les pedía a los ángeles que le dieran mensajes a su madre para contarle cómo le iba a él en la vida. Pero Declan básicamente guardaba silencio sobre su relación con ella.

–Te diría que hiciéramos algo temático a tope de hormigas. He estado mirando decoraciones y no hay mucho solo de hormigas, pero no me resultaría difícil hacer algo yo misma. A ver...

Dejó el margarita en la mesa pequeña y levantó un dedo.

–Comida. En la pastelería del supermercado nos harán *cupcakes* de hormiga. También tengo una receta para una tarta helada que parece una sandía con hormigas por encima. Podríamos hacer un ponche verde y llamarlo «zumo de bicho». Por supuesto, haremos la receta de «hormigas en un tronco», que lleva palitos de apio y crema de cacahuete y pasas, y estoy intentando encontrar algún sándwich o rollito con temática de bichos, pero de momento no he tenido mucha suerte.

Levantó un segundo dedo.

–Para decorar, puedo hacer ciempiés con globos, y en un par de tiendas venden bolsas de hormigas pequeñas de plástico, así que las pondremos por todas partes. Puedo comprar platos y vasos de papel con dibujos de bichos. Y podría comprar bolsitas de regalo para los invitados que sean lisas y pegarles recortables de hormigas. Hasta ahora he encontrado jabones de Ant-Man y pegatinas de bichos, y quería preguntarte qué te parece meterles también una linterna. He encontrado pegatinas resistentes al calor que podría recortar en forma de hormiga para que, cuando enciendan la linterna, aparezca una hormiga en la pared.

Agarró su margarita y dio un trago.

–Espero que haga buen tiempo como para poder

hacerlo todo fuera. Me gustaría alquilar sillas y mesas, si te parece bien. Y también tengo algunas ideas de juegos, pero puede que sea demasiado pronto para hablar de eso. Bueno, ¿qué opinas?

Él se quedó mirándola.

–Has pensado en todo. Me parece genial. Sí, por favor, vamos a hacerlo.

–¡Bien! ¿Qué presupuesto tenemos?

–Gástate lo que quieras.

–No puedes decir eso. ¿Y si me vuelvo loca?

–Pues vuélvete loca. No me preocupa. Sunshine, usas cupones cuando haces la compra. Eso no lo hace alguien que vaya a gastarse mil dólares en la fiesta de cumpleaños de un niño. Además, muchas de las cosas que estás diciendo llevan mucho trabajo, así que tendrás que echarle muchos ratos y quiero ayudarte. Seguro que podría ocuparme de recortar y pegar.

–No sé. Son cosas bastante delicadas.

–Ponme a prueba –dijo él sonriéndole–. Va a ser la mejor fiesta que Connor ha tenido en su vida. Las que le preparábamos nosotros eran mucho más sencillas.

–¿Es demasiado?

–No. Es perfecto. Eres muy creativa. Le va a encantar todo lo que has planeado para él.

–Vale. Gracias por decirlo.

Se terminó la bebida y esperó a que el tequila hiciera su efecto.

–¿Te importa si te pregunto por Iris?

Declan la miró a los ojos.

–No, claro. ¿Qué quieres saber?

A Sunshine le dio la impresión de que Declan se había tensado un poco al responder, pero tampoco podía asegurarlo.

–¿Era una persona más de estar en casa? ¿No muy atlética o de actividades físicas? No lo digo a modo de crítica, ¿eh?

–Ya lo sé –dijo él recostándose en la tumbona–. Estaba muy en su mundo. Se dedicaba a la investigación médica y disfrutaba leyendo y haciendo actividades tranquilas.

–Eso me imaginaba. Tú no eres así, y creo que Connor tampoco.

Declan enarcó las cejas.

–Pero si siempre está metido en su cuarto.

–Sí, ya, porque es lo que conoce. Pero también le gusta estar al aire libre y correr por ahí. Creo que necesita actividad física, alguna clase de deporte. Después de los partidos, podría quedarse un rato con los demás niños, aprender las normas de la jerarquía masculina y todo eso.

–¿Las normas de la jerarquía masculina? –preguntó él con tono de broma–. ¿Qué significa eso?

–Venga, ya lo sabes. No finjas que no. Los chicos tenéis reglas para interactuar entre vosotros. Todos lo vemos y él tiene que aprenderlo. No estoy diciendo que se dedique al deporte de manera profesional, pero le iría bien.

Declan se puso serio.

–Sí. Tienes razón. Debería haberme dado cuenta yo mismo. Gracias, Sunshine.

Su voz sonó ronca y sexi. Atrayente, pensó ella, mientras un pequeño cosquilleo se le alojaba en el vientre. Declan era... Era... Majo. Majo, nada más. Como padre, como hombre. Le gustaba su sonrisa y cómo hablaba, y su sentido del humor y cómo era con Connor y...

«No, no y no», se dijo Sunshine. Mejor no ir por ahí. Le encantaba su trabajo y ya no iba a ser la chica de antes. Ella era mejor que todo eso.

–¿Tú hacías deporte en el instituto? –preguntó él devolviéndola a la conversación.

–Era animadora.

–Cómo no. Qué bien, ahora te estoy imaginando...

Declan se incorporó y se giró hacia ella.

–Perdón. No debería haber dicho eso.

Parecía horrorizado. O tal vez avergonzado. Sunshine no sabía qué se habría estado imaginando exactamente, pero no le importaba.

–No te preocupes –le dijo.

–No quiero ser como tu AT.

–Créeme, no tienes nada en común con él.

Sunshine levantó su copa, pero entonces recordó que estaba vacía. Mmm, a lo mejor el tequila sí que había hecho efecto después de todo. Y no es que se sintiera borracha, pero sí relajada y menos quejica.

–Deberías pedirle salir a Phoebe.

–¿Otra vez con eso?

–Sí. Te iría bien.

–Nunca debí haber hablado de mi vida personal contigo.

–¿O de la falta de vida personal? –bromeó ella.

–Eso también.

Sunshine se incorporó, bajó las piernas y plantó sus pies descalzos sobre los adoquines.

–Declan, no tiene nada de malo querer estar con alguien. El sexo forma parte de la condición humana. El problema no es el deseo o la necesidad; lo que se lo carga todo es la forma que tiene la gente de satisfacer esa necesidad. Lo que suceda entre dos adultos consentidores no tiene nada de malo.

Él la miró. Sunshine no tenía ni idea de que estaría pensando, pero daba igual. Solo mirarlo la hacía feliz.

–¿Estás esperando a encontrar el amor?

Ella suspiró.

–En este punto estaría encantada de tener a alguien que me tomara en serio, pero eso parece ser una batalla perdida.

Levantó la copa y se levantó al mismo tiempo que

lo hizo él. El sol se había colado bajo el horizonte y el aire estaba enfriándose rápidamente. La noche era silenciosa y ella podía oír el sonido de la respiración de los dos.

La oscura mirada de Declan se enganchó a la suya. Algo chispeó entre los dos, algo ardiente y peligroso y lleno de promesas. Sunshine sabía que, si se inclinaba hacia él, Declan la tocaría. A lo mejor incluso la besaría, y ella se vio anhelando sentir su boca sobre la suya. Solo... solo...

¿Pero entonces qué? Después del beso, ¿qué vendría? ¿Sexo? ¿Lo hacían, ella salía de la habitación de él para volver a la suya y luego, por la mañana, qué se decían? Y lo más importante, ¿qué se decía ella a sí misma? Si quería ser más de lo que era, tenía que romper ese círculo y dejar de sucumbir solo porque la hiciera sentirse bien. Joder, quería ser una persona con una brújula y unos valores morales.

—No puedo —susurró antes de entrar corriendo en la casa. Se metió en su habitación y cerró la puerta. No echó el cerrojo. No hacía falta. Declan jamás entraría sin invitación.

Soltó la copa y se dejó caer en la cama. Luego ya se sentiría toda orgullosa y presumiría de sí misma, pero ahora mismo se sentía sola, cansada y triste. Sabía que había hecho lo correcto, pero, joder, era una mierda.

Capítulo 16

–Margot, deja de fruncir el ceño. En serio, te están saliendo arrugas y no creo que seas de las que se permitirían emocionarse mucho con el Botox.

–No creo que nadie encuentre el Botox emocionante.

Bianca sonrió.

–Solo los que no lo han probado, querida mía. Y sé de lo que hablo.

Margot hizo lo que pudo por relajar el gesto. Preocuparse no serviría de nada. Ya no podían echarse atrás.

Dejó de mirar a su cliente y se fijó en los invitados que entraban en el salón de baile para la recaudación de fondos de la campaña política. Todos iban bien vestidos y eran personas adineradas. Las entradas se habían vendido por un mínimo de mil dólares.

Margot volvió a centrar la atención en Bianca.

–¿Recuerdas nuestro plan de juego?

–Claro. Conversación educada sobre algún tema inocuo. Evitar la política, cosa que me parece una ridiculez absoluta teniendo en cuenta dónde estamos. Tengo que buscar gente que esté sola, a ser posible mujeres. Cinco minutos con alguien y luego cambio. Si me veo nerviosa, me disculpo y voy a buscarte. Si no te encuentro, voy al baño y te escribo.

Bianca le dio una palmadita en el brazo.

–No te preocupes. Hemos empezado un poco a trompicones, pero ahora estamos trabajando bien juntas. Me apetece mucho lo de esta noche y me siento bien.

–Estás guapa.

Bianca sonrió.

–¿A que sí?

Bianca llevaba un vestido rojo oscuro bastante prudente que le caía justo por debajo de las rodillas. Llevaba el pelo suelto y rizado y un maquillaje sutil. Parecía segura de sí misma y estaba preciosa y un poquito sexi.

Margot la agarró del brazo.

–Bueno, pues ya estás lista. Vamos.

Se sumaron a la multitud que avanzaba apiñada hacia las puertas dobles abiertas.

–Espero que esta noche no haya muchos tipos que se dediquen a la tecnología –murmuró Bianca–. Aún recuerdo cuando Steve y yo estuvimos saliendo. Al principio era muy divertido, pero al cabo de un tiempo ya solo hablaba de Apple, Apple, Apple.

Margot por poco no se tropezó.

–¿No estarás hablando de... Steve Jobs?

–¿Qué? Sí. Pasó hace años. Era muy joven, pero yo también, claro.

Bianca le lanzó una sonrisa y le entregó su entrada a la persona de la puerta.

Margot hizo lo mismo y accedieron al salón. Antes de poder ofrecerle algún consejo de última hora, se vio abandonada por su clienta.

–Buena suerte –le dijo a la espalda de Bianca. Estaba a punto de echarle un ojo a la sala para decidir cuál sería su próximo movimiento cuando vio a Alex con una copa de champán en cada mano.

–Buenas noches –dijo él dándole una–. Ya estáis aquí.

–Sí.

Ella había ido en el coche con Bianca mientras que Alec había ido por su cuenta. El plan era que luego Bianca se marchara sola para irse a dormir a casa de Wesley y que Alec llevara a Margot de vuelta a casa.

Margot lo agarró de la mano y lo llevó a un rincón relativamente tranquilo de la enorme sala.

–¿Sabías que tu madre tuvo un rollo con Steve Jobs?

Alec no pareció en absoluto impactado por la pregunta.

–No, pero hay pocas cosas de su pasado que me sorprendan.

–¿No estaba casado?

–Seguro que la aventura fue anterior. A Bianca no le van los hombres casados.

–Qué tranquilo estás. ¡Era Steve Jobs!

–¿Eres fan de Apple?

–Me encanta mi iPhone, como a millones de personas. ¡Es chocante!

Él soltó una risita.

–Ha tenido relaciones con actores, jefes de estado, pilotos de carreras... y tú vas y te pones nerviosa por Steve Jobs.

–Soy un poco friki de la tecnología. No puedo evitarlo.

Él alargó el brazo.

–Venga, vamos a merodear por el fondo para ver qué hace mi madre. ¿Estás nerviosa?

–Aterrada y resignada de un modo extraño.

–Qué mezcla tan curiosa.

Cruzaron el salón. Había varios candidatos políticos intentando ganarse a la multitud. Margot y Alec los evitaron y luego vieron a Bianca en la barra. Estaba con una mujer de mediana edad, charlando animadamente y riéndose. Al cabo de unos minutos, Bianca los vio y se disculpó antes de marcharse.

–Estoy bien –dijo al acercarse–. Dejad de vigilarme. Me pone de los nervios.

–Me pagas para observarte –dijo Margot con tono de broma–. Tengo que hacer mi trabajo.

–Y yo disfruto estando bajo la luz que desprende tu belleza –le dijo Alec.

Su madre sonrió.

–Cariño, aunque me encantaría creerlo, ¿cuánto champán has tomado?

–Es mi primera copa –le aseguró él.

–Pues entonces, observa y aprende.

Bianca se acercó a un joven que estaba solo.

–Esto va a ser digno de ver –murmuró Alec–. En menos de treinta segundos lo va a dejar apabullado. Puede que hasta se desmaye.

Margot estaba a punto de responder cuando vio a un hombre que también estaba mirando a Bianca, algo que no debería haberla preocupado de no ser porque llevaba dos cámaras colgando alrededor del cuello.

–Hay un reportero –dijo yendo hacia él.

–Es un evento político –dijo Alec acompañándola–. Tiene que haber reporteros. Aunque sospecho que este es un fotógrafo contratado por la campaña. Por favor, permíteme. Tengo experiencia con estas cosas.

Alec fue el primero en acercarse al fotógrafo.

–Buenas noches. ¿Le importaría no fotografiar a mi madre? Está aquí ofreciendo su apoyo, no como figura pública.

El fotógrafo, un tipo alto de unos cuarenta y pico años, parecía más furioso que dispuesto a colaborar.

–Ella es la foto del millón.

–Seguro que el personal del senador estará encantado de saber su opinión –dijo Alec con tono tranquilo–. ¿Vamos a contárselo? ¿O no le están pagando para hacer fotos del evento para la página web y posiblemente también para anuncios publicitarios?

–¿Me está amenazando? –preguntó el tipo con tono de incredulidad.

–Sí –dijo Alec–. Y ahora, ¿cómo quiere que lo solucionemos?

Margot vio que el hombre sopesaba sus opciones. Supuso que, si al fotógrafo lo habían contratado para un evento tan importante, sería porque solían contratarlo para las campañas. Dudaba que estuviera dispuesto a perder esos ingresos por vender una foto de Bianca.

–Vale –refunfuñó el hombre–. A la mierda. Es vieja. Ya no le interesa a nadie.

Alec sonrió.

–Que disfrute de la fiesta.

–Lo has gestionado muy bien –dijo Margot cuando se apartaron–. Sí que tienes experiencia.

Buscaron a Bianca y la encontraron con otro hombre. Ese se acercaba más a su edad y, para disgusto de Margot, parecía demasiado interesado.

–Está cerca y parece demasiado animado. Creo que tu madre ha encontrado a un fan.

–Pues eso no es nada bueno. A Bianca le encanta que la adoren.

Aunque Bianca se encontraba al menos a seis metros y había gente entre ellos, Margot la oyó reír por encima de las otras conversaciones. Y la risa tenía un matiz algo más frenético de lo que a ella le gustó, con un ligero nerviosismo.

–No pinta bien –murmuró–. Hay demasiada energía entre los dos.

Vaciló, no tenía claro si intervenir o dejar que Bianca manejara sola la situación. Esa era la única forma de aprender, al menos en el caso de Bianca.

Vio a su clienta apoyarse en el hombre. Alec no

dio ninguna opinión, sin duda porque él sabía que era una sesión de prácticas y la experta era Margot... aunque en ese momento ella no se sentía especialmente segura.

Cuando el tipo se acercó para susurrarle algo al oído a Bianca, Margot fue hacia ella.

–Hola –dijo al acercarse–. Soy Margot y él es Alec.

–Brandon –dijo el hombre lanzándoles a los dos una amable sonrisa–. ¿Conocéis a Bianca?

–¡Uy, sí! Alec es mi hijo y Margot es... –dijo Bianca antes de añadir con un brillo travieso en la mirada–: su amante.

Margot hizo lo que pudo por disimular y no sonrojarse. Bianca estaba intentando provocarla, y no era ninguna sorpresa teniendo en cuenta que su clienta solía enfadarse si le decían lo que tenía que hacer.

Margot no supo qué decir. ¿Debería negarlo? ¿Ignorarlo? ¿No decir nada? Antes de poder decidirse, Alec intervino.

–Dudo que eso sea de interés para nadie –dijo con tono tranquilo. Dio un trago de champán–. Madre, hay unas personas que quieren conocerte.

Brandon agarró a Bianca de la mano.

–No te vayas. Por favor. Solo unos minutos más –sonrió–. No te lo tomes a mal, pero cuando era un chaval tenía pósteres tuyos en mi habitación. Eras la mujer más sexi que había visto en mi vida, y lo sigues siendo.

Bianca se pavoneó mientras sonreía con coquetería.

–Anda, para, que estás avergonzando a mi hijo.

–Estoy acostumbrado –le susurró Alec a Margot. Luego alzó la voz para decir–: Si nos disculpas, por favor.

Bianca lo miró furiosa. Margot se situó entre los dos.

–Por ahí –dijo señalando al otro lado de la sala.

–Vale –contestó Bianca con un suspiro–. Me ha encantado conocerte, Brandon.

Él asintió como apesadumbrado por haber perdido su compañía.

–¿Podría darte un beso en la mejilla?

Bianca sonrió.

–Claro. Y yo te daré uno mejor –contestó ella inclinándose para besarlo suavemente en la boca–. Toma. Sueña con esto esta noche.

–Bien sabes que lo haré –dijo él mirándola a los ojos–. Te daré cincuenta mil dólares si me dejas tocarte el culo. No, espera. Donaré cincuenta mil dólares a tu organización benéfica favorita. La que sea. Niños, animales, la gente esa de las vacas. La que tú digas.

Alec agarró a su madre de la mano y tiró de ella.

–Ya está. Encantado de conocerte, Brandon. Que tengas una buena vida.

Margot se situó al otro lado de Bianca mientras cruzaban el abarrotado salón.

–Eso sí que no me lo esperaba –dijo sin tener muy claro qué pensar de Brandon. De cualquier modo, iba a tener que diseñar una lección para lidiar con hombres de mediana edad que seguían fantaseando con Bianca.

Bianca sonrió.

–Hacía mucho tiempo que un hombre no se ofrecía a pagar por tocarme el culo. Aún tengo éxito.

–Y lo seguirás teniendo una década después de que hayas muerto –dijo Alec.

–Oh, qué dulce –dijo Bianca, y se dirigió a Margot–. Perdona por haber bromeado contigo ahí. No he podido evitarlo.

–Estás en tu salsa. Lo entiendo completamente.

Margot estaba menos preocupada por el comentario burlón ahora que sabía que a Alec no le había avergonzado ni molestado. Debía admitir que Bianca siempre la tenía en guardia.

Estuvieron dando vueltas entre la multitud otra media hora. Bianca charló con unas cuantas personas más, entablando conversaciones banales y agradables y evitando cualquier tema mínimamente controvertido.

Margot miró el reloj.

–Los discursos empiezan en veinte minutos. Supongo que queremos irnos antes, ¿no?

–Claro –dijo Bianca, y se terminó la copa de champán–. De hecho, nos vamos ya. Bastante que he comprado entradas para el evento. No estoy dispuesta a quedarme a escuchar a un puñado de políticos.

Sonrió a Margot.

–Me voy a hartar de eso cuando me case con Wesley.

–¿Vamos entonces? –preguntó Alec.

–Voy un momento al baño de señoras –le dijo su madre–. Os veo aquí en unos minutos.

–¿Quieres que te acompañe? –preguntó Margot automáticamente.

Bianca puso los ojos en blanco.

–Puedo ir al baño y volver sin incidentes. Estoy segura.

Se marchó.

–Pues la noche ha sido un éxito –dijo Alec.

–No, no. No digas eso –contestó Margot llevándose una mano al pecho–. No hasta que estemos dentro del coche y marchándonos de aquí. No quiero gafar nada.

–Hola, Alec.

Margot se giró hacia la baja y seductora voz femenina y vio que pertenecía a un bellezón castaño situado detrás de Alec. La mujer era de estatura media y casi tan curvilínea como Sunshine. Su mirada, depredadora y posesiva, estaba clavada en Alec.

–Merelyn –dijo él sorprendido–. ¿Qué haces aquí?

–Lo mismo que tú.

–Bueno, eso lo dudo –dijo él girándose hacia Margot–. Te presento a Merelyn. Me decoró la casa. Merelyn, ella es Margot.

Merelyn apenas la miró. Se acercó a Alec y le puso la mano en el brazo.

–Cuánto tiempo.

–Sí. Dos o tres años.

Merelyn le clavó la mirada.

–Sigo pensando en ti. En... el proyecto de decoración.

Margot hizo lo posible por mantener una expresión neutra cuando lo que de verdad quería era poner los ojos en blanco y comentar que Merelyn no estaba siendo nada sutil. Estaba claro que Alec y ella habían sido más que decoradora y cliente. Mucho más.

Empezó a excusarse para darles intimidad o posiblemente ponerse a hacer pucheros, no tenía claro qué. Pero, antes de poder dar un paso, Alec le puso la mano en la parte baja de la espalda, como pidiéndole que se quedara donde estaba.

Ella sintió el roce de sus dedos y el calor de su cuerpo. Alec ejerció una ligera presión y ella no pudo más que inclinarse hacia él, que deslizó la mano desde la parte baja de su espalda hasta su cadera en un gesto íntimo que le aceleró el corazón.

Merelyn y Alec charlaron un par de minutos más y después la mujer se despidió. En cuanto se fue, Alec soltó a Margot.

–Lo siento si ha sido inapropiado. He reaccionado sin pensar.

Aunque Margot lamentaba haber perdido el roce de sus dedos, tampoco iba a dramatizar por ello. No cuando seguía sintiendo un inesperado deseo y ansiaba echarse a sus brazos. La reacción la confundió y también la inquietó un poco. Sí, le caía bien Alec, pero no se había dado cuenta de que, en algún punto, también había empezado a desearlo.

–No, no pasa nada –dijo esperando sonar normal–. Encantada de protegerte de tus exnovias cuando haga falta.

–Me gustaría decir que no ha sido eso, pero sí que lo ha sido. Gracias por comprenderlo.

–De nada.

Él tenía su oscura mirada clavada en ella. Por un segundo Margot estuvo segura de que iba a acercarse y besarla. Es más, estaba tan convencida que dio medio paso hacia él adelantándose a...

–¿Y si subo a cien mil dólares?

La familiar voz masculina se oyó entre la multitud e hizo que Margot se girara y buscara a Bianca con desesperación.

–¿Dónde están?

–Ahí –dijo Alec agarrándola de la mano y yendo en esa dirección.

Margot esperaba llegar antes de que la oferta de Brandon resultara demasiado tentadora. O demasiado divertida.

Bordearon un pequeño grupo de gente y llegaron a tiempo de ver a Bianca asentir con la cabeza, accediendo.

–Vale. Cien mil dólares para el Hospital Infantil –dijo.

Se giró ligeramente, ofreciéndole su trasero a Brandon.

Él alargó una mano y la apartó.

–Subo a doscientos cincuenta mil si puedo tocarte por debajo del vestido.

–¡No! –dijo Margot intentando que la palabra sonara con fuerza pero sin que pareciera un grito y sin llamar la atención. Sin embargo, fue como estar en un sueño. Abrió la boca y pensó que habló, pero no hubo sonido. No hubo nada.

El tiempo se ralentizó hasta que supo que era imposible evitar que pasara. Fuera lo que fuera lo que iba a pasar. Bianca ladeó la cabeza como planteándoselo y luego, con aire despreocupado, se subió la falda. Se le vio el muslo, luego la cadera y después la nalga izquierda. Porque, claro, cómo no, solo llevaba un tanga.

Brandon emitió un gemido y puso la mano directamente sobre la piel de Bianca. Margot observaba sin poder creérselo mientras oyó un extraño clic. Demasiado tarde se dio cuenta de que el molesto fotógrafo había vuelto y había capturado todo el incidente. Y así, como si nada, la foto de un hombre tocándole el culo desnudo a Bianca Wray se convirtió en todo un acontecimiento.

A la mañana siguiente la fotografía ocupaba la primera plana de *Los Angeles Times* y de *USA Today*. Margot ni se había molestado en comprobar dónde lo habían publicado en Internet, básicamente porque no quería saberlo. Ahora estaba sentada enfrente de Bianca, en la mesa del comedor, preguntándose en qué se había equivocado.

–Yo sigo sin ver dónde está el problema –dijo Bianca tapándose la boca al bostezar–. No es para tanto. ¿Que un hombre me ha tocado el trasero? Pues vale, pero yo he recaudado un cuarto de millón de dólares para la beneficencia –dijo, y añadió con sonrisa de engreimiento–: ¿Sabes? Una vez un estudio intentó asegurarme el trasero, pero nadie quiso hacerlo. Me imagino que esos ejecutivos se estarán sintiendo un poco idiotas ahora mismo.

–Has dejado que un hombre te toque el culo –dijo

Margot intentando no perder los papeles y no chillar–. Te levantaste el vestido y le dejaste tocarte el culo cuando solo llevabas un tanga.

Bianca la miró.

–¿Estás bien?

–No mucho, no. Te he fallado por completo. Creía que estábamos avanzando. Creía que estaba logrando entenderme contigo.

–No es culpa tuya –dijo Bianca–. Y tampoco es nada malo.

–Es tu culo desnudo en primera plana de *Los Angeles Times*. Estoy segurísima de que no es la clase de publicidad que necesitas ahora mismo.

Margot miró a su clienta y añadió:

–¿En serio te parece que está bien?

Bianca observó la foto.

–Estoy fabulosa, así que, sí, me parece bien.

–¿Y Wesley? ¿Es esto lo que quiere? ¿Qué pasa con el gobierno de Cardigania? ¿Qué van a pensar? ¿O a decir? ¿Qué pasa con el primer ministro? ¿Cómo vas a conocer al primer ministro después de esto? ¿Qué vas a decirle? Esta fotografía estará en Internet para siempre. Wesley tiene hijos adultos de un matrimonio anterior y la van a ver. Sus nietos la verán. Bianca, esto no es un comportamiento aceptable. Si estuvierais casados, podría haber perdido su trabajo por esto.

–Qué tontería. Se lo he contado y me ha dicho que no pasa nada.

–Le contaste que había una foto antes de que saliera en la portada de *USA Today*. Saber que existe y verla en color son dos cosas muy distintas.

Bianca palideció.

–No va a perder su trabajo. Sería ridículo. He recaudado un cuarto de millón de dólares para la beneficencia. Eso tendrá que contar, ¿no?

–Claro, es maravilloso, pero el dinero no es la cuestión. ¿Por qué no puedes verlo?

Margot intentaba pensar qué decir para hacérselo entender, pero supo que Bianca no lo pillaría porque no quería.

–Bianca, ¿por qué estoy aquí? ¿Qué quieres de mí? Dijiste que era porque querías cambiar, pero yo no creo que esto esté yendo en esa dirección. Y, si se trata de encajar en el mundo de Wesley, entonces esto ha sido un desastre absoluto –dijo dando toquecitos a la foto–. En su mundo la gente no va por ahí enseñándole el culo a los demás, ni siquiera por dinero.

Bianca se levantó y la fulminó con la mirada.

–Pues a lo mejor deberían intentarlo de vez en cuando. Al menos por una buena causa. ¿En serio crees que tú tienes más culpa que yo?

–Claro.

–No sé cómo tomármelo. Tienes razón. Quiero que me ayudes a encajar en el mundo de Wesley, pero no puedo hacerlo sin dejar de ser yo misma –suspiró–. De verdad que creí que no pasaba nada. Creí que estaba haciendo algo bueno. Ahora ya no lo tengo claro. Necesito pensar.

–Muy bien. Luego hablamos.

–No. Necesito más tiempo. Te veo en un par de días.

Bianca se marchó antes de que Margot pudiera saber qué decir. ¿Un par de días? ¿Qué significaba eso?

Supuso que debería pensar lo obvio, que retomarían el trabajo en dos o tres días. Mientras tanto, podría aprovechar para ir a la oficina y tener una buena charla con su jefe sobre su trabajo. Por mucho que apreciara a Bianca, no tenía claro que ella fuera la persona apropiada para ayudarla. Y, si no lo era, entonces ya era hora de buscar a otro que ocupara su lugar.

–Nunca le había fallado a un cliente –susurró.

Siempre había tenido éxito, siempre había trabajado muy bien. Pero Bianca no era como sus otros clientes y toda esa situación se estaba descontrolando muy rápidamente.

Capítulo 17

Declan se encontró a su socio esperando impaciente a que la Keurig terminara de prepararle una taza de café. Aunque Heath llevaba un traje, como de costumbre, parecía algo desaliñado. O a lo mejor era solo por las ojeras que tenía.

–¿Una noche dura? –preguntó Declan intentando recordar cuánto tiempo llevaba Heath saliendo con la mujer con la que estaba. ¿Seis meses? ¿Ocho?

–Brandi y yo hemos roto –dijo Heath agarrando el café y sujetando la taza entre las manos–. Las cosas estaban mal desde hacía tiempo y anoche llegaron a un punto crítico. Estuvimos hablando hasta las dos de la madrugada y, cuando le sugerí que lo dejáramos para otro rato para que pudiéramos dormir un poco, me dijo que era un gilipollas insensible, que habíamos terminado y que esperaba que ardiera en el infierno por toda la eternidad.

Declan metió una cápsula en la Keurig y colocó su taza debajo antes de arrancar la máquina.

–¿Estás bien?

–Agotado sobre todo. Un poco aliviado. Brandi era mucho más volátil de lo que pensaba. Cuanto más tiempo pasábamos juntos, más... eh... liberaba sus emociones.

–¿Entonces no te arrepientes de que haya terminado?

Heath se encogió de hombros.

–No quiero volver con ella, pero sí que me gustaba tener una relación.

Se bebió el café.

–¿Por qué siempre se dice que para los tíos es muy fácil? Que con tener un trabajo decente, ser un buen tipo y ser un poco más atractivo que una mierda, las mujeres se nos echarán encima. Pero no es verdad. Al menos, yo no puedo encontrar a nadie con quien quiera estar. No busco un rollo de una noche. Quiero una relación. ¿Por qué cuesta tanto encontrarla?

–Le estás preguntando al hombre equivocado –dijo Declan–. Mi última cita fue con Iris.

–Estás de coña.

–Nop.

–¿Y antes de... ya sabes...?

¿Cuando habían estado separados? Le había contado a Heath algo de lo que había pasado por entonces.

Declan negó con la cabeza.

–No me parecía bien.

Aunque Iris se hubiera alejado de su matrimonio, él no. Además, bastante complicadas estaban las cosas como para haber añadido una tercera... o, mejor dicho, cuarta parte.

Heath se apoyó en el marco de la puerta de la sala de café.

–Solo quiero una mujer maja, normal, que quiera tener una vida feliz y corriente. Con dramas mínimos, muchas risas y, si le gusta la jardinería, pues ya mejor que mejor.

Miró a Declan esperanzado.

–¿Crees que es posible?

–Seguro que sí. Solo tienes que volver a salir a ligar.

–Eso lo dice el tío que nunca ha salido a ligar.

–Sí. En la universidad.

–Eso no cuenta. Deberías empezar a salir. Y, aunque no encuentres a nadie para ti, así puedes darme algunos nombres.

Al instante, Declan pensó en Sunshine. Era todo lo que Heath había dicho que quería y más. Era preciosa, cariñosa y protectora, y probablemente la mujer más sexi conocida por el hombre, y además buscaba una relación normal.

Abrió la boca para mencionarla, pero decidió que no podía. Y si eso lo convertía en un capullo, podría vivir con esa etiqueta.

No podría soportar que su socio saliera con Sunshine. No quería imaginarlos juntos. Se volvería loco de celos, y ya estaba al límite en lo que respectaba a ella.

–He conocido a una madre soltera que parece maja –soltó movido por la culpabilidad–. Phoebe. Su hijo y Connor son amigos. Es guapa y tiene un buen trabajo.

–¿Y entonces por qué no sales con ella?

–Es demasiado pronto.

Heath negó con la cabeza.

–No es demasiado pronto, Declan. Ya es hora. Tienes que salir y conocer a alguien. Los dos tenemos que hacerlo, pero tú lo necesitas más. No todas las mujeres son Iris.

–Ya lo sé.

–¿Seguro? –dijo Heath agitando su taza de café–. Venga. Vamos a pensar cómo hacer felices a los clientes de nuestro hotel.

–Eso es imposible.

–Ya, pero al menos tenemos que intentarlo.

Margot firmó y agarró el paquete que le entregó el repartidor de UPS. La cajita tenía una etiqueta internacional y una pegatina de aduanas, lo que le hizo preguntarse si serían más documentos antiguos para que Alec los estudiara. Los últimos habían sido fascinantes. Él incluso le había dejado volver a recomponer alguno.

Entró en casa y le dejó el paquete en el escritorio. Después fue arriba. Dejó el bolso en su habitación y fue a ver si Bianca había vuelto. La gran habitación de invitados del fondo del pasillo estaba vacía y no había ni rastro de la ocupante.

Bianca había dicho un par de días, se recordó. Solo había pasado uno. Ojalá pudieran retomar su trabajo al día siguiente.

Bajó a la planta principal y se dirigió a la cocina. Se detuvo al ver a Alec troceando tomates mientras tarareaba música *jazz*. Él levantó la mirada y sonrió.

–Qué bien, ya has vuelto. Esta noche me ha apetecido bistec y esperaba que quisieras cenar conmigo –dijo, y señaló un paquete sobre la encimera–. He ido al carnicero a por unos filetes y he hecho ensalada. Edna nos ha descongelado unas patatas gratinadas y hay una buena botella de cabernet, si te interesa.

Estaba guapo, pensó Margot dejándose liberar de la tensión del día. Guapo y atractivo. Y, además, daba gusto estar con él. Necesitaba más de eso en su vida. Un buen tipo que la hiciera zumbar por dentro y le relajara la mente. No era una combinación fácil de encontrar.

–Me parece genial. ¿En qué puedo ayudar?

Él señaló los taburetes de la isla.

–Hazme compañía. Ah, y, si quieres una copa, sírvete tú misma –añadió señalando una copa situada junto a la tabla de cortar–. Yo me he puesto un *whisky* escocés.

Ella fue a la barra de bar y rápidamente se preparó un vodka con tónica. Luego volvió a la cocina y se sentó junto a la isla. Alec ahora estaba cortando rodajas de pepino.

–Gracias –dijo Margot señalando los preparativos de la cena–. Es un final estupendo para el día que he tenido.

–¿Ha sido duro?

–Solo complicado. Ya sabes que tú madre se ha ido.

–Me lo imaginaba. Cuando las cosas se ponen feas, suele desaparecer, aunque admito que estoy sorprendido. No pensaba que estuviera disgustada por lo de anoche.

–Y no lo estaba, pero da igual. Ya me disgusté yo bastante por las dos.

Él añadió el pepino a la ensalada.

–¿Por qué te disgustaste?

–Porque se suponía que las prácticas tendrían que ayudarla, y no está siendo así. No me puedo creer que de verdad pensara que estaba bien dejar que un tío le tocara el culo. Pero, según ella, ella es así. No sé. No sé si soy la persona adecuada para este trabajo.

Algo se encendió en los ojos de Alec, pero desapareció antes de que Margot pudiera averiguar qué.

–¿No la ves mejor que antes? –preguntó él.

–Ha progresado mucho, pero en serio creía que la entendía, y lo de anoche me demuestra que no.

Pensó en las fotografías que habían salido en los periódicos y tuvo que contener un gruñido.

–Esta tarde he ido a ver a mi jefe.

–¿Para pedirle consejo?

–Sí, y para plantearle que mandaran a otra persona –dijo, y sonrió–. No sé si lo verás como una buena noticia o no, pero vas a tener que aguantarme. Al parecer, Bianca ha estado poniéndome por las nubes y les ha dejado muy claro que no quiere trabajar con nadie más.

–Lo que ha pasado con mi madre no es culpa tuya.

–Mi cabeza lo sabe, pero lo siento como si fuera culpa mía. No lo entiendo. Lo estaba haciendo de maravilla en el evento. Habló con mucha gente, estuvo divertida y encantadora. Y entonces todo se fue a la mierda –suspiró–. Bueno, ya vale. ¿Qué tal tu día?

–Tranquilo.

–Como a ti te gusta.

Él soltó una risita.

–Eso es verdad.

Alec bordeó la isla y se sentó a su lado.

–Bianca lo solucionará porque ama a Wesley, y cuando Bianca ama, se vuelca por completo. Cuando yo tenía unos diez años, ella salía con un piloto de carreras muy machote. Yo era un cerebrito y no teníamos nada en común. Recuerdo que un día quiso llevarme a jugar al béisbol. A mí no me apetecía y discutimos. Bianca se interpuso entre los dos y me defendió.

Alec esbozó media sonrisa.

–Él decía que, si no empezaba a comportarme como un hombre, acabaría siendo un maricón y que todo sería culpa de ella.

Margot no sabía a qué barbaridad hacer mención primero.

–¿En serio dijo eso?

–Sí.

La media sonrisa se convirtió en una completa.

–Mi madre le soltó un bofetón. En toda la cara. Le dijo que yo era como era y que, si quería lanzar una pelota de béisbol, genial, pero que, si no quería, me dejara tranquilo. Y en cuanto a lo de ser gay, dijo que le daba igual, que por ella como si me enamoraba de un pepino de mar. Que era su hijo, que me quería y que siempre me apoyaría y recibiría bien a cualquier persona que me importara.

–¡Toma! Muy bien dicho.

–Eso mismo pensé yo. Lo echó de casa y no volvimos a verlo nunca.

Alec levantó la copa.

–Esa es mi historia sobre la Bianca buena.

–Creo que mejor hoy pasamos de la de la mala.

–Estoy de acuerdo.

Margot sonrió.

–Me habría gustado verla abofetear a ese tío.

–Fue impresionante.

–Seguro. Bueno, y Merelyn... Parecía simpática.

Alec suspiró.

–¿Por qué pensaba que iba a poder librarme de hablar de ella?

–Ni idea –dijo Margot sonriendo–. Entones ella es... la ex.

–No es mi ex. Era mi decoradora y estuvimos juntos un par de semanas. No fue nada serio.

–Pues para ella sí.

Él la miró.

–Sí. ¿Cómo lo has sabido?

–Por cómo te miraba. Como si fuera intolerante a la lactosa y tú fueras un megacuenco de helado.

–No llego a ver la analogía, pero te entiendo. No fue así. Yo enseguida vi que no era mi tipo.

Margot sabía que era mejor dejar el tema y no tentar a la suerte. Le gustaba estar con Alec y, aunque le divertía picarlo con lo de su exnovia, no era lo más inteligente exactamente. ¿En serio quería que pensara en otra mujer mientras estaba con ella? Aun así, no pudo evitar preguntar:

–¿Cuál es tu tipo?

Él dio otro trago de *whisky*.

–Es más emocional que físico. Me gusta una mujer que sea inteligente y buena, con sentido del humor.

–¿Entonces Merelyn era una tonta sin sentido del

humor que iba por ahí dando patadas a gatitos? –preguntó esperanzada.

Él se rio.

–No exactamente. No era para mí, nada más.

–Me alegro.

Las palabras salieron involuntariamente. Margot quiso retirarlas de inmediato, pero ya era demasiado tarde. Se quedaron como ahí colgando en el aire antes de, despacio, muy despacio, ir cayendo al suelo.

Alec se quedó mirándola con gesto indescifrable. Ella sucumbió al pánico. ¿Se habría enfadado? ¿Le habría producido rechazo? ¿Estaría confuso? ¿Se habría quedado indiferente? No sabía cuál de las cuatro posibilidades era peor, y si tenía tiempo, las clasificaría en orden de preferencia, de menor a mayor, pero no lo tenía, y, ¡por Dios! ¿Es que Alec no podía decir nada?

Ella se levantó de golpe mientras su cerebro le ofrecía un pequeñísimo salvavidas.

–¡Ay, tienes un envío! Lo he firmado al llegar y te lo he dejado en tu mesa –dijo señalando hacia su despacho–. Es pequeño, a lo mejor no son documentos, pero he tenido que firmarlo, así que tal vez sea mejor que vayas a mirar qué es.

Alec se quedó observándola un momento. Margot estaba a punto de salir corriendo cuando él dijo:

–¿Por qué no vienes conmigo? Creo que el contenido te va a sorprender.

No era lo mismo que decir «Mira, me pareces inteligente, simpática, divertida y sexi. Eso no estaba en mi lista, pero lo eres, así que, ¿por qué no hacemos el amor?», pero tampoco es que él hubiera salido huyendo de ella, así que bien.

Entraron en el despacho y Alec abrió el pequeño paquete. Dentro había otro, una caja más pequeña, y luego papel de seda. Alex sacó al diminuto conejo tallado en madera. Tenía muchos detalles y estaba claro que era muy antiguo. Tenía un extraño espacio abierto entre las patas delanteras.

–¿Qué es?

Él le agarró la mano y le puso en la palma la pequeña figurilla.

–*Netsuke*. Es japonés. Los kimonos de los hombres no tenían bolsillos para llevar cosas como tabaco u otros objetos pequeños, así que los hombres se colgaban unas elegantes cajas de las fajas u *obis*. El *netsuke* se enganchaba al otro extremo del cordón como contrapeso para que las cajas estuvieran en su sitio –dijo Alec, y asintiendo a la talla que ella tenía en la mano añadió–: Eso es una liebre lunar.

–Es preciosa. El tallado es de lo más intrincado. ¿Entonces el *netsuke* es una forma de arte?

–Sí.

Él se acercó al armario grande que tenía detrás del escritorio y lo abrió. Decenas de *netsukes* formaban hileras en los estrechos estantes que llenaban todo el armario.

–Eres coleccionista –dijo ella con la respiración entrecortada mientras se acercaba a estudiar las diminutas piezas.

–Sí. La mayoría de los *netsukes* se tallan en marfil, aunque, por supuesto, no es una práctica que yo aprobaría hoy. Pero en el siglo diecisiete y en el dieciocho, el marfil y la madera eran materiales populares.

Él agarró la figurita y la puso en una balda antes de darle a Margot la talla de un dragón.

–Había artesanos *netsuke* famosos que firmaban su trabajo. Esos eran los más valiosos.

El dragón estaba enroscado formando un círculo de unos cinco centímetros de diámetro, pero los detalles eran exquisitos. Se podían ver cada una de las escamas y las diminutas garras. Incluso tenía unos pequeños dientes de dragón.

–Me encanta –dijo ella sonriendo y devolviéndoselo a Alec. Miró el armario–. Tienes una colección maravillosa.

Estudió las distintas baldas. Había más dragones y conejos, unos cuantos monos e incluso un par de hombres tallados. Estaba a punto de agarrar una calabaza cuando vio algo raro en el mueble. La profundidad de las baldas no encajaba con la del lateral.

«Un frontal falso», pensó buscando inmediatamente el mecanismo de apertura. Tenía que ser algo accesible. Un armario así de grande no podría moverse con facilidad para alcanzar detrás.

Analizó el mueble, en especial los laterales, y al instante vio dos cantoneras que parecían desentonar.

–¿Es aquí? –preguntó ella con entusiasmo, empujando primero una y luego la otra.

–¡Espera!

Alec sonó apremiante, pero ya fue demasiado tarde. Todo el frontal del mueble se giró hacia delante. Detrás había más estantes, iguales que los otros, y con más *netsukes*. Tallas de personas que... Personas que...

Margot se quedó mirando sin poder creerse lo que estaba viendo. Agarró lo que parecía una pareja besándose, pero al fijarse más en la talla, vio que no solo se estaban besando. Y que no eran solo dos. En realidad eran cuatro personas... em... haciéndoselo las unas a las otras de formas muy interesantes. Todos los *netsukes* ocultos eran de gente disfrutando de distintas proezas eróticas.

–Vaya –dijo ella volviendo a dejar la pieza donde la había encontrado–. Es un estilo distinto, ¿no?

Alec se quedó mirándola sin decir nada. Y ella tampoco podía culparlo. ¿Qué podía decirse que no fuera a volver la situación más incómoda aún?

Margot quería decirle que no se había sentido ofendida. Que también entendía ese tipo de arte y que las tallas eran tan maravillosas como las otras piezas. Pensó que, en cierto modo, Alec era como ese mueble: todo formalidad y severidad, pero con unos secretos maravillosos por dentro.

Cuanto más seguían ahí, más estúpida se sentía, y entonces vio que no tenía otra opción que escapar.

–Son preciosas. Muy originales. Si me disculpas, tengo que ir a mi habitación a por algo.

Una excusa absurda, pero la mejor que se le pudo ocurrir en el momento. Le ofreció una tensa sonrisa, se dio la vuelta y salió corriendo del despacho. Cuando llegó a su dormitorio, cerró la puerta y se apoyó contra ella.

«Qué desastre», pensó angustiada. Había sido un absoluto desastre. Para ser supuestamente una experta en el manejo de situaciones embarazosas o complicadas, acababa de cagarla. En lugar de mostrar diversión o naturalidad o la más mínima sofisticación, se había largado como una adolescente que se hubiera metido en el vestuario de chicos por equivocación.

¿Cómo iba a mirarlo a la cara ahora? ¿Cómo iba a mirarse a la cara a sí misma? Gruñó, se dejó caer al suelo y se llevó las piernas al pecho. Apoyó la cabeza en las rodillas y se dijo que algún día sería refinada, elegante y culta, pero que hasta entonces era ella, nada más, y eso, en gran parte, era una auténtica mierda.

Capítulo 18

Sunshine terminó de aplicarse una capa protectora sobre el esmalte de las uñas de los pies. No solía molestarse en pintárselas, pero le había apetecido. Salió del baño manteniéndose sobre los talones y caminando raro con los separadores de dedos puestos. Después de ir a ver cómo estaba Connor, que estaba vigilando su granja de hormigas a la vez que leía un libro, fue a la cocina. Picaría unas verduras para la cena mientras se le secaban las uñas.

Al doblar la esquina, por poco no se chocó con Declan. Ya iba algo inestable y, al dar ese frenazo tan rápido, se tambaleó intentando mantener el equilibrio. Declan la agarró de los brazos para sujetarla y la soltó rápidamente. Sonrió y empezó a hablar. Luego bajó la mirada a sus pies.

En un instante la expresión de él pasó de la alegría a la aflicción. La transformación fue tan brusca que Sunshine se sintió como si algo frío y oscuro la hubiera golpeado de refilón.

—¿Qué pasa? —preguntó ella.

Él hizo lo posible por recomponerse, sacudiendo la cabeza y dándole la peor sonrisa fingida que había visto en su vida.

–Nada. ¿Estás bien? Por poco no te caes.

–Declan, ¿qué pasa?

–Nada.

–Está claro que pasa algo.

Él desvió la mirada.

–Es por Iris, nada más.

–Ah –dijo Sunshine sin llegar a entenderlo–. Me he arreglado las uñas y es algo muy de chicas. Claro. Lo siento.

Declan la miró un segundo.

–Claro, es eso.

Y sin más, pasó por delante de ella y se metió en su despacho. Sunshine se quedó mirándolo. ¿Qué pasaba? Era como si la hubiera ignorado por completo.

Fue tras él, entró y cerró la puerta del despacho.

–Declan, ¿qué pasa?

Él se sentó detrás del escritorio y le evitó la mirada.

–Iris también se pintaba las uñas. Al principio no. En realidad, no lo hizo hasta el final. Era una persona sensata y prudente –dijo, y la miró–. Pero todo cambió cuando tuvo una aventura.

Sunshine se dejó caer en la silla delante del escritorio.

¿Una aventura? ¿Cómo pudo hacer algo así?

–Perdona, no lo sabía.

–No lo sabe casi nadie. Fue unos meses antes de que enfermera. Yo no tenía ni idea hasta que me lo dijo. Sabía que las cosas no iban genial, pero ¿que hiciera eso? ¿Que lo arriesgara todo? No pude entenderlo.

–¿Rompisteis?

Connor no había mencionado nada nunca; tal vez el trauma de la muerte de su madre había apartado aquello de su mente.

–No. Pensé en marcharme, pero no lo tenía claro. Sobre todo por Connor. Me mudé del dormitorio y me vine a dormir aquí –dijo señalando al desgastado sofá del despacho–. Fingíamos y ella, mientras, seguía viendo al otro.

–¿No acabó la relación cuando te lo contó?

–No.

–¿Y entonces por qué te lo contó?

–La verdad, no tengo ni idea. A lo mejor quería que fuera yo quien acabara la relación. Me hablaba de lo encantador que era y de lo apasionada que era su relación.

Sunshine no quería oír nada de eso. Le dolía que Declan hubiera tenido que pasar por algo así. ¿Cómo podía haberle hecho algo así su mujer? Era un tipo estupendo y un padre fantástico. ¿Cómo podía ella haber querido a otra persona?

–Cuando llegué al punto en que no podía más y le dije que o arreglábamos las cosas o se acababa todo, me suplicó tiempo. Accedí. Lo que yo no sabía entonces era que le habían diagnosticado cáncer. No me dijo nada. Se suponía que era de los sencillos, si es que los hay, claro. Supongo que pensaba que tendría unas sesiones de quimio y que luego se pondría bien. Pero no fue así.

Seguía mirándola.

–Se lo contó al otro, a Don Maravilloso. Le dijo que estaba muy enferma y él la dejó. Y como no quería saber nada de ella, Iris volvió conmigo.

–¿Te dijo que la aventura había terminado y que se estaba muriendo? –preguntó Sunshine bajando conscientemente la voz–. ¿En serio?

Él asintió.

–Me puse hecho una furia. ¿Cómo pudo haberme hecho algo así? Yo sabía que jamás la perdonaría, pero ¿qué más daba? Se estaba muriendo y yo tenía que ocuparme, y ocuparme de Connor. Duró menos de un mes.

–Lo siento muchísimo.

«Por Connor y por ti. Por ella no tanto», pensó.

–Tuvo que ser terrible para ti.

–Gracias. A veces pienso que lo peor de todo fue que nunca llegamos a hablar de verdad del tema. Pero ¿qué había que decir? Ella lo había preferido a él, así que nuestro matrimonio estaba acabado, pero yo no iba a marcharme. Tenía que pensar en Connor. Se quedó hundido. Cuando mis padres se vinieron con nosotros, no les conté nada, claro. Creían que todo nos iba bien.

«Qué pesadilla», pensó Sunshine. ¿Cómo iba Declan a haber superado lo sucedido? No había tenido tiempo de procesar la situación. De pronto había visto que su matrimonio tenía problemas y en nada de tiempo Iris se estaba muriendo. ¿Cómo se podía lidiar con algo así?

–Debes de seguir muy enfadado –dijo ella en voz baja.

–Cada vez algo menos. No sé por qué hizo lo que hizo, pero pasó. Nunca sabré exactamente qué nos pasó, pero últimamente he decidido que solo tengo que pensar en la parte que me corresponde. En lo que es responsabilidad mía. El resto es cosa de ella.

–Aun así, menuda situación –dijo ella agachándose para quitarse los separadores de dedos–. Siento lo de las uñas.

Él sonrió.

–No lo sientas. No estoy traumatizado. Ha sido solo el impacto del momento. Ahora estoy bien. No quiero que te preocupes por pintarte o no las uñas porque esté yo.

–Es un estresor curioso.

Él soltó una risita.

–Todo el mundo necesita ser especial a su modo.

Ella tenía muchas preguntas sobre Iris, el matrimonio que tuvieron y lo que sentía él; sin embargo, nada de eso era asunto suyo. Probablemente debería disculparse e irse a preparar la cena, pero en lugar de eso dijo:

–Tienes que salir con Phoebe. Si luego de ahí no sale nada, al menos habrás roto el hielo, por así decirlo.

–¿Crees que ha llegado el momento de pasar página?

–Creo que ese momento llegó hace tiempo.

–¿Y eres una experta en el tema? –preguntó él con tono de broma.

–No, pero siempre es más fácil ver qué le pasa a la vida de los demás que a la tuya. ¿Cómo es posible que no sepas eso?

–Tendré en cuenta tu consejo.

–Bien.

Se miraron. Sunshine sintió la tensión en la habitación, pero no tuvo claro cuánta se debía a lo que acababan de hablar y cuánta eran ilusiones suyas. Ojalá la besara..., pensó antes de abofetearse mentalmente. «Nada de besos. Nada de nada».

–No voy a decirle nada a Connor –dijo al ponerse de pie–. Tienes mi palabra.

–Sunshine, cuestiono muchas cosas, pero que tú haces lo mejor por mi hijo no es una de ellas.

Alec estuvo una hora de un lado para otro intentando decidir si estaba más avergonzado o humillado. Por otro lado, no tenía que darle explicaciones a nadie sobre su colección. Fuera cual fuera su temática, los *netsukes* eran bellas tallas de maestros artesanos.

Pero tal vez Margot no entendiera o apreciara ese delicado trabajo. Tal vez pensaba que él era una especie de bicho raro pervertido que...

-¿Alec?

Levantó la mirada y la vio en la puerta del despacho. Tenía los ojos muy abiertos y gesto serio.

-Margot.

Eso fue lo único que dijo. No tenía ni idea de qué debería decir. Decirle que no era un rarito y que no le iba la pornografía no parecían argumentos diseñados para ayudarlo.

Antes de que él pudiera ponerse a tartamudear dando alguna explicación ridícula, ella empezó a hablar.

-Quiero disculparme -le dijo mirándolo fijamente-. He hecho mal al abrir el fondo del armario. Sabía que había algún misterio y no he pensado ni por un momento que podrías estar queriendo ocultarlo por la razón que fuera. Solo me he centrado en querer descubrirlo -dijo. Carraspeó y miró a otro lado-. Supongo que, en cierto modo, quería presumir.

¿Qué? Alec no se había esperado algo así.

-No estabas presumiendo.

Ella se encogió de hombros.

-Más o menos sí. Además, los *netsukes* me han parecido tan fascinantes que me he dejado llevar y he violado tu intimidad. Lo siento.

-No tienes por qué disculparte.

Ahora fue él el que carraspeó.

-El *netsuke* erótico proviene de una época en la sociedad japonesa en la que los deseos humanos más básicos estaban contenidos socialmente. Cuando eso pasa, la necesidad resultante suele derramarse en forma de arte -se estremeció-. Podría haberlo expresado con más delicadeza.

Ella entró en el despacho.

-Creo que lo has expresado perfectamente.

-Gracias.

Sin planearlo, él pareció acercarse a ella. O tal vez

fue ella la que se acercó a él. Fuera como fuese, estaban a unos treinta centímetros de distancia.

–Me he quedado impresionado cuando has descubierto lo del armario.

–Me gustan los enigmas.

–Y a mí.

Ella sonrió.

–Lo del cuarteto ha sido... em... curioso. No estoy segura de que sea físicamente posible.

Él sonrió también.

–Yo estoy seguro de que no. Nadie tiene la lengua tan larga.

–Ni un pene así. Además, solo había una mujer. Eso me ha sorprendido.

Sus miradas se engancharon. Los ojos de Margot eran grandes y preciosos. Para él todo en ella era atractivo. No, atractivo no. Esa era una palabra pequeña e insignificante que en absoluto describía lo que sentía por Margot. Ella era... espléndida.

–¿Alec?

Él alargó los brazos hacia ella. Antes de que posara las manos en su cintura, Margot se lanzó sobre él. El espacio que los separaba desapareció cuando se aferraron el uno al otro. Alec la besó. No fue un beso suave, ni delicado ni lento. En lugar de eso solo hubo calor y lenguas y un deseo de acercarse más y más.

La pasión lo devoró, robándole el aliento y la habilidad de pensar. Los besos se intensificaron y encendieron un ansia cada vez mayor. El resto del mundo se desvaneció. Ella empezó a desabrocharle los botones de la camisa. Él le bajó la cremallera del vestido y su tarea tuvo más éxito que la de ella porque, mientras Margot forcejeaba con los botones, él le bajó el vestido por los hombros.

Ella se rio.

–No podemos hacerlo al mismo tiempo.

–Es verdad.

Alec se desabrochó los dos botones superiores de la camisa, se la sacó por la cabeza y la tiró al suelo. Ella dejó caer el vestido. Él echó una rápida mirada a su esbelto cuerpo, sus estrechas caderas y sus pequeños pechos antes de que ella se le abalanzara y le plantara la boca en la suya mientras se frotaba contra su torso desnudo. Le coló la lengua en la boca. Él cerró los labios a su alrededor y succionó con delicadeza. Ella gimió y luego le mordisqueó el labio inferior. Alec le desabrochó el sujetador y lo apartó. Mientras hacía intención de tocarle los pechos, Margot ya le estaba llevando las manos hacia ellos. Y cuando deslizó los pulgares sobre sus tersos pezones, ella suspiró de placer.

Él vio su deseo y observó cómo se le dilataron las pupilas. Ella deslizó los dedos por su vientre y presionó la palma de la mano contra su erección a través de las capas de los vaqueros y los calzoncillos. Alec le coló una mano por dentro de las braguitas y la encontró húmeda e inflamada. Le acarició el clítoris trazando círculos y ella gimió.

En ese momento, aquello dejó de ser un juego. Alec se desabrochó el cinturón mientras ella se quitaba la ropa interior. Luego, Margot se sentó como pudo en el escritorio y él se bajó los vaqueros y los calzoncillos, se situó entre sus muslos y se hundió en la calidez que lo aguardaba. Ella lo rodeó por los hombros, le rodeó las caderas con las piernas y lo acercó a sí.

Mientras la besaba, Alec coló una mano entre los dos para poder frotarle el clítoris a la vez que intentaba con desesperación no ceder a la presión que se le estaba acumulando dentro. La deseaba, la necesitaba, pero no solo en ese sentido.

Margot se recostó, apoyó los brazos detrás y

sacudió las caderas acompasándose a las caricias de él, que movía el pulgar contra su inflamado punto.

–Dime –dijo Alec entre gemidos.

Ella abrió los ojos y sonrió.

–Más deprisa y más fuerte.

Alec hizo lo que le pidió, hundiéndose más en ella a la vez que la acariciaba con más rapidez. La sonrisa de Margot desapareció cuando se quedó sin aliento. Él sintió el primer y revelador estremecimiento dentro de ella y aumentó el ritmo del pulgar y de sus embestidas.

Ella tenía los pezones erectos. Respiraba entre jadeos. Apoyada en él, arqueó la espalda y echó la cabeza atrás mientras gritaba su nombre.

Su orgasmo la devoró con una estremecedora y rítmica vibración que lo arrastró a él hasta que no tuvo otra opción que rendirse. Se derramó en su interior y disfrutó con semejante liberación. Cuando ella se quedó quieta, la agarró de las caderas y se adentró más todavía hasta quedar también agotado.

Margot se dejó caer en el escritorio. Él se apartó despacio y la besó en el vientre. Se miraron.

–¿Qué piensas? –preguntó Alec con delicadeza.

Ella señaló a la puerta.

–Que espero que tu madre no elija este momento para volver a casa.

Alec se quedó mirándola un segundo, echó la cabeza atrás y se rio.

Veinte minutos después, Margot se había aseado y vestido y estaba fuera mientras Alec ponía los bistecs en la barbacoa. Se sentía bien. Feliz. Satisfecha. Y tal vez un poco sorprendida.

Él bajó la tapa, la llevó hacia sí y la besó. Ella le devolvió el beso y disfrutó de la pasión que brotó en su interior.

Cuando sonó el temporizador, se apartaron para que él pudiera darles la vuelta a los bistecs. Después de bajar la tapa otra vez, Alec se giró hacia ella.

–Sobre lo que ha pasado...

–¿El beso? –dijo ella bateando las pestañas.

Él sonrió.

–Y antes.

–¿El sexo?

–Sí, justo eso.

–Ha sido agradable.

Él enarcó las cejas.

–¿Solo agradable?

–¿Muy agradable? –dijo ella riéndose–. Ha sido genial.

–Estoy de acuerdo. Me gustaría intentarlo otra vez. En una cama. Sin tener los pantalones por los tobillos, por ejemplo.

Probablemente habría varias razones por las que tener una relación con Alec sería complicado. Trabajaba para su madre. Vivía en su casa. No sabía adónde iría a parar todo. Y aun así...

Le gustaba. Mucho. E igual de importante, le despertaba mucho interés y atracción. Era divertido e inteligente y Margot estaba más que preparada para estar con alguien que de verdad fuera bueno para ella.

–Creo que deberíamos explorar más lo de desnudarnos –dijo ella justo cuando le sonaron las tripas. Suspiró–. A lo mejor después de cenar.

–Lo estoy deseando.

–Y yo.

Alec salió de la ducha haciendo lo posible por no silbar. De todas formas, tampoco tenía por qué contenerse. Margot se había ido de su cama unos minutos antes para prepararse en su propio cuarto de baño.

Se secó sin dejar de sonreír ni un momento. La noche anterior había sido mejor de lo que podría haberse imaginado. Después de la cena, se habían ido a su habitación, donde habían hecho el amor dos veces más antes de quedarse dormidos el uno en los brazos del otro. Ella se había despertado justo antes del amanecer y su boca lo había llevado del letargo a la excitación en menos de treinta segundos. Antes de que él pudiera darse cuenta de lo que Margot estaba haciendo, había perdido el control con toda la sutileza de un chaval de catorce años. Ella seguía riéndose cuando él le había devuelto el favor amándola con la boca hasta hacerla sucumbir a su propio consuelo.

Margot era divertida. Él ya se lo había esperado, pero era maravilloso tener la confirmación. Además, había vivido la fantasía de tenerla encima, con su larga melena suelta cayéndole sobre el cuerpo...

Su cuerpo reaccionó a esos pensamientos y él rápidamente cambió de tema mental hasta que esa manifestación se aplacó. Con suerte, después del desayuno podrían continuar explorándose. Aunque, claro, Edna podría llegar, o también los limpiadores. Tal vez fuera mejor que se marchasen al piso de Margot.

Seguía considerando las opciones cuando entró en la cocina. Lo primero en lo que se fijó fue en el aroma a café. Lo segundo, en que su madre estaba sentada a la mesa.

Ella levantó la taza y le sonrió.

—Buenos días, cariño. ¿Cómo...? —se detuvo y lo observó. Al segundo soltó una risita y dijo—: ¡Has tenido sexo! ¡Qué bien! Con Margot imagino, ¿no? Es perfecta para ti y tú eres perfecto para ella. Iba a retomar mis clases hoy, pero ahora creo que voy a posponerlo hasta finales de semana. ¿Quieres un café antes de que me vaya?

Alec no sabía cuánto tiempo estuvo ahí de pie, mirando a su madre como si tuviera la mente totalmente en blanco. Ahí no se formó ningún pensamiento; ni siquiera una palabra. Cuando por fin pudo reaccionar, logró decir tartamudeando:

–Dis... discúlpame.

Y salió de la cocina.

Subió los escalones de dos en dos, llamó a la puerta de Margot y entró.

–Soy yo.

Ella salió del baño, ya vestida y con el pelo recogido en una coleta. Se rio.

–¿En serio? ¿Otra vez? He de decir que me encanta tanto entusiasmo, pero solo si prometes que luego podemos desayunar. Me estás dejando agotada.

Él la miraba.

–Mi madre ha vuelto y sabe que nos hemos acostado. Solo con mirarme lo ha sabido.

Margot lo sorprendió al volver a reírse.

–Pues eso es raro y divertido a la vez. ¿Cómo narices lo ha sabido?

–Ni idea. Siempre ha sido así.

A Alec se le estaba pasando el atontamiento, pero ahora el pánico ocupaba su lugar.

–¿Qué vamos a hacer?

Ella le puso las manos en el pecho.

–Tranquilo. Al principio se meterá un poco contigo, pero nada más.

El pánico disminuyó.

–Me preocupaba que quisieras marcharte.

–No, para nada. A menos que tú quieras que me vaya.

«Eso nunca». La voz sonó con fuerza y firmeza

dentro de su cabeza, como manifestando una absoluta verdad.

–No quiero.

–Pues entonces vamos a seguir como antes –dijo Margot. Se puso de puntillas y lo besó–. Bueno, no exactamente como antes.

Él la abrazó.

–¿Esta noche?

–Por supuesto. Tenemos una cita.

Sunshine había fantaseado con cómo sería estar en el dormitorio de Declan. Por norma la evitaba y solo entraba alguna que otra vez para guardar ropa de cama que el servicio de limpieza había dejado en la secadora. De vez en cuando, cuando estaba especialmente tontita, los imaginaba juntos en esa habitación. No, no en la habitación, en la cama.

Pero sabía bien que no debía. Ya no era esa chica/ mujer. Era mejor y más inteligente y tenía mucho más autocontrol. Aun así, había soñado despierta, pero sus fantasías no eran como las de antes.

–¿Qué opinas? –preguntó Declan esperanzado y aterrorizado.

Ella lo miró de arriba abajo y se fijó en la camisa con cuello abotonado recién planchada, en los vaqueros oscuros y en los mocasines. Se había duchado y afeitado y estaba guapo.

–Se va a quedar encandilada –dijo Sunshine inyectándole entusiasmo a su voz cuando lo que de verdad quería era ponerse a patalear y decirle que no fuera.

–«Encandilada» me parece demasiado –dijo él tirándose del cuello de la camisa–. Esto ha sido un error. Debería cancelarlo.

–No vas a cancelar nada. Vas a llevar a Phoebe a cenar y vas a divertirte.

Declan parecía más abatido que seguro de sí mismo.

–No lo veo claro. Apenas conozco a esa mujer. ¿De qué vamos a hablar?

–Pregúntale por su trabajo. Háblale del tuyo. Tienes un montón de historias divertidas sobre los clientes del hotel.

–No son divertidas, son desastrosas.

Ella sonrió.

–Para ti. Para los demás tienen bastante gracia. Y si te quedas atascado, habla de Connor. Habla de su colegio, de cómo les va a ir a los Rams en la próxima temporada, de si a ella le gusta el *ballet*.

–¿Es que el *ballet* no os gusta a todas las mujeres?

–Claro que no. Eso es como decir que a todos los tíos os gusta el baloncesto.

–¿A ti te gusta el *ballet*?

–Sí, pero esa no es la cuestión. Conócela. No digas nada de Iris excepto que se puso muy enferma de pronto y luego murió.

Él suspiró.

–Hasta yo sé que no tengo que contarle lo de la aventura.

–Eso lo dices ahora, pero, llegado el momento, podrías soltarlo todo.

Sunshine se dijo que, por muy doloroso que fuera, despedir a Declan dándole consejos que harían que su cita fuera un éxito era buen karma.

–Ah, y si yo salgo en la conversación, asegúrate de decirle que estoy prometida con un tío gigantesco que te intimida un poco.

–¿Pero qué dices?

Sunshine se encogió de hombros.

–Va a preguntarte por mí. No digo que yo me considere eso, solo digo que sé lo que piensan las mujeres cuando me miran. Tetas y culo. No es una buena combinación para una primera cita. Si te pregunta, y te preguntará, tengo una relación y el tío te da miedo.

Declan la observaba y ella no tenía ni idea de en qué estaría pensando. Mientras no fuera pena, le daba igual. O eso se dijo.

–¿Tengo que decir que me da miedo?

–No, pero ayudará.

Connor entró corriendo en el dormitorio y frenó en seco junto a Sunshine. Ella lo rodeó con el brazo.

–¿No crees que tu padre está muy guapo?

Connor arrugó la nariz.

–Sí, papá. ¿Vas a llevarle flores? A las chicas les gustan las flores.

–A lo mejor la próxima vez –dijo Declan sonriendo a su hijo–. ¿Qué vais a hacer Sunshine y tú para cenar?

Connor empezó a dar saltos.

–¡Pizza! ¡Pizza! ¡Pizza!

Abrazó a Sunshine.

–Tenemos masa y salsa y queso y peperoni. Nunca he hecho pizza. ¿Sabías que hay una piedra especial para hacer pizza? ¡Vamos a usarla y vamos a mirar cómo se hornea!

–Vaya, parece que vas a divertirte mucho esta noche –dijo Declan.

–Con Sunshine siempre todo es divertido.

Ella se rio.

–Soy la niñera guay. ¿Qué quieres que te diga?

–Sí que lo eres –dijo Declan. Miró el reloj–. Debería irme. Tenemos una reserva.

Connor acompañó a su padre al garaje mientras Sunshine se dirigía a la cocina. Esa noche, después de la pizza, verían una peli. Una vez que Connor estuviera en la cama, ella se iría a su habitación y no volvería a salir hasta la mañana siguiente. Se distraería viendo programas de reformas y decoración en la HGTV y no pensaría en que Declan estaba por ahí con otra mujer. Básicamente porque no era asunto suyo. Y porque le daba igual. No le importaba lo más mínimo. Ni siquiera un poco. A ella no. Nop, estaba completa y perfectamente bien.

Capítulo 19

Declan entró en la cocina poco después de medianoche. Sunshine había dejado encendidas las luces de las encimeras, pero, por lo demás, la casa estaba oscura y en silencio.

Su hijo se habría ido a la cama hacía horas. Era tarde, así que no tenía por qué contar con que Sunshine estuviera despierta. Aun así, se había preguntado si lo estaría. No debería haberlo hecho. Eran amigos. Ella trabajaba para él, nada más. No tenían nada parecido a una relación, así que era ridículo preguntarse si ella habría estado pensando en la cita que había tenido él.

Encendió la luz del pasillo y luego apagó las luces de las encimeras. Después de pasar a ver a Connor, fue a su dormitorio. Entró en el baño, se desnudó y se metió en la ducha.

Se había acostado con Phoebe. No lo había planeado, ni siquiera se lo había planteado, pero, al volver de la cena, ella le había dejado claro que estaba más que dispuesta y él...

Él no sabía en qué había estado pensando, admitió ahora mientras se enjabonaba. Tal vez que había pasado mucho tiempo y que era una mujer divertida y amable y que la idea de abrazar a alguien, de tener sexo con otra persona que no fuera él mismo, le había atraído. Todo había salido tal como debía; él se había asegurado de que ella se corriera primero y luego se había liberado en su interior.

Se aclaró, salió de la ducha y agarró una toalla. La mecánica había salido bien, pero ahora no podía quitarse de encima la sensación de arrepentimiento. Estar con Phoebe no había sido como hacer el amor con alguien que le importara. Tal vez era demasiado viejo, pero echar un polvo sin más ya no le resultaba tan emocionante como años atrás. Quería más. Quería que su polla no fuera la única implicada.

Quería a Sunshine.

Maldijo en alto y luego se puso los pantalones del pijama. Después de lavarse los dientes, entró en el dormitorio y se metió en la cama. Se tumbó boca arriba en la oscuridad y deseó... ¿Qué? ¿No haberlo hecho? ¿No tener que vérselas ahora con Phoebe? ¿Haber conocido a Sunshine de otra forma y haber podido pedirle salir y haberla conocido como mujer y no como niñera?

La respuesta a todas esas preguntas era «sí», pensó con desánimo. Pero ya no había vuelta atrás y ahora estaba hasta el cuello con una serie de situaciones que no sabía cómo cambiar.

–Buenos días –dijo Margot con alegría al entrar en la sala de estar, donde la esperaba Bianca. Gracias a la advertencia de Alec de la mañana anterior, estaba preparaba para lo que fuera a pasar. Bueno, todo lo preparada que se podía estar ante esa fuerza de la naturaleza que era Bianca.

Su clienta estaba sentada en el sofá con una taza de café en las manos y con gesto astuto y petulante a la vez. Sonrió.

–Buenos días. Conque Alec y tú, ¿eh? ¿Qué tal fue?

Margot se sentó.

–No voy a hablar de tu hijo contigo. No en ese contexto.

–Pero es mi hijo. Tengo derecho a saber qué pasa en su vida.

–Pues no lo vas a saber por mí.

Bianca sonrió.

–Excelente respuesta. Bien hecho. A algunas personas les cuesta plantarme cara. Me alegro de que a ti no –dijo, y añadió con picardía–: No voy a preguntarte qué tal la noche ni a mencionar que pareces un poco cansada, así que podemos ponernos a trabajar directamente.

–Eres muy amable.

Margot sabía que Bianca quería ver si podía alterarla, e hizo lo posible por mostrarse calmada. Se recostó en la silla y se cruzó de piernas.

–Vamos a hablar del evento político.

–¡Ay, no! –dijo Bianca suspirando–. Eso ya es agua pasada. Ayudé a unos niños.

–Dejaste que un hombre al que no conoces te tocara el culo por debajo del vestido en público. Sabías que era ridículo y, aun así, lo hiciste. Eso es lo que no puedo entender, Bianca. ¿Por qué? No dejo de darle vueltas y no se me ocurre ni una sola razón por la que...

Dejó de hablar cuando la respuesta más obvia apareció de pronto en su cerebro. ¿Por qué no lo habría pensado antes? Lo que había pasado no tenía nada que ver ni con sus métodos de formación, ni con que a Bianca le diera todo igual ni nada de eso.

–¿Cuál fue el detonante? –preguntó con voz suave–. Alguien debió de decir o hacer algo en el evento. Algo que te molestó. ¡Claro! Debería haberme dado cuenta en aquel momento.

Bianca dio un sorbo de café.

–No tengo ni idea de lo que hablas. Por cierto, aún me debes un almuerzo con tu hermana.

–¿Qué?

Margot empezó a preguntarse si tan importante era almorzar con Sunshine cuando se dio cuenta de que lo único que buscaba Bianca con el comentario era distraerla.

–Eso podemos hablarlo luego –dijo con firmeza plantando los pies en el suelo–. Por favor, dime qué pasó en el evento que te disgustó tanto. Sé que pasó algo.

Bianca apretó los labios.

–Vale. Pero no fue nada en realidad. No pensaba dejar que ese hombre me tocara. Qué ridículo pedirme algo así. Era un cerdo, por cierto. Pero entonces, cuando estaba en el baño, oí a dos mujeres hablando de mí.

Miró a otro lado.

–No sé por qué estamos hablando de esto.

Margot se sentó en el sofá y se giró hacia Bianca, topándose con su atribulada mirada.

–Yo nunca te juzgaré.

–A menos que deje que alguien me toque el culo.

–No te juzgué. Me quedé impactada y confusa, pero nada más.

La bravuconería de Bianca se disipó.

–Dijeron que era una puta y una rompehogares, algo que es completamente injusto. Yo nunca me he acostado con un hombre casado. Nunca me ha ido ese rollo. Una vez me acosté con un espía, pero no sabía que era espía. Era productor de cine y muy guapo. Una vez, cuando estábamos juntos en su villa en las colinas de Hollywood, el FBI hizo una redada en su casa y se lo llevaron. Fue muy emocionante y un poco aterrador también.

Sonrió.

–Yo estaba desnuda y el agente más jovencito no podía quitarme los ojos de encima. Fue como la vida real mezclada con una peli. Me encantó. Estuvimos saliendo casi un mes.

A Margot le estaba costando un poco seguirle el hilo.

–¿El productor y tú?

–¿Qué? Sí, estuvimos saliendo, pero me refería al agente del FBI. Era demasiado joven para mí, pero muy dulce. ¡La de cosas que le enseñé! –dijo suspirando–. Bueno, a lo que iba, que yo nunca me he acostado con un hombre casado. Siempre me ha parecido de lo más tonto. Cualquier hombre capaz de engañar a su mujer no merece que malgaste mi tiempo con él. Pero me molestaron.

–¿Esas mujeres? Claro, normal. Debiste de sentirte fatal. La realidad es que esas zorras malas estaban celosas. Se sentían inferiores y, como no podían soportarlo, tuvieron que machacarte. Lamento que pasara.

Bianca le tocó el brazo.

–Gracias, Margot. Eres muy amable.

–Lo digo en serio. Ojalá hubiera estado allí. Les habría dicho unas cuantas cosas, eso seguro.

Bianca sonrió.

–Habrías estado formidable.

–Eso espero.

Ahora todo tenía sentido, pensó.

–Seguro que no habría pasado nada si no te hubieras vuelto a encontrar a ese tío. Pero te sentías vulnerable y por eso accediste a lo que te pidió, porque, claro, a ellas no iba a pedirles tocarles el culo. Así que al final te pusiste en plan salvaje, siendo el centro de atención y un poquito mala también. Lo entiendo.

Margot suavizó las palabras con una sonrisa.

–¿Y cómo te funcionó esa estrategia?

–Creía que bien, pero entonces Alec y tú os pusisteis histéricos.

Margot esperó. Bianca gruñó.

–Vale. No debería haberlo hecho, por Wesley y todo eso.

–Siempre vas a ser un objetivo, Bianca. Lo sabes. Tenemos que pensar en unos mecanismos de defensa para cuando te sientas atacada.

–Me gustó mucho charlar con la gente tímida de la sala. Todos fueron muy agradecidos.

–Todo el mundo quiere sentirse especial y nadie mejor que tú para hacer que alguien se sienta el centro del universo. Otra cosa que puedes hacer es marcharte, directamente. En esos eventos no vas a estar sola. Busca a Wesley. A lo mejor los dos podríais buscar una palabra en clave para que él sepa que estás disgustada o incómoda.

Bianca se rio.

–Ya tenemos palabras en clave. Ya sabes, para cuando...

Margot levantó la mano.

–No. No me cuentes eso.

–Alec y tú podríais...

–Para.

Bianca hizo un mohín.

–Qué poco divertida eres.

–No estoy aquí para ser divertida. Estoy aquí para ayudarte a sentirte cómoda en el mundo de Wesley. Habla con él de esto. Trazad un plan juntos. Te quiere y quiere ayudarte.

A Bianca se le llenaron los ojos de lágrimas.

–No quiero estar rota.

–No estás rota. Estás... –Margot buscó una analogía–. ¿Recuerdas cuando hablamos de que no eres cirujana? Eso es así. Puedes tener una habilidad innata, pero, sin formación y práctica, serías peligrosa en un quirófano, tengas o no talento. Es lo que estamos haciendo aquí. Aprendiendo nuevas habilidades.

–Cómo te gustan tus analogías médicas.

–Las he usado dos veces tal vez.

–Aun así, busca material nuevo, querida mía. Siempre es útil.

Margot se tiró sobre el sofá.

–Eres imposible.

Bianca sonrió y no dijo nada.

El sábado por la mañana, Sunshine se despertó más temprano de lo que le habría gustado. No había dormido nada bien. Aunque había dejado la tele encendida para no poder oír nada fuera de su habitación, en el fondo había estado pendiente por si oía a Declan. Al final se había quedado dormida, pero no tenía ni idea de a qué hora habría llegado él a casa o qué habría pasado con Phoebe o por qué le importaba tanto o qué iba a hacer con su día libre.

La penúltima pregunta era una mentira total, pero la ignoró junto con la sensación de miedo en la boca del estómago. La solución obvia para todo lo que la afligía era planificarse algo para pasar el día, incluyendo algo divertido. Tenía deberes que hacer, pero a lo mejor después podría hacerse una limpieza de cutis o irse de compras o escribir a Margot para ver si quería quedar. Eso contando con que no fuera a pasar el día con Alec porque, según el mensaje que le había llegado el día antes, las cosas se habían calentado bien entre ellos.

Se dijo que al menos una de las hermanas Baxter se estaba divirtiendo y que ya le llegaría el turno a ella. Con esa positiva declaración, se vistió y fue a prepararse un café. Aún estaba esperando a que la cafetera hiciera su trabajo cuando Connor entró adormilado y adorable con su pijama de coches. Fue hasta ella y la abrazó fuerte.

–Buenos días –dijo ella frotándole la espalda–. ¿Has dormido bien?

–Ajá. ¿Puedo tomar tortitas?

–Puedes.

Connor la soltó y se subió a un taburete de la isla mientras Sunshine sacaba los ingredientes para las tortitas. Como era su día libre, no tenía por qué hacer el desayuno, pero no iba a decirle que no a Connor. No solo le gustaba cuidarlo, sino que no tenía claro hasta qué hora estaría durmiendo Declan.

¡O si estaba en casa siquiera!

Fue un pensamiento tan inoportuno como sobrecogedor. ¿Y si se había quedado a pasar la noche en casa de Phoebe? Se dijo que no, que él no haría algo así, o que no podía. Le habría preocupado Connor y Phoebe tenía a Elijah, así que, incluso aunque se hubieran acostado, habría vuelto a casa de todos modos.

No quería imaginarlos juntos ni haciendo ninguna otra cosa, pero la imagen estaba en su cerebro y no quería marcharse.

–Vamos a ir al zoo –le dijo Connor–. Ven con nosotros.

Ella cascó unos huevos y los echó en un cuenco.

–Es mi día libre, Connor.

–¡Pero es el zoo! Venga, será divertido.

–Tu padre y tú tenéis que pasar tiempo solos.

–¿Por qué?

–Ya hemos hablado de esto –dijo Declan al entrar en la cocina. Con la mirada clavada en su hijo añadió–: Buenos días, Sunshine.

–Buenos días.

Declan abrazó a Connor.

–Sunshine necesita tiempo libre. Tiene cosas que hacer.

Connor la miró.

–¿Qué cosas?

–Cosas que a ti no te importan –dijo su padre al acercarse a la cafetera y servirse una taza. Añadió leche y se la puso delante a Sunshine antes de servirse otra para él.

Connor suspiró exageradamente.

–Será mejor si viene Sunshine.

–No lo dudo, pero tendremos que apañarnos y pasarlo lo mejor que podamos.

Sunshine incorporó la mezcla de tortitas y removió. ¿Era cosa suya o Declan le rehuía la mirada? ¿Se sentía tan incómodo como ella? ¿Ahí había tensión o eran imaginaciones suyas?

–Voy a hacer una lista de todos los animales que quiero ver –dijo Connor bajando del taburete–. Avisadme cuando el desayuno esté listo.

Corrió por el pasillo y la dejó sola con su jefe. Sunshine no sabía si debería empezar a precalentar la plancha o salir corriendo y meterse en su habitación. Optó por quedarse en terreno neutral y levantó la taza de café.

–Bueno, ¿qué tal tu cita?

Mientras hablaba lo miró y él, por fin, la miró. La expresión de Declan era tres partes de congoja y una de culpabilidad. Sus miradas se engancharon.

–Me he acostado con ella.

Sunshine sintió la patada directamente en las entrañas. Sabía que no era asunto suyo, que no debería importarle, que dentro del contexto general era imposible que le importara, pero aun así la noticia la impactó. La traición se unió al impacto y juntos la hicieron sentirse dolida e incómoda. «Y todo esto sin ni siquiera haber desayunado todavía», pensó apesadumbrada.

Dio otro sorbo de café esperando conseguir tiempo y ocultar cualquier reacción visible.

–Bien por ti –dijo con toda la naturalidad que pudo–. Se acabó el período de sequía.

Le lanzó una sonrisa fingida que él no le devolvió.

–¿No estás contento? –preguntó.

–No fue genial –dijo Declan girándose.

–¿Quieres decir que el sexo fue...?

Él se apoyó en la encimera y maldijo en voz baja.

–No, el sexo estuvo muy bien. Lo digo por todo lo demás. Pensé que quería echar un polvo y ella desde luego tenía ganas, pero, cuando terminamos, no fue lo que quería. Joder, hablo como una mujer.

–En realidad no. Tienes la voz demasiado grave.

Él la miró.

–¿Estamos graciosas?

–¿Demasiado pronto?

Declan sonrió como pudo.

–No. No demasiado pronto. Pensé que me sentiría genial, pero no. Estoy hecho mierda y ahora encima tengo que cargar con lo que ha pasado.

La incomodidad de Sunshine desapareció lo suficiente para dejarla relajarse. No es que la vida sexual de Declan fuera asunto suyo, pero si lo de Phoebe no había estado genial, a lo mejor no querría volver a verla y...

¿Y qué? ¿Empezarían a salir ellos dos? ¡Qué va!

–Ya me ha escrito dos veces –dijo él–. A lo mejor Connor y yo deberíamos mudarnos a Bora Bora.

–Me parece una reacción exagerada a un par de mensajes –dijo Sunshine con delicadeza–. Una solución alternativa podría ser quedar con ella para un café.

–¿Qué? –preguntó él mirándola–. No quiero verla. ¿Y si espera que volvamos a hacerlo?

Sunshine hizo lo posible por no reírse.

–O podrías quedar con ella para un café –repitió–. En un lugar público donde tu honra estaría a salvo.

–Te burlas de mí.

–Un poco. Lo que quiero decir es que puedes decirle que la noche que pasaste con ella fue genial, pero que ahora mismo no estás listo para salir con nadie.

–Va a gritarme.

–Puede, pero no será tan horrible y tú serás ese tipo estupendo que estuvo dispuesto a ser sincero con ella.

–¿Por qué no puedo ser el capullo que acabó las cosas con un mensaje?

–Porque en el fondo no eres un capullo. Además, necesitas práctica con las mujeres.

–¿Tan obvio es?

–Un poco.

Se sonrieron. La tensión volvió, pero fue una tensión distinta. Esta tenía que ver con atracción, con la relación hombre-mujer y con el hecho de que se deseaban pero no podían permitírselo, o a lo mejor era ella la que lo deseaba a él y lo demás eran solo ilusiones. Pero, fuera como fuese, ahí había tensión.

Declan dio un paso hacia ella. Todo su ser quería acercarse a él. Todo su ser quería agarrarse a Declan y que él la agarrara, y perderse en su beso y en sus caricias y...

En algún lugar de su cabeza sonó una sirena con un fuerte estruendo. La última sinapsis sensata que le quedaba en el cerebro se puso en alerta y le advirtió que no fuera idiota. Que había mucho en juego, que no solo podía pensar en un placer pasajero.

La indecisión la inmovilizó mientras ella batallaba entre lo fácil y lo que decía que quería. No, lo que sabía que quería. Dio un paso atrás.

–No puedo.

Declan retrocedió de inmediato.

–Tienes razón. Lo siento.

Sunshine señaló al cuenco.

–Es masa de tortitas. Si puedes...

–Sí. Yo las preparo.

Había mucho más que decir y, a la vez, nada más que discutir. Sunshine hizo lo único que tenía sentido. Dar media vuelta y salir corriendo.

Alec se abrazaba a Margot mientras los dos intentaban recuperar el aliento. Estaban en su despacho, en plena tarde. Por alguna razón, que Margot se pasara a saludar se había convertido en algo mucho más atrayente.

Dio un paso atrás y recogió sus braguitas. Ella las agarró, sonrió y se bajó del escritorio. Quitando eso y que él tenía los vaqueros desabrochados, por lo demás estaban completamente vestidos.

Alec miró el reloj de la pared y sacudió la cabeza.

–Tres minutos. Esta noche te lo compensaré.

Ella se subió la ropa interior y se colocó el vestido.

–Bah, no te preocupes por la rapidez –bromeó–. Cuando tengo un orgasmo así de bueno, la verdad, me da igual si he tardado ocho o nueve segundos en llegar. Aunque sí que deberíamos empezar a cerrar la puerta.

Él le siguió la mirada y vio que habían dejado la puerta del despacho sin el cerrojo echado. Era un día laborable. No solo estaba en casa su madre, sino también Edna, el equipo de limpieza y Borys, el carpin tero, reparando unas columnas y unas tallas. Cualquiera podría haber entrado.

–Debería haberlo pensado –dijo él sabiendo que, por norma, era muy cuidadoso. Pero Margot había entrado ahí y el resto del mundo había desaparecido.

–Y yo –dijo ella sonriendo–. La próxima vez seguro.

Alec la acercó a sí y la besó. Durante un buen rato se quedaron ahí, aferrados el uno al otro.

Él se apartó lo justo para poder mirarla a la cara.

–No estoy viendo a nadie más. Seguro que lo dabas por hecho, pero quiero dejarte claro que eres la única.

Ella lo miraba fijamente.

–Lo mismo digo.

–Bien.

A Alec le gustó oírlo. Le gustaba ella, le gustaba lo que tenían.

–Vamos a salir a cenar –propuso.

Margot enarcó las cejas fingiendo sorpresa.

–¿Te refieres a salir de esta propiedad? ¿Juntos?

–Sí. Vamos a cenar. Será una cita.

–Anda, así que ahora estamos saliendo, ¿eh? –dijo poniéndole las manos en el pecho–. Salir es mucho más serio que el sexo.

Alec sabía que Margot no pretendía hacerse la graciosa. Lo que estaba diciendo era una realidad porque ella lo entendía. Por lo que él le había dicho, y seguro que su madre habría mencionado, Margot sabía que él no era hombre de relaciones. Le costaba confiar en alguien y tenía otras cosas en las que pensar. Por norma insistía en encuentros casuales y breves, pero estar con Margot era distinto.

–Haré una reserva. ¿Alguna preferencia?

–Solo estar contigo –dijo ella antes de besarlo con

suavidad–. Y ahora sí que tengo que volver al trabajo porque, si no, habrá muchas preguntas.

–Luego te veo.

Margot se despidió y se marchó.

Alec se quedó sentado en el escritorio y, con gran esfuerzo, intentó recomponer sus ideas. Había estado trabajando en algo cuando Margot llegó con su maravillosa interrupción. Algo sobre...

Miró el escritorio y de pronto lo invadió el horror. Había estado leyendo un tratado comercial franco-español del siglo diecisiete. Un documento original. No era nada demasiado excepcional o único, pero seguía siendo algo histórico que le habían pedido revisar. Un profesor de universidad le había confiado las páginas escritas laboriosamente a mano creyendo que las protegería y las trataría con cuidado.

Alec miró el desastre que había sobre el escritorio. Sí, había limpiado la superficie antes de sacar los papeles de su caja protectora. Sí, se había puesto guantes, pero cuando Margot había llegado, él había soltado las páginas en la mesa y ¡las había dejado ahí!

Habían empezado a hacer el amor y él le había quitado las bragas. Impaciente por estar dentro de ella y tomarla, la había ayudado a acomodarse en el escritorio. En ningún momento había pensado en las preciadas hojas o en lo que podría pasarles. Habían practicado sexo sobre un tratado franco-español del siglo diecisiete.

Maldijo mientras se ponía los guantes que no recordaba haberse quitado, y estudió las páginas una a una. No había manchas ni gotas húmedas, pero sí que había un par de arrugas y una esquina rota que seguro no estaba así antes.

Ni siquiera era un error de novato. Un novato habría seguido el protocolo. Pero él, en cambio, había sido descuidado con un documento de quinientos años de antigüedad y no tenía ni idea de cómo iba a explicar los daños.

Soltó las páginas y se arrellanó en la silla. ¿Qué había pasado? ¿Cómo podía haberse olvidado de que estaba trabajando? Eso no era nada propio de él.

Capítulo 20

–Esto no es buena idea –murmuró Margot al reunirse con su hermana en la entrada del restaurante.

–Creía que era yo la que vivía en la montaña rusa emocional –bromeó Sunshine–. Tú eres la melliza que siempre está calmada, la imperturbable. ¿O es que se te ha olvidado?

–Estoy calmada y no me ha perturbado nada. También estoy segura de que acecha el desastre.

Sunshine la abrazó.

–Es solo un almuerzo con Bianca. En serio, no va a pasar nada.

–Eso lo dices ahora.

Margot sabía que las posibilidades de desastre eran casi ilimitadas. Bianca podría querer hablar de que Alec y ella se estaban acostando, o preguntarle a Sunshine algo embarazoso, o formar un trenecito para bailar la conga. Era literalmente imposible saberlo. Jamás debería haber accedido a que las tres quedaran para almorzar y, sin embargo, ahí estaba. Nunca se podía subestimar el poder de Bianca.

Llevó a su hermana hacia la mesa donde Bianca ya estaba sentada. En los dos o tres minutos que había estado fuera, Bianca había pedido una botella de champán. Porque ese era su estilo.

–Sunshine, qué alegría volver a verte –dijo Bianca levantándose. Le dio dos besos antes de dar una palmadita en el espacio que tenía al lado en el banco–. Ven a sentarte conmigo.

–¿Dos contra una? –preguntó Margot con tono distendido–. Creo que Sunshine y yo deberíamos formar equipo. Ni aun así podríamos contigo.

Bianca sonrió y se le marcaron los hoyuelos.

–Por muy verdad que sea, quiero a Sunshine a mi lado.

Se sentaron. El camarero, un chaval de veintipocos años, no dejaba de mirarlas como si no pudiera creerse la suerte que tenía.

–¿Sois familia? ¿Es tu madre? –le preguntó a Sunshine.

A Margot le sorprendió que el camarero no reconociera a Bianca. Luego, cuando atara cabos, se daría de cabezazos por no haberse dado cuenta de que había tenido a una estrella del cine en una de sus mesas.

Bianca sonrió.

–Pues sí, son mis hijas. ¿A que son preciosas? Las he hecho yo misma con un poquito de ayuda de Dios –dijo, y alargó el brazo sobre la mesa con la mano extendida.

Margot hizo lo mismo. Bianca le apretó los dedos y luego sonrió al camarero.

–Son una bendición para mí, cada día.

–¡Ay, mamá! –dijo Sunshine bateando las pestañas–. Mira que eres guasona.

Sirvieron el champán. Bianca largó al camarero para que pudieran «estar de cháchara antes de pedir» y luego levantó la copa.

–Por los hombres que nos desean y no podrán tenernos nunca. Que siempre haya muchos.

–¿Entonces no brindamos por la paz en el mundo? –preguntó Margot.

Bianca le guiñó un ojo.

–La próxima vez, cariño. La próxima vez.

Soltó la copa y miró a Sunshine.

–Y ahora quiero saberlo todo de ti. Recuerdo de la cena que eres niñera y que estás en la universidad. ¿Es así?

Sunshine se quedó un poco sorprendida por que Bianca recordara tanto de ella.

–Sí.

–Qué curioso. Porque con tu belleza y tu cuerpo podrías seguir un camino mucho más sencillo en la vida.

–Lo he intentado y nunca ha funcionado. Creo que me va mejor confiar en el esfuerzo y en mi buen juicio que dejarlo todo en manos de mis tetas.

–Seguro que es la opción moral más correcta. ¿Qué estás estudiando?

–Aún no lo he decidido del todo. Educación Infantil o Psicología Infantil. Ahora mismo estoy con las clases de Educación General.

Bianca miró a Margot.

–Deberías meterte en un negocio con ella.

Margot abrió la boca, pero entonces la cerró, básicamente porque no tenía ni idea de qué decir.

–Me encantaría trabajar con Sunshine –dijo al final, y entonces vio que era verdad. Trabajar con su hermana sería genial, pero ¿haciendo qué?

–Margot tiene un grado en Gestión Hotelera –dijo Sunshine enseguida– y yo quiero trabajar con niños. Además, estamos en distintos puntos de nuestras carreras. Yo apenas estoy empezando. La universidad es mucho más difícil de lo que creía.

–Chorradas –dijo Bianca antes de terminarse su copa de champán y alargar la mano para que le sirvieran más–. Sabes moverte por la vida, amor mío. Eso vale por cinco licenciaturas.

Le tocó la mano a Sunshine.

–Margot me ha hablado un poco de cómo fue crecer con vuestra bisabuela. Ella tenía el físico y el cuerpo para ganar la corona, pero tú eras la que la quería, ¿no?

Sunshine miró a Margot como diciendo: «Tienes razón. Es tan perspicaz que da miedo». Luego sonrió a Bianca.

–Sí. Estaba claro que nunca lo lograría. Lo que sí era una opción era trabajar en Hooters.

Bianca las miró a las dos.

–Tuvisteis una infancia complicada. Creedme, sé lo que es eso. O te formas un carácter o te machacan. A vosotras no os han machacado. Y sí, deberíais estar trabajando juntas. Tal vez en una organización benéfica. Alguna que colabore con chicas en circunstancias desfavorecidas. Ay, y yo podría daros los fondos iniciales y ser vuestra portavoz. Aún puedo atraer multitudes.

–Eso es una propuesta, ¿no? –dijo Margot levantando su copa de champán y alegrándose de haber ido en Uber al restaurante, porque desde luego iba a tomarse otra.

–Ignoradme todo lo que queráis –le dijo Bianca–, pero algún día os daréis cuenta de que tengo razón. Mientras tanto, vamos a cambiar de tema. Sunshine, ¿sabías que tu hermana se está acostando con mi hijo? Hacen una pareja encantadora y tienen mucho cuidado de asegurarse de que nunca los pille haciéndolo.

Sunshine hizo lo que pudo por no reírse.

–Margot siempre ha sido muy considerada en ese sentido.

Margot miró a su alrededor y se preguntó si sería demasiado tarde para pasar directamente al alcohol duro o si debería confiar en que el champán la embo-

rrachara lo suficiente como para olvidar por completo que ese almuerzo había tenido lugar.

Sunshine firmó el registro del laboratorio de Matemáticas y se sentó a esperar. Tuvo la precaución de
no mirar a nadie por temor a que vieran lo avergonzada que se sentía. Por muchas horas de estudio, por
mucho que había intentado desesperadamente comprender el material, había sacado otro aprobado raspado en un examen. Ni siquiera un aprobado
aprobado. En serio, no creía que pudiera esforzarse
más. Solo era una asignatura y ya estaba estudiando
más de quince horas a la semana, sin contar las clases. A ese ritmo, nunca podría dar más de una asignatura por semestre y estaría cerca de la edad de
jubilación para cuando por fin se graduara... probablemente con un aprobado raspado de media.

Se le saltaron las lágrimas, pero las contuvo. No
iba a llorar. Ahí no. Esperaría a llegar a casa.

Y pensar que solo un par de días atrás se había
sentido tan bien consigo misma. Había pensado que
le saldría bien el examen, se había divertido almor-
zando con Margot y Bianca, y le gustaba su trabajo.
Todo iba bien y ahora esto.

Unos minutos después Sunshine oyó su nombre.
Se levantó y fue hacia una mujer de pelo canoso que
vestía vaqueros y una camiseta que decía «Vengo con
la banda».

–Soy Ann Lambert –dijo la mujer–. ¿Estás teniendo problemas con tu clase de Matemáticas?

–Ajá.

–Solo quería asegurarme. No te imaginas la cantidad de alumnos de Historia que vienen por aquí. No
sé qué parte de «Laboratorio de Matemáticas» no
entienden, pero te sorprenderías con el número.

Ann la llevó a un pequeño despacho con un escritorio y dos sillas. Se sentaron la una junto a la otra.

–Enséñame en qué estáis trabajando –dijo Ann.

Sunshine abrió su mochila y el examen se le cayó al suelo. Cuando vio el aprobado bajo en rojo intenso, se le llenaron los ojos de lágrimas.

–No lo entiendo –dijo sintiendo que, además de lágrimas, se le acumulaba frustración–. Estoy estudiando mucho y no avanzo nada. Es la primera vez que me aplico en estudiar. No fui a la universidad y el instituto me daba igual. Daba por hecho que era lista, pero puede que no lo sea. Debería asumir que no puedo con esto.

Ann abrió un cajón del escritorio y sacó una caja de pañuelos de papel. Esperó a que Sunshine sacara uno y dijo:

–Si estás aquí buscando ayuda para tu clase de Matemáticas, genial. Si estás aquí porque esperas que me compadezca de ti, puedes irte. Necesitamos hueco para alguien que de verdad tenga pensado aprobar la asignatura.

Sunshine se quedó mirándola.

–¿Qué?

–Ya me has oído. ¿Quieres hacerlo? ¿Lo de la universidad? Porque, si ahora te parece duro, la cosa se va a poner peor. Ni siquiera estás haciendo una asignatura por la que te dan créditos, cielo. Estás haciendo una asignatura que es un requisito. ¿Seguro que no quieres volver a seguir haciendo lo que hacías antes? Eres una chica guapa. ¿En serio quieres esforzarte tanto?

El impacto que le causaron esas palabras le secó las lágrimas.

–No puede hablarme así.

–No tengo evidencia de lo contrario –murmuró Ann.

–No. Eso no es así. Lo estoy intentando. Hago mis

deberes y me preparo para la clase y no, no quiero volver a lo que era antes. Ya estoy harta de ser solo un buen culo. Lo digo en serio. Me da igual lo que diga, señora. Voy a lograr sacar esta asignatura y voy a sacarme mi título, con o sin su ayuda, pero ya que «su trabajo» es ayudarme, podría intentar ser un poco más colaboradora.

Ann la sorprendió al sonreír y decir:

–Eso es. La ira es mucho más útil y energizante. Compadecerse de uno mismo es una pérdida de tiempo. Cuando no es culpa tuya, no te queda otra. No lo olvides. Y ahora, a ver, ¿cuándo fue la última vez que estudiaste de verdad?

–En el instituto.

–¿Y ahora cuántos años tienes? ¿Veintitrés?

–Treinta y uno.

Ann enarcó las cejas.

–Qué buenos genes. Vale, entonces hará unos trece años que no estás en un aula. Es mucho tiempo. Mira, tu cerebro tarda unas ocho semanas en entender lo que está pasando. Ahora mismo no estás absorbiendo lo que te están enseñando. Por eso, cuando lees una página, a la hora ya no te acuerdas de nada. Las clases se te hacen interminables y tardas una eternidad en hacer los deberes. Date otro mes y todo mejorará.

Ann abrió otro cajón y sacó un folleto.

–Aquí hay muchos trucos buenos sobre cómo estudiar. Seguro que lo estás haciendo todo mal.

–¡Ay, gracias!

–No hay de qué. Antes de que te marches hoy, concierta citas conmigo dos veces por semana. Fui profesora de Matemáticas treinta cuatro años, hasta que me jubilé. Me aburría y por eso estoy aquí. Con que tengas medio cerebro, deberías empezar a mejorar en tres o cuatro semanas, y luego podemos pasar a vernos una vez por semana. ¿Qué te parece?

Ann era directa y un poco brusca, pero a Sunshine le gustó. Al menos le estaba diciendo la verdad.

–Me parece un buen plan. Gracias.

–Encantada de ayudarte. Y ahora, venga, vamos a empezar. Dime qué te desconcierta.

Sunshine se mordió el labio inferior.

–¿En serio cree que puedo hacerlo?

–Cielo, hasta un mono podría hacerlo, así que sí. Vamos a hacer que llegues donde tienes que estar.

Sunshine abrió el libro. Connor se habría reído con el comentario del mono y Declan... Bueno, no era momento de pensar en él. A pesar del aprobado bajo, la verdad es que se sentía un poco esperanzada.

–Entendí las ecuaciones lineales e incluso las fracciones, pero todo se estropeó cuando empecé a intentar hacer las gráficas.

Ann asintió.

–Las gráficas son complicadas. Venga, vamos a empezar por ahí.

Margot era más de hacer cosas que de relajarse, pero incluso a ella le gustaba el yoga restaurativo. Las distintas poses y lo de centrarse en la respiración tenían algo que la calmaba. Sonrió. Era la clase de ejercicio que le gustaría a su hermana, pensó. Cuando Bianca le había propuesto ir a una clase, Margot había dado por hecho que irían a un estudio, pero, en lugar de eso, una instructora se había presentado en casa y las había guiado durante la sesión de cincuenta minutos en el jardín. Cuando terminaron, Margot estaba tan relajada que se sentía prácticamente en estado líquido. Le costó llegar hasta la mesa y las sillas del cenador, donde Edna había servido té de hierbas y bollitos ingleses.

–Ha sido increíble –dijo mientras servía dos tazas–. Podría hacerlo todos los días.

–Estoy segura de que lo necesitabas –dijo Bianca con una pícara sonrisa–... con tanto sexo. Tus músculos no están acostumbrados a cómo los estás usando.

Margot debería haber sabido que la clase tendría un precio, pero se dijo que había merecido la pena.

–No pienso entrar en el jueguecito –dijo con tono suave mientras se servía un bollito.

–¡Pero si siempre estamos hablando de mi vida personal!

–Tu vida personal es la razón por la que estoy aquí –le recordó a su clienta–. No pienso hablar de Alec contigo.

–Muy bien. Pues hablemos del antiguo novio. Al que has estado evitando. ¿Cómo se llamaba? ¿Dietrich?

Margot se consideraba bastante habilidosa a la hora de ocultar sus emociones. Era parte de su trabajo, pero ¡madre mía! Bianca la ponía a prueba a diario. Aun así, Dietrich era un tema de conversación menos arriesgado que Alec.

–¿Qué quieres saber?

–¿Por qué fue tan horrible?

Margot pensó en todas las historias que podía contarle, todos los ejemplos de cómo Dietrich le había alborotado la vida, pero entonces se dio cuenta de que el problema no había sido él en absoluto.

–Cuando estaba con él, yo no era mi mejor versión –dijo encogiéndose de hombros–. De hecho, era mi peor versión, y eso es culpa mía, no suya. Amar a alguien debería hacernos mejores. Debería alzarnos, no hundirnos.

Pensó que tal vez era la mejor versión de sí misma cuando estaba con Alec. Eso sí podría ser. Cuando estaba con él, se sentía bien. Él nunca intentaba distraerla de lo importante ni hacerla sentirse inferior.

–¿Qué significa eso? –preguntó Bianca.

–Supongo que lo que quiero decir es que amar a alguien debería ser una experiencia positiva para ambas partes. Que estar con la persona que amas no debería empeorar tu vida. Que, cuando estás con esa persona, lo que buscas es estar mejor de lo que estarías sin ella. ¿Demasiado impreciso?

–Un poco, pero creo que lo entiendo. A mí me encanta estar con Wesley.

–¿Por qué?

Bianca frunció el ceño.

–Qué pregunta tan rara. Porque es perfecto. Es bueno y me quiere. Siempre tiene algo gracioso de que hablar –dijo, y añadió sonriendo–: Y el sexo es fabuloso.

–Esto no va de sexo.

–Casi todo va de sexo.

–Yo no lo creo.

–Bah, el caso es que yo quiero a Wesley. No tiene nada que ver con los otros hombres con los que he estado. Pensé que había encontrado a mi gran amor con Sebastian, pero me equivoqué.

Margot no tenía ni idea de quién era Sebastian, pero, antes de poder llegar a preguntar, Bianca continuó:

–Era un modelo famoso e hicimos juntos una sesión de fotos. Esto pasó hace años. Él dejó el mundillo y acabó ganando una fortuna negociando con acciones. Nos reencontramos quince años después y fue como si no nos hubiéramos separado nunca –dijo con una sonrisa nostálgica–. Nos prometimos y luego rompimos, pero no fue horrible, ¿sabes? Pasó, sin más.

Apretó los labios y añadió:

–Hace tres años escribió una autobiografía y no me mencionó ni una sola vez.

Miró a Margot.

–¿Te lo puedes creer? Se suponía que fui su gran amor y ni siquiera me llevé una nota a pie de página. Luego tuvo los huevos de invitarme a la fiesta de lanzamiento. Pero no fui. ¡Ni de coña!

–¿Qué tiene eso que ver con Wesley?

–¿Qué? Nada. ¿Estábamos hablando de él?

–Estábamos hablando de que el amor es el camino hacia la mejor versión de uno mismo. El amor no trata de lo que la otra persona hace por ti, Bianca, sino de lo que nosotros hacemos por esa persona. Se trata de dar. No cambiamos por lo que nos hacen los demás, más bien nos transforma el acto de amar a otra persona.

Margot empezó a enfadarse, y eso no resultaría muy útil, pero tampoco podía encontrarle explicación a su reacción. A lo mejor fue porque, en el fondo, estaba pensando en Alec más que en Wesley. Bianca podía ser encantadora y divertida, pero también era egocéntrica y desconsiderada. ¿Cómo debió de ser no saber qué clase de madre ibas a tener en un día concreto?

–¿Estás enamorada de Wesley? –preguntó sin rodeos–. ¿Vas a estar a su lado pase lo que pase? ¿Vas a cuidarlo en la salud y en la enfermedad? ¿Y si acaba en una silla de ruedas? ¿Estarás ahí? ¿O lo único que te importa es que te mencionen en una autobiografía?

Bianca se levantó y la fulminó con la mirada.

–No me puedo creer que me estés preguntando eso.

–Alguien tiene que hacerlo.

–Pero tu trabajo no es ese, ¿no?

–Mi trabajo es ayudarte a ser la mejor esposa posible para un hombre en la posición de Wesley. Me documenté de forma muy exhaustiva, pero nunca se me ocurrió preguntarte si de verdad lo amas o si para ti todo esto es solo otro papel.

–Claro que lo amo. ¡Claro que sí!

Margot no dijo nada. No tenía claro lo que Bianca podría sentir por alguien que no fuera ella misma. De todos modos, dudaba que su opinión importara.

–Muy bien. Íbamos a dedicar la tarde a hablar de las diferencias culturales entre países europeos. ¿Te gustaría que empezáramos?

Bianca se quedó en silencio casi un minuto y finalmente asintió.

–Sí, vamos a hablar de eso.

–Hay tantas hormigas que, si las juntaras a todas y las pesaras y juntaras a todas las personas y las pesaras, ¡pesarían lo mismo!

Connor, tumbado en el césped mientras leía un libro sobre hormigas, parecía impresionado y escandalizado por la información.

–Eso son muchas hormigas –dijo Declan.

–Pues sí.

Declan había arrancado los viejos setos unas semanas atrás y ahora estaba cavando agujeros para plantar los nuevos. La mañana ya era cálida y soleada. Por la tarde pasarían fácilmente de los veinticinco grados y aún faltaban un par de meses para que llegara el verano. Era una de las razones por las que le encantaba el sur de California.

–Los científicos creen que hay como un millón de hormigas vivas por cada persona viva –dijo Connor con una risita–. Quiero ponerle nombre a mi millón de hormigas.

–¿Te sabes un millón de nombres o vas a llamarlas Hormiga Uno, Hormiga Dos, Hormiga Tres...?

Connor se rio.

–Las llamaría Hormiga Connor Uno... –bromeó.

–Entonces quieres un reino de hormigas.

–Ajá –dijo el niño pasando de página–. Mira, aquí está. Papá, hay supercolonias. Todas las hormigas están conectadas y comparten la misma composición química, así que están emparentadas.

Connor frunció el ceño y pasó de página.

–Ah, ya me acuerdo. Son hormigas argentinas y se supone que son nativas de Sudamérica, pero son de todas partes del mundo. Las supercolonias se extienden por miles de kilómetros.

–Pues eso es un problema de plagas muy serio.

–Papá, no es un problema. Es guay. Ojalá yo tuviera una supercolonia de hormigas –dijo Connor incorporándose–. He cuidado superbién de mi granja.

–Eso es verdad.

–A lo mejor podría tener otra...

«¿Más hormigas?». No daban mucho problema y, hasta el momento, la granja no había tenido ningún escape o filtración, o como fuera que se dijera cuando los residentes de una granja de hormigas se escapaban, pero ¿más? ¿Dentro de casa?

Miró la cara de ilusión de su hijo y pensó en todo lo que había sufrido entre los últimos ocho y nueve meses. Si quería otra granja de hormigas, tampoco era para tanto, ¿no?

–Claro. Investiga un poco por Internet y luego hablamos. Se lo diré a Sunshine.

–No le importará, papá. Le encantan las hormigas.

Declan dudaba que fuera verdad, pero sabía que ella no pondría ninguna pega. Muy pocas cosas la alteraban, y era una de las muchas cosas que le gustaban de ella. Era una mujer sencilla, realista y tolerante. Y él sabía que Connor le importaba.

–Voy a decírselo ahora mismo –dijo Connor mientras se levantaba. Agarró el libro y entró corriendo en casa.

Declan volvió a centrar la atención en los agujeros

que había estado excavando. Solo tres más, se dijo. Luego empezaría a plantar.

El trabajo físico le sentaba bien. Había tenido una semana complicada en la oficina; Jessica y James seguían sacándolo de quicio con su incapacidad de tomar una decisión. En teoría, la mayor parte del jardín estaba planificado, pero una sola interferencia y tendrían que empezar de nuevo. Heath y él no estaban perdiendo dinero con el trabajo porque habían sido cuidadosos con la estructura salarial. Cada vez que había una desviación del plan inicial y aprobado, la empresa cobraba cada hora hasta que volvían a encarrilarse. Así que sus frustraciones no eran por dinero, sino porque no quería que un solo encargo le chupara tanto tiempo. Había otros trabajos con gente que sabía lo que quería, y ahora mismo Heath y él se veían obligados a rechazarlos.

–Pronto –dijo en voz alta. Pronto acabarían con ese encargo. O eso esperaba.

Empezó con otro agujero, excavando lo bastante profundo como para darle a la nueva planta espacio suficiente para que las raíces se expandieran. Siempre le había gustado trabajar en el jardín. Iris no había compartido su amor por las labores al aire libre. Ella había preferido observar desde casa.

Pensó en lo que había dicho Sunshine sobre apuntar a Connor a algún deporte. Era algo que se le debería haber ocurrido a él, pero a Iris no le habían gustado los deportes estructurados y reglamentados y él había supuesto que había tiempo de sobra para mantener en esa discusión.

Connor y él ya habían hablado y habían decidido que el niño iría a un campamento de verano de béisbol. En otoño quería probar con fútbol y baloncesto. El campamento de béisbol era tres mañanas a la semana, lo que significaba que necesitaba algo para las tardes. Había un programa con un montón de actividades generales en el parque. Sunshine lo había sorprendido al sugerir que fuera a un campamento de música. Tenían programas tanto de día completo como de medio día. Declan no tenía ni idea de si su hijo tenía aptitudes para la música, pero podría ser un terreno a explorar.

Iris habría insistido en que fuera a algún campamento de ciencias, pensó. El verano anterior lo habían apuntado a un programa de ciencias intensivo, pero a Connor no le había gustado nada. Iris le había dicho que no se había esforzado lo suficiente, pero Declan había dicho que el niño necesitaba otras actividades. Habían discutido por ello y luego Iris le había dicho que hiciera lo que quisiera. Como si a ella ya le diera igual. ¿Habría sido entonces cuando había empezado su aventura?

Él no pensaba que la discusión hubiera sido tan grave ni que algo que hubiera podido hacer él la hubiera lanzado a los brazos de otro hombre. Tal vez no había tenido nada que ver con él, aunque sí que sabía que compartía la culpa de al menos la mitad de lo que había pasado en su matrimonio. Pero, aunque pudiera ser responsable de generar una situación en la que su mujer era infeliz, sabía que lo de enamorarse de otro fue cosa de ella. Ella había elegido a otro hombre por encima de Connor y de él. Había estado dispuesta a abandonarlos. Aunque no lo había admitido tal cual, cuando él le había preguntado qué planes tenía para su hijo, Iris le había dicho que era complicado. ¿No debería haber sido madre primero y amante después?

Pasó al último agujero y clavó la pala en la tierra. Mientras pensaba en Iris y en lo que había salido mal, reconoció que ya no se hacía esas preguntas con tanto ímpetu como antes. Jamás obtendría respuestas, pero lo de no saber era más una cuestión de curiosidad que otra cosa. Aunque lamentaba lo sucedido, el pasado ya no lo destrozaba. El dolor se había convertido en tristeza, y sabía que incluso esa herida sanaría. El tiempo había hecho su trabajo y él había pasado página.

Involuntariamente miró hacia la casa. Aunque no podía verla, sabía que Sunshine estaba ahí. El deseo se desató en su interior, pero lo ignoró junto con el ansia cada vez mayor de pasar tiempo con ella, de hablar con ella, de reír con ella. Bastante tenía ya con confiarle a su hijo. Todo lo demás era simplemente ruido de fondo.

Capítulo 21

Margot entró en el comedor a la hora del desayuno. Como siempre, el pequeño bufé estaba compuesto por un plato caliente, fruta fresca, surtido de pastelitos y cruasanes, café, zumo y agua.

Alec estaba sentado en su sitio habitual con un periódico abierto, porque era partidario de apoyar a la prensa local y cada mañana le llevaban *Los Angeles Times*.

En ese segundo previo a que él levantara la mirada y la viera, Margot lo observó. Se fijó en esa pequeña ondulación de su cabello oscuro, en cómo se le ajustaba la camisa a sus anchos hombros y en la forma de sus manos y sus dedos.

Ahora lo conocía de forma íntima... cada centímetro de él. Lo había tocado y saboreado entero suficientes veces como para poder reconocerlo solo por el tacto. Conocía el sonido de su voz y qué cosas le resultaban divertidas. Le gustaba su intensidad y entendía su necesidad de crearse una fortaleza en la que poder desaparecer y de vivir dentro de su cabeza, descubriendo los secretos de aquellos que se habían ido hacía mucho tiempo.

Era un hombre honrado, y cuando estaba con él, sentía que estaba donde debía estar. No sabía adónde iría su relación, pero, si fuera por ella, los sentimientos que había entre ellos no harían más que crecer y expandirse hasta que todos los vacíos que siempre habían tenido los dos estuvieran felizmente llenos.

Alec levantó la vista, la vio y sonrió.

–Buenos días. ¿Has dormido bien?

Margot sonrió.

–Me he despertado sobre las tres, pero, por lo demás, sí que he dormido bien.

–Sí, puede que tenga que disculparme por eso.

–¿Tú crees? –preguntó ella mientras recordaba que la había despertado besándola por todas partes, excitándola hasta que estuvo desesperada de deseo antes de llevarla hasta un orgasmo que hizo que la tierra se tambaleara.

–No, pero me ha parecido que decirlo era lo más educado.

Ella se rio.

–Gracias por el esfuerzo.

Ella agarró un plato y se sirvió el desayuno. Después de colocarlo frente al de él, le rellenó la taza de café, se sirvió otro para ella y se sentó.

–¿Cómo va el mundo? –preguntó señalando al periódico.

–Más o menos como ayer. El mayor problema es que mi madre cree que sigues enfadada con ella.

Margot hundió el tenedor en los esponjosos huevos revueltos.

–¿Y se te está quejando a ti? Qué raro. No parece que tenga ningún problema en ser directa conmigo. ¿A qué vendrá eso?

–Quiere ver si me pongo de su parte.

–Ah, vale, eso sí tiene sentido. ¿La quieres más que...?

Margot dio un frenazo verbal.

–Lo que quiero decir es...

Alec sonrió.

–Sé lo que quieres decir y, sí, sospecho que eso es lo que le preocupa.

–Soy la flamante novedad en tu vida.

–Ella tiene derecho a tener flamantes novedades constantemente, pero yo no –dijo Alec encogiéndose de hombros–. Esas han sido siempre las normas. Así es ella.

–¿La has tranquilizado?

–Le he dicho que, si tiene un problema contigo, que lo hable contigo directamente.

–Hombre tenías que ser –bromeó ella–. ¿Cómo se lo ha tomado?

–Ha hecho pucheros.

–Gracias por la advertencia. Estaré preparada.

La conversación pasó a centrarse en la película que habían visto la noche anterior y los planes que tenían para el fin de semana, después de que ella terminara de ayudar a su hermana con una fiesta de cumpleaños para el niño que cuidaba Sunshine. Margot deseó que todo fuera siempre así, pero habría cambios. Su contrato con Bianca estaba a punto de finalizar. Ella ya había sacado el tema de acabar con las clases, pero Bianca se había negado a hablarlo. Margot tendría que insistir dentro de unas semanas.

¿Y después qué? ¿Alec querría seguir viéndola o era solo una relación de conveniencia? Y suponiendo que él quisiera continuar, ¿cómo afectaría a la relación que vivieran en casas separadas y en qué momento empezaría a reconocer que, al menos para ella, la relación era algo mucho más que casual?

Antes de poder decidir, Alec la sorprendió preguntándole:

–¿Va todo bien en lo sexual?

Ella soltó la tostada que tenía en la mano y lo miró.

–No entiendo la pregunta.

–Quiero asegurarme de que estás... eh... satisfecha. Si hubiera algo que te gustaría que probáramos o que estuviéramos haciendo o... –dijo Alec con un ademán de inseguridad.

La pregunta en sí ya era bastante desconcertante, pero también lo era el momento. Apenas eran las siete de la mañana. Acababan de pasar la noche juntos y habían hecho el amor a las tres de la mañana. Margot había necesitado una almohada para amortiguar sus gritos de placer.

–Sigo sin entender la pregunta.

Él apartó la mirada un momento. Luego volvió a mirarla, pero sus ojos y prácticamente todo en él resultaron indescifrables.

–Una de las quejas de mi exprometida tenía que ver con nuestra vida sexual –admitió con tono apagado–. Decía que el sexo conmigo era aburrido.

Margot intentó asimilarlo. ¿Aburrido? ¿Aburrido? Habían tenido sexo en su despacho, en la cocina, en la ducha, y, cómo no, en sus respectivas camas. Lo hacían de pie, sentados, de lado, en posturas que ella dudaba que tuvieran nombre pero que habían quedado inmortalizadas en los *netsukes* eróticos. Jugueteaban, hablaban, se tocaban, se provocaban. Eran auténticos maestros en los discretos encuentros de tres minutos y por otro lado solían pasarse horas disfrutando el uno del otro, despacio, con sensualidad, hasta que los dos acababan temblando y exhaustos.

Abrió la boca para decirle todo eso y más, pero soltó una carcajada. Y una vez que empezó, no pudo parar. Se rio hasta que se le llenaron los ojos de lágrimas y luego se rio otro poco más. Cuando pudo respirar lo justo para hablar, logró decir:

–No. No, no eres aburrido.

Y la risa se apoderó de ella otra vez.

Alec esperó pacientemente con cierta expresión

de pesar. Cuando por fin ella recuperó el control, suspiró y dijo:

–Alec, tienes muchos defectos, como todos, pero que seas aburrido en la cama no es uno de ellos. Ni por asomo. En serio, esa mujer era idiota. Deberías quitártelo de la cabeza.

Él esbozó media sonrisa.

–Gracias. Quería estar seguro de que te sentías satisfecha.

–Sí. Completamente. Totalmente. En todos los aspectos posibles.

Él la miró fijamente.

–Yo también.

–Me alegra mucho saberlo.

Sunshine intentó pensar en una forma educada de decir que no.

–Vamos –dijo Phoebe por teléfono intentando engatusarla–. Será divertido. Nos pondremos guapas y luego iremos a tomar unas copas. Una noche de chicas. Di que sí.

Sunshine no quería ir. Prefería sus noches de chicas con su hermana. Con Margot podía relajarse del todo y ser ella misma. Con Phoebe, no lo tenía tan claro. ¿De verdad quería quedar con ella o solo quería acribillarla a preguntas sobre Declan?

Sabía que él había seguido su consejo y había quedado con Phoebe a tomar un café para poder decirle lo que opinaba de la situación, lo que hacía más que probable que la propuesta de amistad de Phoebe tuviera más que ver con Declan que con que ella quisiera tener a Sunshine de amiga.

–Te lo suplico –le dijo Phoebe–. Di que sí. Si no, me quedaré desolada.

–«Desolada» suena muy fuerte –murmuró Sunshine

mientras notaba que empezaba a ceder–. Pero vale. Será divertido salir a tomar algo.

–Genial. Estoy en mi coche y no puedo acceder a mi agenda. Luego te escribo y buscamos fecha. Adiós.

Y con eso colgó. Sunshine soltó el teléfono en la cama y gruñó. Debería haber dicho que no. Tampoco era una palabra tan difícil. Según su bisabuela, había sido la primera palabra que había pronunciado.

–Ya me ocuparé de eso luego –murmuró mientras se dirigía a la cocina. Tenía un día ajetreado. Le habían cancelado la clase de Matemáticas y eso le daba más tiempo para preparar la fiesta de cumpleaños de Connor del día siguiente. Aunque lo tenía todo organizado, aún había mucho por hacer. Declan había insistido en tomarse el día libre en el trabajo para ayudarla y, si tenía que ser sincera consigo misma, le hacía mucha más ilusión pasar ese rato con él que preparar la fiesta. Pero era algo que no admitiría ante nadie. Aun así, la idea de estar juntos todo el día la derretía un poco por dentro.

Declan se reunió con ella en la cocina. Su aspecto era el de un hombre fuerte, capaz y más que un poco sexi.

–¿Lista?

–Sí.

Fueron a la habitación de invitados y él abrió la puerta con llave. Dentro estaban todos los artículos para la fiesta, incluidas las bolsitas de regalo para los invitados y el material para los juegos. Además había regalos envueltos, entre ellos el edredón hecho a medida con motivos de hormigas que Sunshine había encargado en Etsy para Connor.

Hicieron falta cuatro viajes para llevar a la cocina todo lo que necesitaban.

–Quiero esperar hasta mañana para montar lo de los juegos –dijo ella cargando con las bolsitas de regalo y la bolsa grande donde llevaba sus materiales para manualidades–. No va a llover, pero estará el rocío de la mañana y no quiero que nada se moje.

–Sin problema. Ya he apagado los aspersores para que no salten mañana. Así el césped estará seco.

La fiesta de cumpleaños se celebraría fuera. Sunshine había encargado mesas largas y muchas sillas. Habría zonas de juegos, una piñata gigantesca con forma de hormiga, y mesas separadas para los regalos, la comida y la bebida.

Sacó la lista de tareas.

–Hoy vamos a recortar las hormigas para las bolsitas de regalos y vamos a pegarlas y luego a rellenar las bolsas. Quiero recortar las hormigas para las linternas, revisar los materiales para los juegos, confirmar la distribución del jardín trasero y empezar con parte de la comida.

–Qué de cosas.

Ella sonrió.

–No si tú me ayudas. Margot vendrá mañana y ayudará a servir la comida y a echar una mano en general.

–¿Los demás padres no se quedarán a ayudar?

–Anda, Declan, ¿en serio? La fiesta de cumpleaños de un niño es la oportunidad de tener unas cuantas horas de despreocupación. De eso se trata. Hazme caso, los padres van a soltar a sus hijos y salir corriendo.

–Supongo que nunca me había fijado en eso –dijo él frunciendo el ceño–. La verdad, creo que nunca nos molestamos demasiado en celebrarle una fiesta así a Connor. Iris no era de fiestas, así que nos limitábamos a celebrarlo en familia básicamente.

Como Sunshine sabía que cualquier cosa que dijera sonaría sarcástica, le ofreció una sonrisa y dijo:

–Mi amor por organizar fiestas solo lo supera la emoción de celebrarlas. Así que gracias por dejarme hacer esto –dijo, y sacudiendo los papeles añadió–: Vamos a empezar.

Recortaron unas hormigas grandes de unas cartulinas y las pegaron en las bolsas de regalitos. A la fiesta irían nueve niños, así que serían diez en total. Sunshine tenía diez bolsas; la última la guardaría hasta que todo el mundo se hubiera ido y hubiera llegado el bajón posfiesta. Entonces le daría a Connor su bolsita.

Mientras Declan pegaba hormigas en las bolsas y las llenaba de juguetes y caramelos, ella colocó una cuchilla nueva en su cúter X-Acto y se puso a trabajar con la cinta resistente al calor que había encontrado. La idea era recortar la silueta de una hormiga y pegarla a la lente de la linterna para crear un haz de luz personalizado. Acababa de terminar dos cuando se le resbaló el cúter y la afilada cuchilla le atravesó el borde de la palma izquierda.

En el nanosegundo que siguió, Sunshine intentó averiguar qué había hecho. No le dolía nada y no parecía haber nada mal. Pero entonces la sangre empezó a chorrear sobre la mesa y las terminaciones nerviosas se le encendieron como si estuvieran ardiendo. Empezó a levantarse, pero vio que era una mala idea.

–¡Declan!

Él la miró, maldijo y se levantó de un salto.

–¿Qué ha pasado? –preguntó mientras agarraba un paño y se lo envolvía alrededor de la mano. En segundos el paño estaba ensangrentado.

–Me he cortado con el cúter.

Tenía ganas de vomitar y el dolor era intenso.

Declan sacó tres paños más del cajón y la metió en el coche corriendo. Volvió a la casa a por su bolso para llevar su identificación y luego, rápidamente, salió del vecindario en dirección al hospital local.

Antes de lo que Sunshine se habría imaginado, estaba en una pequeña sala de Urgencias y sentada en una cama de hospital. Su enfermera, que se había presentado como Nikki, le puso un vendaje compresivo que dolía como un demonio mientras Declan se mantenía a su lado.

–Vas a necesitar puntos –dijo Nikki–. Voy a hacer el papeleo. ¿Eres diestra?

Sunshine asintió mientras intentaba ignorar el mareo.

–Bien, porque vas a estar un tiempo sin poder usar la mano izquierda. Aun así, mejor que la documentación la rellene tu marido. Tú puedes firmar al final.

Le pasó una carpeta a Declan antes de salir de la sala.

Sunshine echó la cabeza atrás y cerró los ojos.

–Deberías decirle que no estamos casados –dijo en voz baja y dudando si vomitaría o no. La sangre no era una de sus cosas favoritas, aunque tampoco solía incomodarla. Pero, claro, podía estar conmocionada o incluso haber perdido mucha sangre. Fuera como fuese, sentía unas punzadas brutales en la mano.

–Creo que eso ahora es lo de menos –dijo él sentándose–. Voy a rellenar esto.

Él anotó la información básica y luego le preguntó si era alérgica a alguna medicación y si había tenido algún problema médico previo.

–Nada –dijo ella. Le daba vueltas la cabeza–. Y tampoco hay antecedentes familiares de nada.

Que ella supiera. Su bisabuela había pasado bien de los noventa antes de morir tranquilamente mientras dormía. En cuanto a su padre, bueno, no sabían nada de él. Y era una estupidez estar pensando en él justo ahora, se dijo mientras intentaba no llorar.

Nikki volvió con varias almohadas para que pudiera tener la mano en alto. Le puso una vía.

–Suero y algo para el dolor. ¿Recuerdas cuándo te pusieron la última vacuna antitetánica?

–No. Creo que era pequeña.

Nikki sonrió.

–Pues mejor que la tengas al día. La pauta es cada diez años. Vamos a ponerte una dosis.

Genial. Una vacuna y unos puntos. Aunque ya tenía una vía en el brazo, así que tal vez ya había pasado lo peor. Miró a Declan.

–¿Y qué va a pasar con la fiesta?

–No te preocupes por eso. Vamos a ocuparnos de ti y luego yo me ocuparé de prepararlo todo.

–No puedes hacerlo todo solo. Es la fiesta de cumpleaños de Connor. Es muy importante.

–Me las apañaré.

Declan parecía seguro de sí mismo, pero ella no lo estaba tanto.

–De todos modos, Margot iba a ayudarme mañana. Puedo llamarla y pedirle que venga antes o incluso hoy...

–Para –dijo él–. Primero nos ocupamos de esto y luego ya vemos, ¿vale? –añadió con tono delicado pero firme–. Sunshine, eres mi principal preocupación. Y si Connor estuviera aquí, estaría totalmente de acuerdo conmigo. La fiesta se celebrará. Olvídate.

Nikki sonrió.

–Cielo, tienes un partidazo.

Sunshine se giró hacia la enfermera dispuesta a corregirla, pero Declan sacudió la cabeza y le guiñó un ojo.

–Tienes razón –dijo él con tono alegre–. Es afortunada de tenerme.

Antes de que Sunshine pudiera responder o incluso asimilar el repentino y poderoso deseo de ser así de afortunada de verdad, la puerta corredera se abrió y una mujer alta, atractiva y morena entró con una tableta en la mano. Sonrió y dijo:

–Hola, Sunshine. Soy la doctora Kumar. Parece que has tenido un pequeño accidente.

–La saludaría, pero la cosa se pondría fea –dijo ella esperando que no se notara que estaba a punto de llorar.

La doctora Kumar se rio.

–Pues no queremos eso. Deja que te eche un vistazo rápido y luego lo arreglaremos.

Varios puntos, una receta para analgésicos suaves y un informe de alta después, Sunshine estaba de vuelta en casa. Aún tenía la mano dormida por la anestesia local, pero tenía la mala sensación de que, una vez se pasara, le iba a doler a lo bestia.

–Deberías tumbarte –le dijo Declan cuando entraron en la cocina–. Tienes que tomártelo con calma.

–Me he hecho un corte en la mano. No he tenido un accidente de coche. Estoy perfectamente.

–Estás pálida y parece como si fueras a desmayarte en cualquier momento. Túmbate un par de horas y luego ya veremos cómo te encuentras.

–No. Tenemos que preparar la fiesta. Tenemos nueve niños que llegan a las once de la mañana. Hay mucho que hacer.

–Has redactado una lista maestra. Puedo seguirla.

–No. No vas a entender mis notas.

Sunshine tenía más que decir, pero de pronto se sintió algo mareada. Se tambaleó y pensó que debería sentarse. Apenas había dado un paso hacia los taburetes que había junto a la isla cuando Declan se puso a su lado de un salto y la rodeó por la cintura.

–Gracias por demostrar lo que estaba diciendo –dijo él con tono delicado–. Venga, Sunshine. Tienes que cuidarte.

–Estoy bien.

Él la miró y enarcó las cejas.

–¿En serio? ¿Estás bien?

Declan estaba tan cerca que ella podía ver todos los colores de sus iris. Era más alto que ella y fuerte, y que la sujetara resultaba muy agradable. Como si estuviera a salvo y cuidada. Quería apoyarse en él, quería que la sujetara para siempre y...

Apartó esos ridículos pensamientos mientras se decía que se había hecho un corte, que no estaba en su mejor momento y que cualquier sensación reconfortante que pudiera estar teniendo era solo el resultado del trauma y en absoluto real. Tenía que calmarse.

Se giró y se sentó en el taburete.

–Por favor, mete una de las tumbonas del patio –dijo ella–. Puedes apartar a un lado la mesa de la cocina y poner la tumbona al lado. Cuando esté ahí acoplada, trae un par de almohadas de mi habitación para que pueda poner la mano en alto –dijo, y se encogió de hombros–. Es una solución intermedia. Me necesitas para te ayude con lo que hay que hacer y tú quieres que descanse. Así los dos tenemos lo que queremos.

Algo ardiente y abrasador se iluminó en los ojos de él. Se disipó tan rápido como se encendió, pero no sin que antes ella sintiera una sacudida en el vientre a modo de respuesta.

–¿Prometes que solo vas a supervisar? –preguntó él no muy convencido.

–Lo prometo.

Declan le lanzó una sonrisa.

–Entonces vale. Tenemos un trato.

Capítulo 22

Los preparativos del sábado por la mañana no podían haber ido mejor, pensó Declan aliviado. Margot había llegado justo antes de las ocho dispuesta a ayudar y hacer lo que hiciera falta. Para entonces Declan ya había montado las mesas y las sillas alquiladas en el patio cubierto y había usado cinta amarilla de obras para delimitar el área de juegos del jardín trasero. Sunshine, aún pálida pero menos temblorosa, lo supervisó todo mientras un emocionado Connor se movía de un sitio a otro pegando brincos para asegurarse de que todo estaría listo para su fiesta. La tercera vez que Declan se giró y por poco no se cayó encima de su hijo, su paciencia llegó al límite.

–No puedes estar por medio –dijo sabiendo que sonó exasperado pero incapaz de controlarse.

–¡Jo, papáááá!

Sunshine se interpuso entre los dos. Abrazó a Connor.

–Sé que estás nervioso, pero, si sigues metiéndote por medio, no vamos a poder prepararlo todo para tus amigos, y seguro que no quieres eso, ¿verdad? ¿Por qué no vas a mi habitación y miras a ver qué hay en la cama?

Connor salió pitando de la cocina. Declan se dirigió a Sunshine.

–¿Qué le has comprado?

–Ya lo verás.

Unos segundos después, Connor volvió con un gran paquete plano envuelto.

–Pesa mucho –dijo entusiasmado–. ¿Puedo abrirlo ya? ¿Puedo?

Esa noche, después de la fiesta, habría una cena familiar, algo sencillo. Connor abriría los regalos de Declan y lo que Sunshine le hubiera comprado. Y no es que tuviera que comprarle un regalo a su hijo por obligación, pero él sabía que lo haría.

–Puedes –le dijo ella.

El niño rompió el papel de regalo con dibujitos de bichos y se puso a chillar al ver el título del libro: *El mundo de las hormigas*. Era voluminoso, con muchas imágenes brillantes y a todo color y más información de la que una persona corriente querría saber sobre las hormigas. Connor, radiante, la miró.

–¡Qué pasada! Gracias.

Connor abrazó a Sunshine y luego se acercó el libro al pecho.

–¿Puedo ir a leerlo ahora?

–Sí. Te llamaremos cuando hayan llegado los invitados.

–Vale.

Salió corriendo de la cocina dejando tras de sí el papel hecho jirones.

–Bien jugado –dijo Margot–. Como sabías que estaría nervioso e incordiando, tenías pensado darle el regalo.

–Pensé que sería de ayuda.

–Imagina lo que podrías hacer si no estuvieras lesionada –bromeó su hermana.

Declan observó la interacción. Físicamente las

hermanas no podían ser más distintas. Sí, claro, las dos eran rubias y tenían los ojos parecidos y la misma sonrisa, pero, por lo demás, no se parecían en nada. Por otro lado, eran igual de simpáticas y generosas. Él se había fijado en cómo miraba Margot a su hermana, como queriendo asegurarse de que estaba bien. Margot había renunciado a un día libre para ayudar a preparar una fiesta para un niño al que apenas conocía. Las hermanas Baxter eran especiales, pensó, y quien se ganara sus respectivos corazones tendría una suerte de la leche.

Se permitió un momento para jugar a imaginar y luego apartó esos pensamientos. Sunshine estaba en su casa, bajo su protección. No le devolvería su devoción y amistad echándosele encima como un capullo baboso.

A las diez y media hubo una reunión final para asegurarse de que todo estaba listo.

–La tarta helada ya está en el congelador –dijo Margot poniendo un tic junto a ese elemento de la lista–. Platos y tenedores para la tarta, listos. Sándwiches y picoteo, listos y en la nevera o la despensa.

Declan miró su lista.

–Las bolsitas de regalos están terminadas y a salvo en un armario. Las sacaré a las dos y media. El baño del pasillo tiene jabón líquido de sobra y un montón de toallas de papel. Comprobaré el suministro cada media hora y me aseguraré de que no haya nada asqueroso por ahí.

Margot lo miró con gesto comprensivo.

–Buena suerte con eso.

–Es lo mínimo que puedo hacer –dijo él, y le guiñó un ojo a Sunshine.

Ella le sonrió y luego leyó su lista.

–Todo el material para los juegos está en su sitio. Los dos tenéis las reglas de los juegos. Los invitados deberían llegar a las once. Iremos directos al «¿Quién soy?» y luego serviremos el almuerzo mientras ven la peli de *Hormigaz*. Después haremos una carrera de relevos con el juego «Pasa la espada» y luego daremos los regalos. Acabaremos con la piñata.

Los miró.

–Y ya. Lo supervisaré todo desde mi silla, aunque no hay motivos para que no pueda...

–Por favor –dijo Margot poniendo los ojos en blanco–. Tienes un montón de puntos en la mano. Sé que aún te duele y que apenas has dormido. Por mucho que seas la reina de todo lo que tiene que ver con niños, nosotros podemos ocuparnos de los detalles de la fiesta.

Sunshine miró a Declan.

–Siempre ha sido una mandona. A veces hay que seguirle la corriente y ya.

–No lo puedo evitar –dijo Margot–. Fui la primera en nacer. «Responsabilidad» es mi segundo nombre.

–Fuiste la primera en nacer por ocho minutos.

Margot suspiró.

–Me encantó ser hija única.

Los tres se rieron. Sunshine miró a Declan y sonrió. El deseo estalló, pero él tenía bastante práctica a la hora de ignorar esa sensación. Decidió centrarse en disfrutar de la sensación de conexión. Formaban un buen equipo y no quería hacer nada que lo fastidiara.

El domingo, Margot decidió explorar un poco el sótano del monasterio. La zona bajo la antigua iglesia era enorme. Parte de la vieja despensa se había convertido en una gran bodega de vinos con estantes, rejillas y buena iluminación. El resto seguía intacto y, en un principio, ella se había pensado que esa era toda la zona subterránea que había.

Unas semanas antes había encontrado una pequeña puerta al fondo. La había abierto y había descubierto decenas de pequeñas alcobas y tortuosos pasillos con suelos de piedra y vigas de madera. Aunque en el pasillo había luz eléctrica, no había muchas bombillas, así que se había llevado una linterna.

El techo era tan bajo que tuvo que agacharse un poco mientras avanzaba. Aunque no había ventanas ni salidas a simple vista, el aire era relativamente fresco, así que tendría que haber rejillas de ventilación o algo. Todo el espacio estaba totalmente seco, lo cual tenía sentido. Estaban en el Sur de California, una zona semiárida del país. No había un nivel hidrostático que humedeciera nada y menos de doscientos treinta milímetros de lluvia al año no iban a tener ningún efecto en el sótano.

Había recorrido toda la zona y no hacía más que volver al muro de piedra al norte del edificio. Tenía algo. Algo intrigante. Varias de las piedras no tenían lechada alrededor y ella estaba segura de que sentía una brisa correr entre ellas.

Cuando le había dicho a Alec lo del muro y sus esperanzas de que hubiera una puerta secreta, él había bromeado con que ella siguiera esperando encontrar huesos antiguos. A Margot le daba igual lo que hubiera allí con tal de que fuera algo emocionante.

Buscó una palanca, pero no vio ninguna por ninguna parte. Empujó piedras al azar. Algunas se movieron, pero medio centímetro o así. No bastaba para activar un mecanismo.

En lugar de frustrarse, se apartó del muro y cerró los ojos. Después de respirar hondo dos veces, pensó en cuánto había disfrutado ayudando con el cumpleaños de Connor el día anterior. El niño lo había pasado genial y parecía que sus amigos también. Sunshine había hecho un trabajazo organizándolo todo. Cada aspecto de la fiesta había estado cargado de detalles; desde la presentación de la comida hasta las decoraciones y las bolsitas de regalo.

Así era su hermana, pensó sonriendo. Detallista al máximo. Era parte de su personalidad. Le encantaban los niños y formar parte de una familia. Siempre se entregaba, quizá demasiado. Margot esperaba que a Sunshine le funcionara su nuevo plan: no enamorarse del tipo equivocado. Le pareció haber captado cierta atracción entre Declan y ella, pero no estaba segura. Sunshine no podía evitar conectar con los niños que cuidaba. Siempre le había pasado, lo llevaba dentro. La gente se definía por lo que creía, esperaba y soñaba.

«Los monjes eran hombres de Dios», pensó girándose hacia el muro. Su vida se basaba en la devoción.

Volvió a analizar las piedras. A lo ancho había un número raro de piedras. Localizó la hilera del centro y presionó la de arriba, luego otra medio metro abajo, más o menos. Ninguna se movió ni un poquito. La clave tenía que ser la señal de la cruz, pensó. Pero ¿dónde estaba la parte superior?

Empujó todas las piedras, empezando desde arriba, y justo por debajo del centro una retrocedió un poco.

Se quedó mirando las piedras, intentando encontrarles sentido. Si no se equivocaba, ¿cómo podía ser esa la parte de arriba de la cruz? Sí, era alta, sobre todo comparada con una mujer del siglo dieciocho, pero, si esa piedra era la parte superior de la cruz, los monjes tendrían que haber...

–Arrodillados –dijo con la respiración entrecortada–. ¡Habían estado arrodillados!

Se tiró al suelo de piedra y empezó a empujar las piedras en línea con la que se había movido. Encontró la segunda fácilmente y solo tardó unos minutos en localizar las otras dos.

Estaba tan emocionada de haber resuelto el enigma que casi olvidó su propósito. Solo cuando la puerta de piedra se abrió, fue consciente de que había encontrado... pues... ¡lo que fuera!

Encendió la linterna y la movió para iluminarse en la oscuridad. Por lo visto, había encontrado una enorme zona de almacenaje. Estaban las típicas mesas y cestos apilados, y había unos cuantos arcones y rollos de lo que suponía serían telas muy viejas. Pero lo que más le llamó la atención fueron las estatuas puestas en fila en varios estantes. Medirían entre treinta y noventa centímetros, todas de santos y todas hechas de oro y con grandes joyas incrustadas.

Margot se puso de pie y volvió corriendo por donde había venido. Subió las escaleras como un rayo y entró en el despacho de Alec. Él levantó la mirada de su escritorio y sonrió.

–¿Huesos antiguos? –preguntó con tono de broma–. Me prometiste que no.

–Mejor. Ven a verlo.

Él la siguió abajo y atravesaron el sótano.

–Cuidado con la cabeza –dijo ella–. Los techos van bajando.

Margot lo llevó hasta el fondo de la zona subterránea antes de pegarse a la pared para que él pudiera pasar delante. Le dio la linterna.

Alec la miró.

–Ahora sí que estoy intrigado.

–Bien. Deberías.

Echaron a andar de nuevo y doblaron la última esquina con él a la cabeza. Margot no alcanzaba a ver más allá de Alec, pero supo el momento exacto en que él vio la puerta secreta abierta.

–Joder, pues sí que has encontrado algo –dijo Alec con tono respetuoso–. Nunca debería haber dudado de ti.

–Es verdad, pero ya lo hablaremos luego. Ve a mirar.

Él empujó la puerta abierta y encendió la linterna.

–¿Las ves? –preguntó Margot entusiasmada–. ¿Las estatuas en el estante? ¿No son alucinantes? No sé si deberíamos tocarlas. No creo que nadie las haya visto en... ¿cuánto? ¿Doscientos años? Era obvio que quien fuera que hubiera estado al mando de la iglesia no había estado al corriente. Jamás las habrían dejado ahí. No solo eran valiosas por sí mismas, sino que probablemente tenían valor religioso. Ya te dije que había algo.

Alec maldijo para sí.

–¿Qué? ¿Estás enfadado?

–Claro que no. Es un hallazgo apasionante. Pero es que...

La miró.

–Ahora hay que ocuparse de ellas.

Margot lo miró a los ojos y supo lo que estaba pensando Alec.

–¡Ay, no! Es verdad. Legalmente venían con la propiedad, así que son tuyas y podrías dejarlas ahí sin más o exponerlas, pero eso no lo vas a hacer, ¿no? Vas a llamar a quien sea que esté al mando de la Iglesia católica en esta zona para que puedan reclamar su propiedad. Y eso significa que habrá que documentar y fotografiar todo antes de que se lo lleven. ¡Qué follón! Vamos, que he encontrado huesos, ¿no?

–Mejor que huesos. Tardarán solo unos días.

–Aun así... Tú no querías que te invadieran la casa. Lo siento.

–No lo sientas –dijo él rodeándola con un brazo antes de besarla–. Ya pasará. Es un descubrimiento muy importante. Dijiste que aquí abajo había algo y tenías razón. Bien hecho.

Ella sonrió.

–Deberías quedarte una de las estatuas. Solo una pequeñita. Venga, son monísimas y tú más que nadie apreciarías su valor histórico.

Él esbozó media sonrisa.

–Investigaré un poco y me quedaré con la menos valiosa –dijo mientras la llevaba hacia las escaleras–. ¿Alguna otra zona que te mueras por explorar?

–Creo que lo he visto todo.

–Bien.

Ella se rio.

–Prometo no encontrar ningún otro tesoro.

–Gracias, pero aun así tengo que pedirte un favor.

–Ya me imagino cuál.

–¿Sí?

–Que no se lo diga a tu madre.

–Justo eso.

Ella se apoyó en él.

–Tienes mi palabra.

–No necesito más.

Alec saltó dos siglos al oír unas voces en el pasillo. Por norma, habría desconectado y los habría ignorado, pero, al reconocer las voces de Margot y de su madre, corrió a abrir la puerta para escuchar mejor y decidir si debía intervenir.

–Esto no está bien –dijo Margot con firmeza.

–No sabes lo que dices.

Alec imaginaba que estaban en las escaleras. Le sorprendió la aspereza del tono de Margot. Que él supiera, su madre y ella se llevaban bien y las clases iban progresando hasta el punto de que Margot dejaría de hacer falta en poco tiempo, algo, por cierto, en lo que él no quería pensar. No sabía qué iba a hacer cuando ella se marchara. Le gustaba tenerla en su casa y en su cama.

–Alec querría esto –dijo su madre captando la atención de él–. Y creo que eso puedo juzgarlo mejor que tú.

–Seguro que sí en la mayoría de las circunstancias, pero no en esta.

–Tiene una casa preciosa y ahora con el tesoro... –decía Bianca–. ¿No debería el mundo poder admirarlo?

¿El tesoro? ¿Cómo se había enterado su madre?

–No, no debería –insistió Margot–. Este es su hogar, su refugio. No es la clase de persona que quiere ver fotos de su casa plantadas en cualquier revista.

–¡No es cualquier revista! Es una publicación prestigiosa, y que te pidan ser parte de una sesión de fotos es un honor.

–Para ti –dijo Margot–. Pero no para él.

–¡Eso ya lo veremos!

Su madre empezó a bajar las escaleras mientras Margot se quedaba donde estaba. Alec se planteó volver corriendo a su mesa y fingir que no había estado escuchando, pero decidió que no serviría de nada. Abrió la puerta más y esperó. Unos segundos después, Bianca entró con gesto airado y una revista satinada en la mano.

Lo miró estrechando los ojos.

–¿Lo has oído?

–Sí.

Ella sacudió la revista.

–Que te inviten a enseñar tu casa es un honor enorme. No sé en qué estaría pensando Margot para decir que no te interesaría –dijo con mirada penetrante.

–Lo siento... –empezó a decir él.

–¡No! –dijo su madre fulminándolo con la mirada–. Alec, no vas a decirles que no. ¿Cómo no vas a querer reconocimiento por la casa tan preciosa que tienes? Además, todo el mundo debería ver el tesoro. Y no es que me haya enterado por ti o por Margot. He tenido que enterarme al chocarme con el cardenal que ha venido a verlas, y él solo me lo contó porque le pregunté qué hacía aquí.

Alec esbozó una mueca de disgusto.

–¿Cuando dices «chocarme» quieres decir...?

–¡Ay, por Dios! Aparqué a su lado. No lo arrollé con el coche. Hoy estás más insoportable que de costumbre. Tienes una casa preciosa y has descubierto unos objetos fabulosos que vas a devolverle a la Iglesia católica. ¿No piensas dejar que ni un mísero periodista entre aquí para hablar del tema y sacar unas fotos?

–Madre, es mi hogar y es privado.

–¿Entonces te estás poniendo de parte de ella y no de la mía? Qué decepcionada estoy contigo.

–No me estoy poniendo de parte de nadie. Te estoy diciendo lo que quiero, y no debería sorprenderte. Ya sabes cómo valoro mi intimidad.

Ella aspiró por la nariz.

–Creía que podía contar contigo. Creía que éramos un equipo. Debería haber sabido que algún día una mujer nos separaría y nos dejaría sin nada.

Más tarde reflexionaría sobre el hecho de que Margot lo conociera tan bien y que lo hubiera defendido, pero ahora mismo tenía delante a una mujer muy furiosa y que probablemente se sentía herida. Pensó en decenas de respuestas y las descartó todas. No había forma de convencer a Bianca de que no había querido decepcionarla deliberadamente. Y tampoco ayudaría decir que su reacción a su negativa era excesiva. ¿Desde cuándo eran...?

Repitió las palabras en su mente y ocultó una sonrisa.

–¿«Debería haber sabido que algún día una mujer

nos separaría y nos dejaría sin nada»? –preguntó–. ¿De qué película es esa frase? Me resulta familiar, pero no la ubico.

Su madre dio media vuelta.

–No sé de qué hablas.

–*Jardines de nieve*. Es esa, ¿no?

Las elecciones de papeles de Bianca nunca habían sido ni convencionales ni lo esperado. Hacía siglos había interpretado a una lesbiana en *Jardines de nieve*, mucho antes de que ese estilo de vida hubiera conseguido mucha aceptación.

–Es lo que le decías a tu pareja al enterarte de que te estaba engañando.

La mirada feroz volvió.

–Tu excelente memoria resulta molesta e inconveniente.

–Vaya, qué pena –dijo él poniéndole las manos en los hombros antes de besarla en la frente–. Te quiero, pero no habrá sesión de fotos.

–Nunca me dejas divertirme.

–A estas alturas, ya tendrías que estar acostumbrada.

Capítulo 23

Sunshine terminó de prepararse para su noche de chicas con Phoebe. Aunque le gustaba la idea de tener más amigas en su vida, habría preferido quedarse en casa. Sus tutorías con Ann se estaban empezando a notar y quería volver a repasar los deberes, y además tenía que seguir llevando un buen vendaje en la mano. Pero había prometido que iría cuando Phoebe le había escrito para confirmarlo y recordarle que se pusiera «algo bonito para que las dos se sintieran especiales».

Puntual, entró en el restaurante italiano del centro de Pasadena. Phoebe había dicho que la estaría esperando en la zona del bar. Sunshine miró a su alrededor, vio a Phoebe y se quedó paralizada al verla sentada en una mesa con dos tíos.

«¿Pero qué...? ¿Por qué está con dos hombres?».

Había dado por hecho que la quedada era un ardid de Phoebe para saber qué pasaba con Declan. Se había esperado que la interrogara y que tendría que soportar algunas lágrimas.

Phoebe la vio, se levantó y corrió a saludarla.

–No te enfades –dijo a modo de saludo–. Ya sé que dije que sería una noche de chicas, pero será más divertido una cita doble. Total, no sales con nadie.

–¿Declan no te ha dicho que tengo una relación?

Le había dicho a él que lo mencionara durante su cita con Phoebe.

–Puede. No me acuerdo. No me parecía que la tuvieras.

–Pero pensé que querías quedar conmigo para preguntarme por Declan.

Phoebe le quitó importancia al comentario haciendo un ademán con la mano.

–Pasamos la noche juntos, fue genial y luego yo seguí con mi vida. No es para tanto.

Se giró hacia la mesa.

–El de la derecha es Marcus. ¿No está buenísimo? Está conmigo. Tú estás con Steven. Está divorciado, puede que sea productor de cine y es supermajo.

La agarró del brazo.

–Venga, vamos a saludar.

Sunshine no se movió.

–¿Entonces no estás interesada en Declan?

–No. ¿Él cree que sí? Qué complicado es siempre cuando los hombres están tan necesitados. Pero, bueno, lo de esta noche va a ser divertido. Dos hombres, unas copas y un buen rato. ¿Qué pega puede haber?

Sunshine miró la mesa. Marcus era un tipo grande, con los hombros anchos y mucho músculo. Tenía la piel oscura y unos ojos preciosos. Steven tenía una tez olivácea y el pelo corto y oscuro. Ella no sabía qué hacer. Marcharse era lo que tenía más sentido, pero le parecía que quedaría muy melodramático.

–Una copa.

–Perfecto.

Phoebe la llevó a la mesa. Los dos hombres se levantaron mientras ellas se acercaban.

–Marcus, Steven, os presento a mi amiga Sunshine.

Todos se sentaron.

El camarero se acercó y tomó nota de las bebidas. Sunshine pidió una copa de vino blanco que no se bebería y se prometió que de vuelta a casa sí o sí pasaría por Taco Bell. Después de la encerrona de Phoebe, se merecía una comida que la reconfortara.

Dejó de pensar en tacos y burritos y sonrió a Steven.

–Bueno, Phoebe me ha dicho que estás en el negocio del cine. ¿Qué haces?

Steven le lanzó una sonrisa autocomplaciente.

–¿No te gustaría saberlo?

–Eeh, sí. Por eso te lo he preguntado.

Él se puso serio.

–No me gusta hablar de ello.

–Vale. ¿Y eres de por aquí?

–¿Te refieres a Pasadena? No. Claro que no.

–¿De Los Ángeles?

–Me mudé aquí hace un tiempo.

–¿Desde dónde?

Él frunció el ceño.

–¿A qué vienen tantas preguntas?

Sunshine alzó las manos.

–Lo siento. Solo intentaba ser educada dándote conversación. Me callaré y te dejaré hablar.

–El tráfico estaba horrible de camino aquí. Si puedo evitarlo, no me suele gustar ir al este de la I5. Aquí no hay nada.

–Si no contamos comunidades enteras –murmuró ella.

–¿Qué? ¿Me estás diciendo que aquí vive gente? Sí, claro, ¿pero quiénes? ¿Qué les importa? –dijo, y se inclinó hacia ella–. Una de las cosas que me gustan de hacer películas es contar una historia. Es el secreto del éxito, ¿sabes? Contar una historia.

–Es bueno saberlo.

El camarero volvió con el vino. En cierto momento,

mientras Sunshine había estado teniendo su chispeante conversación con Steven, Phoebe y Marcus habían empezado a enrollarse. A enrollarse de verdad, con lengua y todo. La mesa no era grande, así que no había mucho espacio entre ella y la lanzadísima pareja. Fue un poco como un espectáculo porno y, la verdad, resultó algo desagradable.

Se giró hacia Steven y vio que no se le ocurría nada que decirle. Menos mal que él era observador.

–¿Qué te ha pasado en la mano?

–Me he cortado.

–¿Desde cuándo eres actriz?

–No soy actriz.

Steven frunció el ceño.

–Pues deberías. Tienes edad y cuerpo para serlo. Si te interesa, yo podría hacer algo.

Ella frunció el ceño.

–¿Estás dispuesto a ayudarme a encontrar un trabajo como actriz pero no quieres hablar de tu trabajo en el negocio del cine?

–Me gusta ser misterioso.

Phoebe y Marcus se separaron. Phoebe agarró su bolso.

–Nos vamos. Menos mal que esta noche mi ex tiene a Elijah, aunque es solo hasta las ocho, así que tenemos que darnos prisa. Hasta luego.

Y con eso, se fueron y Sunshine se quedó sola con Steven.

–¿Acaban de...?

Sunshine se calló al darse cuenta de que no había una forma buena de preguntar «¿Acaban de irse para echar un polvo?».

–Bueno –dijo Steven sonriendo y acercándosele tanto que la incomodó–, ¿quieres hacer lo mismo?

–¿Lo mismo?

–Ir a mi casa. Podemos hablar de tu carrera.

Ella sabía que no hablarían ni de su carrera ni de nada, que aquello se reduciría a que él se llevara un buen culo. De todos modos, no quería ser actriz, y era perfecto porque imaginaba que Steven tenía muchos menos contactos de los que quería que ella creyera.

De pronto se sintió agotada. El rollo hombre-mujer nunca había sido un problema antes, pero últimamente era un desastre tras otro. Lo miró y supo que no se veía capaz de resistirse. Solo había un modo infalible de ahuyentarlo.

Le lanzó una sonrisa de pesar y le tocó el brazo con suavidad.

–Me encantaría, pero es que la cosa está un poco contagiosa... –dijo señalándose la entrepierna–. Ahí abajo, no sé si me entiendes. No es horrible, pero el sarpullido puede picar mucho.

Steven se apartó de ella tan rápido que casi perdió el equilibrio y se cayó de la silla.

–Pues nada –dijo él levantándose–, a lo mejor deberíamos despedirnos ya.

–Me parece una idea genial.

Justo en ese momento, el camarero apareció con la cuenta. Sunshine dejó que Steven pagara y se dirigió a su coche. Veinte minutos después estaba sentada en una silla de plástico en el Taco Bell de su zona y con su cena en una bandeja. Mientras desenvolvía un taco crujiente supremo, un adolescente se le acercó.

–¿Qué pasa, preciosa? –empezó a decir él con una sonrisa.

–Estoy casada y es marine.

El chico abrió los ojos de par en par.

–¿En serio?

–Sip. Te aplastaría como a un bicho.

El chico suspiró y se marchó. Ella se terminó la cena, se llevó el refresco y se puso rumbo a casa. Al entrar, fue directa al despacho de Declan.

Él estaba pendiente del ordenador y en un principio no se fijó en que Sunshine había entrado. Estaba tan guapo como siempre, pensó ella con anhelo mientras disfrutaba de cómo la camiseta se le ceñía un poco en los hombros. Se oía la televisión en la sala de estar y supuso que Connor estaría viendo una peli.

Si quería, podía cerrar la puerta, acercarse a Declan y... ¿Y qué? ¿Besarlo? ¿Ofrecerle sexo? ¿No había habido ya bastante de eso esa noche?

La verdad, ni siquiera quería sexo. Vale, sí que quería sexo, pero no solo sexo. Quería más. Quería amor y un compromiso y la promesa de pasar años y más años con alguien. Quería un para siempre, no solo una noche. Y, aunque podía ver potencial para ello en Declan, tenía la sensación de que lo que él veía era lo que había visto Steven. Tetas, culo y nada más.

–Hola –dijo.

Declan levantó la mirada.

–Anda, hola. ¿Cómo es que has vuelto ya? Creía que Phoebe y tú teníais la noche planificada.

Ella agitó su vaso del Taco Bell.

–No exactamente. Me ha mentido. Era una trampa para una cita doble.

–¿Estás de coña?

–Qué va.

Intentó averiguar qué estaría pensando él, pero no pudo. Qué mierda, Declan se había asegurado de no mostrar ninguna emoción.

–¿Y no te ha gustado el otro chico?

–No me ha gustado que me mientan y no, no me ha gustado Steven. En cambio, Phoebe se ha ido a casa con su amigo. Diría que te ha olvidado del todo, así que ya puedes estar tranquilo.

–Gracias por aclarármelo.

–Dime que te pusiste condón.

Él se sonrojó.

–¿Qué? ¿Por qué me preguntas...? –dijo él, y esbozó una mueca de disgusto–. Vale, ya te entiendo. Parece que Phoebe es... muy cariñosa con muchos hombres.

–Exacto. En el último par de semanas ha estado contigo y con Marcus. Si extrapolamos a partir de ahí, la cifra es vertiginosa.

–Me puse condón, cosa que no había hecho en años. Fue más complicado de lo que recordaba.

–Todo es fácil a los diecisiete –bromeó ella–. Bueno, solo quería que supieras que se ha recuperado de tu ruptura con ella.

–Te agradezco la información.

Se quedaron mirándose. De nuevo, Sunshine pensó en cerrar la puerta con llave, pero, aunque el siguiente paso estaba muy claro, el que vendría después no lo estaba tanto. Se había prometido no volver a ser aquella chica. Se había prometido que iba a madurar y a cambiar. Ceder significaría que había estado mintiendo todo ese tiempo. Peor aún, significaría que no era capaz de cambiar.

–Me voy a estudiar. Existe la pequeñísima posibilidad de que esté empezando a dominar el álgebra y no quiero confiarme.

–Buena suerte.

–Gracias.

Ella le lanzó una breve sonrisa y luego escapó antes de poder decir o hacer algo que sería alucinante en el momento pero desastroso a largo plazo.

Alec examinó con detenimiento las baldas de la exclusiva tienda de vinos. Aunque tenía mucho vino en casa, Margot iba a cocinar *coq au vin* para cenar y él quería llevar algo... inesperado que maridara con la receta. Por lo general, prefería los vinos de California y de Washington, pero tal vez un plato inspirado en Francia merecía un vino francés. Quizá un buen tinto burdeos.

Mientras el dependiente le hablaba de las notas de cata, pensó en lo mucho que estaba disfrutando de la compañía de Margot. Estar con ella era fácil, y eso era algo que había creído imposible. En el pasado, las relaciones siempre habían sido complicadas y raras. Una vez el sexo acababa, no había mucho de lo que hablar. Al final de la noche, siempre había estado deseando quedarse solo. Pero con Margot era distinto. La echaba de menos cuando no estaba a su lado. Por la mañana quería charlar mientras ella se preparaba para trabajar. Siempre estaba deseando pasar tiempo con ella sin importarle cuánto tiempo hubieran pasado ya juntos durante el día.

–*Curiorífico y rarífico* –murmuró con una sonrisa mientras elegía el vino.

El burdeos, un vino de cepa vieja elaborado de la forma tradicional que le había dado fama a la región, iría muy bien con la cena de Margot.

Estaba casi en el coche cuando oyó a alguien llamarlo. Se giró y vio al encargado de la tienda corriendo tras él.

–Señor Mcnicol, señor Mcnicol, ¡espere! ¡Por favor, espere!

Alec se detuvo y miró al hombre mientras se preguntaba por qué narices estaba tan nervioso.

–Buenas tardes, Nathan. ¿En qué puedo ayudarte?

El hombre señaló la botella que Alec llevaba en la mano.

–Señor Mcnicol, ha olvidado pagar el vino. Si pudiera hacerlo antes de marcharse, por favor.

Alec lo miró con una mezcla de incredulidad y humillación. Retrocedió mentalmente y se dio cuenta de que había estado tan ensimismado pensando en Margot que se había ido de la tienda sin pagar.

–Lo siento –dijo corriendo y volviendo a la tienda–. No me he dado cuenta. En ningún momento he pretendido...

Nathan se puso a su paso.

–Claro que no. Lo entiendo completamente. Son cosas que pasan. Usted es un hombre brillante y tiene muchas cosas en la cabeza. Además, es un cliente excelente. En ningún momento he pensado que fuera otra cosa que un despiste momentáneo.

Alec entró en la tienda y fue hacia la caja. Nadie dijo nada, pero sintió todas las miradas puestas en él. Casi había robado una botella de vino. Era algo inimaginable.

Pagó y durante todo el trayecto a casa estuvo intentando entender qué había pasado. Sí, había estado pensando en Margot, pero pensaba en ella constantemente y no pasaba nada malo por eso. ¿Por qué hoy había sido distinto?

Entró en casa y guardó el vino en el botellero de la cocina. En ese momento entró su madre con aire despreocupado.

–Aquí estás, cariño. Quería preguntarte... –frunció el ceño–. ¿Qué puñetas ha pasado? Parece que hayas visto al espíritu errante del dios indio Kali. O a lo mejor es Visnú. Los confundo.

–¿Qué? No tienen nada que ver uno con otro.

Ella sonrió.

–Ya, ya lo sé. Solo te estoy vacilando. Bueno, ¿qué ha pasado?

Alec le contó lo del incidente con el vino.

–No sé qué cómo ha pasado.

Su madre se rio.

–Estabas distraído. Son cosas que pasan, Alec, o al menos nos pasan a los que no estamos tan rígidos para tenerlo siempre todo controlado. Una vez, cuando estaba en Italia, sin darme cuenta salí de una tienda de

Prada con un bolso de diez mil euros. A nadie le hizo gracia, te lo aseguro. Pero yo ni me enteré.

–Pero a ti te pasan esas cosas todo el tiempo. A mí no.

O no hasta hacía poco. Estaba lo del documento frágil y de un valor incalculable que había quedado dañado porque a él no se le había ocurrido apartarlo antes de hacer el amor con Margot. Hoy había estado a punto de robar en una tienda. ¿Qué sería lo siguiente?

Aunque fue una pregunta retórica, mientras se la formulaba, sintió un frío nudo en el estómago.

–No te preocupes –le dijo su madre–. Relájate y acepta que tú también eres humano.

Él asintió y se excusó mientras sentía el escalofrío extenderse. Aunque jamás lo admitiría delante de nadie, sabía que su mayor miedo era que algún día se convirtiera en su madre, que no le importara hacer lo correcto, ni las convenciones, ni las normas, ni los demás. Siempre se había enorgullecido de tenerlo todo bajo control. Si perdía eso...

No lo había perdido, se dijo. Había sido un lapsus momentáneo, nada más. Estaría más pendiente. Mantendría el control. Bajo ninguna circunstancia haría nada que fuera remotamente del estilo de Bianca, pasara lo que pasara.

Declan estaba empezando a pensar que el problema no tenía solución. Tenía unos clientes imposibles y debía aceptarlo, punto. Jessica y James querían conectar de algún modo los jardines con el hotel. Algo único. Él había llegado al punto de pedirle muestras a un artesano que trabajaba la piedra al pensar que algún patrón o diseño a medida pudiera gustarles, pero ellos no se habían sentido inspirados. Esa fue su palabra: inspirados.

Los fines de semana intentaba no trabajar desde casa, pero ese domingo por la mañana había querido dedicarle una hora más o menos por si se le ocurría algo para enseñarles la próxima vez que los viera. Hasta ahora tenía exactamente nada.

«Espacio zen», pensó y sonrió. Estaba a punto de hacer una búsqueda en Google sobre jardines zen cuando Connor entró en el despacho. En lugar de acomodarse en el sofá, el niño bordeó el escritorio y se apoyó contra su padre.

–¿Qué pasa, colega? –preguntó Declan rodeándolo con un brazo–. ¿Decepcionado porque el fin de semana pasado tuviste un fiestón?

–No –dijo Connor. Se subió las gafas y lo miró–. Quiero ir a ver a mamá.

Declan inmediatamente apagó el ordenador, se levantó y alargó la mano.

–Eso está hecho. Voy a por las llaves del coche y nos vamos.

Las primeras semanas tras la muerte de Iris habían visitado la tumba cada domingo por la mañana. Después, Declan había dejado que Connor decidiera cuándo sentía la necesidad de ir. Esa sería la primera visita desde que Sunshine había empezado a trabajar para ellos.

Forest Lawn-Hollywood Hills era un lugar enorme con jardines muy cuidados y muchos árboles. Declan era más de «que me quemen y esparzan las cenizas», pero Iris había querido eso. Había dejado unas instrucciones detalladas y, de hecho, había elegido su terreno antes de morir.

Declan paró en una floristería y dejó que Connor eligiera el ramo de flores que más le gustara. Luego entraron en el cementerio y aparcaron.

Juntos recorrieron el camino antes de dirigirse a la pequeña lápida de Iris. Connor dejó las flores en la base y se sentó en la hierba con las piernas cruzadas.

–Hola, mamá. La semana pasada fue mi cumple. Ya tengo nueve. Tuve una fiesta y fue superdiver. ¿Te he dicho que tengo una granja de hormigas? Es guay y Sunshine ha encargado otra más que es todavía más grande y debería llegar esta semana.

Declan vio que iba a ser una visita muy larga. A veces Connor quería hablar y otras veces solo quería dejar flores. Él se sentó junto a un árbol cercano, preparado a esperar lo que hiciera falta.

–Sunshine es mi niñera –continuó Connor arrancando unas briznas de hierba–. Es muy maja. Sabe cocinar y preparar cosas para una fiesta y nos reímos mucho. Quiero que se quede para siempre. Te caería bien.

Declan no reaccionó aparentemente al comentario de su hijo, pero tampoco tuvo muy claro cómo interpretarlo. ¿Estaría Connor uniéndose demasiado a Sunshine? Pero, claro, tampoco es que hubiera forma de mantenerlos alejados. El trabajo de ella se basaba en Connor. Tenía sentido que estuvieran tan unidos.

La vida nunca era fácil, pensó. Ni clara. Miró la tumba. Cuando Iris murió, él había estado tan furioso... Furioso por la aventura, hundido por que hubiera preferido a otro hombre antes que a él, rabioso por que hubiera esperado a decirle que estaba enferma, y cabreadísimo por que hubiera muerto. Había sentido demasiadas emociones y no había tenido dónde volcarlas. Pero el cliché era cierto y el tiempo lo curaba todo.

Ahora que echaba la vista atrás, podía ver que los dos llevaban mucho tiempo sin ser felices en el matrimonio. Y aunque el modo de Iris de abordar, o no abordar, los problemas no les había hecho bien a ninguno de los dos, ya no estaba enfadado. Ahora veía que se habían ido alejando y que volver juntos habría requerido más de lo que ninguno había estado dispuesto a aportar al matrimonio.

Ahora veía que, en lugar de enfrentarse a ella o hacer algo en lo que concernía a su aventura, había optado sencillamente por dejarlo pasar. Y eso no había sido precisamente sano para ninguno de los dos. Debería haber insistido en que ella siguiera adelante con su vida mientras él se quedaba atrás y conseguía la custodia de Connor. Debería haberse divorciado de ella. Pero...

Se detuvo a escuchar a su hijo hablar del colegio, de sus amigos y de que ese verano aprendería a jugar al béisbol.

Pero un divorcio habría sido duro para Connor. Su vida habría acabado destrozada y luego, unos meses después, Iris habría enfermado de cáncer igualmente y habría muerto. Qué paradójico. Su incapacidad para aceptar lo que había hecho Iris lo había dejado atrapado en la indecisión. Y, aunque había sido una respuesta pésima por su parte, había sido lo mejor para Connor.

—Te echo de menos, mamá —dijo Connor levantándose. Se giró hacia Declan—. Podemos irnos, papá.

—Vale —dijo Declan levantándose. Miró la tumba. Al cabo de un segundo, se acercó y la tocó con suavidad—. Adiós, Iris.

Agarró a Connor de la mano y juntos echaron a andar.

—Para mí los nachos de pollo, por favor —dijo Margot devolviéndole la carta a la camarera. Probablemente debería haber pedido una ensalada, pero le parecía una noche muy propia para unos nachos.

—Que sean dos.

Sunshine esperó a que la camarera se marchara y después señaló a Margot con un dedo.

—Vale, empieza a contar. ¿Qué pasa?

—No sé de lo que hablas.

—Te tocaba elegir restaurante y has elegido mexicano, cosa que no haces nunca. Luego has pedido nachos, y solo los pides cuando estás inquieta por algo.

—Eso no es verdad.

Sunshine enarcó las cejas, pero no dijo nada.

El restaurante mexicano era informal y un poquito hortera. Estaba decorado con colores chillones y tenía un suelo de baldosas desgastado. Llevaba casi cuarenta años en el mismo sitio y Margot esperaba que durara cien más. Removió su margarita con la pajita y al final suspiró.

—Puede. Pero no es tanto inquietud como confusión.

—¡Lo sabía! —dijo Sunshine meneándose en su asiento—. ¿Trabajo u hombre?

—Las dos cosas.

—¡Hala! Pues eso sí que es una sorpresa. Nunca tienes problemas con el trabajo.

—No es un problema exactamente. Bianca está progresando bien. No dejo de decirle que ya es hora de deshacerse de mí, pero ella dice que no está lista.

—¿Y tu jefe qué dice?

—Que le dé un par de semanas más y luego insista en que ya hemos terminado.

—¿Y?

—Y eso es lo que voy a hacer.

Sunshine dio un sorbo de margarita.

—Entonces, ¿cuál es el problema?

—No lo sé. Supongo que ninguno —dijo, y fingió una sonrisa—. Ha sido una asignación maravillosa. A Bianca le va a ir genial con Wesley y me estoy planteando trabajar con un grupo de mujeres que va a llegar desde Chile. Venden textiles. Sería un trabajo de cuatro semanas, pero no tendría que estar interna ni nada. Tengo ganas de volver a mi casa. Bueno, ¿y tú qué tal?

–Ah, ah. Buen intento. Te has dejado la parte de Alec. ¿Qué pasa?

Una sencilla pregunta para la que Margot no tenía ninguna respuesta.

–No lo sé.

–¿Qué significa eso?

Margot contuvo un gruñido y deseó que hubieran llegado los nachos. Necesitaba morder algo crujiente, queso y un buen pegote de guacamole.

–Estoy hecha un lío –admitió.

–Pues deja que te haga unas cuantas preguntas para empezar. ¿Qué tal el sexo?

Margot sonrió.

–Excelente.

–¿Tiene alguna costumbre o manía rara que te saque de quicio?

–No. Es divertido e inteligente y considerado. La otra noche hice *coq au vin* y compró un burdeos francés –dijo, y frunció el ceño–. Decir «francés» es redundante, ¿no? ¿Un burdeos no tiene que ser de Francia? Es una región...

Sunshine plantó las manos en la mesa.

–Para. Deja de intentar distraerme del tema principal.

–No he especificado ningún tema principal.

–Claro que sí –dijo su hermana, e inclinándose hacia ella añadió–: Cielo, estás completa y absolutamente enamorada de él y eso te tiene acojonada y necesitada de nachos.

Margot negó con la cabeza. «No. Imposible». No estaba enamorada de nadie.

–No es eso. En serio. No. Solo estamos saliendo y, bueno, supongo que medio viviendo juntos, pero solo porque trabajo para su madre y resulta superpráctico. Bueno, no es la única razón. Nos llevamos genial. Alec tiene unas cualidades únicas que no atraerían a algunas personas pero que a mí me gustan. Es muy formal y responsable. Y eso está bien para variar. Y su trabajo es extraordinario. Pero no es amor.

La camarera llegó con una bandeja enorme de nachos. En cuanto la dejó en la mesa, Margot agarró uno.

–Bueno, ¿y tu clase qué tal? Dijiste que ibas mejorando.

Sunshine la observó.

–Así que estás enamorada de él.

Margot fulminó a su hermana con la mirada.

–¡Sí! Vale. Estoy enamorada de él.

Cerró los ojos mientras asimilaba la verdad. Estaba enamorada de Alec. Probablemente desde hacía un tiempo. No lo había identificado porque no se había parecido en nada a lo de Dietrich. Su vida no estaba desarraigada. No se sentía idiota por saber que él no la beneficiaba. Cuando estaba con Alec, se sentía bien. Feliz.

Abrió los ojos.

–Ay, Dios, ¿y ahora qué?

Sunshine esbozó una sonrisa petulante.

–Me encanta tener la razón, sobre todo contigo. Se supone que tú eres la inteligente, y ni siquiera lo has visto venir.

–Eso no ayuda. Estoy muerta de miedo. ¿Qué hago?

–¿Qué quieres hacer?

–Repetir la pregunta no ayuda.

–No he repetido la pregunta. La he cambiado con una palabra. Cálmate y cómete un nacho. No tienes que hacer nada.

–Tengo que hacer algo. En un par de semanas ya no viviré ahí. ¿Y entonces qué? ¿Estamos saliendo? ¿Se acaba todo? ¿Digo algo? ¿Rezo por que diga algo él? Probablemente yo debería decir algo, pero sería una conversación muy violenta. ¿Cómo la planteas? «Oye, qué buen tiempo estamos teniendo, ¿eh? Por cierto, estoy locamente enamorada de ti, así que ¿podemos seguir viéndonos?». A él no le gustan las cosas enrevesadas y el amor a veces lo es. ¿Y si no me quiere? ¿Y si me quiere pero no quiere admitirlo? ¿Y si se ríe?

Sunshine agarró otro nacho.

Margot la miró exasperada.

–Aquí es donde deberías darme consejo.

–Oye, que a mí no se me dan bien las relaciones. A ver, estoy contigo a tope y te deseo lo mejor, pero no tengo experiencia haciendo que las relaciones funcionen. Por norma, conozco a un tío, me acuesto con él y luego, si me invita a recorrer el mundo, interrumpo mi vida durante los próximos seis u ocho meses, me dejan plantada o me marcho yo, y después otra vez lo mismo. ¿En serio quieres que te diga qué hacer en lo que respecta a tu vida amorosa?

–Supongo que no –dijo Margot suspirando–. La culpa es de nuestra madre.

–Sí, pero teniendo en cuenta que está muerta y que antes de eso no la habíamos visto desde que éramos muy pequeñas, no es de mucha ayuda. Aunque creo que deberías decirle a Alec que lo quieres.

–¿Por qué?

–Porque enamorarse de alguien que no sea Dietrich es un grandísimo paso y reconocer tus sentimientos le envía un mensaje al universo.

–Preferiría ganarme su corazón –murmuró ella, y después ladeó la cabeza–. espera. ¿Debería querer ganarme su corazón o debería ofrecérmelo él? ¿Hay alguna norma para eso?

–Te repito que le estás preguntando a la persona equivocada.

–Somos un caso perdido –dijo Margot suspirando.

–Sí, pero somos guapas y, la verdad, ¿qué importa lo demás?

Capítulo 24

El siguiente sábado por la mañana, Sunshine se dirigía a Santa Mónica. Era temprano, poco más de las siete. La niebla matinal lo cubría todo, así que sabía que la playa estaría desierta y las calles vacías. Nadie iba a la playa a propósito una mañana de niebla... menos ella.

Tenía un plan: desayunaría en una cafetería monísima que siempre le había gustado, leería el periódico y luego daría un paseo por la playa. Se centraría en relajarse y en recargar pilas. Tampoco es que tuviera un horario laboral especialmente complicado, pero un poco de «tiempo para mí» siempre era bienvenido. Además, Declan tenía un viaje de trabajo y estaría fuera diez días. Mientras él estuviera fuera, ella estaría con Connor 24x7.

Salió de la autopista y encontró aparcamiento enseguida. Entró en la cafetería y al instante la sentaron en una pequeña mesa junto a la ventana. Miró la carta para ver si todo estaba tal como recordaba y vio que no había cambiado nada. Su Revuelto California seguía en primer plano. El menú infantil seguía siendo el mismo.

Miró los dibujos de los sonrientes animalitos del zoo del margen y se fijó en el segundo plato empezando por abajo: Tortita-orama. A las gemelas siempre les había encantado ese desayuno; una lo pedía con arándanos y la otra con plátano. ¡La de domingos que habían ido las gemelas y ella a desayunar ahí mientras los padres de las niñas seguían durmiendo! Padres con trabajos importantes y poco tiempo para sus hijas o interés por ellas.

Sunshine había hecho todo lo posible por las niñas... hasta que había conocido a un motorista que se había ofrecido a llevarla a Texas y enseñarla a atrapar con lazo un novillo. Un par de copas, un buen rato en la cama y, antes de pensárselo, había dejado su trabajo y se había largado.

Se había marchado prácticamente sin previo aviso; se había limitado a enviarle un mensaje a Elle, la madre de las gemelas, que en aquel momento se encontraba en París. ¿O era Roma? El padre había llamado gritándole que no podía salir de una reunión para ir a por sus hijas y que tenía planes por la noche. Había amenazado con demandarla. Cada una de las niñas le había escrito preguntándole dónde estaba y, cuando el sentimiento de culpa se había vuelto demasiado doloroso, ella había tirado el móvil en una papelera de Arizona y no había mirado atrás.

No había contado con que esos recuerdos fueran a acompañarla durante el desayuno. Debería haberlo pensado antes de ir hasta ahí. O tal vez subconscientemente había sabido lo que pasaría y había aceptado que tenía que enfrentarse a su pasado, incluidos los momentos feos que no podía expiar. Había hecho mal al marcharse de aquella manera. No solo con las gemelas, sino con los otros niños a los que había cuidado. Había dejado Texas por Londres casi un año después de haber dejado Santa Mónica por Texas. Tal vez todo eso había quedado atrás, pero las vidas hechas añicos seguían teniendo cicatrices.

No podía quedarse a desayunar. Ya no. Se sentía demasiado avergonzada. Debería haber elegido otra playa y otra cafetería. Agarró el bolso y, al levantarse, se topó cara a cara con una mujer furiosa al otro lado de la ventana.

–¡Eres tú! –gritó Elle–. ¡Ay, Dios!

Fue a abrir la puerta de la cafetería, pero Sunshine corrió a reunirse con ella fuera, donde al menos la conversación no interrumpiría el desayuno de todo el mundo.

–¿Cómo te atreves a aparecer por aquí? –preguntó Elle mientras Sunshine se acercaba–. Eres una zorra asquerosa. Las abandonaste. Abandonaste a mis hijas. Desapareciste sin decir nada. Ni siquiera tuviste la gentileza de decírselo tú misma. Nunca respondiste a sus mensajes ni les diste ninguna explicación. Se quedaron destrozadas. Estuvieron semanas llorando. Tuve que llevarlas a terapia para que superaran lo de la puta niñera.

A Elle se le salían los ojos de las órbitas y se le escapaba saliva con cada palabra que pronunciaba. Era una mujer menuda, pero aun así resultaba amedrentadora.

–Tuve que volar a casa e interrumpir mi viaje de negocios, y su padre también tuvo que faltar al trabajo por tu culpa. Voy a odiarte siempre. Eres una persona horrible y egoísta y espero que mueras sola. Me da igual si me jodes la vida a mí, pero les has hecho daño a mis hijas y deberías sufrir por eso.

Antes de que Sunshine pudiera saber qué decir o si sería mejor salir corriendo sin más, Elle le soltó una bofetada y se marchó.

Sunshine se quedó ahí sola, en la acera. Sabía que todo el mundo en la cafetería estaba mirándola, que todo el mundo lo había oído todo. Quería decir que no era para tanto, pero todo lo que Elle había dicho era verdad. Había abandonado a las niñas sin previo aviso, no se había puesto en contacto con ellas. Ya había abandonado a otros niños antes, pero no así. Nunca de una forma tan cruel.

Fue hasta el coche y entró. Apoyó la frente en el volante y empezó a llorar.

A las nueve y media de la noche, Declan empezó a preocuparse. No había visto a Sunshine en todo el día y, aunque ella podía hacer lo que quisiera en sus días libres, al menos solían verla.

Se dijo que ella podía entrar y salir según le placiera. Que era posible que estuviera pasando la noche con su hermana o que tuviera una cita. O que probablemente en ese mismo instante estuviera en la cama de un tío disfrutando como nunca. No era asunto suyo. Pero no quería ni pensar en imaginarla con un hombre y, desde luego, no quería que se acostara con un desconocido cualquiera, ni siquiera con alguien que conociera, a menos que ese alguien fuera él, pero eso no podía ser, y joder, qué lío tenía.

Connor estaba en la cama, la casa estaba tranquila y él no sabía qué hacer. Caminó de un lado a otro del largo pasillo que llevaba a su dormitorio y luego decidió ir a comprobar el garaje una vez más. A lo mejor Sunshine había llegado a casa justo cuando él estaba metiendo en la cama a Connor.

Abrió la puerta y vio su coche aparcado al lado del suyo. Los crujidos y sonidos del metal enfriándose le indicaron que no hacía mucho tiempo que había vuelto. El alivio que sintió calmó parte de su preocupación. Sunshine estaba en casa y, por lo tanto, estaba bien. Genial. Leería un rato antes de irse a dormir.

Pero se vio incapaz de ir a su dormitorio. Algo por dentro le decía que pasaba algo, aunque no sabía por qué. Nunca había sido muy intuitivo emocionalmente.

Aun así, se vio dirigiéndose a la cocina. Sunshine no estaba ahí, y tampoco en el cuarto de estar. Solo faltaba el dormitorio de ella, pero eso era zona prohibida. Él no entraba ahí, nunca, y no iba a empezar a hacerlo ahora.

Se giró, decidido a marcharse a su habitación, pero al pasar por las ventanas, la vio en el jardín trasero. Estaba tendida en una de las tumbonas del patio. Estaba oscuro, hacía fresco y era la primera vez que Sunshine hacía algo así. Aun sabiendo que debería mantenerse al margen de lo que fuera que pasaba, abrió la puerta trasera y salió.

–Hola –dijo al acercarse–. ¿Acabas de volver?

–Sí.

Ella habló con un tono bajo y suave que él no supo descifrar.

Vaciló un segundo y entonces se sentó en la tumbona de al lado, girado hacia ella, con los pies sobre el cemento. Estaba demasiado oscuro como para verle bien la cara, así que no sabía qué estaría pensando.

–¿Lo has pasado bien en tu día libre? –preguntó Declan, cuando lo que quería saber en realidad era que estaba bien para que así él pudiera retirarse a su habitación y entretenerse con inapropiadas fantasías sobre lo que jamás podría ser.

–De maravilla.

Ella se giró al hablar y la luz incidió en su perfil. Estaba llorando.

La preocupación casi lo hizo llevársela a los brazos, pero entonces se recordó que debía quedarse donde estaba y comunicarse solo con palabras.

–¿Qué pasa? ¿Qué ha pasado?

–Bah, ya sabes, lo típico. Mi pasado me ha encontrado y me ha dado un buen bofetón –dijo tocándose la mejilla–. En este caso, literalmente.

Él no entendía qué decía.

–¿Te ha pegado alguien?

Ella miró a otro lado.

–Estoy bien, Declan. O lo estaré.

Ahora él oyó lágrimas en su voz y la espesura del dolor, fuera cual fuera.

–¿Qué ha pasado? Cuéntamelo. O dime que me largue y te dejaré sola. Sunshine, quiero ayudarte, pero no sé qué hacer.

Ella respiró hondo.

–Mejor que no lo sepas. Hazme caso. No soy quien crees. Soy una persona terrible. Deberías despedirme. Sé que suena dramático, pero es la verdad. Nadie debería confiarme a sus hijos.

–Ahora sí que estás hablando sin sentido.

Ella lo miró.

–¿Te acuerdas de cuando me entrevistaste y preguntaste por mis referencias? ¿Que todos decían que sería la mejor niñera que tendrías siempre que lograras que me quedara?

Él asintió, no muy seguro de que eso tuviera algo que ver con lo que fuera que la tenía disgustada.

–Pues eso no es nada. Eso no describe ni por asomo lo que he hecho.

Se incorporó en la tumbona para estar sentada y frente a él. Sus rodillas casi se tocaban.

–Se me dan bien los niños –dijo mirándose el regazo y con el pelo tapándole la cara–. Muy bien. Probablemente porque me gusta estar con ellos. Disfruto con su compañía e implicándome en sus vidas. Cuando eres niñera, eso es un requisito: implicarse. La mayoría de los contratos son durante un año y todo el mundo lo sabe. Pero para un niño no significa nada que le digas que te irás en un año. Cuando tienes cinco, ocho o diez años, un año es una eternidad. Es como un lugar muy lejano, no es hoy y no importa.

Se secó las lágrimas.

–Hay formas de gestionar tu marcha. Empiezas entablando la conversación como un mes antes. Los preparas. Te enfrentas a las pataletas, los llantos y las súplicas. O eso me han dicho. Porque yo nunca lo he hecho. Nunca me he marchado como debía.

Lo miró con dureza.

–Yo me marcho. Es lo que hago, Declan. Lo que he hecho siempre. Conozco a un tío, decido que es el hombre de mi vida y me largo, normalmente sin más que una nota o una llamada. Mi abuela abandonó a mi madre. Mi madre nos abandonó a nosotras. Y yo los abandono a ellos.

Desvió la mirada.

–Es mi peor parte. Es el lado feo y oscuro que todo el mundo quiere ocultar pero que todos ven. Está en mi expediente laboral, por Dios.

Declan intentaba entender lo que estaba diciendo. Oía las palabras, pero no podía relacionarlas con la mujer que conocía.

–¿Qué ha pasado hoy?

–He ido a Santa Mónica, a un sitio de desayunos que conozco; es una cafetería muy chiquitita y corriente, pero siempre me ha encantado. Viví cerca de allí con una familia. Tenían gemelas. Solo tenían siete años y eran adorables. Elle, su madre, es abogada y hace mucho trabajo internacional. Su padre se dedica a la banca. Eran la típica pareja poderosa que nunca estaba en casa y que tenían poca o ninguna relación con sus hijas.

Lo miró.

–Y eso empeora la situación, ¿sabes? Lo de los padres que no se involucran con sus hijos, porque en esos casos yo soy lo único que tienen los niños.

Nunca lo había experimentado en mi trabajo hasta lo de las gemelas. Estaban tan solas y tristes que crearon un vínculo conmigo al instante. Estuve con ellas casi ocho meses y entonces conocí a un tío.

Se retorcía las manos y sacudía la cabeza.

—Pasó como pasa siempre. Era un tipo genial y me enamoré. Al cabo de un par de noches, me invitó a irme con él a Texas. Iba a enseñarme a atrapar con lazo un novillo. Pensé que era amor, así que, ¿por qué no? Les escribí una nota a las niñas y me marché.

Las lágrimas volvieron, le caían por las mejillas.

—Así, sin más. Las abandoné y les rompí el corazón. Hoy me he encontrado con Ellen y me ha dicho que se quedaron tan destrozadas que necesitaron terapia. Me ha llamado de todo y tiene razón. Fui una desconsiderada y una persona horrible.

Se secó la cara.

—Por eso me estoy esforzando tanto por ser distinta. Ya no quiero ser esa persona. Está mal ser así. Sé que está mal. Ahora lo entiendo y lo estoy intentando, pero ¿cómo enmiendo lo de antes?

—¿Quieres hablar con las gemelas?

—No. Bueno, claro que quiero, pero sería egoísta. Me sentiría mejor, pero sospecho que ellas se sentirían peor, y no quiero eso.

Declan no sabía qué hacer con todo lo que Sunshine le había contado. Aunque sabía que estaba diciendo la verdad, esas historias no concordaban con la mujer que tenía delante.

—¿Abandonarías a Connor?

—¿Qué? ¡No! Claro que no. Lo quiero.

Las lágrimas brotaban más deprisa.

—Pero algún día tendrás que irte.

Era algo en lo que Declan no quería pensar, pero era la verdad. Sunshine no trabajaría para él eternamente.

–Lo haré bien –dijo ella agarrándole las manos y mirándolo a los ojos–. Declan, te lo juro. No voy a hacerle daño. Pase lo que pase.

–Te creo.

Sin pensarlo, Declan se acercó. Su intención era abrazarla o algo así, pero en lugar de eso la llevó hacia su regazo. Ella, de buena gana, se sentó en sus muslos y hundió la cabeza en el hueco de su cuello, donde lloró con fuerza mientras su cuerpo se sacudía. Él le puso una mano en la cadera y le frotó la espalda con la otra. Ignoró el calor que desprendía, ignoró sus curvas y su aroma, y pensó solo en su dolor.

–Quiero ser mejor –dijo ella al levantar la cabeza y sorberse la nariz–. Quiero sentirme orgullosa de mí misma.

–¿Y cómo lo llevas?

–No sé. Hasta hoy pensaba que estaba progresando. Estoy intentando ser mejor persona entre ir a la universidad, no salir con hombres inapropiados y esforzarme por ser la mejor niñera posible.

–Todo eso lo estás haciendo bien.

–Pero lo que hice antes... no puedo arreglarlo.

–Todos hemos hecho cosas de las que nos avergonzamos. El caso es hacer las cosas mejor cuando aprendemos a hacerlas mejor.

–Creo que para mucha gente el caso es no cagarla desde un principio.

–Muy pocos tienen esa suerte.

Ella suspiró y su cálido aliento le rozó el cuello. Declan empezó a ser menos consciente de su dolor emocional y más consciente de lo que le producía tenerla en sus brazos. No costaría mucho girarla hasta que estuviera sentada a horcajadas sobre él. Y eso era lo que quería: sentir su ardiente entrepierna contra su miembro mientras lo rodeaba con los brazos y lo besaba.

La quería desnuda, en su cama. Quería tocarla, saborearla y complacerla, y luego quería llenarla hasta que se corriera y después quería repetirlo todo otra vez. Sí, era un capullo. Ahí estaba ella, desnudando su alma, y él solo podía pensar en echar un polvo. Los hombres daban asco y él era el que más asco daba.

Sunshine se puso recta y se levantó. Por un vertiginoso instante, Declan pensó que iba a tenderle la mano e invitarlo a su cama.

Pero, en lugar de eso, ella le lanzó una temblorosa sonrisa.

—Gracias por escucharme y no juzgarme.

Él tuvo el cuidado de quedarse donde estaba, y es que necesitaba la oscuridad para ocultar la evidencia física de lo que había estado pensando.

—Yo jamás te juzgaría.

—Lo sé, y te lo agradezco. Buenas noches, Declan.

—Buenas noches.

Declan esperó dos buenos minutos después de que ella entrara en casa. Quería que estuviera en su habitación y con la puerta cerrada antes de moverse. La erección le palpitaba mientras el deseo lo recorría. Se dijo que él era más fuerte que el deseo, pero sabía que mentía. De nuevo, se iría a su habitación, se ducharía y se aliviaría un rato. Si no podía tener a Sunshine, entonces necesitaba encontrar a otra mujer de la que enamorarse. Alguien que pudiera ser parte de su vida. Era la clase de hombre que quería pareja, no fiesta. Ya había pasado bastante tiempo y estaba listo para pasar página. Tenía que hacerlo... empezando desde ya.

—Jamás se me habría ocurrido aprender más idiomas —dijo Bianca tanto con verdadero interés como con aprensión–. Hablo un español pasable y más o menos lo mismo de japonés.

Margot miró a su clienta.

–¿Hablas japonés?

–Un poco. Conversación básica.

–¿Hablas japonés y nunca se te ha ocurrido mencionármelo?

–¿Para qué ibas a querer saberlo?

–No sé... Es un dato curioso que no me habría esperado.

–Bueno, si tú lo dices... Lo aprendí cuando estuve trabajando en Japón unos meses. Hice unos cuantos anuncios. Me llevé a Alec conmigo, claro. Lo pasamos de maravilla juntos.

Después de todas esas semanas, Bianca seguía teniendo la habilidad de sorprenderla, pensó Margot, igual de impresionada que desconcertada. Estaban sentadas en el sofá de la sala de invitados y ella tenía el portátil en la mesita de café, desde donde las dos podían ver la pantalla.

–¿Algún otro idioma? –preguntó riéndose–. ¿O habilidad curiosa que debería conocer?

Bianca se rio.

–Creo que no.

Señaló la pantalla del portátil de Margot.

–Entonces crees que debería aprender alemán y francés.

–Serían los más útiles, teniendo en cuenta que vivirás en Europa. Con tus dotes interpretativas y tu oído para los acentos, seguro que los aprenderás enseguida. Podrías impresionar a todo el mundo aprendiendo ruso, pero solo si quieres. Tampoco creo que vaya a ser tan útil.

–Italiano a lo mejor –dijo Bianca–. El italiano es muy romántico.

Habían pasado la mañana repasando las normas

culturales de distintos países europeos. Bianca había memorizado las pautas en cuanto a puntualidad, cuánto acercarse a alguien o cómo de formal tenía que ser un saludo, y unos cuantos datos clave sobre cada país.

–Bianca –empezó a decir Margot–, en serio, nos estamos quedando sin cosas que hablar.

Bianca levantó una mano.

–Ah, ah. Quedamos en que no hablaríamos de eso hasta la semana que viene.

–No soy barata. Te estás gastando mucho dinero por tenerme aquí, y no es necesario.

–Para mí sí. Y no quiero hablar del tema hasta la semana que viene. ¿Está claro?

Margot pensó en mostrar su desacuerdo otra vez, pero había aprendido que no se podía agobiar a Bianca. Con un suspiro dijo:

–Claro.

–Bien. Ahora, ayúdame a decidir qué programa de idiomas debería usar.

–Puedes descargarte un par de prueba en tu tableta. Haz las lecciones prácticas y mira a ver cuál te gusta más.

–Vamos a hacerlo ahora –dijo Bianca levantándose–. Voy a por ella y así me enseñas a descargarlo todo.

Pero antes de que Bianca pudiera llegar a su dormitorio, Edna apareció en la puerta.

–Hay un caballero que quiere verte –dijo algo nerviosa.

–¿Te refieres a Wesley? –preguntó Bianca–. Creía que hoy estaba de reuniones.

–No es él –dijo Edna, y dirigiéndose a Margot añadió–: Un caballero que quiere verte a ti.

«¿Pero qué...?», pensó Margot, y entonces mentalmente pisó el freno. No. ¡No! Imposible.

–¿Te ha dicho su nombre? –preguntó, esperando sonar más calmada de lo que estaba.

–Dietrich. No ha dicho su apellido. Ha dicho que sabrías quién es.

Y tanto que lo sabía. ¿Pero cómo la había encontrado? Obtuvo la respuesta en cuanto formuló la pregunta. Una de sus amigas se había dejado convencer.

–¿Dietrich? Ah, el examante –dijo Bianca con tono malicioso y mirada de curiosidad–. Esto va a ser emocionante, ¿eh? Me encanta un drama inesperado.

Margot no sabía qué decir, así que ignoró el comentario. Se levantó y fue hacia las escaleras consciente de que las otras mujeres la seguían. Qué maravilla, con público y todo.

A los pies de la escalera, en el vestíbulo, encontró a Dietrich. Estaba como siempre: alto, delgado y rubio. Con ese aire de naturalidad tan estudiado, como si tuviera cosas más importantes que hacer que preocuparse por la ropa o por su aspecto. Era cineasta. Un artista. Los asuntos del mundo ordinario no eran cosa suya.

Sonrió al verla.

–Margot. ¡Por fin! He estado intentando localizarte, pero últimamente cuesta mucho encontrarte, ¿eh?

Le puso las manos en los brazos, se acercó y la besó en las mejillas antes de plantarle la boca encima de la suya.

Ella se lo permitió porque quería saber qué sentiría. ¿Arrepentimiento? ¿Deseo? ¿Una esperanza loca por que esa vez fuera distinto, que esa vez fuera para siempre? Contuvo el aliento y se preparó para cualquier clase de emoción.

Él dejó la boca ahí, pero ella no respondió, básicamente porque no quería besarlo. De hecho, mientras analizaba lo que pasaba en su corazón y en sus partes femeninas, vio que no sentía nada en absoluto. Ni excitación, ni pasión, ni siquiera interés. Si tuviera que destacar una emoción, sería la sensación de fatalidad ante el rollo que vendría a continuación. Librarse de Dietrich sin que él quisiera marcharse nunca había sido fácil.

Él dio un paso atrás y le sonrió.

–Ah, ya sé lo que estás haciendo. Te estás haciendo la dura para que te desee más. Pues está funcionando, mi amor. ¡Cuánto te he echado de menos! Nos he echado de menos. Tengo muchas ideas para películas, pero, sin ti, nada tiene sentido. He pensado que podríamos empezar en Bali. Una semana en el St. Regis, ¿vale? Y luego a trabajar.

Sonrió.

–¿Quieres ir haciendo las maletas?

Margot no necesitó darse la vuelta para saber que Bianca y Edna estaban justo detrás, escuchando cada palabra.

–¿Así, sin más? –preguntó ella–. ¿Te presentas aquí sin invitación y esperas que lo deje todo para estar contigo?

Él frunció el ceño.

–Claro. Siempre lo has hecho.

Que siempre lo había hecho. Quería preguntarle por qué decía eso, o lo pensaba siquiera, pero sabía la respuesta. Era verdad. Siempre lo había hecho.

Se tocó los labios. No había sentido nada cuando él la besó y, ahora que lo miraba, seguía sin sentir nada. Habían terminado. Por completo, del todo. Una vez ese hombre había sido su mundo. Qué triste, ¿no?

–No –dijo Margot sonriendo–. Un no rotundo. Citando a mi amiga Taylor, «nosotros nunca jamás vamos a volver a estar juntos».

–Margot, por favor –dijo él levantando las manos con las palmas hacia arriba–. No debería haberme marchado de aquella forma. Sigues enfadada, ¿verdad?

Lo entiendo. Pero, venga. Ya sabes que estamos destinados a estar juntos.

–No lo estamos. Lo que me molesta no es que te fueras, sino que hayas vuelto. Tienes que parar. No quiero estar más contigo. Dietrich, hemos terminado.

Señaló a la puerta.

–Ya es hora de que te vayas.

Él le sonrió.

–No sin ti. Quieres que luche por ti. Lo entiendo. He estado lejos demasiado tiempo –dijo, y le guiñó un ojo–. Quieres castigarme y a mí también me gustaría.

Ella se sonrojó y deseó poder salir corriendo, pero primero tenía que tirar la basura.

–Margot –dijo él, ahora serio–. Te necesito. Eres mi musa.

–Ya has oído a la señorita, Dietrich. Hora de irse.

La voz sonó detrás de Margot, que contuvo un gruñido. Había esperado acabar la conversación sin que Alec oyera nada, pero ella nunca tenía tan buena suerte. Miró atrás y lo vio fulminando a Dietrich con la mirada.

–No pasa nada –se apresuró a decir ella, que no quería que las cosas se desmadraran.

–Sí que pasa –dijo Alec situándose a su lado–. No te está escuchando.

–¿Quién es este? –preguntó Dietrich con exigencias–. ¿Quién eres?

–Soy el dueño de esta casa y te estoy diciendo que te marches.

Dietrich miró a Margot con furia.

–¿Vives con él? ¿Vives con otro hombre? ¿Cómo has podido? Nuestro amor era eterno.

A ella empezó a dolerle la cabeza.

–Al parecer no.

Se acercó a la puerta y la abrió.

–Adiós, Dietrich.

–No –dijo él con tono petulante y, por un momento, Margot pensó que iba a ponerse a patalear–. No es justo. Te quiero.

–Tú solo te quieres a ti mismo. Debería haberlo visto hace mucho tiempo.

–Aunque odio repetirme –dijo Alec–, ya has oído a la señorita.

Dietrich los miró a los dos. Margot no tenía ni idea de qué estaría pensando, por eso no se esperaba que fuera a abalanzarse sobre ella. Pero, antes de que él pudiera acercarse, Alec lo agarró de la pechera, lo giró y le puso la cara contra la pared. Con fuerza. Lo sujetó retorciéndole un brazo por detrás de la espalda.

–¿Y ahora te vas a marchar o vas a ponerlo difícil? –le preguntó con tono calmado.

–¡Me marcho, me marcho! –dijo Dietrich con un chillido–. ¡Para! Me haces daño.

Alec esperó un momento más antes de soltarlo. Dietrich salió corriendo hacia las escaleras principales. Al pasar por delante de Margot, la miró con rabia.

–Podrías haber dicho directamente que no te interesaba.

Corrió hasta su coche de alquiler y, al segundo, ya se había ido.

–¡Bravo! –dijo Bianca aplaudiendo–. ¡Ay, Alec, ha sido magnífico! Qué fuerte y qué resuelto has estado. Tengo el corazón acelerado solo de pensarlo.

En lugar de responder a su madre, él miró a Margot.

–¿Estás bien?

Ella asintió.

Él se giró y se marchó. Cuando desapareció, Margot cerró la puerta y se apoyó contra ella. Bianca se marchó con Edna mientras las dos comentaban lo que acababa de pasar. Margot se quedó donde estaba.

Aunque agradecía la ayuda, lo que acababa de

ocurrir la dejó con una mala sensación. No por Dietrich, él ya le daba igual, sino por la reacción de Alec. Había sido maravillosa, pero nada propia de él. Algo en su interior le decía que habría consecuencias. Para todos.

Capítulo 25

A Sunshine le duró la tristeza hasta el final de la clase, cuando su profesora entregó corregidos los últimos exámenes. Vio el notable alto en rojo intenso y por poco no pegó un grito. La profesora Rejefski le sonrió.

–Ha mejorado mucho, señorita Baxter. Siga así.

–Eso haré.

Sunshine agarró su mochila y salió corriendo del edificio en dirección al laboratorio de Matemáticas. Cuando llegó allí para su cita con Ann, esperó dando saltitos hasta que la mujer salió a recibirla.

–¡Mira! ¡Mira! –dijo sacudiendo el examen–. ¡He sacado un notable alto! ¿Te lo puedes creer? ¿Sabes lo cerca que está esto de un sobresaliente? ¡Ay, Dios, qué feliz soy!

Ann le sonrió.

–Has trabajado mucho y ahora estás viendo los resultados. Venga, vamos a repasar tus deberes.

–Sabía que lo había hecho mejor, pero no tanto –dijo Sunshine–. Últimamente mi vida ha sido una mierda. Bueno, eso no es verdad. Ha sido culpa mía y he estado lidiando con...

Ann se giró hacia ella.

–Para. Para ya. Si tienes un problema, habla con

una amiga. Si necesitas apoyo emocional, ve a un psi-cólogo. Yo me dedico a las Matemáticas. Es lo mío.

«Qué palabras tan bruscas», pensó Sunshine a la vez que distintas emociones salían a la superficie.

Mientras entraban en la pequeña sala de estudio donde hacían las tutorías, contuvo las lágrimas. Estaba a punto de quejarse cuando entendió que Ann tenía razón. Eso era el laboratorio de Matemáticas, no un grupo de ayuda. Ann era tutora, no una amiga ni una compañera de la terapia de grupo. Preocuparse por su estado emocional no era su trabajo.

–¿Hay orientadores en el campus? –preguntó Sunshine.

–¿Te refieres a terapeutas? No lo sé. Búscalo en Google. Y ahora, enséñame tus deberes.

«Mano dura», pensó Sunshine. Si quería respuestas para enfrentarse a su pasado, entonces debería encontrarlas ella misma. Y, si eso suponía conseguir ayuda profesional, pues debería buscarla. No ganaba nada enfurruñándose y sintiéndose mal. El esfuerzo daba resultados... ¡y tenía la nota del examen para demostrarlo!

Declan debía admitirlo: en el fondo, era hombre de gran ciudad, aunque no de ciudad estilo Nueva York, donde predominaban los rascacielos y había museos en cada esquina. Suponía que era más bien un hombre de ciudad del estilo de Los Ángeles o San Diego, donde los barrios residenciales se extendían a lo largo de kilómetros, los centros comerciales eran de clase alta y, si te ibas a la zona adecuada, tenías un puesto de tacos en cada esquina.

Echaba de menos esos tacos, además del sol, a su hijo y su cama y ¡qué cojones! Nadie iba a oírle pensarlo, pero sobre todo echaba de menos a Sunshine.

Llevaba fuera cuatro días y le parecían una eternidad. Heath y él estaban buscando formas de enlazar
los jardines del hotel. Todavía. Era el proyecto que
nunca tendría fin, pensó agobiado. Hasta ahora habían pasado dos días en Napa, donde habían hablado
de usar viñedos como elemento conector, y después
dos días en Seattle. Resultó que el salmón no era la
respuesta. Necesitaban más espacio para nadar del
que el hotel podía ofrecer. Eso derivó en toda una discusión sobre peces *koi*, pero a Jessica le parecían demasiado corrientes.

La siguiente parada era una granja de caballos en
miniatura de Idaho, porque ¿por qué no tener caballos mini? Él había intentado explicarles que, al igual
que los salmones, los caballos pequeños necesitarían
más espacio del que tenían disponible, por no hablar
de los cuidados que requerirían y de la modifica-
ción de las zonas, pero sus clientes estaban muy deci-
didos.

Se sirvió una taza de café de la jarra que había en
la pequeña sala de reuniones, que Heath y él habían
reservado para hablar con Jessica y James antes de
que los cuatro salieran hacia el aeropuerto para volar
a Idaho. Si lo de los caballos no funcionaba, y no funcionaría, la siguiente parada del viaje interminable
era una cantera en un sitio que, la verdad, no recordaba.

Fue a la ventana y miró los cielos grises y el jardín
húmedo. Por lo que había visto, había llovido literalmente cada segundo que habían estado en Seattle. La
ciudad era preciosa, pero la lluvia lo ponía malo. No
sabía cómo los de allí podían sobrevivir al invierno.

Quería irse a casa. Quería estar con su hijo y charlar con Sunshine. Quería hacer más que charlar, pero
pensar en algo más que eso lo dejaba con un dilema
que no tenía ni idea de cómo resolver.

–¿Dónde está la cantera? –preguntó Heath al entrar en la sala de reuniones.

–Justo estaba intentando recordarlo. Lo pone en los billetes.

–Creo que prefiero sorprenderme –dijo su socio al soltar el maletín y servirse una taza de café–. La idea de los caballos no va a funcionar.

–Ya.

–Lo que sea tiene que ser pequeño y, a ser posible, que no esté vivo.

–Por eso lo de las rocas.

Heath maldijo y se situó junto a él en la ventana.

–¿Qué pasa?

Declan frunció el ceño.

–¿Qué quieres decir?

–Pasa algo. Has estado distraído y no solo por la conversación absurda de nuestros clientes. ¿Todo bien en casa?

Declan abrió la boca para decir que todo iba bien, pero lo que le salió fue:

–No puedo dejar de pensar en Sunshine.

–¿La niñera?

–La misma.

–¿Quieres tirarte a la niñera?

–¡Eh! –exclamó Declan fulminándolo con la mirada–. No es eso.

Heath ni se inmutó por la mirada de furia.

–¿En serio? ¿Ni siquiera un poco?

Declan volvió a centrar su atención en el jardín del hotel.

–No quiero tirármela. Eso estaría mal.

–Pero te gustaría tener sexo con ella.

–Sí, pero es más que eso. Es... no sé. Me gusta.

–Uf, tío, estás jodido –dijo Heath dándole una palmadita en la espalda–. No puedes salir con ella porque es la niñera y no puedes intentar llegar a conocerla bien sin que la situación se vuelva incómoda. Quiero decir, ¿cómo tienes esa conversación? Desde luego, no puedes acostarte con ella. Si quieres averiguar adónde pueden llegar las cosas en el terreno romántico, la solución obvia es despedirla para poder tener una relación con ella, pero, una vez que la despidas, no va a querer salir contigo precisamente. Además, se irá, y a saber dónde tendrá su próximo trabajo. Hablar de todo esto con ella roza lo inapropiado, y mencionarle el tema del sexo te convierte en un capullo y posiblemente en el demandado de un pleito judicial. Como te he dicho, estás jodido.

–Gracias por aclarármelo –dijo Declan con la voz cargada de sarcasmo.

–No he dicho nada que no supieras ya.

–No, es verdad.

Justo en ese momento, sus clientes entraron con soltura en la sala de reuniones. Jessica les sonrió.

–Qué maravilla de hotel. Tenían un montón de opciones veganas para el desayuno. La mayoría no tienen tantas.

Se sentaron a la mesa, en el centro de la sala. Heath y él hicieron lo mismo.

–Qué decepción lo del salmón –comentó James con pesar.

–Y con los caballos mini va a haber el mismo problema –dijo Declan, y alzó un hombro–. Si todavía queréis ir a verlos, iremos, pero no me parece la solución.

–Justo lo hemos estado hablando en el desayuno –dijo Jessica con un suspiro–. Deberíamos cancelar la visita a Idaho. Supongo que la cantera tiene posibilidades.

–Podría, si tuviéramos algo único –dijo James pensativo–. A lo mejor distintas texturas o colores. O rocas de distintas partes del país. Tal vez podríamos contar una historia sobre cómo era el continente antes de que el hombre plantara un pie en él.

Declan vio que a Heath se le contrajo un músculo de la mandíbula y por poco no soltó una carcajada. Sabía lo que estaba pensando su socio; alguna variante de «No puedo más, qué tortura». ¿Rocas contando una historia? En un lugar como Los Huntington a lo mejor, pero no en el jardín de un hotel.

—Estoy pensando si podríamos hacer algo con fósiles —preguntó James—. Sería interesante.

—Pero no único —dijo Jessica con un mohín—. Muchos sitios tienen fósiles e incluso jardines de rocas. Yo quiero algo especial. Algo que nadie haya visto nunca.

«Y yo quiero irme a casa», pensó Declan. Quería estar en su casa, o incluso en su jardín escuchando a Connor hablar sin parar sobre su nueva granja de hormigas. La que...

—Hormigas —dijo soltando la taza de café.

Los tres lo miraron con la misma expresión de asombro.

—Hormigas —repitió él, y sacó la tableta del maletín—. Las hormigas llevan aquí millones de años. El peso de la población de hormigas equivale al peso de la población humana. Hay supercolonias de hormigas que se extienden por miles de kilómetros, por continentes enteros.

Qué orgulloso estaría su hijo, pensó feliz.

Tecleó en la barra de búsqueda y esperó a que en la pantalla apareciera una imagen de una granja de hormigas. Giró la tableta para que todos pudieran verla.

—Hormigas —repitió—. Son muy trabajadoras, familiares y pequeñas. Son de fácil mantenimiento y no hay nadie que tenga en su hotel la granja de hormigas más grande del mundo.

Señaló las tuberías que conectaban la granja.

–Podríamos hacerlo precioso y ponerle luz para los paseos nocturnos. Podría haber distintas especies y rótulos con los datos.

No sabía si acababa de solucionar el problema o de quedarse sin trabajo. Bueno, si lo despedían, al menos podría irse a casa.

Jessica y James se miraron.

–Me gusta, sí –dijo James–. Las hormigas son ubicuas y eso es perfecto. Tenemos que pensar en el diseño, pero, como ha dicho Declan, son pequeñas. Imaginaos los giros y recovecos que podría tener la granja.

–Nadie tiene una –dijo Jessica con ganas–. ¡Me encanta!

Se rio.

–Vamos a por las hormigas. ¿Cuál es el siguiente paso?

Heath carraspeó.

–Supongo que encontrar un experto en hormigas e ir a hablar con él.

–O ella –lo corrigió Jessica.

–Sí. O ella –contestó Heath mientras tecleaba en su tableta. Después se dirigió a Declan–. Parece que vamos a tener que ir a Texas.

Alec no tenía claro si había estado alguna vez en la Glendale Galleria. Era un centro comercial precioso, con montones de tiendas y gente. Estaba bien iluminado y era un lugar abierto y agradable... la antítesis de cómo se sentía él ahora.

Mientras lo recorría ignorando las tiendas y a los compradores, intentó reconciliar a la persona que siempre se había considerado con la persona en la que se había convertido. Había trabajado mucho para crearse una vida ordenada y con un propósito. Habría quien no valorara el trabajo que hacía, los mismos que pensaban que los fragmentos de papiros antiguos deberían quedar sin ser descifrados, pero a él le daba igual esa opinión. Él prefería las opiniones de otros estudiosos, profesores de universidad y colegas, de sus semejantes. Era un hombre respetado e incluso admirado. Había creado una vida perfecta en una casa maravillosa y, por la razón que fuera, todo se había ido a la mierda.

Después de toda una vida controlando sus emociones, después de años entrenando para mantener el orden y ser responsable, después de examinar con detenimiento cada acto, se había convertido en un hombre impulsivo e impredecible. Había atacado físicamente a otro hombre, había estado a punto de pegarle. La necesidad de interponerse entre Margot y su exnovio había ido en aumento hasta hacerlo reaccionar sin pensar. Era como el incidente del vino pero a lo bestia. Quería decir que su vida se había descontrolado, pero no era su vida. Era él. Él era el problema.

Conocía la causa. Entendía cómo un pequeño acto había dado pie a otro y a otro más hasta que él se había descontrolado. Y, aunque el único culpable de las consecuencias era él, el catalizador había llegado en forma de una preciosa mujer, de una risa cálida y fascinante, y de una mente despierta con una visión del mundo única. La había visto, la había deseado, había iniciado una relación con ella y se había visto conectado a ella. Se había permitido experimentar esa conexión y, al hacerlo, había bajado sus barreras, erigidas con tanto miramiento, hasta que las emociones se habían liberᵃdo para ir y venir, crecer y menguar. Él había permitido que esa parte de él, la peligrosa, la impulsiva que tanto temía y que pretendía controlar, se desbocara, y ahora tenía que pagar un precio por ello.

Se dirigió al aparcamiento. La decisión estaba tomada. Había sabido lo que debía hacer mucho antes de salir de casa, pero había necesitado asegurarse de que estaba dispuesto a hacer lo que hiciera falta por restablecer el orden del mundo. Todo tenía un precio, su relación con Margot se lo había recordado. Y ahora la factura había vencido.

Sunshine se sorprendió cuando, sobre las nueve y media de la noche, le sonó el teléfono y vio el nombre de Declan en la pantalla. Ya había llamado antes para hablar con Connor y preguntarle a ella cómo iba todo. Para Sunshine, la muy tonta, esas breves conversaciones eran lo mejor del día. Pero el hombre estaba de viaje de negocios, ¿cómo no iba a llamar para saber cómo iba todo? Tampoco es que estuviera llamando porque la echara de menos.

–Hola –dijo Sunshine soltando la revista–. ¿Qué tal?

–Bien. Estoy en Texas.

–Sí, lo has comentado antes. Connor aún no puede creerse que su granja de hormigas lo haya solucionado todo. Se muere de ganas de ver las obras de construcción de la granja del hotel.

–El bichólogo nos está dando mucha información. Tiene un nombre concreto, pero no recuerdo cuál –dijo él gruñendo.

Había algo en su voz. Un tono o una flojera que...

–¡Estás borracho!

Sunshine hizo los cálculos y vio que en Texas eran las once y media. Se rio.

–¡Has estado por ahí bebiendo!

–¿Qué? No. Vale, estoy achispado pero no borracho.

Hemos tomado unos chupitos. Heath y yo necesitábamos un descanso de nuestros clientes.

–Al menos no estás en una cantera examinando fósiles.

–Eso sería penoso. Te echo de menos.

La inesperada frase la pilló desprevenida. Ella esperó mientras se preguntaba si Declan retiraría lo dicho, pero, cuando él no lo hizo, contestó:

–Yo también te echo de menos.

–No. Tú estás ocupada con tu vida normal. ¿Qué tal las clases?

¿Las clases? ¿Quería hablar de su asignatura de Matemáticas? ¿No podían hablar más de cuánto se echaban de menos?

–Bien. La tutoría me está ayudando y me he apuntado a un curso de verano. Va a ser brutal. Cuatro días a la semana tres horas al día, además de los deberes. Es un curso de educación general. Sociología, así que tendré mucho que leer. Estoy nerviosa y emocionada a la vez.

–Muy bien hecho. Es que es tan agradable estar contigo. Y eres tan preciosa –dijo Declan y luego maldijo–. Perdona. Creo que estoy más achispado de lo que pensaba.

¿Preciosa?

–No pasa nada.

–¿Seguro? Creo que estamos entrando en terreno peligroso.

Ella cambió de postura y se tumbó en lugar de seguir sentada en la cama. Sonrió.

–¿Qué significa eso?

–¿Que seas preciosa? Creo que es algo que se explica por sí solo. Pero no es solo por tu físico. Eso quiero dejarlo claro, aunque he de reconocer que hay cosas de tu cuerpo que me vuelven loco. Es por todo lo demás. Eres tú. Eso es lo que más echo de menos. Perdona, estoy hablando sin sentido.

Sunshine tenía la cabeza abarrotada de demasiada información, pero lo que de verdad le llamó la atención fue lo de «Eres tú». Que la echaran de menos por quien era y no por su culo era una pasada.

–Sí que hablas con sentido –dijo ella con voz suave.

–Eso espero. Cuando sonríes, cuando te ríes. Eso me gusta. Y que estés con Connor. Eres buena para él.

–Es un niño fantástico.

–Lo sé. Tengo suerte de tenerlo. Bueno, el caso es que quiero que quede claro que hay más aparte de querer hacer el amor contigo.

Antes de que ella pudiera reaccionar o incluso saber lo que le hacían sentir esas palabras, él empezó a dar marcha atrás.

–No. Perdona. Joder, Sunshine. Lo siento. Ha estado mal decir eso, no pretendía ir por ahí. Debes de sentirte muy incómoda. En ningún momento he pretendido...

–No pasa nada –susurró ella–. Declan, no pasa absolutamente nada.

–Eres muy amable diciéndolo, pero he sobrepasado la línea. La culpa es del tequila.

Había sobrepasado la línea y ella se lo había permitido. Ella había alentado una conversación que era peligrosa. Lo correcto sería decirle que volvieran a la normalidad, fingieran que eso no había pasado nunca y colgaran. Él se sentiría una mierda durante mínimo tres días y ella se sentiría culpable por ello, pero al menos el orden quedaría restablecido.

–Yo también pienso en eso.

Las palabras fueron apenas audibles y el primer paso sobre el resbaladizo camino al infierno. Aun así, Sunshine no quería retroceder.

–¿Sí?

–Ajá.

–¿Cuándo? ¿Cómo? ¿En serio?

Ella se rio.

–No soy inmune a las emociones humanas normales.

–Ya, pero tú eres... tú. Podrías tener a cualquiera. Yo solo soy... yo.

Una calidez la recorrió dejándola ansiosa y agitada. Había pasado mucho tiempo, pensó con anhelo. Meses desde que había estado con un hombre. Echaba de menos las caricias, las provocaciones, la tensión y el alivio. Pero no quería solo un tío y un orgasmo. Quería a Declan ahí a su lado, con sus manos por todas partes. Lo quería desnudo, excitado y cerniéndose sobre ella.

Mientras lo imaginaba penetrándola, instintivamente separó las piernas, pero ahí no había ningún hombre. No había nada más que su clítoris, inflamándose rápidamente, y un ardiente deseo de que la hiciera correrse. Pero él estaba a miles de kilómetros y los dos estaban solos.

–¿Sunshine?

–¿Estás en la cama? –preguntó ella desabrochándose los vaqueros y bajándoselos.

–Sí, aquí es tarde y... –dijo Declan, y añadió con la respiración entrecortada–: No estarás diciendo lo que creo que estás diciendo, ¿no?

Ella se bajó las braguitas y se pasó el teléfono a la mano izquierda.

–¿Demasiado pronto? –preguntó Sunshine cerrando los ojos.

–No es demasiado pronto.

Sunshine sonrió y se introdujo los dedos hasta que estuvo húmeda y resbaladiza. Después se acarició el clítoris trazando círculos.

–¿Estás desnudo?

–Ahora sí.

–Bien. ¿Estás empalmado?

–Bastante cuando hablo contigo, sí.

–Yo estoy mojada y preparada. Me he quitado las bragas, pero me he dejado la camiseta. Aunque me gusta que un hombre me toque los pechos, no disfruto cuando me los toco yo, y es raro porque, si estoy de humor y él me succiona bien los pezones, puedo correrme así. Pero tiene que tomarse su tiempo, y la mayoría de los tíos ni se molestan en eso.

Declan maldijo.

–Me estás matando.

–Estoy nerviosa. Hablo cuando estoy nerviosa. Sigo tocándome y cada vez estoy más cerca, pero estoy nerviosa.

–¿Te vas a correr?

–Sí. ¿Y tú?

–Soy un tío, Sunshine. Mi orgasmo es el resultado de la fricción y la fantasía.

–¿Soy tu fantasía?

–No sabes cuánto.

–Bien. Porque tú eres la mía.

Él respiró profundamente.

–Dime qué estás haciendo. Descríbelo.

–Estoy usando dos dedos.

Sunshine cerró los ojos para pensar en lo que estaba haciendo.

–Al parecer, voy en el sentido de las agujas del reloj. Nunca me había dado cuenta.

–¿Fuerte o suave?

–Fuerte. Más fuerte de lo que podrías hacerlo tú, porque te daría miedo hacerme daño, pero me gusta fuerte.

–Podría practicar –dijo él con la voz ligeramente estrangulada–. ¿Ya?

–Estoy ahí.

Lo estaba. El calor y el deseo habían aumentado hasta el punto de que el éxtasis era inevitable. Podía contenerse, podía cambiar el rumbo, pero había un clímax en su futuro.

–¿Quieres que nos corramos juntos? –preguntó él.

Se estaban pidiendo confianza el uno al otro, pensó Sunshine mientras volvía a introducirse los dedos antes de volver al movimiento circular e insistente. Uno de los dos podía parar y el otro siempre se sentiría vulnerable. Se estaban lanzando a la oscuridad y pidiéndole al otro que lo agarrara.

–Sí –murmuró ella–. ¿Estás listo?

–Sí.

Sunshine se frotó con más fuerza y más rápido, hasta que estaba jadeando de deseo.

–Ahora –dijo con la respiración entrecortada y al límite. Su cuerpo se rindió y ella gritó el nombre de Declan, deseando que estuviera con ella, que pudiera abrazarla y sentir lo que le había hecho.

Reaccionó a tiempo de oírlo gemir de placer. El sonido la hizo sonreír. Se habían agarrado el uno al otro, pensó feliz.

–Necesito un segundo –dijo él.

Cuando volvió a levantar el teléfono, ella se rio.

–¿Se nos habían olvidado los pañuelos de papel?

–Sí.

–El orgasmo femenino es mucho más limpio.

–Tu género tiene muchas ventajas. ¿Estás bien?

–Sí. ¿Tú?

–Genial –dijo él con una risita–. La verdad es que ha sido mi mejor experiencia sexual y ni siquiera estabas aquí. ¿Qué dice eso sobre la situación?

Ella sonrió.

–No estoy segura. Tendremos que hablarlo cuando vuelvas a casa.

–Lo estoy deseando –dijo él. Bostezó–. Perdona.

–No. Ahí es tarde y por la mañana tienes que hablar de hormigas. Vete a dormir. Te veo en un par de días.

–Vale. Gracias, Sunshine. Ha sido alucinante.

–Sí. Buenas noches.

–Buenas noches.

Colgaron. Ella seguía sonriendo cuando se quedó dormida.

Capítulo 26

Margot se dijo que llevar un par de días sin ver a Alec no significaba nada. Él estaba ocupado, ella estaba ocupada... Aun así, estaba preocupada. Ni siquiera había llamado a su puerta una sola vez para invitarla a acompañarlo a nada. Ni a tomar una copa, ni a charlar, ni a tener sexo. Que ella supiera, él apenas estaba en casa. Y, aunque sabía que probablemente estaría angustiado por lo que había pasado con Dietrich hacía un par de días, cuanto más tiempo pasaban sin hablar, más se preocupaba.

Tenían que hablar. Lo que Alec había hecho había sido alucinante y maravilloso. Seguro que él lo sabía. Tenía que saber que el modo en que había salido en su defensa era una pura maravilla. Si no hubiera estado enamorada ya de él, cosa que todavía no admitiría ante nadie más que sí misma, ese único acto la habría llevado al límite. Pero le daba pánico que él no lo viera así. Dado quién era, su pasado, su madre y básicamente todo lo que había en su vida, le preocupaba que él acabara convirtiendo su acto de heroísmo en algo negativo.

«Esta mañana», se prometió mientras bajaba las escaleras. Si no lo veía en el desayuno, iría a buscarlo e insistiría en que hablaran. Lo que tenían era prácticamente perfecto y no quería perderlo. No cuando acababan de encontrarse el uno al otro.

Entró en el comedor con aire decidido. Esperaba encontrarse su silla vacía y tener que plantarle cara en su despacho, en el baño o donde fuera que pudiera estar. Pero Alec estaba ahí. Hasta hacía dos días, siempre había estado ahí. En su silla, leyendo el periódico. Todo estaba como siempre, pensó aliviada... hasta que vio que no, que ni por asomo.

No había servicio preparado para ella. Ni una servilleta limpia, ni cuchillo, ni tenedor, ni taza de café o vaso de zumo. En su lugar había una bandeja, como si lo esperado fuera que, de nuevo, se subiera las comidas a su habitación. Como si el tiempo que habían estado juntos no hubiera existido nunca.

Alec soltó el periódico y carraspeó. Ella lo miró, vio la deliberada impavidez de su expresión, reconoció la tensión de su mandíbula y supo que, fuera lo que fuera lo que habían tenido, ya estaba perdido. Él no quería más. Ya solo quedaba el horrible, dolorosamente incómodo y desgarrador adiós.

–Espero que puedas entender que esto ha sido un error. Todo. Aunque por fuera hiciéramos buena pareja, la realidad es que no tengo espacio en mi vida para alguien como tú. No me refiero a ti exactamente, sino al hecho de tener una relación.

Mientras el corazón se le hacía añicos y ella empezaba a sangrar por las esquirlas que le estaban haciendo cortes por todo el cuerpo, supo exactamente lo que Alec intentaba decir. Y eso era lo terrible, pensó apesadumbrada. Lo conocía, lo entendía, y por eso sabía que lo que tenían, por muy motivador, divertido e increíble que fuera, tenía un precio: las emociones tenían que entrar en juego. Y sentir como había sentido él suponía derribar las barreras que había mantenido en pie. Justo el acto que había hecho que Margot lo amara más había sido lo que lo había obligado a él a alejarse.

–Lo lamento –dijo Alec.

Lo creyó. Alec lo lamentaba, pero no por las mismas razones que ella. Ella lamentaba que nunca fueran a tener una oportunidad. Lamentaba haber encontrado por fin al único hombre que apreciaba sus rarezas, que la encandilaba tanto con su conversación como son su destreza en la cama, el hombre que le había mostrado la mejor versión de sí misma, y haberlo perdido. Durante años le había entregado su corazón a un hombre que no se lo merecía, y, cuando por fin había encontrado a un hombre digno, a él no le interesaba.

Porque a eso se reducía todo. Sentir era demasiado duro. Amar requería demasiado. Él preferiría estar solo, y ¿cómo podía ella luchar contra eso?

Margot buscaba rabia en su interior, pero no la había. Solo había un agujero muy grande y el conocimiento de que él la había cambiado para siempre de miles de formas.

Como no tenía ni idea de qué decirle, asintió con la cabeza y se marchó por donde había venido. Fue a su dormitorio y empezó a hacer las maletas. Al cabo de unos minutos, tuvo que parar porque las lágrimas no le dejaban ver. Se dejó caer en el borde de la cama y se cubrió la cara con las manos mientras lloraba.

Notó que alguien entró en la habitación, se sentó a su lado y la abrazó con fuerza. Por desgracia, no era Alec. Inhaló el aroma del suave perfume de Bianca y se obligó a calmarse todo lo posible.

Se secó los ojos y miró a su clienta.

–Lo siento. Esto no es nada profesional.

Bianca la abrazó.

–A la mierda lo profesional. Me temía que Alec acabara estallando. Ha sido por lo de Dietrich, ¿no? Qué hombre tan estúpido. ¿Es que no entiende cuántas fantasías hizo realidad en un solo momento? Me da igual si es o no políticamente correcto, pero todas las mujeres queremos que nuestro hombre luche por nosotras.

Bianca la soltó.

–Bueno, vamos a ver cómo solucionamos esto. Está claro que necesitas irte, y lo entiendo. Voy a ayudarte a hacer las maletas.

–Gracias –dijo Margot llevándose una mano al pecho–. Solo necesito un momento para pensar. ¿Dónde vamos a seguir con tus clases?

No podía volver ahí. No podía. Sería demasiado doloroso. Tal vez un hotel serviría.

Bianca negó con la cabeza.

–Llevas semanas intentando dejarme. Las dos sabemos que necesito seguir con mi vida. Me ha dado miedo no tenerte a mi lado para decirme qué hacer, pero ya es hora de que sea valiente.

–¿Estás segura?

–Si no sé qué tenedor tengo que usar, esperaré a que otra persona levante primero el suyo. Si me siento agobiada o nerviosa, me excusaré y me retiraré –dijo Bianca, y esbozó una sonrisa irónica–. Si un hombre quiere tocarme el culo, le diré que no. Estoy lista y, aunque no lo esté, Wesley me quiere y, por mucho que nosotras hayamos discutido sobre el tema, yo lo quiero de verdad.

–Sé que lo quieres –dijo Margot agarrándole las manos y apretándoselas con fuerza–. Tienes un corazón bueno y generoso. Te va a ir genial.

–Y a ti. Siento que mi hijo esté actuando así. Siempre ha tenido problemas con las emociones fuertes. Cree que lo debilitan –dijo Bianca, y añadió con una mueca de disgusto–: O a lo mejor piensa que las emociones lo hacen parecerse a mí. Sea como sea, le resulta difícil. Necesita tiempo. Pero entrará en razón y verá que eres lo mejor que le ha pasado en la vida.

Margot asintió porque era lo que se esperaba de ella, pero sabía que no era verdad, que él no entraría en razón. Y eso era lo que más le importaba de todo.

–Dime que vamos a seguir siendo amigas –dijo Bianca.

–Claro. Me encantaría.

Margot recogió sus cosas y Bianca las metió en las maletas. En menos tiempo del que habría imaginado, ya estaba lista para marcharse.

Mientras llevaba las maletas al coche, no dejaba de esperar que Alec saliera corriendo de su despacho y le dijera que no se fuera. Que la levantara en brazos, le confesara que la amaba y le jurara que estarían juntos para siempre. Pero Alec no lo hizo y, una vez que Bianca entró en la casa, Margot no tuvo más opción que meterse en el coche y alejarse.

Cuando habían empezado las clases de Matemáticas 131, Sunshine no había tenido claro que pudiera durar una semana, y mucho menos un semestre entero. Pero ahí estaba, en la clase de repaso para el examen final y lo entendía. Todo.

Ann y ella habían programado un par de sesiones extra y habían sido de gran ayuda. Ahora, mientras la profesora les recordaba lo que habían estudiado, Sunshine podía seguir la clase con facilidad.

Iba a hacerlo, pensó feliz. Iba a aprobar la asignatura y con buena nota. Ya le habían confirmado la clase del curso de verano y acababa de apuntarse a un grupo de estudio. Sí, tenía un largo camino por delante antes de graduarse, pero había dado los primeros pasos y se sentía orgullosa de sí misma.

Mientras recorría el bonito campus de camino al coche, reconoció que no estaba igual de emocionada con otros aspectos de su vida. Declan volvería a casa en un par de días y ella no tenía ni la más remota idea de lo que le iba a decir.

No podía borrar lo que había pasado y tampoco creía que ignorarlo fuera a funcionar. Aunque lo del sexo telefónico había sido divertido y excitante y la había hecho sentirse más unida a él, también sabía que lo había cambiado todo, y no para mejor. El breve mensaje que le había enviado a Declan la mañana después diciendo «Estuvo genial, pero tal vez no deberíamos volver a hacerlo» recibió a cambio un simple «Estoy de acuerdo». Una respuesta que la dejó con muchas más preguntas que respuestas.

Llegó al coche y dejó la mochila en el asiento trasero antes de sentarse tras el volante. Pero, en lugar de arrancar y marcharse, se quedó ahí sentada, confundida y asustada.

Había cruzado la línea. En esa única llamada telefónica había pasado de ser una niñera profesional a lo que había sido siempre: la chica con la que pasar un buen rato, la frívola, la irresponsable hedonista que estaba dispuesta a ignorar sus responsabilidades y largarse con un tío.

Que Declan no fuera a pedirle que se subiera a la parte trasera de su moto y se marchara con él no cambiaba lo que había hecho ella. Se había hecho una promesa a sí misma y la había roto. El problema no era el comportamiento de Declan sino el suyo propio.

¿Y si no podía cambiar? ¿Y si siempre iba a ser esa chica? Quería decir que esta vez sería diferente porque sus sentimientos eran diferentes. No solo pensaba en Declan para pasar buen rato, sino que tenía sentimientos por él. Probablemente estaba enamorada de él.

Sunshine se permitió asimilarlo y se preparó para darle vueltas a la información y ver cómo resonaba, pero no hizo falta. En cuanto lo pensó, supo que era verdad. Estaba enamorada de Declan. Tal vez desde hacía un tiempo. ¿Y por qué no iba a estarlo? Era un hombre digno de amar. Y en cuanto a Connor... en fin. Se había quedado prendada del niño desde el primer día.

Genial. Así que los quería a los dos. ¿Y ahora qué? Si iba a ser una persona distinta y mejor, ¿qué pensaba esa persona distinta y mejor que debería hacer? ¿Marcharse? ¿Quedarse? Y si se quedaba, ¿qué pasaría? ¿Tendría un tórrido romance con Declan? ¿Dejarían que las cosas siguieran su curso natural y luego, cuando todo acabara, volverían a lo que habían sido antes?

Lo dudaba. Podrían empezar fingiendo que esa llamada no había ocurrido nunca, pero eso tampoco funcionaría. Con solo una mirada o un roce, se echarían el uno encima del otro. Estaba claro que él la encontraba atractiva y la quería en su cama, y ella no estaba segura de cuánto tiempo podría resistirse. ¿Y eso la convertía en qué? ¿En la niñera zorrona que se acostaba con el jefe?

Y si quedarse no era una opción, ¿marcharse no era lo único que podía hacer? Se apoyó en el reposacabezas y cerró los ojos. No quería irse. No quería dejar de ver a Connor. No quería dejar de formar parte de su vida. Él la necesitaba y ella lo necesitaba. Y, aunque pudiera alejarse de Declan, no tenía claro que pudiera desaparecer de la vida de Connor.

Incluso despedirse de la forma apropiada le resultaría imposible. ¿Qué iba a hacer? ¿Sentarlo y decirle que en unos días tendría una niñera nueva? ¿Entrevistaría ella a las otras candidatas al puesto sabiendo que se alojarían en su habitación, que cocinarían para su familia, que recogerían a Connor del cole y lo ayudarían con su granja de hormigas?

Abrió los ojos y miró por el parabrisas. No había una buena respuesta. Y lo peor de todo era que el problema lo había originado ella. No tenía a nadie más a quien culpar. Suponía que la mejor, aunque temporal, solución era seguir como antes y ver si eran capaces de fingir los primeros días, que serían muy embarazosos. A lo mejor no sería tan terrible. A lo mejor podrían fingir que habían olvidado la llamada de teléfono y nada tendría que cambiar.

Sabía que era como estar pidiendo la luna, pero no sabía qué otra cosa hacer. La situación era imposible. Ojalá se hubiera enamorado de otro, de alguien con quien pudiera salir y tener una relación de verdad. Pero no había sido así, y ahora no solo tenía que enfrentarse a sus preocupaciones sobre el futuro, sino a sus miedos en lo que concernía a Declan. Porque no tenía ni idea de lo que él pensaba de ella ni de qué se esperaba al llegar a casa. Sunshine podía hacer todos los planes que quisiera, pero, exceptuando el de marcharse sin más, no podía ejecutar ninguno a la ligera. Que ella supiera, Declan podía haberla usado para darse un gustazo y considerarla poco más que un buen culo. Y, si eso era verdad, entonces sufriría de desamor como nunca en su vida.

Alec se dijo que le gustaba la tranquilidad. Sin Margot allí, ya no había más clases diarias, pisadas de más por las escaleras, conversaciones por la noche, ni ninguna interrupción. Era agradable. Una vez que su madre se mudara, su vida volvería a ser lo que siempre había sido y él estaría tan contento.

Tenía que admitir, aunque solo fuera para sí mismo, que se había esperado que Bianca fuera a buscarlo. Estaba seguro de que su madre querría hablar con él sobre Margot, pero tampoco la había visto a ella en los últimos dos días. Su coche seguía aparcado fuera, así que sabía que estaba por alguna parte de la casa pero apartada. Y era lo que él prefería.

Se acercó a la ventana y miró al jardín. Vale, admitía que sentía cierta... inquietud. Se había acostumbrado a tener a Margot en su vida. Era posible que la echara de menos más de lo que había imaginado. Habían pasado casi tres días y aún no había dormido. Meterse en la cama le recordaba demasiado a ella y el sofá del despacho no era demasiado cómodo. Además, cada vez que se giraba, veía otro lugar donde habían hecho el amor. Su escritorio, la encimera de la cocina, su cama, su cuarto de baño, la cama de ella, el salón, la zona exterior.

Aun así, la tranquilidad resultaba agradable y con el tiempo él podría volver a centrarse en el trabajo. Y comer. Con el tiempo, el dolor sordo que sentía en el pecho desaparecería. Tampoco es que hubiera estado enamorado de ella. Había disfrutado de su compañía, nada más. Ella era distinta de otras mujeres que había conocido, con esa mente tan despierta y esa naturaleza tolerante y comprensiva. Tenía sentido que pudiera lamentar la pérdida de su compañía, y desde un punto de vista biológico echaría de menos el alivio sexual. Todo lo que estaba sintiendo era totalmente normal.

Sin pensarlo, se metió la mano en los vaqueros y sacó el móvil. Sería muy sencillo llamarla, decirle que había cometido un error, que quería que volviera.

Pensó en oír su voz y deseó que estuviera con él. A la mierda la tranquilidad. Pero era imposible. No podía ser. El precio era demasiado alto. Margot lo había cambiado. O tal vez él se había cambiado a sí mismo.

Fuera lo que fuese, estaba distinto y eso no le gustaba. ¿Qué sería lo siguiente? ¿Dejar de pagar las facturas a tiempo? ¿Empezar a dar el espectáculo allá donde fuera?

Volvió a su mesa y abrió el portátil. Se sumergiría en el trabajo, como siempre había hecho. Con el tiempo los recuerdos de Margot se desvanecerían y él seguiría como antes. Después de todo, su vida era mejor cuando había tranquilidad en ella.

Declan aceptó que la había cagado del todo con Sunshine. Aquella única noche lo había cambiado todo entre los dos y ahora le preocupaba que no hubiera vuelta atrás.

Joder, era todo culpa suya, pensó angustiado mientras esperaba en la puerta del colegio a que Connor saliera de clase. Conocía a Sunshine y sabía lo que quería, sabía lo que temía. Quería que la tomaran en serio, que la respetaran. Quería normalidad y él le había dado sexo telefónico.

Incluso ahora pensando en aquella noche, se estremeció. ¿En qué cojones había estado pensando? No estaban saliendo. No eran amantes. Dentro del contexto adecuado, el sexo telefónico podía ser divertido, pero no tenían una relación tan estrecha como para eso. La había tratado como si fuera un número 900 y ahora habría consecuencias.

Ella había confiado en él lo bastante como para contarle intimidades sobre su vida. Le había confiado sus esperanzas y sueños, y él había violado esa confianza. La conocía lo bastante bien como para saber que estaría sintiéndose tan perdida y confusa como él. Sus llamadas telefónicas habían pasado de relajadas a incómodas. Los dos últimos días de su viaje, solo se habían comunicado por mensaje.

Los niños empezaron a salir del colegio. Declan miró a ver si veía a Connor y se rio cuando su hijo lo vio y corrió hacia él.

–¡Sí que has vuelto! –gritó Connor echándosele a los brazos–. ¡Has vuelto!

–Hola, colega. ¿Qué tal?

Se abrazaron y Declan lo llevó hacia el coche.

–¿Cuándo has llegado? –preguntó Connor mientras metía la mochila en el maletero y se subía al coche.

–Hace un momento. He venido directo del aeropuerto. Te he echado de menos.

–Y yo a ti, papá. ¿Le has dicho a Sunshine que venías a recogerme? Si no, se preocupará.

Él miró a su hijo, su carita y la seriedad de su expresión.

–Se lo he dicho, sí.

–Vale. Es lo que hay que hacer.

Connor estaba creciendo, pensó Declan, feliz y triste a la vez ante la idea de que su niño fuera a convertirse en un hombre. Feliz porque era lo que tenía que pasar. Triste porque no podía aferrarse para siempre al Connor pequeño.

Arrancó el coche.

–He pensado que podríamos pasar a por unos helados antes de ir a casa.

Connor sonrió.

–Eso podría quitarnos el hambre para cenar, papá.

–Ya, pero vamos a arriesgarnos.

Connor esbozó una sonrisa más amplia.

–Cuéntame lo de Texas y las hormigas. ¿En serio vais a construir una granja gigantesca?

–Sí, así que voy a necesitar que me ayudes a aprender cosas sobre las hormigas. Seguimos trabajando en los detalles, pero puedo enseñarte algunos bocetos que tengo y, cuando empecemos a construir, quiero que veas lo que vamos haciendo.

–¡Y yo! Sunshine dice que salvé la situación. ¿Es verdad?

–Sí.

Connor estuvo hablando todo el trayecto hasta el centro comercial. Mencionó a Sunshine cada tres o cuatro frases. Ella se había convertido en una gran parte de sus vidas.

Entraron y pidieron conos. Cuando estaban sentados en una de las mesas del pequeño local, junto a la ventana, Connor dijo:

–Deberíamos comprar helado para llevárselo a Sunshine.

–Eres muy considerado y tienes razón, deberíamos.

–Es importante demostrarle a la gente que la quieres, papá. Siempre me decías eso sobre mamá.

El niño le dio un lametazo al helado y habló de quedarse a dormir con Elijah el siguiente fin de semana. Mientras Declan escuchaba a su hijo, pensó en lo que había dicho. Era importante demostrarle a la gente que la querías. Era algo que él llevaba mucho tiempo sin hacer, básicamente porque no había habido nadie a quien quisiera más allá de su familia. No la había habido en mucho tiempo.

Pero ahora sí la había.

Quería a Sunshine. Y no solo por el sexo o por lo preciosa que era, sino por quién era. Por sus esperanzas, sus sueños y sus miedos. Por cómo cuidaba de Connor y organizaba fiestas de cumpleaños. Por ella. Todo ese tiempo había estado tan centrado en averiguar qué había pasado con Iris que no había prestado atención a lo que tenía justo delante. Amaba a Sunshine. Así que, ¿qué iba a hacer al respecto?

–Papá, ¿puedo acompañarte la próxima vez que vayas a Texas?

–Ha sido un viaje de negocios y no te habrías divertido mucho. Pero ¿sabes qué? Tenemos que planificar unas vacaciones familiares para este verano.

Los ojos de Connor se abrieron de par en par tras sus gafas.

–¿Sí?

–Ajá.

El año anterior no habían salido de vacaciones porque Iris y él habían estado lidiando con la infidelidad de ella. Y el año anterior, bueno, Declan no recordaba si habían hecho algo o no.

–Cuando lleguemos a casa, vamos a meternos en Internet a mirar sitios adonde podríamos ir.

–¿Puedo ayudar?

–Claro. También son tus vacaciones.

–Quiero ir al Gran Cañón. O a Legoland. ¿Podemos ir a Florida y ver los Estudios Universal de allí? ¿O Disneylandia?

Declan se rio.

–Haremos una lista y luego decidiremos.

–Tenemos que preguntarle a Sunshine adónde quiere ir porque sin ella no serían vacaciones.

Declan pensó en todo lo que tenía que hablar con ella y esperaba que, al final, irse de vacaciones juntos fuera el paso más lógico.

–¿Qué tal si me dejas hablar con ella primero y luego ya hablamos de nuestras vacaciones?

–Vale –dijo Connor. Se terminó el cono y sonrió–. ¿Sabes, papá? Cuando volvamos del viaje, deberíamos pensar en tener un perro.

–¿Deberíamos?

–Ajá. No es ninguna tontería.

Declan se rio.

–Vale, lo pensaremos.

¿Un perro? Bueno, tenían un jardín y mucho sitio en la casa. ¿Le gustarían los perros a Sunshine? Los niños le gustaban, eso desde luego. Ojalá pudiera saber lo que sentía por él.

Capítulo 27

Sunshine había tomado la firme decisión de decirle a Declan que se marchaba. Era lo único que tenía sentido. Lo haría bien, con la planificación y el tiempo suficientes para que Connor se hiciera a la idea. Sería responsable y madura y luego se largaría de esa casa y pensaría cómo empezar de nuevo con un corazón hecho añicos.

Quería quedarse. Su sitio estaba ahí, con ellos dos. Los quería, pero, si se quedaba, sería lo que había sido siempre. No habría crecido como persona lo más mínimo. Se sentiría avergonzada y triste, y al final eso la destruiría.

Su plan era explicarle a Declan que creía que tenían algo especial y que esperaba que él quisiera que salieran, que se conocieran y que luego ya vieran dónde acababa todo, que era la forma rastrera y tramposa de evitar decir que quería que él averiguara si podía amarla. Porque ese era su objetivo principal.

Ella buscaba normalidad. Quería un marido, hijos, un grado universitario y ser como todos los demás. Por una vez en su vida, iba a hacer lo correcto.

Su determinación le duró justo hasta que Declan entró por la puerta con Connor, que tiraba de la gran maleta de ruedas de su padre. En cuanto lo vio, su corazón gimoteó, su determinación se desmoronó y le entraron unas ganas locas de echársele encima y suplicarle que contemplara la posibilidad de enamorarse de ella.

Declan la miró y sonrió.

–Hola. Me alegro mucho de verte.

Sus amables palabras la desconcertaron por completo. Sunshine se cruzó de brazos, luego los desdobló otra vez y se metió las manos en los bolsillos traseros, pero entonces pensó que a lo mejor él creía que estaba sacando pecho, así que se encorvó y... ¡Madre mía! La cosa estaba peor de lo que había creído.

–Eh... yo también me alegro de verte.

Se quedaron mirándose. Sunshine no tenía ni idea de qué estaría pensando él, y probablemente estaba bien así porque tampoco tenía ni idea de lo que estaba pensando ella misma.

Estaba guapo. Parecía cansado, pero estaba guapo. Connor se había llevado la maleta por el pasillo, dejándolos solos.

Ella se quedó donde estaba, aunque lo que quería hacer era acercarse y abrazarlo. Quería sentir su cuerpo contra el suyo y besarlo hasta que los dos se quedaran sin sentido.

«Qué ridículo», se dijo. Tenía que recordar lo importante.

–Tenemos que hablar –dijo él con tono suave–, pero ahora no es buen momento.

–Vale. Luego está bien.

–¿Cuando Connor se vaya a dormir? –preguntó él dándole un pequeño recipiente–. Te hemos comprado helado.

Ella asintió al aceptarlo.

–Te veo en tu despacho.

Entró en la cocina para guardar el helado y empezar a hacer la cena. «Solo unas horas», se dijo. Disfrutaría de la noche, luego le explicaría a Declan que era imposible volver a lo que habían tenido antes y que no tenía ni idea de cómo iban a seguir adelante.

Sunshine sobrellevó la noche. Había organizado una sencilla cena a base de hamburguesas de pavo asadas en la barbacoa y una ensalada, y había hecho una tarta de bienvenida con la mezcla de virutas de azúcar que le gustaba a Connor. Cuando recogieron la cocina, le dio las buenas noches a Connor y se marchó a su habitación a esperar que llegara la hora de hablar con Declan.

Escribió unas notas, caminó de un lado a otro, intentó ver la tele y luego decidió dejar de fingir que estaba bien. Se pasó la última media hora acurrucada en la cama deseando poder retroceder una semana y deshacer lo que habían hecho.

Poco después de las nueve, le sonó el teléfono.

Está en la cama y dormido.

Agradeció esa forma de contacto algo impersonal. Que Declan hubiera ido a buscarla a su dormitorio habría sido incómodo a más no poder. No muy segura de qué iba a pasar y nada segura de cuál sería el mejor desenlace, cruzó la cocina y recorrió el pasillo hasta llegar al despacho. Entró y cerró la puerta por si Connor se despertaba e iba a ver a su padre.

Declan le indicó que se sentara en el sofá mientras que él se sentó en una silla enfrente. Cuando los dos estaban sentados, se quedaron mirándose y luego apartaron la mirada.

–He pensado que deberíamos...

–Si no te importa...

Los dos se callaron y entonces él dijo:

–Si te parece bien, hablaré yo primero.

Ella asintió, agradecida por el pequeño aplazamiento y a la vez aterrada por lo que fuera a decir Declan.

Él se quedó mirándola unos segundos y luego respiró hondo.

–Sunshine, lo que pasó cuando he estado de viaje fue culpa mía. Había bebido demasiado y me dejé llevar cuando no debería haberlo hecho. Sabía que no debía y lo hice de todas formas.

Se encogió de hombros.

–Creo que los dos sabemos que tengo... eh... admiración por ti, pero eso es problema mío, no tuyo. Perdona por haberos faltado al respeto a ti y al lugar que ocupas en esta casa. Aquí deberías sentirte a salvo, segura. Lo siento muchísimo.

–También es culpa mía. Obviamente. Empecé yo y quería hacerlo tanto como tú.

Él la miraba fijamente, así que ella se obligó a seguir mirándolo cuando lo que de verdad quería era acurrucarse y gritar contra una almohada. Las mejillas le ardían, pero lo ignoró.

–En aquel momento –corrigió él con voz delicada–. Dejaste tus deseos muy claros –añadió con una pequeña sonrisa–. No eres esa chica.

Ella bajó la mirada hacia sus dedos entrelazados.

–Al parecer sí lo soy.

–No, no lo eres. Como jefe y amigo tuyo, me equivoqué del todo. De nuevo, te pido disculpas. Espero que sepas distinguir lo que hice de la persona que intento ser.

–No tienes que seguir disculpándote. Sé que te sientes mal. Yo también me siento mal. Ahora todo ha cambiado. No sé cómo volver a lo que teníamos. No sé qué quieres y, si no podemos volver atrás, entonces ¿sirve de algo ir hacia delante?

Lo miró.

–No sé cómo arreglarlo.

–Yo tampoco, pero tengo un par de ideas, aunque no sé muy bien cómo decirlo.

Vaciló y en ese momento Sunshine supo que iba a despedirla. Con buenos modales, claro, y con una buena indemnización. Iba a decirle que habían cruzado una línea y que, aunque ella había sido fantástica, todo había acabado y debería seguir con su vida.

Se le encogió el pecho y no podía respirar, no podía hablar.

«No. ¡No!». Lo quería y quería a Connor. No quería marcharse. Estaban genial juntos. ¿Por qué Declan no podía verlo?

–Estoy enamorado de ti.

Ella oyó las palabras, pero no las entendió. Al menos, no al principio.

–Perdona, ¿qué acabas de decir?

Él levantó un hombro.

–Que estoy enamorado de ti. Adoro cómo eres con mi hijo. Adoro que estés yendo a la universidad y que lo estés logrando. Eres honrada y divertida y nunca he conocido a nadie con un corazón tan grande. Esas tenemos, y sé que es complicado. Créeme, no he pensado prácticamente en otra cosa. ¿Dejas el trabajo y luego empezamos salir? ¿Te despido y luego empezamos a salir? Sé que no puedes trabajar para mí mientras salimos, así que eso es un problema, pero, Sunshine, te quiero y no quiero perderte, así que dime qué quieres y eso será lo que hagamos.

Parecía esperanzado y nervioso mientras hablaba.

–Ah, y si es demasiado pronto, te lo digo solo como sugerencia, pero, si no lo es, ¿quieres casarte conmigo?

¿Estaba enamorado de ella? ¿Enamorado de enamorado? ¡Un momento! ¿Quería casarse con ella?

Su mente se quedó en blanco y luego empezó a unir las piezas. Declan le había dicho por qué la amaba y en ningún momento había mencionado su físico.

Sunshine se levantó. Él hizo lo mismo. Se quedaron mirándose, luego ella corrió hacia él y lo rodeó con los brazos. Declan la acercó más a sí y la besó.

Su beso, su primer beso, fue dulce y tierno, lleno de amor y promesas y de todo lo que ella podía querer. Ladeó la cabeza y separó los labios. Él profundizó el beso encendiendo pasión en cada parte de su ser.

Sunshine se apoyó en él porque quería sentir su cuerpo. Era tan fuerte como había imaginado y encajaban a la perfección. Ese, pensó feliz, era su sitio.

–Yo también te quiero –dijo retrocediendo lo justo para mirarlo a los ojos–. Por eso todo era tan horrible. No quería marcharme, pero todo había cambiado mucho y me daba miedo que solo me vieras como algo práctico.

Él soltó una risita.

–Eres muchas cosas, Sunshine, pero fácil no es una de ellas.

–«Fácil» no es lo mismo que «práctico».

–Ya, pero se parecen bastante. Bueno, ¿qué hacemos? Dime qué te hace feliz y haré todo lo que esté en mi poder para que lo tengas.

–¿Lo de que no pueda seguir aquí y seguir siendo la niñera de Connor a la vez que estoy contigo lo piensas porque crees que me sentiré utilizada?

–Sí.

Ella sonrió.

–Claro, cómo no.

Lo miró a los ojos y pensó en lo maravilloso que era ese hombre, que, aun habiendo sufrido tanto con lo de Iris, estaba abierto y dispuesto a volver a casarse. Pensó en cuánto respetaba lo que ella quería y estaba dispuesto a hacer lo que fuera por que ella se sintiera plena. Cada día le había demostrado el gran tipo que era. La amaba y quería darle el mundo. Ella estaba enamorada de él y, sin ningún problema, podía imaginarse pasando el resto de su vida a su lado. ¿A qué estaba esperando exactamente?

–Cásate conmigo –le dijo posando las manos en su pecho–. Cásate conmigo, Declan. Déjame ayudarte con Connor, ten bebés conmigo y envejece conmigo.

Él pegó un grito de alegría, la rodeó por la cintura y la levantó por los aires. Al bajarla al suelo, Sunshine se apoyó en él y lo besó.

Declan le devolvió el beso y se rio.

–Parece que vamos a casarnos. Debería advertirte que le he prometido a Connor que este verano vamos a ir de vacaciones y que quiere un perro.

–Por mí bien.

–¿En serio quieres tener hijos? Porque a mí me parecería estupendo.

–Sí que quiero hijos. Contigo.

Sunshine le agarró la mano.

–¿Hemos terminado de hablar?

–Puede.

Ella sonrió.

–Estupendo. ¿Tu habitación o la mía?

–La mía está más cerca.

–Me gusta cómo piensas.

* * *

El tiempo no lo curaba todo y eso tenía a Alec muy cabreado. Margot se había ido hacía una semana y él seguía echándola de menos tanto como el primer día. O tal vez más. Toda la situación era ridícula y frustrante, y él no tenía ni idea de qué hacer.

Bajó a desayunar, decidido a que ese día comería algo y no le caería como una piedra en el estómago y se encontró que su madre ya estaba en la mesa. Tenía una taza de café delante y parecía cansada. Por una vez no llevaba maquillaje y parecía mayor que de costumbre.

–Buenos días, madre. ¿Estás bien?

Ella sonrió.

–No estoy enferma, si es lo que me preguntas –dijo ella, y señaló la jarra de café–. Sírvete uno. Tenemos que hablar.

A Alec no le gustó cómo sonó eso, pero sabía que no serviría de nada intentar evitar la conversación. Su madre lo acecharía hasta tenerlo acorralado. Mejor acabar ya y seguir con su día.

Cuando estuvo sentado frente a ella, Bianca lo miró.

–He de admitir que al principio me parecía encantador lo que estaba pasando. Te estabas enamorando de Margot y saliendo de tu cascarón. Me encantaba ver esa faceta tuya. Pensé que el cambio sería permanente. Pero, según fuiste sintiendo más por ella, empezaste a preocuparte por tu nuevo comportamiento. ¿Y si te convertías en mí?

Alec no habría podido moverse ni aunque la casa hubiera estallado en llamas. Se consideraba una persona independiente y reservada, inteligente y relativamente inescrutable. Pero con un puñado de frases su madre lo había desnudado y había expuesto sus secretos más profundos y oscuros, como si lo hubiera sabido en todo momento. Y, al parecer, así había sido.

–Antes de que digas que me equivoco –continuó ella–, estás enamorado de Margot. Ese es el problema. ¿O quieres discutírmelo?

¿Enamorado de Margot? No podía... No estaba... ¡A la mierda todo! Su madre tenía razón.

Levantó su café.

–Sigue.

–Alec, siempre has sido mi primer y mayor amor. Cuando me enteré de que estaba embarazada, me hizo una ilusión tremenda. Nunca había querido casarme, pero me encantaba la idea de ser madre. Pensaba que seríamos un equipo. Quería muchas cosas para ti, pero sobre todo que fueras feliz.

–He sido feliz. Y sí que fuimos un equipo.

Bianca tenía sus defectos, pero, cuando Alec era pequeño, ella lo había cuidado mucho, se había preocupado por él. Aunque su madre no creyera en las reglas, sí había creído en el amor. Luego, las cosas se habían complicado, pero no mientras Alec era pequeño.

–Alec, jamás te convertirás en mí. No tienes que preocuparte por eso –le dijo ella con la mirada fija–. No puedes. Margot tenía razón. Hay un secreto de mi pasado, uno que no he querido contarte nunca. He estado pensando en ello y ahora pienso que el único modo de convencerte es explicarte por qué yo estoy rota y tú no.

El miedo se enroscó alrededor del estómago de Alec. Fuera lo que fuera lo que iba a decirle, él no quería oírlo. Con una intuición en la que no creía, sabía que la verdad de su madre, su secreto, sería malo. Peor de lo que él pudiera imaginar.

–No tienes por qué contarme nada.

–Sí, tengo que hacerlo –dijo ella con una temblorosa sonrisa–. Trabajé mucho para que te sintieras completo, para darte seguridad en ti mismo y asegurarme de que sabías que, pasara lo que pasara, te quería.

–Eso siempre lo supe.

–Me alegro.

Bianca respiró hondo y continuó:

–Mi madre, tu abuela, era una mujer muy estricta y extremadamente religiosa. Ella no creía como los creyentes normales. Su imagen de Dios era vengativa y ritualista. Sus creencias eran crueles y rotundas. No sé si nunca quiso tenerme o si me odió después de nacer, pero, para cuando tuve cuatro años, ya sabía que me detestaba.

Él quería salir corriendo, pero no podía irse a ninguna parte.

–Lo siento –dijo automáticamente y odiando la inutilidad de esas palabras.

Ella se encogió de hombros.

–Intenté hacerla feliz, pero no pude. Con el tiempo supe que odiaba que yo fuera guapa. Según fui haciéndome mayor, ella se sumió en la locura. Cuando cumplí los nueve, estaba convencida de que el diablo vivía dentro de mí. Decía que solo el diablo crearía a una niña tan preciosa. Me encerró en un armario. Me pegaba y me mataba de hambre. Me gritaba que la única forma de sacarme el diablo de dentro era matándome y que lo haría cuando Dios le dijera que había llegado el momento.

Alec no se lo podía creer. Aunque las palabras de su madre estaban retratando la situación, para él no era real. Ningún niño debería pasar por algo así.

–Les conté a unos cuantos adultos lo que estaba pasando, pero nadie me creyó hasta que tuve doce años e intentó estrangularme. Me metieron en una casa de acogida –suspiró–. A esa gente básicamente le importaba el dinero, pero eran mucho más amables que mi madre y no me importó estar allí. El resto ya lo sabes. Me descubrieron cuando tenía catorce años y a los quince ya era una menor emancipada.

–Lo siento –repitió él, demasiado impactado para pensar en nada más que decir.

–Lo sé. Pero ya está. Nunca volví a ver a mi madre. Me dijeron que la habían internado y que poco después se suicidó.

Levantó la taza y la soltó.

–No te lo había contado nunca porque no quería que lo supieras. En parte porque me daba vergüenza y en parte porque no quería que el diablo te tocara jamás. Quería protegerte.

Él retiró la silla, rodeó la mesa, levantó a su madre y la abrazó. Ella le devolvió el abrazo, con fuerza.

–Claro que me protegiste –susurró él–. Nunca lo supe. Nunca lo sospeché.

Bianca lo soltó y dio un paso atrás.

–Intento olvidarlo, pero no siempre puedo. A veces me preocupa que ella tuviera razón. A lo mejor es verdad que el diablo vive dentro de mí. Cuando me asusto o me pongo nerviosa, el pasado se acerca y reacciono mal. Ser escandalosa me recuerda que soy una persona independiente y con confianza en mí misma, y así gano. Pero eso puede tener un precio –dijo acariciándole la cara–. Siento haberme acostado con tu compañero de habitación cuando estabas en el internado. Me quedé impactada por cuánto habías crecido y pensé que iba a perderte y me asusté y... bueno, ya sabes lo que pasó.

–Mamá, no pasa nada. Eso no importa.

–Sí que importa. Te hice daño. Y lo que es peor, te traicioné. No me estoy justificando, Alec. Me estoy explicando. Espero que puedas entenderlo. Tú no eres como yo. Nunca serás como yo. Puedes dejar de preocuparte por eso.

Alec volvió a abrazarla mientras su mente era incapaz de asimilar todo lo que ella había contado.

–Te quiero mucho. Eres la mujer más fuerte que conozco.

Dio un paso atrás para poder mirarla.

–Wesley es un hombre con una suerte tremenda. Y, si no te quiere por quien eres, entonces no te merece. No cambies, mamá. No cambies nunca. Eres exactamente quien debes ser, y si él no lo ve, mándalo a la puñetera mierda.

Por primera vez desde que habían empezado a hablar, a Bianca se le llenaron los ojos de lágrimas. Se las secó y se rio.

–Él nunca ha querido que cambie, Alec. Quería cambiar yo por muchas razones, pero él es feliz conmigo tal como soy.

Le agarró las manos.

–Nunca me llamas «mamá». Siempre es «Bianca» o «madre». Me gusta oírlo.

Antes de que él pudiera responder, aunque tampoco habría sabido qué decir, Bianca dijo:

–Y ahora lo de Margot. Puedes amarla sin ningún miedo. Lo que sea que sientes no es malo. Por eso no vas a quitarte la ropa en público ni vas a hacer nada que te deje en ridículo.

–Estuve a punto de robar una botella de vino. Eso ya es algo. Y ataqué a Dietrich.

–Lo del vino fue un accidente y Dietrich se merecía lo que pasó. Estabas protegiendo lo que es tuyo. Y eso es algo de lo que sentirse orgulloso.

Bianca le apretó las manos con fuerza.

–Margot es buena para ti, y lo sabes. Y lo más importante, tú eres bueno para ella.

Y con eso, lo soltó y salió del comedor.

Él se dejó caer en la silla. Tardaría mucho tiempo en procesar lo que su madre le había contado. Su pasado había sido una pesadilla y él jamás lo había sospechado, pero, ahora que lo sabía, muchas cosas tenían sentido.

Su madre era más fuerte de lo que él había creído. Si amar a Margot suponía convertirse en su madre, entonces era un tipo con suerte.

Capítulo 28

Las nuevas clientas de Margot, tres hermanas chilenas que tenían preciosos textiles para vender a la industria de la moda, eran justo lo que necesitaba. Como parte de un equipo, estaba ayudando a las mujeres a moverse por el laberinto de inversores de riesgo, reuniones con el sector y el tráfico de LA. El trabajo a corto plazo era más divertido que complicado y le permitía desconectar de lo que acababa de vivir.

Estaba deseando poder pasar una noche tranquila en casa. Algo de comida congelada, un par de horas viendo programas de reformas y decoración en la HGTV y luego directa a la cama, donde, con suerte, dormiría de verdad en lugar de quedarse ahí tumbada echando de menos a Alec e intentando averiguar qué otra cosa podía haber hecho, si es que había alguna.

Aparcó en su plaza y entró en el vestíbulo para recoger el correo antes de subir en el ascensor a su piso, en la tercera planta.

Sabía qué había ido mal con Alec, esa parte estaba totalmente clara. Solucionarlo era lo que no le había permitido dormir. O tal vez era echarlo de menos. Había iniciado una relación con él viéndolo como poco más que el hijo de su clienta. Luego se habían hecho amigos y amantes y en algún momento, mientras no prestaba atención, se había enamorado de él.

No había sabido que estaba en peligro, y por eso no se había protegido. No había imaginado que él pudiera llegar a formar parte de ella hasta el punto de que estar sin él fuera como haber perdido la mitad de sí misma.

Lo anhelaba, anhelaba lo que habían sido juntos. Quería otra oportunidad. Había pensado en llamarlo mil veces, pero no lo había hecho. No servía de nada. Ella no era el problema. Hasta que Alec no aceptara cada parte de sí mismo, hasta que no entendiera que la vida era complicada y que a veces la gente también, no habría esperanza. Ella no podía estar con alguien que no estuviera dispuesto a entregar todo su corazón por miedo a que eso lo llevara a hacer algo incómodo. Por desgracia, saber qué era lo que fallaba no hacía que sobrellevarlo fuera más sencillo.

Metió la llave en la puerta. Cuando entró en el piso, lo primero que notó fue el delicioso y familiar aroma del *coq au vin* cociendo en el fuego. En otras circunstancias habría sido agradable, pero, teniendo en cuenta que vivía sola, resultó inquietante.

–¿Sunshine? –gritó preguntándose si su hermana habría pasado por casa.

Aunque no contaba con verla de momento. Declan y ella se habían declarado lo que sentían y estaban inmersos en el amor recién estrenado y planificando una boda a finales de agosto en los Estudios Universal de Florida. Entre la temperatura media y la humedad en esa época del año, Sunshine esperaba que la celebraran en un lugar cerrado.

Alguien salió de la cocina. Alguien alto y guapo que le aceleró el corazón y le secó la boca.

–No soy Sunshine –dijo Alec–. Siento decepcionarte.

–¿Qué haces aquí?

–Esperarte.

–¿En mi piso?

–Eso parece.

–¿Has allanado mi piso?

Le estaba costando asimilar que él estuviera ahí y encima cocinando.

Los ventanales de la cocina estaban tras él, así que Margot no podía ver mucho más que su silueta. No tenía ni idea de qué estaría pensando, pero suponía que no podía ser algo malo. Dudaba que se hubiera colado en su casa y hubiera calentado unas sobras con el fin de volver a hacerle daño.

Él se apoyó en el marco de la puerta, alzó un hombro y lo bajó.

–Uno de los novios de mi madre era ladrón. Me enseñó unas técnicas básicas. Jamás pensé que las usaría, pero resulta que al final me han venido bien.

–¿Has allanado mi piso? –repitió ella, y después sacudió la cabeza–. Un momento, eso no es nada propio de ti.

–Tienes razón. No lo es. Pero sí es algo que haría mi madre.

Ahora sí que estaba hecha un lío. Algo esperanzada, pero hecha un lío.

–No lo entiendo. ¿Bianca está aquí?

–No. Solo yo.

Alec se acercó con paso algo acechante. Como si fuera a... ¿Qué? ¿Lanzarse a por ella? No, ese no era su estilo, aunque tampoco lo era un allanamiento de morada en plena tarde.

Se detuvo frente a ella. Al menos ahora Margot podía verle la cara. Su expresión era cálida y tenía los ojos llenos de afecto mientras le sonreía.

–La he cagado –dijo él–. Me equivoqué al acabar las cosas como lo hice. En realidad, me equivoqué al acabar las cosas. Lo que sentía por ti me aterrorizaba.

–No querías convertirte en tu madre.

Él enarcó las cejas.

–¿Lo sabías?

–Todo el mundo lo sabía. Los jardineros lo sabían. ¿Por qué, si no, ibas a estar siempre tan contraído y hermético y a tener tu mundo tan controlado?

–Y yo que quería ser un hombre misterioso.

–Pues lo siento, pero eso no va a pasar.

Él le acarició la mejilla.

–Te quiero, Margot. Te he querido desde el primer día que entraste en mi despacho, aunque tardé un tiempo en darme cuenta.

Ella se obligó a mantenerse en silencio. Quería oír todo lo que él tenía que decir y no solo los puntos más destacados.

–Me cuesta confiar en la gente y ya conoces muchas de las razones. Bianca puede ser maravillosa, pero también puede ser complicada, y había momentos en los que me aterraba. Estaba decidido a no ser como ella. Diseñé mi vida basándome en ese credo y me construí muros alrededor.

–Literal y figuradamente –murmuró ella.

Él sonrió.

–Exacto. Pero lo que no vi mientras hacía todo eso era que mi madre es fuerte, apasionada y valiente. Todos tenemos defectos, pero pocos tenemos su coraje. Yo no lo había tenido hasta ahora.

La miró a los ojos.

–Eres mi mundo, Margot. Mi único y verdadero amor. Espero que puedas perdonarme por haber reaccionado tan mal a mis ridículos miedos. Estamos bien juntos y me gustaría tener la oportunidad de pasar el resto de mi vida demostrándotelo.

–A mí también me gustaría.

Él volvió a sonreír.

–¿Sí? ¿Y eso por qué?

–Porque yo también te quiero.

Él le rodeó la cara con las manos y la besó.

–Gracias por darme otra oportunidad.

–No podía hacer otra cosa. Estaba perdida sin ti.

–Y yo fui un idiota al alejarte de mi lado.

Ella asintió.

–Sí. Así que ahora me debes una.

–Por eso he hecho la cena.

–Has recalentado algo que yo ya había cocinado.

–He traído una barra de pan francés y una botella de vino bueno.

–Ah, entonces vale.

Lo rodeó por el cuello.

–Conque has allanado mi piso, ¿eh?

–Sí.

–¿Y qué otras habilidades tienes que yo no sepa?

Alec sonrió y justo antes de besarla dijo:

–Vamos a averiguarlas.

NOTA DE LA AUTORA

Mientras escribía este libro, me topé con un artículo donde me mencionaban como una de las autoras favoritas de una mujer que estaba celebrando su 100 cumpleaños. Esa mujer es Bunny Rejefski, y la profesora Rejefski lleva su nombre en su honor. Y las frases «A ver, ¿nos calmamos?» y «Ya está, se acabó» eran algo que Bunny solía decirles a sus hijos cuando se ponían demasiado revoltosos. Gracias por ser una fan, Bunny, y gracias por dejarme usar tu apellido.

ÚLTIMOS TÍTULOS PUBLICADOS EN HQN

El cactus de Sarah Haywood

Rompiendo el hielo: un amor inesperado de Elle Kennedy

Amor y Kimchi de María José Tirado

Una librería junto al mar de Susan Mallery

Amor y Soju de María José Tirado

Una invitada inesperada de Sarah Morgan

La mujer que nunca fui de Marisa Ayesta

Bienvenido a Beach Town de Susan Wiggs

La criadora de malvas de Laura Macías Pérez

Una villa en Grecia de Sarah Morgan

El palacio secreto de Dinah Jefferies

El señor de la guerra de Gena Showalter

Club de amigas de Robyn Carr

El duque y el destino de Julia London

Caminos entrelazados de Diana Palmer

Escríbeme si en tus sueños me encuentras de Evagenline Cruz

El chico tras la ventana de Miguel Muñoz